大清王朝

青未了 著

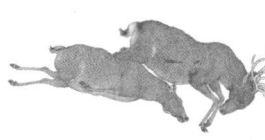

⑤ 帝制的黄昏

目 录

第 一 章　两度中秋，三进士忧论国事…………………001

第 二 章　一处县衙，折出大清国民情…………………015

第 三 章　苦思良谋，上官介偶遇前任…………………029

第 四 章　为民除害，真君子誓惩凶顽…………………046

第 五 章　滞留京师，司马三畏得噩报…………………060

第 六 章　走投无路，苦命人迭遭磨难…………………074

第 七 章　墨绖出山，曾国藩新法练军…………………090

第 八 章　尽忠为国，江忠源兵败身死…………………107

第 九 章　传檄出征，太平军北伐兵败…………………126

第 十 章　山雨欲来，万里之外乌云聚…………………140

第十一章　受命进京，海受阳喜忧参半…………………157

第十二章　青云直上，叶赫那拉初涉政…………………173

第十三章　挑拨离间，胡林翼略施小计…………………183

第十四章　金面银面，近在咫尺不相见…………………201

第十五章　外患复生，英法联军掠北京…………………215

第十六章　咸丰北狩，奕訢留京办抚局……………………231

第十七章　力图振兴，恭亲王筹办新局……………………242

第十八章　辛酉之变，两宫垂帘听大政……………………253

第十九章　收拾残局，西太后清除异己……………………276

第 二 十 章　鏖战南京，刀映雨花血浮台……………………296

第二十一章　江宁战息，秦淮书场故事多……………………310

第一章 两度中秋，三进士忧论国事

咸丰元年闰八月，一岁两度中秋。头一个中秋，清河县知县吴棠过得很不开心。他刚刚到任，单身一人，举目无亲。那天他只好对着天空的皓月，独斟独饮，穷极无聊地打发了那好日子。可到这第二个中秋节时情形就不同了，两位好友到了他的身边。

清河县当时的县衙位于十字街以东，是一处明代建筑，分前后两个部分。前一部分是办公处，地方很小，也很简朴，甚至可用寒酸二字形容。进入面向南边的衙门后是一堵影壁，绕过影壁，便看到一个不大的院子。院子里光秃秃的，东西两侧各有一排低矮的厢房，中间则是大堂，但也不甚高大。后一部分是私宅，很大，也很讲究，有高大的房舍，有长长的回廊，房舍后还有一个花园。据说这座县衙是万历年间一位被贬到这里做知县的原二品京官设计的，这种布局反映出了这位被贬县太爷不寻常的心态和身份。有趣的是，这种不合规制的建筑，到了大清国却被保留了下来。乾隆爷第三次下江南时，曾有意在此驻跸，想见识一下这所不同寻常的县衙，后来因故并没有住在这里。但为了迎驾，这里曾经大修了一次。时间过去百年，到吴棠来到这里上任时，各处依稀还看得见当年修葺的痕迹。可总的来讲，这处古建筑已经破落得不成样子了。所有的雕梁画栋都失去了光彩，画上去的图案、人物变得模糊一片，形象已难以辨认，许多地方的油漆完全脱落，虫蛀的痕迹随处可见。后花园中，小桥流水不见了踪影，奇花异草已难以寻迹，原有的高大乔木多数已经枯死。吴棠到后，让人花了半个月的工夫对后花园进行了清理，砍伐了枯死的树木，清除了杂草，运走了被随便抛进干涸河沟里的垃圾，平整了地面。花园中间有一藤萝架被保留了下来，藤萝架北边有一小亭，小亭在一条小河的旁边。从结构上看,原来的主人曾把这条小河引入园中,又把水引入亭中,在亭中做成了流觞曲水。现如今,那东西走向的弯弯曲曲的小河已经干涸。亭子被吴棠保留了下来,但亭中的地面砖石俱已破碎,亭中央那漂亮的圆石几倒还完好。亭子的东面有一株梧桐树被保留了下来,这是院中唯一长势尚好的古树。当晚,吴棠就和他的好友围拢在小亭中那石几旁饮酒品茶。皓月当空,月光从东边那高大的梧桐树的繁茂枝叶中投向地面,斑斑点点,让人兴致盎然。

吴棠的两位好友,一位叫司马三畏,一位叫上官介。他们三个人既是同窗,又是同年,还是同龄。而有这"三同"的,还有一位叫海受阳。当时,读书人还有字,名和字意义相关,像司马三畏,字养心;上官介,字绍甫;吴棠,字繁春;海受阳,字博光。四人十岁时,共同受业于陶澍。陶澍乃江南名士,一生为官清正廉洁,甚有作为,尤其在治理江河水患方面卓有建树,最后官至太子太保。再加上他学问高深,当时的江南无人不知、无人不晓。晚年他一边做官,一边开馆授徒,江南诸省读书人仰慕其人品、学识,纷纷送子入馆。吴棠等人投其门下,从师三年。陶澍去世后,左宗棠到陶澍的家乡教陶澍的儿子陶桄,吴棠等四人又师从左宗棠。道光三十年,四人同时进京会试,得贡士。殿试上官介进士及第,海受阳进士出身,吴棠和司马三畏同进士出身。同师同年三甲四进士,一时传为佳话。咸丰帝即位后,更换了一批官员,各地都出现了空缺。在这样的背景下,吴棠被授江苏清河县,司马三畏被授广西平南县,上官介被授湖南益阳县,海受阳当初留京城吏部任堂主事,不久去广东,在学政手下听差。四人中,海受阳授官最早,官衔最高,为正六品。上官介才授官,此次刚刚从京城吏部领了委任状,即去湖南上任,路过清河。司马三畏去广西上任不到几个月,奉调进京,也路过清河。这样,吴棠、司马三畏和上官介便聚在了一起。

一年前,逢陶澍去世十年祭,吴棠、海受阳、上官介、司马三畏在陶澍家乡安化有一次聚会。当时,他们刚刚中进士,从京城直奔安化。说来也是奇迹,当年陶澍招收弟子,从千百名学子中挑选几十名留了下来,而留下来的学子中,吴棠、海受阳、上官介、司马三畏四人又是陶澍另眼看待的,他认为这四个弟子日后必然有大作为、大出息。老人家闭目之前,还特意把吴棠等四人唤到榻前谆谆教诲。果不其然,老人家去世十年后,四人同时中进士。吴棠等人明白恩师所期望的,绝对不仅仅是考中一个进士而已。这样,京城发榜之后,四个人一起赶到安化。他们聚到恩师墓前共同对天盟誓,定下十六字誓言:修齐治平,同励共勉;贪赃者死,枉法者亡。

分别一年，各自有了官职，国家的形势也有了许多变化。吴棠、上官介、司马三畏三人见面后，有道不尽的肺腑之言需要诉说，有表不完的深情厚谊需要重叙。

当时，全国局势动荡不定，以这"教"那"会"名义起事的事件遍布长城内外、大江南北，而其中最引人注目的，当属广西的太平军。司马三畏所在的平南县，正值太平军起事的中心地域，所以他知道的间接消息也不少。但凡思维敏捷的读书人对那里的情形无不感兴趣，一位身临其境者就在面前，岂不是得天独厚？这样，司马三畏自然就成了中心谈话人。

"这洪秀全究竟是怎样的一个人？"上官介第一个提出了问题。

"传说很多，"司马三畏打开了话匣子，"神乎其神……"

"那他究竟是一个什么样的人呢？"上官介有些急不可耐。

"他是广东花县福源水村人，生在了一个好日子，嘉庆十八年十二月初十日……"

"停。"吴棠听了有些不解，"这算什么好日子呢？"

上官介不耐烦地对吴棠的发问提出了指责："别打岔！"

司马三畏还是回答了吴棠的问题，道："嘉庆十八年十二月初十日是阴历的日子，这个日子并没有什么稀奇。而要换成西历，那就是一千八百一十四年一月一日。出生在阴历的正月初一日，像秦始皇，那可是大福大贵的象征……"

吴棠又打断司马三畏道："咱们这里有一位生日也不寻常——腊月三十，一年之末，相比于一年之始的正月初一日……"

吴棠这是说上官介，他的生日就在腊月三十。听到这里，上官介忙道："又来打岔！快讲，这洪秀全占了个一月一日，怎么就说是个好日子呢？"

吴棠也道："是嘛！西历的一月一日怕是难以与阴历的正月初一日相比吧？"

司马三畏道："别人不能够相比，这洪秀全却是可以相比的。原因是洪秀全靠宣扬'敬拜上帝'起家。所谓西历，就是得自于耶稣——以耶稣降生为纪元之始。耶稣是什么人？是上帝的儿子。洪秀全生在耶稣纪元的一月一日，怎么能说这不是一个好日子呢？"

"那洪秀全是如何搞起'敬拜上帝'的呢？"吴棠又问。

司马三畏续道："这洪秀全原也是一位学习孔孟之道、一心想靠科举出人头地的人。七岁入私塾，学习很是用了一番功夫，《四书》《五经》念得滚瓜烂熟。只是有一件，他似乎也对一些奇奇怪怪的书籍十分关注，而且对这些旁门左道有'一目了然'的本领。话说回来,他并没有放松科考。从十六岁开始,他每次都参加考试,一直到道光二十三年,三十一岁了,却依然是一个童生,连个秀才都没考上。他二十二岁的时候,也就是道光十六年,在广州应府试,答完卷子,自觉依然没戏,便在街头闲逛,以便散散心中的郁闷。破烂市上,一部《劝世良言》映入他的眼帘,他弯腰捡起翻了一阵……"

"这《劝世良言》是一部什么样的书?"上官介问。

"是一部基督教布道书,编书的叫梁发。当时,洪秀全还不晓得这梁发是何许人也,但靠他那'一目了然'的本领,认定这书还有点看头,便掏了几文钱把书买了下来。谁知这一读不要紧,他人生道路的改变却由此开始。原来,这梁发是一位汉人牧师,自号'学善者''学善居士'。他在《劝世良言》中大段大段摘录了基督教《圣经》中的章节,宣扬上帝'火华'是独一的真神,号召人们敬拜之。书中记有中国家喻户晓的有关天堂、地狱之类的说教。洪秀全和'火华'打了照面,向往书中所描述的天堂。这让他考试虽然落第,却有了点精神安慰……"

"那从此他就放弃科考不成?"上官介又问。

"没有。下一次的府试他又参加了,结果仍然失败而归。悲苦失意,令洪秀全大病一场。他把自己关在了一间屋子里。郎中也请来了,但没有人能说明白洪秀全究竟得的是什么病。只见他昏昏沉沉,隔不久笑笑,隔不久哭几声,这种状态一直持续着。等到七七四十九天头上,洪秀全醒了过来,他大喊了一声'好睡'。大家问洪秀全病中哭笑的事,洪秀全一概摇头不答。后来传言,洪秀全昏迷时看到了上帝,看到了《劝世良言》中所描绘的天堂,也备尝了地狱中的苦痛……道光二十三年,他又一次赴广州应试。发榜之日,他挤在一群学子中,在榜上查找自己的名字。从头至尾,不用说洪秀全三个字,就是一个洪字他都没有找到。其实来看榜前,他已经想到结果,但还是抱着一线希望过来了。见自己又一次名落孙山,他大声喊道:'那就等我自己开科,来取天下士好了!'"

"这就有些'他年我若为青帝,报与桃花一处开'的气概了!"上官介听后叫了起来。

"回去后,洪秀全把《劝世良言》介绍给了周围的人,开始了他的'敬拜上帝'活动。"司马三畏结束了他的叙述。

"大凡这类人都有左膀右臂,这洪秀全的左膀右臂都是些什么人?"上官介又问。

司马三畏道："最早追随洪秀全的是一个叫作冯云山的人。后来又有了一个萧朝贵，一个杨秀清……"

"他们都是些什么人？"吴棠和上官介几乎同时问道。

"都是穷苦百姓出身。"

司马三畏讲到这里，吴棠和上官介彼此看了一眼。此时此刻，他们的脑海里都涌现了陈胜、吴广揭竿而起、一呼百应的可怕场面。三位年轻的知县，同时感慨万千。

就在这时，一名家丁来到吴棠的面前，看样子是要禀报什么事。他见客人在场，怕有什么妨碍。

吴棠心中有数，上官介、司马三畏都是不必回避的，于是问家丁道："什么事？"

那家丁支支吾吾道："冯九回来了。"

吴棠道："那让他过来。"

家丁见状再次支吾。吴棠不耐烦道："怎么啦？"

家丁道："他醉了……"

"叫过他来……"吴棠这才明白，家丁原本不想让客人知道这个，遂缓缓道。

冯九在一个当差的搀扶下摇摇晃晃过来了，他从怀里掏出一张纸递给吴棠，喃喃道："末将回营交令——这是收契，元帅好生收了……只是……只是……"冯九已经站立不稳，直着脖子，有呕吐之状。

吴棠挥手让他离去。这冯九转身——肯定是感觉天旋地转——又哕了一口，好在并没有吐出来。

在那当差的搀扶下，冯九跟跟跄跄走了几步，然后再次转过身来道："什么玉兰？简直是一个西施！美！倾城倾国……太爷，你好艳福……"说着，他又哕了一口。搀扶他的那当差的怕冯九再讲胡话，便连拉带扯把他弄走了。

吴棠见状向上官介、司马三畏解释道："这就是刚才跟大家说的那个去送银子的人。"

原来，前些日子吴棠收到身在广州的海受阳的信函，说那边一位同僚亡故，其子那拉玉籣从京城过去要把父亲的灵柩运回去归葬，先海运到上海，再由运河北上，路过清河。由于路上不太平，不好带许多的银两，海受阳烦请吴棠凑白银三百两，等船到时交给那拉玉籣，事后由那拉玉籣偿还。

下午，那拉玉籣到了，吴棠凑足了银两，准备亲自去码头。正巧，上官介、司马三畏到了。吴棠要给上官介、司马三畏接风洗尘,便打发主簿冯九带着银两去了码头。冯九临走时,吴棠交代清楚了收银人的姓名。吴棠晓得冯九喜欢喝酒,但想到这是头一次给冯九派差,这冯九不至于不自爱,失去控制。可吴棠忘记了,当日是中秋节,路上家家过节、处处酒香,这冯九在衙门当差,熟人多,走到哪里不被叫住喝上两盅?只是吴棠闹不明白,冯九最后那"倾城倾国""艳福"等混话由何而发,上官介、司马三畏也因此而纳闷。只是事情过后,大家谁也不再理会,三个人心中都还想着洪秀全的事。

"这杨秀清有些名气,听什么人念叨过……"上官介摸摸头道。

司马三畏接茬道:"不错,这杨秀清在太平军中的地位仅次于洪秀全,但最早跟随洪秀全的却是冯云山。冯云山是洪秀全的表亲,又是他的同窗好友,比洪秀全小两岁。冯云山最早开始秘密传教活动,很快在紫荆山区发展了教徒数百人。而洪秀全则写下了《原道救世歌》《原道醒世训》等几篇文章,给冯云山传教做依据。开始的时候,洪秀全等人搞'敬拜上帝'是受禁的。但在洪秀全等人的传教活动开始不久,朝廷正好取消了对基督教的禁令,大批外国传教士冒了出来。听说这之后,洪秀全与广州的一名法国传教士接上头,在基督教教内取得了正式地位。紫荆山位于桂平县北部,是汉、壮、瑶等族杂居之地,四面高山林立、中间丘陵错杂、沟壑纵横、林木繁茂。山民以种田为主,烧炭为辅。冯云山初入山时,靠打短工过活。而此地的百姓,比我们所了解的更苦。冯云山的说教异常简单:'拜了上帝可以消灾难、登天堂。'那里的百姓在穷困中苦苦挣扎,从来没有人站出来为他们做点什么。他们听到解救声,哪怕它微弱,也是不肯放过的。这样,他们聚在了冯云山的周围——第一批信徒超过了两千人,自称'拜上帝会'。这两千人中便有杨秀清,还有萧朝贵。这时,洪秀全根据从法国传教士那里得到的《圣经》,又写下了题为《原道觉世训》的文章,指出中国历代帝王信的都是'邪神',是'僭越称帝';耶稣尚不得称帝,中国帝王何许人,敢在耶稣面前称帝?这些'僭越称帝'的人必'自干永远地狱之灾'。这说法十分恶毒,但很有实效,信他这一套的人越来越多。"

"这就是造反了!"上官介叫了起来。

司马三畏继续道:"在这期间,杨秀清和萧朝贵的本领也显现了出来。当地民间有'降僮'的习俗,'降僮'就是神灵借助人体显灵、解答疑难、消灾灭祸。杨秀清借助耶稣教义,搞起了洋式的'降僮'。他成了被附的人体,声称是'天父下凡'。最初杨秀清借助于'天父',先是有许多'箴言'出口,继而又有了许多预言。箴言十分动人,预言则多有灵验。杨秀清的密友萧朝贵也成了神灵的附着者——他比杨秀清低了一等,是天兄耶稣下凡。这样,一个是'天父附身下凡',一个是'天兄附身下凡',二人配合默契,相得益彰。通过'天父''天兄'频频'下凡',他们逐步控制了拜上帝会,甚至控制了洪秀全本人。在'拜上帝会'中,大家是称兄道弟的:大兄留给了耶稣,洪秀全成了'二兄',冯云山为'三兄',杨秀清为'四兄'。萧朝贵的妻子是洪秀全的义妹杨宣娇,杨宣娇为'五妹',萧朝贵便成了'妹夫'。不久,韦昌辉、石达开也加入了拜上帝会……"

"他们又是什么人?"上官介问道。

"他们又与洪秀全等人不同,都是富户子弟。"司马三畏继续道,"这两个人'不惜家产,恭膺帝命,同扶真主',在'拜上帝会'中影响很大。靠这一点,再加上他们的学识和才能,他们在会中很快占据了重要位置。韦昌辉比杨宣娇年长,成了'五兄',杨宣娇退为'六妹',最年轻的石达开则成了'七兄'。接下来,'拜上帝会'走的重要一步就是给洪秀全黄袍加身……"

"这就是彻底地反了!"吴棠叫了起来。

"反了!"上官介也叫了起来。

"庚戌年,也就是上一年的二月二十一日,洪秀全在平在山穿起黄袍,正式就任为太平天王。在这之前,杨秀清认定会中的弟妹们都是有罪之身,需要有人出来为他们赎罪。赎罪之大任他自己承担了,于是作起法来,以致'口哑耳聋,几成病废'。为弟妹们赎罪弄成这个样子,弟妹们对他如何不感激涕零?只是,'口哑耳聋'的杨秀清在封赏方面没有受到任何影响,与冯云山、萧朝贵三人并称'太平王'。

"洪秀全黄袍加身、登基是秘密进行的。在这之前,各地拜上帝会的首领相继被召至洪秀全所在的平在山秘密朝觐,并聆听天父、天兄的圣旨。其后,各地拜上帝会的首领根据天父、天兄的旨意返回自己的所在地。当初,拜上帝会会众集结于桂平的紫荆—金田地区,以及贵县、桂平交界的白沙地区,平南的花洲地区,郁林州的陆川、博白地区和广东信宜的大寮地区。各集结地按照在平在山天父、天兄发出的旨意,分头秘密组织团营,置办军械,起事的日子定于十月初一日。己酉年,'天父'通过杨秀清之口降言,说庚戌年将遣大灾降世,'人将瘟疫,宜信者则得救'。第二年,也就是庚戌年,果然发生了瘟疫,结果是'信者愈众'。灾难之中,'天父'再次降言,说过了八月将'有田无人耕,有屋无人住'。随后发生了土著与客家人相互仇杀的事件,闹得千百万人流离失所,预言又被验证。'天父'的降言成了最有力的号令，参加团营的会众变卖了田产屋宇，把钱交到拜上帝会的公库。大家的衣食俱由公款开支，人人平均。'均产'保证了会众的吃用。凭借此制度，入教者日众。杨秀清本人已是'口哑耳聋'，但这不影响他通过'天父降言'发号施令。虽是合家投营，但住起来并不是男女混杂，而是男住男的营女住女的屋，男走男的道女走女的路，叫作'分别男行女行'。"

"邪教无疑了！"上官介又叫了一声。

司马三畏接着说道："会众们盼望的日子就要到来，但有些地方还没有完成集结。于是，萧朝贵那里的'天兄'降言，说没准备好就不要轻举妄动。就在这时，杨秀清又'天父附身下凡'了，降言说确定的日子不得更改！'天父'自然比'天兄'厉害，起事将于十月初一日照样进行。自此，杨秀清一不再口哑、二不再耳聋，恢复了他那'耳聪目明、心灵性敏'的本相。随后，杨秀清和萧朝贵共同发布《奉天诛妖救世安民谕》，宣扬天父上帝'无所不知，无所不在，无所不能'的能力。当初，拜上帝会的人马约有两万人，叫作'太平军'。太平军出师不久，洪秀全颁布五条军纪：一，遵条命。二，别男行女行。三，秋毫莫犯。四，公心和傩，各遵头领约束。五，同心合力，不得临阵退缩。太平军的编制仿照《周礼》司马之法，以五人为伍，五伍为两，四两为卒，五卒为旅，五旅为师，五师为军。各级官长分别称军帅、师帅、旅帅、卒长、两司马，等等。这样，活动从秘密转向公开……"

"官府呢？难道这些人活动多年，那些为官的就不闻不问不成？"上官介有些怒了。

"这就是问题之症结了。'拜上帝会'在大家的眼皮子底下闹了多年，很少有人把这当一回事。等这伙人长出了翅膀，飞出了巢穴，再去捕杀却为时晚矣。最早与太平军接战的是广西巡抚郑祖琛。上年八月，皇上调四川提督向荣带兵进入广西，调云贵总督林则徐为钦差大臣到两广主持军务。但林大人在途中病殁。皇上又调两江总督李星沅接替林则徐。李星沅未到，郑祖琛先败，皇上又调原漕运总督周天爵接替郑祖琛署广西巡抚。进入新的一年，会剿不见成效，皇上又调广州副都统乌兰泰到广西。如此多的高官进入广西，使小弟刚刚上任就有了见识：其能力让人不敢恭维，其腐绩倒让人瞠目结舌……"

上官介打断了司马三畏，问道："向荣？何许人也？没有听说过……"

司马三畏道："他嘉庆年间就开始带兵打仗几十年了。调入广西之前，已经在几个省任提督。而实际接触后，方知此公乃银样镴枪头也者。那周天爵……"

上官介又打断了司马三畏："这周天爵有些名声，只可惜臭了点儿……"

司马三畏继续道："是啊，其肚量、人品我这次深深领教了……李星沅在人们眼里似乎也非等闲之辈，其于道光十二年中进士，三年后就升任知府，后又晋升为陕西、四川、江苏按察使；道光二十二年又升为陕西巡抚、代理陕甘总督。可这次一出马就遇到了绊马绳，足见其声名之虚。首先，他与向荣闹不到一块儿。李星沅主张'大军进剿'，向荣没有把'拜上帝会'放在眼里，说'大军进剿'是'小题大做'。但向荣官小，拗不过李星沅，只好勉强带队去找太平军。李星沅对向荣指手画脚，只因自己官大。他手下能够打仗的不过八千人，向荣手下却有精兵数万。其次，李星沅人缘极差，向荣不把他放在眼里，周天爵更不把他放在眼里。人道同床异梦，这周天爵连'同床'都不想，惹不起躲得起。他虽已年逾古稀，还是不愿意与李星沅共同待在省城，便请缨亲赴前敌。李星沅见周天爵上了阵，以为是周天爵与他争功，于是也带兵去与太平军较量。只是几个月下来，李星沅吃不住了，幕僚们说他'忧贼甚，寝食失常度'。说来也够可怜的，这李星沅连吓带累，来到军中，很快就一命呜呼——临死前留下一句话：'此贼非眼前诸公可了。'接任的是赛尚阿……"

"就是那位年纪轻轻就当上了大学士的人吧？"上官介叹道。

"不错，"司马三畏继续道，"就是那位在道光十一年就当上了大学士的赛尚阿。道光十六年他晋升为理藩院尚书，道光二十一年开始进入军机处充任军机大臣，次年京城组建洋枪队，他成了洋枪队的头头，来广西前已经是文华殿大学士、户部尚书。这赛尚阿更是名不副实，到任后不久，就有人把他与李星沅相提并论。而实际上他还不如李星沅。不用说别的，仅他不顾战局、专肆贪污这一项，就足以使他身败名裂了。我来之前，他在桂林的府邸正在修建，仅那花园占地就有几十亩了……"

"战局如何？"吴棠一直在认真听着，这时才问了一句。

"我来之前，太平军已经攻陷永安州城，人数也从原来的两万增加到了近四万。那势头恐无人可挡了……"

听司马三畏讲到这里，吴棠坐不住了，他把手中的扇子狠狠地摔在石几上，吼道："虎兕出于柙，孰之过与？"

冯九交来的那张收条，原来是折起来放在几上的。扇子摔下，带起一阵风，便把收条掀起来，飞落在了地上，而且在飘落的过程中展开了。吴棠心中有气，并不想捡起那张纸条。但纸条上的字引起了他的注意，于是，他把纸条捡起来，端详着。

上官介和司马三畏都看到了吴棠的这些动作,都看出了吴棠的诧异。

"出了什么事?"司马三畏问道。

吴棠若有所思,把纸条递给了司马三畏。司马三畏接过,见那上面写着"那拉玉兰收银三百两"。

一开始,司马三畏并没有从纸条上看出什么。这时,上官介要过纸条,一眼便发现了问题:"一个女人?"

司马三畏一听,又要回纸条,看出那字体刚中带柔,确像女人写的。但仅此就断定写收条的是一个女人,未免武断。可又一看那"玉兰"二字,便恍然大悟。于是,喃喃道:"这是怎么回事呢?"

吴棠也在琢磨这是怎么一回事。

"叫冯九!"吴棠喊道。

家丁应了一声去了,不多时便回禀道:"冯九醉成了烂泥,叫不起……"

吴棠向上官介、司马三畏看了一眼,求助道:"只好去码头了……"

司马三畏同意,跟吴棠一起起身。上官介却坐着不动,道:"又有何益呢?"

司马三畏不解,问:"什么意思?"

上官介道:"看来是出了什么误会,冯九把银子错交给了别人。有人平白无故得到了银子,你想,不是只有傻瓜才待在那里不离开吗?"

这一句话提醒了司马三畏,他笑了笑道:"我们要去也便成了傻瓜……"

可吴棠坚持要去,大家只好依他。这样,上官介也站了起来。

吴棠走在前面,上官介相随,司马三畏走在最后。三个人排起来,个子一个高于一个。这一排,也正好显出了体态的差异:吴棠略胖,上官介适中,司马三畏消瘦。反差最大的是他们的肤色,吴棠白皙,相比之下,上官介和司马三畏就显得有些黑了。

出衙门前,吴棠向家丁交代了几句。

清河县的运河码头名叫清江浦,是苏北运河上的大码头。每天,这里的河面上南来北往有上百条船行驶着。各式各样的船只在码头停泊,上人、下人、上货、卸货,吵吵嚷嚷,昼夜不息。

来到码头后,吴棠好不容易找到了把头。把头姓陆,见过吴棠两次。陆把头殷勤异常,一口一个"太爷",问他有何事。吴棠问可有运灵柩的船只停泊,陆把头以手扶额想了一想,道:"今天可能有些晦气,竟有两条船带着灵柩停下……"

"其中一条船上面有一位姑娘？"上官介抢着问道。

陆把头听后狡黠地打量着眼前三位年轻人，笑着道："确实有一个。那姑娘可好模样……"

"那船现在哪里？"吴棠不想听把头唠叨。

"已经离开了！"陆把头说得十分肯定，"泊位钱已交，说是连夜启程……"

司马三畏、上官介、吴棠闻言，面面相觑。

就在这时，只听有人叫道："我们在这里！"

大家听得清楚，是一位少女的声音。

循声望去，只见停泊的几条大船中间，夹着一条不大的乌篷船。船上有一口棺材，棺材的前首搭着一块白布，白布上面有一斗大的白花；一位姑娘正站在船头望着吴棠等。

吴棠等人走了过去。

月光之下，大家看清楚了这位站在船头的姑娘。那姑娘头上系了一条白带，白带在左侧打有一个结。一件灰色的上衣，衣襟直垂到膝。细处看不清楚，但那身段却也看出不寻常。

"你是那拉玉兰姑娘？"吴棠问道。

"对。各位是……"

陆把头抢着回答："这是本县知县吴太爷……"

听陆把头介绍后，那姑娘在船上打了个千儿，道："小女子这厢有礼了……"

吴棠回道："姑娘少礼……"

这时，就见那玉兰姑娘回头喊了一声船家，一位上了年纪的船家出舱。姑娘向船家说"上岸"二字，船家遂将踏板推出、搭好，挽扶着将玉兰姑娘送上了岸。

这下大家都看清楚了。那姑娘完全是满人打扮，头上有一很高很大的髻。大家已经看到的那条白带子就系在髻下，在左侧打过结后，两条带头垂下，一直垂到胸前。一条黑色的裤子，下面一双大脚最为显眼——鞋上表着孝布。面部也可以看得清楚了：宽阔的上额下，两道柳眉，很平很黑。眉下是一双大眼睛，明亮、水灵、深沉。而正是这双秀目，一下子吸引了所有的人。

姑娘见众人都在注视打量，微微一笑，遂对吴棠道："太爷是为那银子的事过来的吧？"

吴棠有些迟疑道："正是……"

玉兰姑娘道："正觉得蹊跷……请太爷讲明，以释小女之惑……"

吴棠解释道："说来巧得很，原来本县收到广州的信函，说那边一位同僚亡故，亡者的儿子那拉玉籣从京城过去要把灵柩运回归葬，先海运，到上海后再由运河北上，此时路过这里。信函嘱本县凑白银三百两，等船到时交给那拉玉籣。下午，那拉玉籣到了，本县正要来码头，可巧这两位好友路过这里。本县要给两位好友接风洗尘，便打发主簿冯九带着银两来码头送给那拉玉籣。只怪本县处事不慎，忘记冯九贪酒。想必是他路上被熟人绊住，喝多了。说来也巧，姑娘的姓名竟然与那那拉玉籣同音。更巧的是，姑娘也是运灵柩归葬的。想来，有了这些巧合，我那吃醉了酒的主簿把银两送到姑娘的船上，也就不足为怪了……"

听到这里，玉兰姑娘大悟道："原来如此！我说呢！那主簿大人似已酒醉，听小女报过姓名，便不由分说，硬要我们把银子留下，并让小女写下收条，然后嘴里不三不四地喊叫着，仰天大笑而去……原本我们是要连夜赶路的，泊位钱都已经交过。可得银子后小女认定这内里必有误会，料定银子的主人会来，便等在这里……"说着，玉兰姑娘回头向船舱中喊道，"玉蕉妹妹，把那银子送过来！"

在大家讲话时，吴棠等人早就看到一个十三四岁的小姑娘一直在船上舱门那边探着身子观看岸上的情景。那小姑娘听玉兰姑娘吩咐，转身进仓去了。

这时，吴棠又道："姑娘，那银子本县不再收回——本县到码头上来，也并不是为了取回银子，而是为了看个究竟……"

这下把玉兰姑娘说呆了，她半天才道："这怎么说起？我等非亲非故……"

吴棠摇摇头道："但有三分缘分。这种种巧合，岂是用'缘分'二字可解的？"

玉兰姑娘似乎也想到了"缘分"二字，故而思维有了片刻停滞，之后便道："只是，小女子怎么能够接受如此多的银两？"

这时，站在一边的上官介越想越觉得当晚的事情极不寻常。巧合，一连串的巧合。而这一连串极不寻常的巧合，在他的脑子里已经有了种种臆想。他觉得眼前的事情不能够就这样收场——必须留一个接头。这样，听到玉兰姑娘表示对收下这笔银两感到为难的话后，他便道："这样可好，这包银子算是吴兄借与姑娘的。"

这时，大概司马三畏的脑子里也与上官介有着相同的思考，听后忙道："好主意！这样，日后姑娘能够想着咸丰元年闰八月的中秋佳节，有清江浦赠银一事……"

上官介笑道："怎样又变成了'赠银'？"

司马三畏笑着纠正道："借银……"

吴棠看了一眼两位学友，转而问玉兰姑娘道："姑娘，这亡故的是你的什么人？"

玉兰姑娘回道："小女的父亲……"

"是在外经商还是为官？"

"为官……"

吴棠见姑娘不肯详说，也就不再多问。他道："亡故他乡，令人嗟叹。同是官场上人，岂能不为之哀痛？看得出，姑娘家境不算宽裕。路过这里，本县尽地主之谊，有所表示也是合情合理之举。姑娘既有所顾忌，那就照吾二位友人的主意，算是支借可好？"

玉兰姑娘听后，又思考了片刻才道："那就多谢太爷，也多谢两位相公。"

吴棠分别指着司马三畏、上官介道："这是本县学弟司马三畏，已授广西平南县；这是本县学弟上官介，已授湖南益阳县。"

吴棠介绍后，玉兰姑娘不慌不忙，给上官介、司马三畏施了礼，转身道："小女再换一字据……"

吴棠见状急忙拦住道："这就大可不必……"

玉兰姑娘的妹妹早已提着银子包站在姐姐身边，玉兰姑娘也站在那里没有动。

吴棠又叮嘱道："事情到此为止，姑娘请回。只是有一件，姑娘万万不可夜晚上路。本县惭愧，因治理无方，治内并不太平。进入山东境内，姑娘更需当心。那里黄河决口，盗匪横行，姑娘定要昼行夜宿才是。"

玉兰姑娘连连称谢，从妹妹手中接过银两，一手抱在怀里，另一手领着妹妹，在老船家的搀扶下回了船。吴棠等人与她们挥手告别。

吴棠的家丁按照吩咐从县城一家米店借来三百两银子，早已赶到。那陆把头刚刚看了那出好戏，正被惊得目瞪口呆，吴棠请他带路找船。在他的引领下，吴棠等人很容易地找到了那拉玉蘭的那条船，把银子交到了那拉玉蘭的手上。

皓月已经升到高空，吴棠等人沿着运河回城。月光洒在河面之上，粼粼点点，闪银烁金，令人浮想联翩。很快上官介心中有了一副对联，道："小弟有了一副对儿，现把上联讲出来。二位学兄对一对，看与小弟心中的下联意合否？"

吴棠、司马三畏心中都是兴奋的，听上官介讲罢，忙道："那就快把上联讲出来吧！"

这时，他们到了一处高冈上，大家不约而同地停了下来。上官介遂讲出了上联——

辛亥闰八月，一岁中秋二度，后月明过前明月，皆因已会西子。

这里的"辛亥"，即是当年，是干支纪年的方法。吴棠一听，知道上官介是拿自己做文章，便不去动脑筋对什么下联。

司马三畏自然也知道上官介的用心，故意对吴棠道："学兄该当仁不让，且定然已经有了。我等洗耳恭听……"

吴棠一笑道："要对你们对去……"

上官介、司马三畏也都笑起来。最后，司马三畏道："那我就出了。"随后他故意清了清嗓子，念出了下联——

戊戌又中秋，两夜明月双升，前月难比后月明，全为未见王嫱。

这里的"戊戌"即是当日，也是干支纪日的方法。上官介听罢叫了起来："竟然字字相对！可见我们兄弟心心相印了！"

第二章 一处县衙，折出大清国民情

上官介乘船逆江而上，进入洞庭湖，再沿湘江到湘阴，尔后返回，入横岭湖、万子湖，沿资水而上到达益阳县码头。他到达时已接近黄昏，县丞、县教谕、三名县主簿、县典史、巡检司巡检、县库大使、县仓大使、税课司大使、河泊所大使等县里主要官员都已经等在码头。

在古代，一没有电报，二没有电话，那益阳县的这些官员是从哪里知晓新的县太爷到了，还在码头上迎接他呢？原来，当时新官上任都有一套制度。一名知县上任，在上任之前先有"红谕"传下来。所谓"红谕"，就是写在一张红纸上的官方通知书。"红谕"之上，写着某人是什么地方的人，已经被任命为何地的何官，现即上任，要求沿路各有关官衙和任所的有关官员如何如何。沿途知县接到"红谕"，一来是京中有令，不敢怠慢；二来是，既为同行，免不了日后遇上相互照应的时候，在接待上也同样不肯怠慢。于是，接风、送行会做得十分周到。而他们的工作中，有一项就是"报风"——令驿站先行前往下一站通知。益阳县的官员们就是接到了"红谕"，知道新老爷将要到达，有较为充足的准备时间；然后又接到了湘阴县"报风"，不但知道县太爷大约某日某时要到，而且知道新老爷是水路乘船到达。只是有一件，县太爷到达的准确时辰，这些官员是难以掌握的。

益阳县众官员接到"报风"信息，那是前一天的下午。他们不敢怠慢，便上了码头。大家原以为上官介乘坐的是一条官船，等到后才弄明白，新老爷所乘的是一条普通的乌篷船。

也不管公船私船，反正把人给等到了。以县丞黄天禄为首的官员们，依次上来见过。大家在这里寒暄，众衙役则把行李搬下船、装上车。那准备运行李的大车预备了三辆,结果,新老爷的行李连一车都没能装满。随后,上官介上了轿。这是一顶半新不旧的蓝色小轿。县丞等人都步行跟在后面。轿子的前面是开道的衙役。最前面有两面锣,其后是两面写有"回避"的大牌子。再往后,则有六块招牌——"江东才子""辛丑举人""己酉进士""夺魁状元""益阳县正堂""御赐七品顶戴"。

这些牌子,在码头上上官介已经看到。他不晓得县里的这些同仁们是从哪里得到的这些"资历"。上面写着"辛丑举人",而辛丑那会儿他还没进过考场,而他中进士也不是己酉之年。再说,己酉当年也不是大比之年,哪来的进士?对此,上官介并不认真,反正是些应景的虚文,由它去好了。

轿子的后面紧跟的是乐队。只可惜当时正值吃饭的时间,乐队一向懒散,到了饭点熬不住,便央求县丞先去打打牙祭。起初县丞不允,后不见船的踪影,执拗不过便应允了。就在乐队人员离开不久,船便到了。黄天禄慌了神,急忙派人去找。放出容易召回难,半天才召回三两个,一直到轿子抬起、乐声当鸣的时刻,还是人齐马不齐——一只喇叭两个笙,也就凑合了。

就这样,用了半个时辰,上官介便从码头到了县衙。

在衙前下了轿,上官介被拥入衙门。进大门便是二门,绕过建在二门和大堂之间的甬道上的戒石亭,便到了大堂。在这里,上官介要举行入衙后的第一个仪式——验官凭、接印。

举行这一仪式的全部工作县里已经做好。大堂的中央放着一张案,上面铺上了一块红布。这块布的鲜艳和崭新,与大堂其他设施的陈旧与破烂形成鲜明对比。案中央那鲜艳的红布之上,就放着要交接的那件东西——益阳县知县的官印。

先进行的是验官凭,就是当堂检验上官介带来的用来证明任命和身份的文件,均由吏部所发。证明任命的文件是委任状,证明身份的文件是身份证。当时上面只是用寥寥数语,写明持证者的容貌、形体特征。而最管用的,是吏部的印章。

上官介把两份证件取出,让县丞黄天禄验过。其实,这只是一种照例要进行的程序而已,拿到手里,那黄天禄也不可能真的查看。而如果真的郑重其事地进行查验,那实际上就是表明对对方的不信任。何况,这黄天禄还比上官介矮一级,他岂敢在上司面前放肆?话说回来,即使认真查看,凭两只肉眼,你能够看出什么名堂?

总而言之,验官凭的程序很快就过去了。

来的确实是一位货真价实的县太爷。下面就要将印——这一县权力的象征交给对方了。一个象征性地交,一个象征性地接。只是这接印者需有些动作。首先,他要朝案,也就是朝北跪下来。这叫作"拜阙",意思是"叩谢圣恩",因为即将拿到的那印是朝廷赐予的。"拜阙"后又要"拜印"。其意在于表明,那颗铜铸的东西,并不是你县太爷手中任意摆弄之物。它是有意志的东西,无论何人,你都不应该把自己的意志强加于它,而只能照它的意志行事。

上官介认认真真地做完了这一切之后,那些到码头上去打牙祭的乐手们都赶了过来。

下一个程序带有实质性,是为"公座礼"。

对这一切,上官介已从吴棠、司马三畏那里学到了必须掌握的知识。吴棠和司马三畏都是过来人,对这一经历记忆犹新。他们告诉上官介,这"公座礼"是新知县在大堂上与下属见面的礼仪。"公座礼"要在梆子的敲打声和堂鼓的撞击声中进行,先由"发梆"开始。头梆敲七下,代表了七个字:"为君难为臣不易";二梆敲五下,代表了五个字:"仁义礼智信";三梆敲三下,代表的是堂匾上的"清慎勤"。三梆敲过,新官升堂,随后就是"发鼓":堂鼓被撞击三下,含义是"奉圣命"。鼓敲过后,新官入座,大堂两边早已伺候齐全的属员上前参拜。参拜既毕,堂鼓又被撞击四下,意即"叩谢皇恩",宣告退堂。

此时此刻的益阳县大堂,"公座礼"进行得一丝不苟。大清国制度的完备令上官介感叹不已。与此同时,他也感受到了人生的第一次荣耀。

只是,就在他端坐在大堂的第一把交椅之上享受荣耀的时候,不知怎的,吴棠的一席话涌上了他的心头,一下子破坏了他的好心情。

吴棠是作为玩笑讲那番话的。他不晓得从哪里弄来一个"官场排场十八态",这十八态,一曰乌合,二曰蝇聚,三曰鹊噪,四曰鹄立,五曰鹤惊,六曰凫趋,七曰鱼贯,八曰鹭伏,九曰蛙坐,十曰猿献,十一曰鸭听,十二曰狐疑,十三曰蟹行,十四曰鸦飞,十五曰虎威,十六曰狼餐,十七曰牛眠,十八曰蚁梦。

一曰乌合,指的是县丞、主簿、训导、教谕、典史、巡检、驿丞、税监这一班人,实际上为一群乌合之众。二曰蝇聚、三曰鹊噪,指的是这些人每逢有油水之时,便像苍蝇一样聚了来,一阵吵吵嚷嚷,好比鸦鸹鹊噪。随后,堂上梆子声起,全都各就各位地站好,这就是"鹄立"。二梆敲过,坐在大堂中央的官长,唯我独尊。此时此刻官长提起了精神,挺直了腰板,伸长了脖子,这就是"鹤惊"。而下面的一干人等,则顿时肃然起敬,像鸭子般摇摇摆摆,似游鱼般首尾相接,一起进入大堂,进行参拜,这就叫作"凫趋""鱼贯"。接下来的场景是"鹭伏"——鹭鸟的特征是颈足俱长,此时俯身参拜，一下子就都矮了下去。九曰"蛙坐"，又是指此刻长官的动态——他坐的姿势得稍稍前倾，以示对下属的尊重，那姿势就如同一只蛙坐在那里。坐定后，人们便争着上前献茶，犹如一群幼猴巴结猴王，这便是"猿献"。座也落了，茶也献了，接下来便是训话，要紧不要紧，下面得装出一副洗耳恭听的样子。于是大家伸着脖子，冲着一个方向，犹如鸭群在听主人放食信号，故称之为"鸭听"。老爷高兴了讲几句，不高兴，一个屁也不放。讲几句，有讲几句的"狐疑"：老爷为什么讲这个而不讲哪个？讲讲了的话是什么意思？有什么弦外之音？不同的处境、不同的地位，会提出不同的问题，总而言之，听后是一片"狐疑"。一句话不讲也会引起"狐疑"：怎么啦？不高兴、劳累了、还是怎的？反正你处在万人，或者千人，或者百人，至少是几十人注视之下，该讲话的场合，你开口还是不开口，开口讲什么，大家都会有一些想法就是。

开口不开口，总有结束"公座礼"的那一刻。结束了便有了"蟹行""鸦飞""虎威""狼餐""牛眠""蚁梦"等一系列行为和动作。散了，众人争着往外奔，门口的宽度不大，譬如最多一次只能够出五个人，这样，如果想七八个人一同跨出去，身子就得横过来，这便是"蟹行"。到了大门外，全无拘束了，大家就如同"鸦飞"，毫无次序，各奔东西。从这时起，这些人各自成了主角儿，向轿夫、跟班耍起威风来，方才低三下四、跪拜受屈、胸中窝火、心中憋气，此时此刻则要把气一股脑儿撒在下属身上，称之为"虎威"。再说，在衙门里站半日，已经饥肠辘辘，老爷更是不耐烦，于是，便对轿夫叫骂不停。轿夫也憋一肚子气，这落实到行动上，便是一路飞跑，赶快把这令人讨厌的家伙送回去完事。这样，某公上轿后一路威风回到家。此时的某公，犹如饿了三天的狼，到家后赶紧饱餐一顿。吃饱了，喝足了，浑身的血脉便聚集到胃部去帮助消化那大鱼大肉。何况由于饿得慌，还忘记了孔夫子"食不厌精，脍不厌细"的教诲，狼吞虎咽，让送到胃里去的东西，变得难以消化，更需要调动周身的血，给胃送这样那样的必需品。故而，此时此刻的某公，脑部便供血不足。脑部供血不足，便惹来了困意。于是，上床睡一觉，这就是"牛眠"了。现实里捞不到的东西，到梦幻里去追求。于是，来了个"蚂蚁缘槐"，做起美梦来，称之为"蚁梦"。

在听吴棠讲这些事时，上官介只是当作一则笑话来听，其感受至多是多晓得了一层官场的昏暗而已。但如今，他想起这则故事，与当时听吴棠讲时的感受就大大不同了。现在他就是故事中那位被参拜的官长，而下面的就是做着种种表演的那群人。这些人，乌合凫聚，丑态百出，出现在故事之中，倒还罢了；可现在却在现实中,他这个官长将如何面对呢?就这样,他的情绪被破坏了。刚刚有的那种荣耀感顿时无影无踪,剩下的是不安、惆怅……

只是,容不得上官介想得更多,下面的官员已经献上茶来。这时,上官介一下子又想到了故事中的"猿献"。他接了茶,呆呆地端到手里,也不往嘴边送。好在他很快清醒,心想下面就轮到他训话了。这时,他心中笑了笑:"我这呆呆地端茶的举动,会让大家提前狐疑了!"

事前他已经想好,就照着"发梆""惊鼓"代表的那若干字讲一讲。这样,他把"为君难为臣不易""仁义礼智信""清慎勤""奉圣命"串联在一起,言简意赅地讲了一番。

讲罢,下面一片掌声。他不晓得这些人是发自内心地肯定,还是应景地行动。至于他的话是不是引起了"狐疑",他并不在意。

随后,"公座礼"结束。但众人出堂时,他并没有发现"蟹行"的场面,退场总的来说秩序井然。这令他感到了一丝欣慰。至于"鸦飞""虎威""狼餐""牛眠""蚁梦"那些,是大家散了之后的事。而眼下,这些人还不能够离开。他们集中在了堂前的院子了,为的是等待一顿晚宴——为新太爷接风。

上官介要把接到的印送往签押房。所谓签押房,拿现在的话来讲就是机要室。

这签押房就在大堂后面的院子里。从前院到后院有两条路。一条是东路,即在大堂的东侧,这是一个夹道,一般的人员要从前院到后院去,走的就是这条路。另一条是通过大堂的后山墙上开的一道门,从大堂直接进入后院。这条路严格说来是专门为知县开的。门一开,外面便是一道回廊,从回廊向左拐,走到头向右拐便到了后院正房的回廊。那签押房就在大堂和正房之间,紧靠回廊。签押房两间,不是很高,位置靠近大堂而远离正房,所以既不影响正房的采光,又方便了县太爷的工作。

当时,县丞陪上官介走的就是后门这条路。接下来他还需要跟新知县做进一步交接。

三位主簿也没有走。下面要做的事虽然与他们没有什么直接关系,但他们总不能抛下初来乍到的上司自己去逍遥。

进入签押房,早就有八九名当差的等在那里。见老爷进来,一个个便拜了下去。起身后,那几个人挺直了腰板,毕恭毕敬地站着,随时听候吩咐。印需要送到他们的手上。上官介喊了一声"稿签",就听站直了的队伍中有一个人应声:"小人在,侍奉老爷。"

上官介把手中的印交给那人，道了声"往后就辛苦了"。

那人接过印，脸上立即现出花一样的笑容。

尔后，上官介向其他人道："大家往后也多有辛苦……"

在这个过程中，三位主簿一直是等在签押房之外的。等那里面的事情办完，县太爷在县丞的陪同之下走出签押房，从回廊转向正房时，三位主簿才跟了上来。

这里便是上官介日后的家了——一排很有气势的五间正房。

县里早就知道上官介没有带家眷，因此找了妇女兰妈照料上官介的起居。这兰妈已经等在那里，衙役已经将上官介的行李——几个箱子——搬了过来。

五间正房的门开在中间一间。这间房内北山墙前有一张八仙桌，桌的两侧各有一把椅子，两边靠墙各有一条长几，进入东西内室的门就开在几旁。东边的两间内室，最里边是上官介的住室，靠会客室的一间便是书房。西面的两间原本是安置家眷的，现在空着。

黄天禄向上官介介绍过兰妈就离开了，他说等晚宴安排妥当，就前来相请。

县丞与三位主簿离开后，兰妈上前照料。她四十岁多一点，看上去老成、干练、稳重。兰妈已经备好洗漱之物。上官介换上便装，洗漱完毕，便出了屋子，站在屋门前出神。

啊，到了自己的县衙！一切都已经开始。

上官介思绪联翩。恩师陶澍谆谆教诲的情景，恩师左宗棠谆谆教诲的情景，特别是陶澍临终前把他、吴棠、司马三畏、海受阳召到榻前做最后一次教诲的情景，历历在目。

"你们再把《大学》的第一章背诵一遍。"临终前，陶澍把他们四个人召到榻前道。

"大学之道，在明明德，在亲民，在止于至善……"

四个人谁都知道，这是恩师向大家提出的最后要求，是要大家把这些圣言当作终生的指导，不可片刻忘记，不可片刻背离。

他也记起，上一年在恩师十年祭的时候，他、吴棠、司马三畏、海受阳四个人站在恩师的墓前，再一次一起背诵《大学》那一章的情景。那之后，四个人一起盟誓，要履行"朝闻道夕死""杀身以成仁"的圣训，发誓"修齐治平，同励共勉；贪赃者死，枉法者亡"。当时，他对自己的人生充满信心，期待的心境如今依然鲜活。

在清河县与吴棠、司马三畏的见面，特别是听到司马三畏关于太平天国起事的那些话，上官介意识到国家已经处于动乱之中。

而这里的情景究竟如何？他心中无底。

为了对益阳县的情况有个大概了解，做到心中有数，上官介在来的途中特意去湘阴拜访他的恩师左宗棠。左宗棠在安化教书，但经常回老家湘阴。道光十九年时，左宗棠在醴陵渌江书院任主讲，认识了两江总督陶澍。不久，陶澍去世，撇下一个九岁的儿子陶桄。于是左宗棠到了陶澍的老家安化，给陶家当塾师，教陶桄读书。当时，左宗棠在安化陶家教书，每从安化回家，便巡行田头，指导耕作，自号"湘上农人"。他两头跑，常常途径益阳，又是本乡本土，对益阳的情况一定了解甚深。上官介原希望在湘阴能够见到恩师，并且事前写了信。不巧的是上官介的信在路上耽搁了，左宗棠并没有接到上官介的信，于上一日去了安化。上官介扑了个空，只好怏怏登船。

他又想起当时在清江县与吴棠、司马三畏谈话时的情景。特别是他最后决心只身赴任，两位好友所表现出的那又惊又急的神情，还历历在目。

"这绝对使不得！"吴棠差不多要哭了。

"你不要固执太甚！"司马三畏则再做努力，要上官介改变主意。

"主意已定，泰山难移！"上官介最后这样回答。

直到眼下，他还没有发现什么不便之处。

县丞过来了，说晚宴已经备好。

晚宴设在东院。这里与上官介住下的西院相对，房子还多些，因为县衙大院的重要设施食堂等就设在这里。有食堂，就要有贮藏室、伙房。有贮藏室，就要有管理人员、采购人员住的地方；有伙房，就要有伙夫住的地方。还有，像兰妈这样的下人的住处也在这里。等等。

食堂不小，平日就有三十余人在这里用餐，还得准备上司来的接待用餐，故而食堂是照五十人用饭设计修建的。

眼下食堂共摆了四桌，主桌靠北面的山墙，座次已经安排好，新老爷上官介自然是上座。上官介的右首是县丞黄天禄，左首是第一主簿黄天福，其余都是县里的头脑，则严格按官阶高低排定。

参加晚宴的人员已经到齐，上官介在黄天禄的陪同下进入食堂时，大家肃然起立，等待上官介就座。上官介示意大家坐下，大家这才重新坐下。

先由黄天禄代表大家敬酒。上官介不会喝酒,端起酒盅,站起身来抿了一口,然后说了声"诸位请",再次让大家落座。

这样,大家开始吃喝。

一边吃,上官介一边注意桌上的菜。十菜一汤,大小盘子已将桌子摆满。他还同时注意场面上人们的表情,其中有几个人全不顾给太爷接风应该表现出的优雅,狼吞虎咽,大吃大嚼,吃相实在不成样子。渐渐地,上官介心中产生了一种莫名的感觉:说不上是厌烦,也说不上是反感,它更可能是一种不适。不适在哪里呢?他开始想不明白,但渐渐地思路清晰了。原来,他是看不上身边这些海吃胡糟的官员。他又想起吴棠给他讲的"十八日",心想这些人此次不能够"鸦飞",没能够耍"虎威",却把家中的"狼餐"挪到了县衙。看来这些人全然不觉,自己所吃的乃民脂民膏……

上官介内心的这种不悦,在场的许多人看了出来。对此第一个做出反应的是主簿黄天福,他对上官介道:"大人,民间多疾苦,故而我等张罗时不敢铺张,所备饭菜难称丰盛,请大人体谅……"

上官介闻言,一时转不过弯来,因此,他并没有对黄天福的话做出反应。而此时,县丞黄天禄瞪了黄天福一眼,而黄天禄的这一眼神恰好被上官介看到了。

上官介早就注意到了这个黄天禄。注意他,首先当然是因为此人是县丞,在上官介上任之前,一直是他主持县里的工作,而今后此人将是上官介的助手,上官介不能够忽视之。其次,此人的相貌特征与县丞职务存在巨大的反差。这黄天禄四十多岁,长了一副憨厚的脸,个子不高,全身总是缩着,看上去绝不是一个占人便宜的人,更不会是一个会害人的人。他很少讲话,少有的几句话,也讲得不甚利落。可不晓得为什么,一见面,上官介就不喜欢他。

晚宴十分清冷。第一是因为上官介心里不甚高兴,第二是因为黄天禄不苟言笑——他是作陪人员中官职最高的,他不讲话,别人谁敢多嘴?这样的宴会不会拖很长的时间。上官介第一个放下了手中的箸,推开了面前的盘。

晚宴结束前,上官介宣布请门房、签押房、伙房的管理人员,请书启先生、刑名先生、钱粮先生留在县衙,继续当差。以上人等原都是黄天禄以私人名义雇的。因此,上官介的宣布,意味着这些人即日起,变成上官介雇的人。

晚宴之后上官介还有一项事要做,这就是清仓盘库。粮仓、银库和料库对照前任留下的账本,一一验过,看账物是否相符。无疑,这是一项极为重要、做起来也极为麻烦的工作。但是,上官介把麻烦简化成了简单。他委托第一主簿黄天福代他做了粮库的交接,委托第二主簿王强代他做了银库的交接,委托第三主簿周训代他做了料库的交接。

上官介是不是糊涂?粮库、银库、料库是一个县的命根子,知县靠的就是这三库。上任伊始,你让别人替你把这三条命根子接下来,岂非儿戏?再说,判定前任是否清正,也可从这三库的交接中看出个眉目。况且,此前一直是县丞黄天禄主持工作,今后他将是你的第一助手,你对他就这么放心,把了解此人的大好机会放掉?

其实,上官介这样做也并非儿戏。他是接受了吴棠和司马三畏的建议后才这样做的。

吴棠和司马三畏告诉上官介,交接三库的账物是一项很棘手的事。它很重要,做起来很复杂,但又有时限。为时限所逼,你必须尽快在交接文书上签字画押。但事情很复杂,里面的弯弯绕很多,你想在短时间内弄个究竟,那比登天还难。这种种矛盾,使接收者往往是马虎从事,所谓睁一只眼闭一只眼,大笔一挥,接受下来完事大吉。至于账物是否相符,有无贪赃、挪用等问题,便不去管它。反正世道是浊多清少,日后说不定自己也会混入浊流,到时也有与别人交接之日。故而你好我好大家都好,抬抬手,放过去。

上官介对两个朋友说,他不想放过去!

两个朋友一听,便给上官介出主意道:"那你就让下面的人代劳!"

上官介顿悟,道:"好主意!"

怎么说是好主意?这样做,一可以很快完成交接,二可以避免承担责任,三可以日后慢慢查对。而被指定代替接收的人,一般会认为这是上司对他的特别信任,会屁颠颠去做;个别有心计的,看出门道儿,不高兴也只能够闷在心里,不会公开拒绝。

当上官介宣布请三位主簿替他做三库的交接时,在场的人无不感到惊奇。但惊奇过后,大多数人转为兴奋,就连令人难以捉摸的黄天禄也是如此。只是他兴奋的时间十分短暂,脸花一放,立即收敛了。对众人的表现,上官介看在了眼里、记在了心里。

随后大家散去。三位主簿分别与粮大使、库大使去做查验、交接的工作,县丞和其他人与上官介话别,各回各的住处。

兰妈侍奉上官介洗漱后离去。上官介确实疲倦了,但他同时也很兴奋,躺在床上难以入睡。

他的思路回到了在清江县与吴棠、司马三畏的辩论上,上官介决定只身上任是他们辩论的焦点。在吴棠和司马三畏看来,上官介的决定几近于荒唐。他们列举了一系列事实,向上官介说明其不可行。

吴棠和司马三畏最有说服力的,是官场上的"长随制"。

"长随",如果勉强下一个定义,就是官长带到衙门替自己办理公事的人。第一,这种人是某官长上任时就带到衙门里的,他们大多是官长的亲戚、朋友或由亲朋推荐的人,一句话,是自家人。第二,这些人吃"私门"的食,办"公门"的事。就是说,他们的薪俸是由带他们去的官长私人发的,可他们办的却是衙门中的"公事"。第三,他们被安插在衙门的某某部门,替官长也就是替他们的主人把关,一是便于官长工作,二是避免官长工作出错,三是避免官长被他人蒙骗。

"长随"的带入、安插、工作、归宿等,便形成了大清衙门里的"长随制"。而其中,知县的"长随"最具有代表性。吴棠和司马三畏之所以在上官介只身赴任问题上与上官介较劲,就是因为这个"长随制"的存在。

知县的"长随",主要安排在"三房"。晚宴结束前上官介曾经宣布,请门房、签押房和伙房的管理人员留任。这门房、签押房和伙房,就合称"三房"。

在"长随"中,门房主管被称为"门政大爷",是与签押房的第一把手"稿签"即"稿签大爷"并列为"长随"之首的。

这门政大爷的执掌,分"司差门"和"司执帖门"两项。"司差门",职责是每日照应各道门户启闭出入。老爷要出门,他要预做安排,看出门去干什么、办什么差事,按规定准备轿马跟班;有外地什么官员或公差经过县境,他要弄明白差使的性质,回明老爷和账房,再分派值日吏胥安排驿馆、送酒饭、应酬车夫等。如果是押解犯人过境,他又有检点收禁的责任,发给押差回照,再催刑房准备红衣差使,将犯人押解到下一站,等等。从他做的工作可知,这门政大爷得善于应付各种应酬,否则,不是失礼就是出错。"司执帖门"则略近传达的意思,凡来拜会、求见老爷的,都先打这儿送上名帖或手本,然后由门政大爷转递老爷。这项工作赋予了这门政大爷相当的权力,也给他带来了汲取油水的机会。平常看不出什么不寻常,而等名帖和手本递到他的手里时,八字衙门便顿时变成县衙这个大肚子瓶的瓶颈。这"门"进得进不得、进得快些还是慢些,此时此刻,就全看门政大爷的脸色如何了。从这一意义上来讲,不管这"门政大爷"是不是"自家人",都是一样的。用"自家人"的意义不在这里,而在于是"自家人"就要办"自家事",哪方面的人必放、哪方面的人不放、哪方面的人急放、哪方面的人缓放,"自家人"对老爷的意愿心领神会,心中都有一杆秤。这就显示了用"自家人"做"门政大爷"的重要性。而"门政大爷"的第一项职责,即"司差门",更显示了"自家人"做"门政大爷"的重要性。老爷自己出门去公干,不同的事有不同的讲究。譬如,下乡视察和出迎上司,是两种不同性质的事,外出的"排场"各有不同;弄错要么出洋相、贻笑大方,要么违礼越轨,重了还会把乌纱帽丢掉。再讲严重一点,有时候,老爷的乌纱帽其实就掌握在这"门政大爷"的手里。

这签押房是县衙最重要的部门。它的职责是:一,安排县太爷的活动日程;二,文件的起草、批阅和转呈;三,安排审案事宜;四、协调部门关系。签押房有一位领班,称为"稿签大爷"。这便是与"门政大爷"在整个县衙并称"大爷"的人。而"长随"中其他的人,最体面的也只能够称"二爷",足见这两位职责之重。只是,虽同为"大爷",而"门政大爷"与"稿签大爷"相比,前者的重要性又逊于后者。古代官场上有"假门上,真签押"的讲究,说的就是两者的区别。门政乃县衙咽喉之地,掌出入之大权。"稿签大爷"就不一样了,他处于机要之地,是衙门所有运作的指挥者。就拿文件的起草、批阅、转呈这一项来说,他须知文件的律例、明白文件的格式、了解转运的程序。哪个文件要哪个幕友起草,哪个文件要哪个房吏誊写,哪个文件盖哪个章,他都要成竹在胸。

"稿签大爷"的重要性,也能从他手下必不可少的几名"二爷"看清楚。他的手下共有九位"二爷":第一,"发审二爷"一名。这是"稿签大爷"的第一助手,具体办理签押房第二项即文件的起草、批阅和转呈工作。第二,"值堂二爷"两名。他们具体办理签押房第三项即案件审理事宜。戏文中,每每老爷坐堂,他的案左案右总是各有一个斯文模样的人站在那里,这便是"值堂二爷"。出现在大堂之上,他们的职责是"听"。原来,在老爷坐堂之前,他们已经把所要审讯案件的有关卷宗看过,对案情已经有所了解。在审讯过程中,他们把问话和答话记在肚里,等刑房书吏整理出记录或案卷时,有无卖供情形和遗漏情形,他们一看便知。第三,"用印二爷"两人。"用印"是掌握大印的。大清时,这样的人需要两个,原因是那时的印多,用印的事情也多,用印的讲究更多。比如平时用红印,遇有国丧改用蓝印,祭祀事务的文件用水殊印,考榜事务的文件用正斜印,税契用接缝印,联批用骑缝印,串票用半边印,告示用中斜印,另有什么天正印、地正印,等等。这样,稍有差错,轻则弄出笑话,影响老爷的权威;重则违反了规制,影响到老爷的前程。所以,要设两个人,"分而治之",使得自己管的那部分的工作和程序更精通些,避免出错。第四,"号件二爷"两人。他们的职责是管理文件的登记、归档。这两位"二爷"工作量很大。文件不只是登记个名字完事,他们需要把文件的主要内容进行摘抄,对文件进行梳理归类。可以讲,此二人通过这些工作,会了解签押房的全盘工作状况,因此,每当"稿签大爷"出缺,顶替人便从两名"号件二爷"中遴选。第五,"书禀二爷"两人。大清国那会儿,一个县衙也不可能有印刷的设备,所有的请示文件、张贴的告示、往来的公务信札、礼单等,先由师爷起草,再经老爷过目,然后便交"书禀"誊写。这誊写工作不但需要技能——你得写一笔好字,还要细心,无论什么文件,都是不允许涂涂改改的。另外,他会涉及机密,因为他所抄的许多文件属于"机密",有的甚至属于"绝密"级,这决定了这项工作一定要由"自家人"来做。

"三房"中的另一房伙房,其重要性有两个方面:第一,他是县衙门经费开支的大户,知县不能不把它掌握在自己手里。第二,这里面的弯弯绕非常之多,如果你知县老爷是一个清官,你就不能够把这个部门的职权随便付与他人,让他任意搜刮民脂民膏;如果你知县老爷是一个贪官,你就需要让自己的人把这个部门掌握起来,所谓肥水不流外人田。这两方面决定,这伙房的头头也是"二爷级别",被称为"管厨"的也需安排"自家人"。

除去"三房",还有"一幕"。这里的"幕"就是"幕府"。县太爷的幕府是比较精干的,一般就四个人:"书启师爷""刑名师爷""钱粮师爷"和"账房师爷"。

"书启师爷"的职责是替幕主起草各类文件,是县太爷的笔杆子。另外,因县官负有考核地方生童学业的责任,故而这"书启师爷"还有帮县太爷拟考题、批卷子等任务。"刑名师爷"的职责是协助幕主审理刑事案件。如果"书启师爷"是县太爷的笔杆子,那"刑名师爷"就是县太爷的刀把子。这些师爷都精通律例、法令、成例及公文程式、办案顺序。与其说他们是县太爷审理刑事案件的助手,不如说他们是县太爷在这方面的依靠。

这"刑名师爷"又得了一个"绍兴师爷"的雅号,是因为这幕僚也是分专业的。由于历史原因,攻"刑名幕学"专业的以浙江人居多。而浙江人中,又以绍兴人居多。这样最后形成了一个地域性和专业性均极强的帮派,这就是"刑名幕学"中的绍兴帮。这绍兴帮势力大,遍于天下州县,几乎垄断幕府中刑名这一行当。到了大清国的中期,社会上便流行一句话,叫作"无绍不成衙"。

"钱粮师爷"的职责,是协同幕主办理钱粮奏销、地丁人口、门牌清册、田地丈量、开仓赈济、杂税征收一类业务。"钱粮师爷"除上述所列职责外,还管着一本暗账,记录逢年过节给各级上司的孝敬,以及平日里京中、省府派来查河工、查防务、查地丁、查驿站、查监狱、查钱粮的官员花的应酬费、红包,等等。此外,衙门经费的收支账也由"钱粮师爷"管着。

应该说,这幕府中人与"三房"是不同的。幕府中人有极强的专业性,并不是一般人都能够干得了的。因此,他们多从专职人员中遴选。选中了,双方达成契约,称为"关订",规定任期、薪水待遇等事项。一般来说,这些人会自认身份高于"三房"中的人,比"三房"中的那些人体面。但这些人同样被视为"自家人",因为他们是老爷花自己的银子雇来的,与老爷之间不但是我做官你办事,而且还要你办事我放心。

但一个七品芝麻官,能有多少薪金,能拿出钱来雇这些人?

各朝各代情况不同,县官们的薪金并不一样。就拿上官介那会儿来说,他的年薪是白银四十五两,一年外加一千二百两的"养廉银"。上官介没有带"自家人",以上"三房""一幕"都是接收的原班人马。他发完这些人的薪金,就所剩无几了。

从这"三房""一幕"工作的重要性不难得出结论,这些工作确实需要由自己人来干。吴棠、司马三畏从现实出发,认为上官介绝对不可以只身上任。

上官介则坚决表示绝对不带一个人!他表示了"泰山难移"的决心后,吴棠问道:"什么原因让你固执如此?"

"两个方面的原因,"上官介不想隐瞒自己的观点,"第一,我讨厌一人得道、鸡犬升天的情形。第二,做事光明磊落,为什么非要'自家人'不成?圣人教诲,四海之内皆兄弟也,为什么一定分什么'自家人''他家人'?"

"你是生在'天下为公'之世吗?"吴棠听了又问道。

上官介一时语塞,想不出该如何回答。

"你清廉,可人家不清廉;你不分'自家人'和'他家人',可人家是分的。正是你想清廉,才应该用自己的人去把守要津。不然,仅对付这些人就会弄得你筋疲力尽,你还有什么力量劝农桑、治阡陌呢?"

"'自家人'就能够保证清白吗?"上官介找到了反攻的依据。

"'自家人'至少可以管得住……"吴棠又说。

"你这样说,朝中就不会出佞臣,家中就不会出家贼了!"上官介依然这样反驳。

"你有理！到头来，等我们这些人去益阳县找你时，怕是连衙门都不得入了！"吴棠生气地说道。

上官介要缓和一下紧张气氛，道："给'门政大爷'塞点碎银子就可以了！"

只是吴棠也好、司马三畏也好，都没有觉得上官介讲得可笑。

"怕只怕，到时候连塞银子都是不管用的了！"吴棠和司马三畏齐道。

这时上官介看出两位老友都严肃起来，道："别想得如此吓人。这'长随制'确实值得看重，可大清国的弊端绝对不在这'长随制'上。你们说不要自家人，去找我都进不了县衙的大门，可你们想过没有，在那里放上'自家人'，就能够保准他们让你们进去？几十年，几百年，每一个县太爷用的都是'自家人'，可'衙门口朝南开，有理没钱别进来'的怨声依然不绝于耳！这我倒要提醒两位年兄是为什么！"

争论一直在继续，但吴棠和司马三畏没有能够说服上官介。最终，上官介还是只身一人到了益阳县。临别时，吴棠、司马三畏用了最后的一招，让上官介顺路一定去拜访恩师左宗棠，看看老师有什么话说。可当上官介到达湘阴时，恩师并不在那里，而是去了安化。这样，上官介最后还是只身上任。

过去一个紧张的工作日，上官介并没有发现不用"自家人"有什么不便。当然，事情才刚刚开始，来日方长，今后的情况究竟如何还要看着来。但他依然坚信，如果问题——不管出什么问题，绝对不会是他对"长随制"的破坏造成的。

晚宴的饭桌上，黄天禄、黄天福等人与签押房的"稿签"黄呈祥一起商定了次日的日程：上午有两个案子要审；下午要看签押房的存档，了解往日工作的情况。也是在饭桌上，刑名师爷商解向上官介报告了要审理的两个案子的案情。

上官介拿起了放在床头的《大清律》，明天将要审理两宗案件，他就把有关的规定看了一遍。看完后，天色已经很晚。这时，他心里感到很是踏实，很快就睡着了。

第三章 苦思良谋,上官介偶遇前任

上官介一夜睡得很香,第二天很早就起了床。想起新的一天即将开始,他精神抖擞。

早饭还是在食堂吃,吃饭的还是那么多人。与前一天不同的是,众人的精神看来轻松了许多,大家纷纷请安,吃饭时也不再那么拘束。

要升堂审案了,上官介未免有些紧张。这是他一生中头一次审案,他虽然从刑名师爷商解那里了解了基本案情,但这样的事情毕竟从来没有做过,实际情况如何,他心中无数。案子断得如何,对相关百姓干系极大,也关乎自己的声誉。所谓害人之心不可有,防人之心不可无。上官介虽然坚持只身上任,其出发点并不是像他与吴棠等辩论时讲的那样,真的认为四海之内皆兄弟,而是有意与腐朽的"长随制"对抗,认为"别家人"固然难遂己意,"自家人"未必就干净。他想通过自己的行动对这种用人制度进行洗涤,因此他对所有的人,自然包括与这次安排审案有关的县丞黄天禄、主簿黄天福、刑名师爷商解都存有三分戒心。他要通过做事来考察他们。对于黄天禄等人安排第一次审案的事,他心中是带着不少问号。他甚至想到,这很可能是黄天禄正在背地里调度一切;让他审的案子,十有八九是黄天禄他们安排好了的,有刁难之意。故此,上官介觉得所审的案子虽不是什么大案,但审起来会十分棘手。

而一想到这里,上官介心里就有些害怕。尽管他见面第一眼就讨厌这个黄天禄,但他总希望与自己共事的人是朋友而不是对头。如果这黄天禄是自己的对头,他就会没有消停日子过,就要大吃苦头了。

对自己的这种心理,上官介开始自我谴责。一是谴责自己胡思乱想,人家黄天禄长了一副不让你喜欢的面容，但未必就是一个歹人；二是谴责自己的懦弱，他黄天禄就算是一个歹人又有何妨？你上官介不是已经立下誓言，要扫荡腐朽、洗涤丑恶、弘扬美德、恢复真善吗？如果黄天禄是一个盘踞官位、为非作歹的家伙，那不正好从他这里开刀吗？如此，岂不是一大快事，又何惧之有呢？如此反省后，上官介不但想清楚了遇事应持的基本态度——沉稳第一，而且嘱咐自己一定要多思多想，以智谋处事。

上午九时许，大堂之上一切都已安排停当，上官介穿过开在后院的那个门进入大堂。正当中是一大案，上面最突出的是那个签斗，几个堂签就插在签斗之中。旁边放着一块惊堂木。这一切都是权力的象征。

黄天禄站在大案的左前方。平常审理案件县丞是不必到大堂上来的，因为这是新知县第一次审案，县丞到场也算是一种交接。黄天禄的身边站着的是一名"值堂"，另一名"值堂"站在大案的右边。大案的右侧，在"值堂"之前，站着主簿黄天福。在他的身后有一小几，几后站着做审讯记录的刑房吏书——他只有做笔录时才能够坐下来。大案的前方是两排站得笔挺的衙役，每排四人，每人手里都有一把长长的庭杖。

上官介坐定后，堂上一片肃静。他故意让这种肃静场面延续，便静静地坐在那里。他这样做，也是为了缓解一下自己的心情。

审案终于开始了。第一个案子是一件邻里纠纷案。原告是城里一位居民，说被告打了他的孩子，骂了他的婆子，不让他在门前晒被子、晾鞋子。被告是一位六十多岁的老人，眼花、耳背，上得堂来，答非所问，惹出不少笑话。闹明白邻人告他，他说他确实打过邻人的孩子，但他的这位邻人却不止一次对他小孙子下过毒手。他说他确实骂过邻人的婆子，只是那婆子是一个泼货，打遍整个街巷、恶名远扬。他骂她，无非说了一句"唯女子与小人难养也"。上官介问原告，被告是不是这样骂的？

原告回道："正是这句。"

上官介问道："这也叫骂人吗？"

原告解说道："说我老婆偷汉子，连所偷的小人都不愿意养活她了，这还不是骂人？"

原告这驴唇不对马嘴的答话，并没有引起堂上人员的反应，只有主簿黄天福笑了起来。上官介由此判断，除黄天福外，其他人，包括黄天禄在内，并没有闹明白其中的奥妙。由此判定,这黄天禄对圣贤经典也是不通的。

被告并没有听到原告与上官介的对话,因此并没有什么反应。讲晒被子、晾鞋子的事,被告讲出了缘由,说原告的脏被子、臭鞋子不在自己的门前晾晒,却坚持晾在他家的门口。这还不算,每逢收被子便用棍子狠命抽打;每逢收鞋子,两只手一手一只,使劲儿地拍,那些尘土、臭气全飞到了他家。有时他全家在院子里吃饭,那脏土臭气会飞落到饭桌上。如此这般,岂能坐视?最可笑的是被告开始引经据典,讲一番道理,说:"子曰'君子怀德,小人怀土。'怀土都被列入小人之列了,更何况,进入怀中的,还是破鞋上的臭气呢?"

上官介听后好不容易忍住没有笑出来。他见黄天禄并没有反应,知他并没有听明白被告讲的话,没有理会其中的可笑之处。倒是黄天福那边又笑了起来。

原告不清楚被告用错了典,但他抓住了"破鞋"二字,并与方才说他老婆偷汉子的事连在一起,纠缠不休。

上官介好不容易让对方停下来。他判定此案没什么紧要之处,便决定终了审断,说邻里不睦、有伤风化,让双方下堂,事后他将派人前往调解。

第二个案子是一件忤逆案。在未开审前,主簿黄天福走到上官介身边悄悄道:"启禀大人,下一案的原告让小人给大人递了三百两银子,小人未敢擅拒。请大人定夺。"

上官介听后思考了片刻,问:"银子可在?"

黄天福道:"在。"

上官介道:"拿到这里来。"

不多时,黄天福便把包银子的包袱取了来。

案子开审,原告张辉告儿子张沃忤逆不孝,说儿子几次动手打他,是一个不可救药的畜生。

张沃被带了来,他对打自己父亲的事实供认不讳。上官介第一次动了惊堂木,喝令被告低头。接下来,无论上官介怎样问,被告再不开口。

上官介想起了那三百两银子。奇怪,老子告自己的儿子忤逆,却要使银子;儿子被告上大堂,又对自己打老子的事实供认不讳,且不肯讲打老子的缘由。再看原告张辉四十多岁的年纪,干练、强健,精力十足;儿子张沃二十岁不到,却小老头一般,猥琐干瘪,萎靡不振,看上去他倒更像一个父亲。看到这些,案子的实情在上官介的脑子里大致有了一个轮廓,他便道:"众人暂且退下,张沃留下。"

黄天禄、黄天福领众衙役带着原告张辉退出,张沃依然跪着。上官介要张沃抬起头来,问道:"张沃,你娶妻几年了?"

张沃一听知县这样问他,先是打了一个寒战,回道:"三年。"

上官介随后道:"堂上问你为何做出忤逆之事,你不讲,本县想是众人在场,你不方便讲。现在本县已经把大家支走,仅剩下了你我二人。这样,你就把打父亲的缘由如实讲给本县,本县才好把你们的案子审理清楚,给有理的一方讨个公道。"

他这话讲了之后,张沃就号啕起来。哭了一阵,他这才说道:"老爷,您也用不着费心讨什么公道不公道,反正小人是不想再在这个世上多活一天了。"

上官介听到这里,又问道:"本县想,事情是由你的妻子引起,是吧?"

张沃听后不语,但有咬牙切齿之状。

上官介又问:"你为什么不把那贱人休了?"

听了这话,张沃欲言又止,趴在地上再次号啕起来。

上官介见状便明白了。

众人再次被召到堂上,张辉依然跪在堂下。上官介发了一个签,派人去找张辉、张沃的邻里。不多时,十余名邻里来到大堂。上官介对那些邻人道:"诸位乡亲,张辉告他儿子的事,你们可听说了?"

众邻人回道:"回老爷,听说了。"

上官介道:"这是今日本县断的第二宗案子。把众位叫来,并不为取证。常言道,清官难断家务事。只是,本县碰上的这个案子并不难断。张辉告儿子打了他,本县不曾用刑,张沃对打父亲的事实供认不讳。这样,张沃犯有忤逆不孝之罪。也就是说,这既不需要人证、物证,也无须旁证。叫大家来,只是让大家对本县审理此案做一个见证……"

说到这里,原告张辉连连磕头,道:"太爷光明如镜,令人敬佩之至。有这样的青天大老爷,实我大清皇上之幸、益阳百姓之福,小民代全县民众感太爷之恩……至于本案,太爷已断畜生张沃忤逆不孝,盼老爷即将张沃收监,永世不得让那畜生再见天日……"

张辉讲这些话时,上官介看见在场的张家邻里交头接耳。等张辉讲完,上官介便问道:"张辉,本县问你,你可有过错?"

张辉见问,回道:"常言道:'子不孝,父之过。'小人有失教之过。"

闻言,上官介把惊堂木一拍道:"你岂止是失教之过!夸本县光明如镜,实乃虚妄之词。而本县确有一德能你却并不晓得,那就是明察秋毫。本县提醒你,本县把你的邻人找来,可并不是让他们来看热闹。常言道,若要人不知,除非己莫为。你所干伤风败俗、禽兽不如之事,是瞒不了邻人们的眼睛的。"随后,上官介将脸转向邻人,"父老乡亲们,张辉在家里所干的见不得人的勾当,诸位知也不知?"

众人齐声回道:"全都清楚!"

此时,张辉已经全身筛糠。

上官介道:"常言道,家丑不可外扬。今日本县给你们张家留个面子,不在你邻人面前挑明你张辉所干的龌龊勾当。但愿你张辉体味本县一片苦心低头认罪,本县也好对你从轻发落。"

他讲到这里,张辉磕头如同捣蒜,连声道:"小人认罪,请大人从轻发落。"

这时,上官介又问张沃道:"张沃,你有要求可提出来,本县为你做主。"

张沃立即回道:"小人要立即休妻……"

上官介又问张辉道:"你这做父亲的意下如何?"

张辉忙道:"同意休了那贱人……"

"就这样。"上官介说完,让黄天福取过那三百两银子,对张辉的邻人道,"这是张辉贿赂本县的纹银三百两,诸位从中可以看出施贿人的司马昭之心。"说罢,又对黄天福道,"悉数充公。"

从当天审案中黄天禄等人的表现看,上官介认为这两起案子未必是县丞这些人有预谋安排的。但这些人究竟怎样,他并不能得出结论。

按朝廷的规定,作为一县之长,职责是掌一县之治,决讼断辟、劝农赈贫、讨猾除奸、兴养立教。一个县的治理,在很大程度上由本县的生产状况而定。赶上好年景,是一个知县的福分。当年,益阳县就是好年景,风调雨顺,天灾全无。刚刚上任的上官介,在这方面应该是幸运的。否则,赶上一个灾年,就得把大部分精力放在赈济上,终日为百姓的生存而操劳,其他的事情就办不成了。他了解到益阳已是连续三年大丰收的消息后,心中甚为高兴,心想真是天助我也。

下午,上官介开始看档案。他首先看的就是粮库的交接账。但上官介看不明白。这自然是他在这方面不在行,觉得账目混乱不堪,难以理出一个头绪。他既以此做解释,便强命自己沉下心来,认真地查看,他不相信这样不会收到成效。小的时候读《论语》,开始时如坠烟海,沉下心来不就慢慢读明白了?难道这账本比《论语》的学问还大些?这样,他沉下心来认认真真地看了几个下午。

下功夫的结果,他有所发现。这账目确实混乱不堪,也是难以让人看明白的。他又花了几个下午的工夫,企图理出一个头绪,看看手中的这本账究竟乱在了哪里。

这方面的功夫也没有白费,他发现了账目的漏洞。这令他不安起来。因为他听说,某些人的贪婪正是以账目的混乱来掩盖的。他可不愿意碰上什么贪污的案子,倒愿意手下人个个都是清廉人。

但是,事实与他的意愿正好相悖。经过对几项账目的梳理,他发现漏洞越来越多。最后,这些漏洞竟然在他的脑子里形成了一个可怕的想法,尽管它还不甚清晰,但整个轮廓已经形成了——县里有一伙人,采用偷梁换柱的手法,将上百万斤的好粮食以"陈粮"甚至"腐粮"做了处理!

上半年,县里有两项田亩税收。一项是正常的由春季交的田税,另一项则是所谓"备战捐"——太平军就在邻省,且有进入湖南之势,故而需要备战;备战就需要钱,故而征收"备战捐"。

这两项田税共征了多少,账目是混乱的,但可以推知一个大概。春季交的田亩税,一般是全年的三分之一,而益阳县全年的总田亩税当是五千石。"备战捐"规定是每大户加收一斗,小户加收七升。仅这一项,全县就要进账约九十万斤。从账目记载看,这些粮食都作"陈粮"和"腐粮"进行了处理。而春季正当青黄不接之时,就大多数农户而言,他们哪里来的陈谷可交?交"腐谷"更是荒唐可笑了——烂了的谷子,县里会收吗?还有一层,既然粮食被当"陈粮"和"腐粮"卖掉了,那究竟卖了多少钱?

当然,这一查"银库"的账目便知。于是,上官介放下粮库的账,拿起银库的账。银库的账照样混乱不堪。上官介足足用了五天的时间,仅就卖"陈粮""腐粮"一项,还看不出个所以然来。

查账,他是悄悄进行的,不能声张。发现了如此严重的问题后,他更是不能声张。因为事情还没有最终查实,究竟如何处理,他还心中无底。他不能惊动那些人,故而要装出像平日一样对待那些人的样子。如此侵吞民脂民膏,是可忍,孰不可忍!他怒,但怒气需要压在心底。这些狼孙狗仔,绝不能让他们逍遥法外!但究竟怎么办?这要他一个人默默思考。可现在举目四望,全是人家的人,他单枪匹马。

直到如今,上官介才认识到那"长随"的力量。只是,他并不后悔。

上官介每天上午审案,下午查账。审案本身就是费神的事,加上他心存警惕,担心对手设有圈套,便处处格外小心,这样,他越发地劳神了。他被这些事煎熬着,身子瘦了下来。

兰妈第一个对他的身体变化做出了反应,问道:"老爷,您这是怎么啦?"她很内疚,认为自己没有尽到侍奉的职责。

上官介从她的内疚表情中看出了别的东西——这兰妈是那些人安插在他身边的钉子。她假装愧疚,是一种试探的伎俩。于是,他回答道:"没事的,只是刚上任,忙些……"

这天下午,上官介的心绪很乱,许多事情交织在一起,思虑乱了头绪。他决定到外面走走,便穿着便装,信步走出了衙门。

衙门外是一条闹街,上官介不想在这里停留。他出门右拐,往十字街方向慢慢走着。他觉得自己的行动极有可能被"那些人"监视;于是,他回过头来向后面打量了一番,并没有什么人跟着。

他走过十字街,在一家茶馆前停下来。那茶馆的招牌是"圣茗雅舍"。上官介想不出在这样一个小县城,茶馆主人为何会用这样一个名字。他如此想着,便到了茶馆门口。这时,有一名伙计上来和气地问道:"客官进来歇息一会儿吗?"

上官介见茶馆内也还干净,人也不是太多,就随打招呼的伙计进了门。他被让到靠里的一张桌子前坐下来。

伙计问道:"客官喜欢什么茶?"

上官介道:"铁观音。"

"要什么小点心吗?"

"不要。"

不一会儿,茶上来了。上官介品了品,倒还好。他一边品茶,一边四下打量。茶堂里有十来张桌子,半数已经坐了人。如此不大一会儿,他脑子里又捡起衙门里的事。一出现这种情况,上官介便强迫自己不去想那些事。

这中间又有人出出进进,其中有两个人进门时引起上官介的注意。他们平民打扮,但茶馆的伙计却对他们表现了不同寻常的热情,他们被安排在了靠窗户的一张桌子边。

那两个人站着向四周打量了一番,最后彼此嘴里还念叨着什么,然后才坐下来。

临近上官介桌子的一张桌子坐着三个人,他们的谈话引起了上官介的注意。

其中一个说道:"他和他们定是一路货,早就串通好了……"

那人声音尽管不高,但还是被另外两个人提醒要小声些!此后,他们讲话都放低了音量,上官介就听不到了。

上官介继续喝自己的茶。过了一会儿,邻桌的三个人叫过茶馆的伙计,交了茶钱,站起来要离开。等他们走到门口时,就见刚刚进门的两个人站起来,向这三个人走去。

"站住!"

三个人并没有停下。

方才喊叫的两个人又大叫:"你们给我站住!"

三个人继续向外走。

两个人上来拦挡,双方便动了手。

上官介听见两个人中的一个大叫道:"他们是唐正才的人!快回去报告……"

就在他喊出这番话的时候,那三个人的拳脚已经雨点般落在他的身上,一直打得他不能叫唤为止。另一个人一溜烟般离开,那三个人随后也不见了踪影。

茶馆里的人个个都惊呆了,随后纷纷离去。

上官介并没有立即离开,他十分诧异。眼前发生的究竟是什么事?他揣度那后进来的两个大概是官府的人,他们属于分散在茶馆、酒肆里的密探一类。那三个人大概有些来头,双方冤家路窄,彼此认出;三个人想及时逃脱,密探则想抓捕他们。上官介听得很清楚。那唐正才是什么样的人呢?

上官介想知道这一切,因此留下来看后续的场面。

正在上官介思索之际,大街上出现的情况让他惊呆了。在刚刚回去报信的那人的带领下,县衙的捕头带着十几名捕快向这边奔来。

上官介不想暴露自己的身份,发现身后有一间内室,挂着一个门帘,急中生智便躲了进去。从帘子的缝隙中,上官介可以看清楚茶堂中发生的一切。

捕头带着他的人飞快地到了茶馆的门口,那被打的人还倒在地上呻吟着。

捕头问道:"他们人哪?"

那被打的人指着西方,道:"朝那边逃去了!"

"都在一起吗?"

"一起逃掉的。"

"追!"捕头把手向西方一挥,带着他的人离开了现场。

这时,另外一个人的到来更是让上官介瞠目结舌。原来是黄天禄赶了过来。

"回来!"黄天禄到门口后,首先向捕头那边发话,接着又朝趴在地上呻吟的可怜人大叫道,"快滚起来!"

"老爷,"那可怜人爬了起来,表功道,"小的看得真切,其中的一个就是……"

"你给我闭嘴!"那人正说着,一个耳光打了过来。动手的是黄天禄。

"老爷,不会错的!"被打的人显然理解错了县丞打他的原因,"要是小人看错了,您就砍下小人的脑袋……"

这时又是一记耳光打了过来,其狠劲儿大大超过了前一巴掌。看那样子,黄天禄手中如果有一把刀,他会一刀将那可怜人的脑袋砍下来。

可怜人被打蒙,闭了嘴。捕头听从黄天禄的命令,已经带着他的人返回。回去报信的暗探搀着另一位摇摇晃晃的暗探,听着黄天禄的训令。

"记住,从今天开始,再也不许提那个名字!"

众人诺诺。

黄天禄带着他带领的几个人返回了。剩下的人面面相觑,个个露出不解的神情。

黄天禄不许众人再提的那个名字就是唐正才。这样,一连串的问题出现在上官介的脑海里:这唐正才是什么人?走掉的三个人既然是唐正才的人,他们出现在茶馆用意何在? 捕房闻风而动,要将唐正才的人捕捉,而黄天禄闻风而至,却对两个暗探的行为、对刑捕房的行为做出了异乎寻常的反应,这是为什么?

最让上官介感到震惊的是,眼下表现得如此异常的县丞黄天禄,简直让人认不出了! 平日,他畏畏缩缩、寡言少语,一副生怕别人欺负的样子。而今天,他简直是一头雄狮。哪个才是真实的黄天禄呢?

上官介没有被发现。那两个暗探是捕房的人,他们并不在县衙里办公,也不在县衙食堂吃饭。捕房的头头认识上官介,但上官介躲得及时,捕房的头头没有看到他,县丞黄天禄也没有看到他。

黄天禄再出现在县衙时,依然是原来的老样子。在县衙,这茶馆事件并没有引起任何波澜。但是从那之后,上官介却再也难以平静。他的那颗已经炽热的心燃烧起来,而且火焰越烧越旺。

他的难熬还在于,所有这一切,他都不能有任何的表露。他必须装成没事人一样,以往日的常态对付一切。

曾有相当一段时间,这种心态影响了他的正常思考。他认为这益阳县县衙是一个贼窝,为首的就是县丞黄天禄;他们串通一气,在田税方面侵吞了大量钱财。现如今又跳出一个唐正才,而从黄天禄对茶馆事件异常的反应来看,有关唐正才的事绝对不简单。可究竟怎样一个不简单呢?再往下想,上官介的脑子就乱了套。

后来,他觉得需要好好查一查这个唐正才。好在刑房的案卷他在茶馆事件之前已经要来,便开始翻阅。但是他翻遍了所有案卷,却不见"唐正才"三字。

上官介认为这唐正才案一定是立了专卷,但他向刑房调档时,刑房有意压下没有给他。怎么办?从黄天禄对此人做出的激烈反应看,他不能向任何人追要唐正才案卷,除非他决定与这些人摊牌。而眼下,摊牌的时机还远未到来。

上任后,他曾对衙门的"二黄"——黄天禄、黄天福产生过怀疑。两个人都姓黄,且都有一个"天"字,究竟是什么关系?现在已证明"二黄"是一伙,而且黄天福是黄天禄的依靠。既如此,查清他们之间到底是什么关系就大有必要了。

这查起来没有困难,县衙官员的任命状都在一个卷宗之内。而要这个卷宗也有充分理由——认一认人头,熟悉一下下属的情况。查阅的结果让上官介大吃一惊,这县丞黄天禄竟是主簿黄天福的叔伯兄弟。按照大清国的回避规制,这是不可以的。还有一个更让上官介吃惊的情况是,这黄天禄竟是长沙府知府项江镤的内弟。原来,上官介上任前,照例到知府那里拜会。拜会之后,知府项江镤的一名下属找到上官介,告诉他老爷的夫人是益阳人,并给了上官介一个名帖,上面写着夫人娘家的地址和名姓。知府下属这样做,也许没有别的意思,无非提醒上官介,知府老爷在益阳有这层关系,万一有什么事有所涉及,好心中有数。但上官介清楚,这实际上是大清国的一项"潜规则",提供这样一张名帖,是让出任官员对名帖上的人家提供照顾。

收到那张名帖后,上官介本想把它扔到茅坑里去。但转念一想,它或许有用,便保存了。现在它果然派上了用场,把地址和名姓一对,他便发现这黄天禄是知府夫人的弟弟。这黄天福、黄天禄皆是本地人,而这也同样是违背大清国本地人不做本地官的规定的。吏部为什么将项江镤、黄天禄、黄天福做如此的安排,让上官介百思不得其解。

那远在长沙的知府是一个什么样的人,上官介不敢妄加判断。但黄天禄和黄天福却是依仗职权侵吞国家巨额财物的蛀虫,而他们是亲属,狼狈为奸,无疑会令他们的罪恶勾当干起来得心应手。

真相令人触目惊心！上官介越发感到势单力薄。特别是下一步应该如何？看起来对"二黄"有极大干系的唐正才，今后将如何着手进行了解？一句话，益阳县这盖子如何揭开？上官介一时没了主意。

此时此刻，他多想念吴棠和司马三畏啊！如果他们在，他们一起为受苦受难的益阳百姓报仇申冤，那将是多么豪迈之事啊！

想到他们，上官介忽然眼前一亮，他想起了恩师左宗棠。

他做了一些安排，便去了安化。他无心欣赏沿路风光，只用了一天的时间就到了小淹。这次，上官介生怕又错过，事先写了一封信给左宗棠。

上官介对恩师是抱有极大信心的。左宗棠生于嘉庆十七年，自幼读书，满腹经纶，却屡试不中，最后到醴陵渌江书院讲学。道光十七年那年，当时任两江总督的陶澍借江西阅兵之机，回湖南老家省亲扫墓。他要经过醴陵，醴陵知县张罗陶澍的下榻之处，正堂需要一副对联。知县晓得左宗棠是作联高手，便请他拟一副。左宗棠对陶澍这位家乡前辈敬佩不已，便答应下来。他很是用了一番功夫，最后写就贴在堂上——

春殿语从容，廿载家山印心石在；
大江流日夜，八州子弟翘首公归。

这副对联用了典。道光十五年十一月，道光皇帝在乾清宫连续召见陶澍十四次，并亲自为陶澍少年读书的地方题匾"印心石屋"。此乃旷代殊荣，陶澍一直引以为豪。左宗棠的上联，讲的就是这个事。下联则表达了家乡士人对陶澍的景仰与期盼。这样一副对联，不能不使陶澍心动。

果然，陶澍见到此联，赞叹不已，立即要见写联之人。左宗棠得见仰慕已久的前辈，甚为高兴，于是倾心请教。陶澍爱才，与左宗棠畅谈彻夜。当时，左宗棠才二十六岁。后来，陶澍身染重病，把自己的独子陶桄托付给了左氏。未几陶澍谢世，左宗棠便来到安化，悉心教导陶桄。后来，左宗棠又在老家置地躬耕，自比南阳诸葛。他有两副有名的对联，其一曰：

文章西汉两司马；经济南阳一卧龙。

另一曰：

  身无半文,心忧天下;读破万卷,神交古人。

  这是两副言志的对联,表明他自己虽隐居南亩,但志向宏大,盼着干一番大事业;无奈时运不济,只有把情感托与古人。他在给别人书信时,落款处也常常自署"今亮"二字。
  老师的住处到了。上官介让船停在码头,轻盈地走上岸,飞快地奔向老师的住处。
  老师不在,上官介的全身开始变凉。最后,他找到了陶桄。这时的陶桄已经二十一岁,他热情地接待了上官介。但不管陶桄有多热情,上官介的周身依然是冷的。因为他从陶桄那里知道,老师已于前几日回湘阴去了——家中来信,说有急事需要他回去处理。上官介给老师写来的信,前天就到了这里,还摆在老师的书案上,而老师在信到的前两日就已经离开了。
  上官介像是一只泄了气的皮球,对一切都没有了兴趣。陶桄问长问短,上官介全都敷衍作答。
  在陶桄的陪同下,上官介又到陶澍的墓前进行了祭扫。在小淹待了一夜,上官介就登上了返回的船。陶桄送到岸边,两人挥手告别。
  下一步如何是好?上官介陷入了深思。他感到胸闷,便站到船上,一任两岸的美景飞过。
  船顺流而下走了半个时辰,上官介有些困意,便在舱内倚在舱篷之上昏昏欲睡。就在这时,从左岸山的那边传来了吟诗之声。穷乡僻壤哪里来的吟诗声?上官介提起了精神,就听有人吟道:

  俯查地理天接水,仰观天文斗抱星。
  自古楚地多烈子,终有后人慕陶公。

  这里的"陶公"自然是指陶渊明。上官介细细品味了一番,觉得诗有深意。再听,那人又吟道:

半生苦读半生恨,喜归茅舍四面空。

万般柔情自然起,学作垂柳难羡松。

上官介问船家到了哪里。

船家回道:"已到桃江地段,左手上去便是一处叫天湾的地方。"

上官介立即让船家靠岸。他独自上岸,就见一位上了年纪的农夫打扮的人站在一古塔之下。

上官介上前施礼道:"先生请了!"

那人站在原地,还了礼,看着上官介走近。

上官介从那人所吟之诗判断,站在他面前的,绝对不是一位农夫。于是他自我介绍道:"晚生上官介,从益阳过来……"这样一说,那人立刻变色,站在那里一动不动。

上官介不晓得发生了什么事,也站在那里等待对方讲话。而对方一直站在那里,似乎在思索着什么极为重要的事。

两人如此呆立,过去相当长的时间,上官介才听那人喃喃自语道:"怎的这样巧?"

上官介难解其意,依然站在那里,等待对方答话。又过了半天,那人终于说道:"在下常律,阁下可有耳闻吗?"

常律?这个名字怎么会不晓得?他是益阳县前任知县,在上官介所看到的案卷中,这个名字是常常出现的。怎么,站在自己面前的就是常律——自己一直想找,但没有任何线索的前任知县?

在如此情况下相见,上官介被邀至常律家中。那是一所隐于山谷中的孤零零的农舍。房子全由竹子建成,地上也铺着竹板。家童献了茶,上官介心想,我老早就想找这个人,一直不知下落,谁知相见全不费工夫!此天助我也!真所谓"山重水复疑无路,柳暗花明又一村",益阳县有救了!

"大人这是从哪里来呢?"常律问道。

上官介回道:"什么大人?如此叫法愧死晚生。晚生有一字曰绍甫,前辈呼我绍甫可好?"

常律笑了起来,道:"就依绍甫。"

上官介道:"晚生在益阳发现了一座地狱,想把它翻过来。但苦于无计,便想到了安化的恩师左宗棠……可恩师不在,晚生正无主意,不意在此碰见了前辈……"

常律一下子明白了。他知道左宗棠,也知道同窗同年同龄三甲四进士的故事。上官介一说是从安化回来,他便推知了一切。

"绍甫说在益阳发现了一座地狱,这与我那时的感觉是相同的……"

"前辈请讲……"

常律叹道:"这本来是我决定一生都不再提的事。但今日与绍甫巧遇,机缘匪浅。我七岁进私塾,十六岁第一次进考场,中进士那会儿已然四十岁。倒不是一心一意追求功名,而是咽不下一口气——就不信我考不中。自误如此,并不觉悟。考中后又奔官场,还是那个劲儿——就不信我不成!最后,得来一个益阳县。兴奋、执着,像绍甫一样,一定要干出个样儿来。去不久,便发现益阳在呻吟,牛鬼蛇神横行,善良百姓在受难……也像绍甫发誓……"

"打翻它!"上官介叫道。

"不错。想打翻它……"常律停了下来。

上官介等着他继续讲下去,但他长时间沉默着。最后,常律带着一种难以名状的苦痛,再次开口道:"而绍甫,你,年轻人,又发现了它。你也想打翻它。可你……是否想过,能否?"

上官介是一个思维极为敏锐的人,他很快就分析出问题的实质。方才常律的沉默,说明他所看到的地狱不但黑暗,而且沉重,想打翻,但难以做到;于是,他走上了陶渊明的那条路。而上官介不会那样,他决心奋斗到底,绝对不会躲开。他坚持圣训:"达则兼济天下,穷则独善其身。"他既为朝廷命官,做一县之长,就要让这片天下好起来。想到这里,他又道:"恕晚辈直言,晚辈的想法是不管是否翻得过,晚辈翻它的意志坚定不移。晚辈立志让这片天晴空万里,而绝不允许它堕为人间地狱。至于能不能翻过来,那就只有苍天晓得了。"上官介觉得还没有把话讲得很明白,于是添了一句,"就是死,也死在这地狱里,跟那些受苦受难的百姓在一起。"

常律听到眼前这位血性汉子这样一番表态,半天没有讲什么。最后问道:"把你所看到的地狱讲一讲,也好跟我看到的做一番对照。"

上官介首先讲了县里一伙人采用偷梁换柱的手法,将上百万斤好粮以"陈粮"甚至"腐粮"做了处理的事。

常律听完,问上官介是如何了解到这方面的事的。上官介讲了自己发现问题的过程。常律听出了问题,问道:"这些事为什么由你自己来做?"

上官介听常律如此问，知道又涉及那个"长随"，便道："我没有带钱粮先生。"

常律一听大惊，问道："怎么会是这样？"

上官介见常律如此，干脆回道："不只是没带钱粮先生，晚辈什么人都没有带，是只身一人上任的。"

常律听后简直不相信自己的耳朵，道："就是说，黄天禄手下所有的人你都留了下来……"

"是这样。"

"简直荒唐！"常律不客气起来，"这样做是为了什么？"

这一问弄得上官介哭笑不得，道："晚生原本是不赞成一人得道、鸡犬升天的。"

常律明白了，放下了这个话题，回到原来的话题上，道："咱还是讲'新粮''陈粮'的事。你怎的就断定他们是将'好粮'当作'陈粮'甚至'腐粮'来处理的？"

上官介解释道："春季正值青黄不接，多数百姓不会有陈粮可缴。故而知道处理'陈粮'云云皆为骗局。"

常律笑了笑，道："绍甫只知其一，不知其二。他们所处理的正是'陈粮'，甚至还会有'腐粮'……"

上官介听了大吃一惊，问："难道晚生判断有误吗？"

常律道："总体无误，只是说他们把'好粮'当作'陈粮'乃至'腐粮'处理的判断失当。实际上，他们处理的就是'陈粮'。你那样判断，那是因为这里面有一道让我们外人不了解的黑幕。原来，春季缴纳田税，多数百姓没粮可缴，但又不能不缴。解决的办法是由官府出面，让百姓向米商借贷，议定秋后粮食下来加息偿还，这实际上给官府造就了大捞特捞之机。他们跟米商狼狈为奸，按借贷数额让米商把他们的'陈粮'运入县仓。入仓时，这'陈粮'以'新粮'计价，尔后再以库存'陈粮'为由卖出。一出一进，双方就是几万两银子的进项，另外加上半年的息金。一举多得！"

"原来如此！"上官介大叫道，"可杀！"

"还看到了什么？"常律不想让上官介过于激动。

上官介又讲了县里自立名目，搞"备战捐"的事。这捐那税，百姓还活不活？

常律道："他们无非是要往腰包里多装些银子罢了，哪管百姓死活！我到任时，他们就已经在征'防盗捐'！"

"还有一件蹊跷事，"上官介道，"前辈在时那主簿中可有一个黄天福？"

常律摇了摇头。

上官介道:"那就是前辈离开后那主簿才到的……"

常律问道:"这个人怎么啦?"

上官介回道:"他竟然是黄天禄的叔伯弟弟!"

"有这等事?"

"还有怪的,"上官介道,"那黄天禄更是长沙府知府项江镬的内弟!"

常律一边摇着头,一边道:"我在任时,知府还是别人……这下好了……这不能够怪他们,是吏部自己弄了个一团糟……"

"有一个人,前辈可知吗?"

"什么人?"

"唐正才……"

常律想了一阵子,想不起见到过或听说过这个名字。上官介遂把那天在茶馆碰到的事讲了一遍。常律自然认为这里面大有文章,但到底其中有何奥秘,他也说不清楚。

从常律的叙述中可以看到,他当初是决心打翻那地狱的,但最后不但未能把那个地狱给翻过来,他还放弃了翻那地狱的决心,以致被逼躲避,当起了山人。这一重大变化表明,他在益阳定是遇到了异乎寻常的障碍和难处。了解这一过程,对自己现今所要做的事不会没有补益。上官介需要了解那个过程,于是他向常律表示了歉意,还是请他讲一讲往事。

随后,常律讲了那个过程:

"我上任不久,发现了许许多多的问题。就其惊人而言,哪个也比不上他们处理'陈粮'的事。这事最早是由我的钱粮先生发现的,他知道这里面的深浅,提醒我抓住不放。随着不断地深挖,我也被这个洞之深、之大所震惊,决心查个水落石出。一切迹象表明,这'陈粮'事件的主谋是县丞黄天禄。我们的行动会引起对方的警觉和抗拒,这我是想到过的。然而,他们的抗拒竟然来得那样猛烈、那样狠毒,则是我始料不及的。他首先从我带去查办此案的最为得力的钱粮师爷那里下毒手。开始,他们写匿名信威吓钱粮师爷,让他停下来。钱粮师爷也是个有血性的人,他不惧威吓,继续查办。对方遂又有第二招儿,威胁除掉钱粮师爷的独子。钱粮师爷不信邪,把妻儿送回了郴州老家。与此同时,他们开始在我行使职权时设置重重障碍,甚至故意弄出一些事故,妄图加害于我。尤其恶毒的是,他们在我的老母身上大做文章。当时,我的老母亲和妻小都在安化老家。他们对我的母亲进行威胁,要她出面说服我停止对'陈粮事件'的追查。对方如此的作为,让我的母亲看到她儿子是在做一件于国于民有利之事。于是,她不怕威胁,不但不劝我停下来,反而写信过来教导我把事情继续做下去。我自然受到了鼓舞,继续查办。但是,不久我接到一封匿名信,说我的母亲在他们的手里。如果我'不知趣',后果自负。随后,我也接到家人告急的信函,说母亲失踪,让我立即回去。就在此时,钱粮师爷也有家书告急,说他的儿子失踪。钱粮师爷接到家书的当天,也接到了威胁他的匿名信,说孩子在他们手里,今后如何行动,要钱粮师爷'自便'。钱粮师爷没有回去,说既然孩子在那些人手里,回去也无济于事。我母亲被执之事钱粮师爷已经知晓,他问怎么办。就在这时,府里正好来人,来的是通判辛家璐。他带着大队的人马说是'巡视',实际上是直奔益阳而来。开始,我们都没有想到这人是为'扑火'来的。我们查办的是一件大案,遇到了障碍之际府里来了人,这犹如久旱的禾苗盼来了甘露。我们向通判大人报告了实情,通判大人的态度令我们惊愕不已。他不以为然,却向我们提了许许多多问题,其意昭然若揭,就是让我们相信所谓'陈粮案'云云实际上并不存在。我们拿出那些匿名信举证,他说这是有人浑水摸鱼。他还煞有介事地说这是我的'长随'中了解内情之人所为,要我们追查。这时我清楚地看到,事情无法再继续了。"

讲到这里,上官介认为整个的过程全都清楚了,问道:"后来,令堂、钱粮师爷的儿子被放回了吗?"

此问一出,上官介发现常律双目中含着晶莹的泪花,就听他呜咽道:"都放出了,可老母亲却……"

"如何?"上官介忙问道。

"想来我常律既是一个不孝之子,又是一个不忠之臣。老母亲听说我为了这就放弃,大怒不止,说难以与如此祸国殃民之徒同顶一片天,也难以与我这不忠不孝之人同处一室……她竟自尽了……"

听到这里,上官介的牙都要咬碎了。

常律最后道:"母亲过世之后,我辞去官职,选了这样处一僻静之地安顿下来,决心在此终老一生。说来也怪,我是很少作诗的,更很少吟诗,今日不晓得哪里来的冲动,觉得有一首诗吟诵了才畅快。不想,这诗竟然把绍甫引了来——岂不是缘吗?"

第四章 为民除害，真君子誓惩凶顽

世间有许多有形的墙，也有许多无形的墙。上官介的脑子里就有几堵无形的墙。常律给他讲往事，他就较了死理儿：常律的母亲遇到了危险，钱粮师爷的儿子遇到了危险，他们就退缩了；那把益阳县受苦受难的百姓置于何地？对常律由退缩到消极、最后走上出世之路的做法，上官介心里就越发不赞成了。一时退缩也就罢了，终生出世，且谴责自己原先是走错了路，这就不合圣人之意了。

常律虽是出世之人，但还是向上官介提出了两项建议，一是一定要物色几个"自家人"，二是把远在千里的母亲做些安置。

关于物色几名"自家人"的事，上官介原想请常律帮忙，但随后改变了主意。这常律必然是一朝被蛇咬，十年怕井绳。他认定自己做的事情凶险，便不愿意把什么人给拖进去。如果向他提出要求，会使常律为难。第二项建议，上官介决定回县之后就给吴棠写信，暂把母亲接到清江县，请他代为照顾。

关于马蜂窝从哪里捅的问题，常律也出了一个主意——从停止征收"备战捐"入手。这与上官介想到了一块。

没有见到恩师，却碰上常律，尽管此人与他在处世方面存在分歧，难说自己找到了破解益阳魔阵的"钥匙"，但上官介仍然觉得不虚此行。与常律难做知己，但某种程度上也可算知音。

一回到县里，上官介就宣布了三项决定：在全县范围内停征"备战"田亩税；已经缴纳的，凭字据顶替来年田亩税；命三位主簿黄天福、王强和周训共同办理已经缴捐农户凭证的登记造册，不得有疏漏，绝不许故意漏记。

前两项决定，立即在全县张榜公布。

公布的当日,上官介把兰妈叫到跟前,问了她是哪里人、家庭的情况。

兰妈说她是本县迎凤桥人,家里打鱼为生,有五口人:男人、她,还有三个孩子,最小的两岁。

上官介又问道:"你是如何找到县衙这事由的?"

兰妈回道:"是家里男人给找的。"

上官介疑惑道:"你男人认识县衙中的人?"

兰妈回道:"不知道。"

上官介又问:"你家交没交'备战'田亩税?"

兰妈回道:"交过了。"

"是多少?一斗还是七升?"

"七升。"

"可有收据?"

"像是有。"

停了一会儿,上官介又问道:"你家有那么小的孩子,为什么出来做事呢?"

他问到这里,便听兰妈抽泣道:"日子艰难……"

这是上官介第一次与兰妈做如此长时间的谈话。他从谈话中初步判断,这兰妈是个老实人,这让上官介产生了疑惑。往日,上官介认定兰妈定是黄天禄安排进来的。如果是这样,安排这样一个老实人他们会得到什么呢?想到这里,上官介对兰妈说道:"你今日就回家……"

一听到这话,兰妈大吃一惊,问道:"老爷,我做错了什么吗?我才来了没几天呢!"

一见如此情景,上官介赶快解释道:"不是要辞你,要你回去是想让你办两件事。第一件,本县已经下令停征'备战'田亩税。你回去待两天,看看孩子,顺便听听当地百姓有什么话说……"

这时,兰妈转惊为喜道:"还能有什么话说呢?谁不会说县里来了个青天大老爷……"

上官介接着道:"第二件,你告诉你的男人,要把那'备战'田亩税的凭据收好,以备官家过去核查、登记——它要抵来年田亩税的。你要告诉他,看看什么时候会有动静。"

兰妈高兴起来,道:"这两件事倒不是难办的……我什么时候回来呢?我走之后老爷这里的事谁来料理呢？"

上官介道："我这边自有办法。要是家里安排得开，你两日后回来。"

停止征收"备战捐"的一切安排，都没有用钱粮师爷。上官介宣布三项决定的当日，钱粮师爷找了来。他开始时还客客气气，表示愿意替老爷分忧。随后，他的态度变得强硬起来，问道："鄙人是否有让老爷不放心之处？如果是这样，那就请老爷明讲。"还用了一句带有威胁性的话，"士可杀不可辱。"

对此，上官介只讲了一句话："现在正征缴秋后田税，还不够你忙的？"

回到县里的当天，上官介就给家乡庄子上一位叫张子明的写了信。那张子明便是一名钱粮师爷，原来受雇于江西上饶县知县，上官介进京之前，张子明正好赋闲在家。张子明为人正直，管钱粮账目是一把好手。上官介给张子明写信，请他前来做钱粮师爷。在信中他说了遇到的难题，向张子明做了差事艰难的暗示。如果张子明肯来，那就即刻动身。在张子明回信答应之前，上官介不打算动原来的钱粮师爷。

三项决定宣布之后，上官介开始了第二个动作。他向长沙府写了一道公文，说查明县丞黄天禄和主簿黄天福是叔伯兄弟，有违大清回避律条，建议将他们调开。

这本是堂堂正正的事，但上官介却无法明着做。公文的起草他没有让任何人参与，他让"用印"把官印送到书房他自己盖上的。按程序，公文在签封之前需要登记，由"号件"摘录要点。但这一切都免了，上官介亲自把信送到签押房，当面让"号件"封好，并等在那里，一直到"稿签"命人把公文送走。

上官介情绪开始急躁。自己的钱粮师爷不到，无法动那"陈粮案"。而张子明会不会同意过来，他心中无底。即使张子明肯来，也是一个多月以后的事了。而如果张子明不肯来，物色到一个新的钱粮师爷，再等他到来，那就更要等到猴年马月了。残酷的事实说明，有关"长随"那一番辩论，他上官介成了输家，虽然他决不认输。吴棠和司马三畏不放心，曾有几封信寄过来，询问情况，上官介总是回以"正常"二字。就是发现"陈粮案"之后，他依然报以平安，不肯向他们求援。尽管他知道，只要他提出要求，吴棠他们定会全力支持。司马三畏就曾表示，他那里有全套的"长随"班子，上官介需要什么样的人，都可以给上官介；何况他奉调入京，暂时不需要这些人。

将提出黄天禄和黄天福应该回避的公文寄出，他难以判断后果。长沙知府项江镬是黄天禄的姐丈，黄天禄和黄天福沆瀣一气，项江镬岂会全然不知？现在，他上官介一道公文送过去,会不会等于踩上了蛇的尾巴?上官介并不怕那样的后果,踩上又如何?他寄出那公文,就是去捅马蜂窝的。

只是令他感到震惊的是,十天不到,长沙府的公文到达,而且内容与上官介预判的截然相反。公文称赞了上官介查出黄天禄、黄天福当回避之事,说"二黄"系朝廷命官,府里不能擅自调遣。但据大清回避条律,两人不能够同在一衙,故府里决定让黄天福暂且离职,在家候命,等府里上报吏部后,听从调遣。

上官介找来黄天福,向他传达府里来的公文,并让他遵照执行。而黄天福欣然从命,说即日起他就做交接,三日内即可离衙。

黄天福如此痛快,也是上官介始料未及的。

张子明的回信来得要比上官介想象的快得多。而且,张子明的态度非常明朗,他愿意到益阳来,而且即刻动身。这一切都使上官介喜出望外。

上官介不动声色,等张子明一到,他立即将原钱粮师爷找来,宣布将他解雇,并要他立即与张子明办理交接。

还是自家人好!再加上张子明聪慧过人、业务精湛,接手后没过两天就把关键的材料一一摘出。上官介依据张子明摘出的材料,已经足以给黄天禄定罪。于是某一个上午,上官介升堂审理完一个案件之后,当堂宣布,以贪污枉法罪将黄天禄收监。

整个县衙立即开了锅。人心惶惶,许多人变得面如土色,不晓得何时就会轮到自己。

收审黄天禄的次日,上官介第一次提审黄天禄,黄天禄否认一切指控。上官介投签给黄天禄动了刑,四十大板后,黄天禄依然不肯招认。

上官介并不打算让黄天禄如此轻易地低下头来,他要出出几个月来憋在肚子里的那口恶气。一遍打后,他又命再打,又是四十大板。平日里黄天禄的倒行逆施、对百姓的百般盘剥,衙役们看在眼里;现如今,他也有了吃板子的一日,故而衙役们下手极狠,头四十板子黄天禄已经是皮开肉绽,后四十板子则让黄天禄难以承受了。但这些人都是老手,他们晓得新老爷还要对黄天禄进行审问,因此给黄天禄留下一条性命。

八十板子下来,黄天禄已经站不起身来。上官介本想再打,怕打出毛病,遂停了下来,宣布次日再审。

上官介堂上痛打黄天禄的事像旋风一般迅速传遍全城,百姓无不欢呼雀跃。

当日，便有数起百姓自发敲锣打鼓，送匾到县衙，匾上写着"上官青天""百姓靠山"一类的文字。

对普通百姓而言，他们手里并不掌握黄天禄为非作歹的具体证据，但他们凭着实际感受早已经给黄天禄定了罪。故而，当有人宣布他的罪行时，他们内心的怒火和快慰一同暴发了。

上官介清楚，事情并没有就此结束。暗中有一双眼睛在盯着他，有利器在对着他。难以名状的危机感一直袭击着他的心，让他难以坐而安、寐而宁。

将黄天禄收监的第三天，上官介接到府里的一道公文，说州通判王家政将来县里巡查。这使上官介一下子想到常律所讲的，在节骨眼上突然到来的那名州通判。

县丞出了如此大的问题，这在县里是天大的事情。故而，州通判下车伊始，便查问了这个案子。

上官介把一名朝廷的命官给抓起来，并不向府里报告，做法上是欠妥的。王家政为此对上官介提出了严厉斥责。但是在查看有关案卷后，王家政认定黄天禄所犯罪行属实，又肯定了上官介将黄天禄绳之以法的做法，还对上官介忠于职守、在极端困难的情况下查明如此重大案情的政绩给予了赞扬。

王家政的举动到底意味着什么？还有什么后续？这一切让上官介颇费思量。

按照程序，将一名朝廷命官收监需要向府里报告，并得到批准。这个上官介是清楚的。但他没有那样做，是因为他判定知府为包庇黄天禄，会设法加以阻止，故而他想先斩后奏。但有关公文尚未起草，州通判已经到了。

黄天福被收监时，粮库大使史怀标也要收监的。但当时他正在生病，躺在床上难以起身，上官介遂延迟了对他的缉捕。

本县米商佘国梁涉案，也已被收监。

州通判来县的第三天，案子有了重大进展。佘国梁交代，当年买下县库发售的陈粮的款项，分三批交给了粮库大使，粮库大使史怀标给他写的收据还保存着。上官介命人带着佘国梁开了佘家查封的封条，取出了那三张收据。上官介的钱粮师爷迅速核对粮库账目——不见这三笔收入。

上官介随即将这一情况向王家政做了报告。王家政听后认为，这是黄天禄一伙人侵吞国库钱财的重要证据，他让上官介派钱粮先生把那三张收据送驿馆一阅。

有关"陈粮案"的一切重要档案资料,上官介遵王家政的要求,已经全部送到了驿馆。王家政提出要佘国梁的三张收据,上官介遂命钱粮先生张子明送了过去。

张子明在驿馆被王家政留住了,他被要求详细地报告查账的经过,许多关键之点,王家政问得很细。王家政对张子明大加赞扬。张子明回去的时候,王家政让他带回了送到驿馆来的该案的全部档案资料。

上官介等张子明回衙,他不晓得为什么张子明会在驿馆耽搁如此之久。正在疑惑之间,忽有人来报,说钱粮师爷张子明从驿馆回来的路上被一伙歹人拦住,张先生被打,已不省人事。

上官介的脑子"嗡"的一声响,他的第一反应是立即跑出衙门,到现场看个究竟。

现场已经被刑房赶来的人保护起来,被打得血肉模糊的张子明已经被人抬起放在一块门板上。上官介走上前,见张子明依然昏迷不醒,心中如同刀扎。张子明被人暗算了,这是从一开始上官介就有的想法。

就在上官介呆呆出神的时候,王家政那边也来了人。来人见了上官介,说州通判听到张先生路上出了事,特派他前来看看究竟发生了什么事。来人还特别强调,通判老爷特别嘱咐,看看张先生所带的卷宗是否丢失。

上官介对"卷宗"二字是极度敏感的,听后忙问道:"什么卷宗?"

来人道:"送到驿馆的所有案件文档,通判老爷全都请张先生带回了。"

听了这话,上官介脑子里再次"嗡"地响了一声。而这次,这一声响几乎把他击倒在地。回过神来之后,上官介一下子明白,他的宦途到了头。

张子明没有醒过来。上官介悲痛万分。他前一阵子还嘲笑常律的那名钱粮师爷是一个胆小鬼。现在,为了他的功绩,张子明倒在了血泊之中。此时此刻的上官介开始谴责自己,是他把张子明送上了死路的。而更可悲的是,这张子明虽为公家献身,但他的事迹只有他上官介晓得。而他上官介是一个失败者,失败者是绝不会显名的。

随后发生的一件骇人听闻的事却没有令上官介感到震惊——那因为躺在床上而没有被收监的粮库大使阖家逃亡。在上官介的心中,这件事仅仅是给他加罪的一个小小的计谋而已。

州通判毫不迟疑,立即升堂,宣布将上官介罢职。一是出了张子明被打、卷宗被劫的事,作为一县之长,上官介负有不可推卸的责任;二是发生的粮库大使携眷潜逃事,作为一县之长,上官介同样负有不可推卸的责任。

上官介认为,州通判有一件事情甚不好办,那就是以什么样的理由让黄天禄复职。可州通判没有讲什么理由,他径直宣布黄天禄复职,同时宣布释放黄天福。最后,上官介闹明白了:一切有关"陈粮案"的档案材料都已不复存在,黄天禄一下子变成了清白之人。

州通判做了他应该做的事情之后回长沙去了,黄天禄重新掌管了益阳县。

黄天禄登上大堂,上官介成了阶下囚。

被审的人照例是要在大堂之上跪下的。上官介哪里会跪在黄天禄的脚下?他直挺挺地站着。这是黄天禄早已经想到了的,他把惊堂木拍得惊天动地,指控上官介蔑视皇权。与此同时,他从签斗里抽出一支签,狠狠地抛向上官介。黄天禄晓得大堂之上的奥秘,值堂衙役早已换过——换上了他的心腹。衙役们不由分说,便用堂杖猛击上官介的脚腕,同时,几个人一拥而上将上官介按倒在地。上官介想挣扎起来,可哪里能够?几只大手一直按着他的头。就这样,黄天禄问了上官介几个问题,上官介一直闭口不答。黄天禄本也没有心思问案,他记住的是那八十大板。

上官介一连挨了八十板,他没有呻吟一声。舌头多次被咬破,鲜血到处都是。这连黄天禄都感到吃惊了,一个文弱书生,想不到竟顽强如此!

黄天禄没有多打一板,来八十,去八十。上官介被抬下了大堂。

上官介的头脑是清醒的。大堂前有一个门,是县衙的第二道门。这第二道门与第一道门之间,有一个既像亭子又像牌坊的建筑——如果说它是亭子,可称为戒石亭;如果说它是牌坊,可称为圣谕牌坊。其间有一块碑,称为戒石,上面刻有十六个大字:

尔俸尔禄,民膏民脂。

下民易虐,上天难欺。

在清江县吴棠的衙门里,也在这个位置,有一模一样的建筑。里面的戒石,大小、形体都相同,上面的字也一样。司马三畏说他的平南县衙也有一个这样的戒石亭或叫圣谕牌坊的,因此他们认为天下的县衙毫无例外,都有这样一个东西。

虽说"上天难欺"是吓人的,但某些人做贼心虚,看着那个大字总是心有余悸的。把戒石移到堂外,且在它与大堂之间砌上一堵墙,这实际上适合了歹人的心理。坐在堂上,搞徇私舞弊的勾当,看不见那几个字,总可以眼不见心静。可像黄天禄这样的人,即使是那戒石放在大堂之上,或是直接放到他的面前,他的丑恶勾当做起来,定是眼不眨、心不跳的。有一位心明眼亮的人曾在一本书中于戒石铭每句下各添一句:

尔俸尔禄——只是不足。
民膏民脂——喜细厌粗。
下民易虐——说来不错。
上天难欺——天怎晓得?

当时,上官介是作为一宗有趣的笑话来看待的,谁知,这三十六字如今竟然成了黄天禄之流肮脏内心活生生的写照!

想罢这一切,上官介仰天长叹了一声。

第二天黄天禄再次升堂,大堂之上再次出现前一天上官介不跪、随后被击打、被强制按倒在地的过程。

黄天禄向上官介提出三项指控:第一,上官介诬陷朝廷命官,并擅自罢免、缉捕之;第二,上官介疏于管教,致使其钱粮师爷视圣职为儿戏,使县衙重要档案丢失,后果严重;第三,上官介擅自停征"备战捐",意在损官资敌。

黄天禄要上官介招认,上官介则一言不发。于是,大堂之上再次动刑,先是四十大板,上官介依然没有呻吟一声。

黄天禄冷笑道:"你好汉一条!可我到底要看看,是你的腰板硬,还是天家的板子硬!"黄天禄投签,又是四十大板。

执刑的衙役们了解老爷的心思,他们一边狠狠地落板,一边在吱哇乱叫。黄天禄并不满足,他希望听到的是上官介的呻吟声,甚至是惨烈的叫声;他希望看到的是上官介的屈服,甚至是求饶。

上官介依然支撑,他已经被打得皮开肉绽。加上口里冒出的鲜血,他成了一个血人。最后,他昏迷了。

黄天禄命衙役用凉水泼醒上官介——一苏醒便再打。再昏迷再泼醒。苏醒后又打。最后,上官介一时难以苏醒了,才被拖出大堂。

开始时,上官介被关押在县衙普通的牢房里。黄天禄这样做的用意,是打掉上官介的傲气——他与益阳县其他普通的在押犯没什么两样。后来,黄天禄改变了主意,把上官介关在了一个秘密牢房之中。他把上官介放在明处,心里产生了莫名的恐惧感。他一怕上官介的豪气影响到其他犯人,二怕在明处会出什么变故。

这样,上官介被关在了只有极少数人知道的一间暗室里。审讯(实际上就是实施酷刑)改在这里进行。

上官介很长时间才醒过来。他睁开眼睛,先以为是天黑了,后来才发现自己的关押地点有了变化,身边出现了两个模糊的人影。

"他醒了。"其中一个人道。

这时,上官介才感到周身疼痛。

"绑起来!"这是另一个人的声音。

随后,上官介被绑了起来。

"你去禀报老爷。"

一个身影离去了。随着门的开启,有一道微光射了进来。门关上之后,室内重又变得黑暗。

不一会儿,外面有了动静,又有一道微光射入。而随着门的关闭,那道微光消失了。接着,高处有光线射入,随后光亮变强。上官介抬头一看,原来在墙的高处有一窗,窗子被慢慢打开,光线就是从那里射进来的。再转头,就见黄天禄站在面前。

上官介连一眼都不愿意看这个畜生,于是扭过头去。

黄天禄冷笑着朝四面看了看,离开了。

上官介已经弄不清楚黑夜白昼。起初没有人打扰他,除了身边两个模糊的人影。但是不久,平静被打破了,黄天禄来亲自审问他。开始并没有再动刑,黄天禄让上官介招认在大堂上的三项指控,并且有了新的指控。黄天禄的意图十分明显,妄图把他的行为与反叛势力挂上钩。说他决定停征"备战捐",实际上就是在资敌。同样,上官介罢免、缉拿他黄天禄等人,也是由于他们是他勾结反叛势力的障碍。而上官介的钱粮师爷丢失县衙档案是有预谋的行动,意在销毁上官介等与那种势力联系的证据……

上官介依然是一言不发,他在琢磨黄天禄所说的反叛势力究竟是何所指。

上官介知道,黄天禄需要他对这些指控的认可,并且最好有他的画押。那样,他黄天禄或者还有知府项江镶,就可以名正言顺地处决他。其实,黄天禄等人无须他的供认,无须有他的画押。没有这些东西,他们照样可以结果他。黄天禄要的是报复。

黄天禄的耐心是有限的。实际上,这也说不上他有什么耐心,他坐在那里不动声色地指控别人,便是一种享受。他一高兴,或者一生气,就立即会展示他的另一面,阴毒地听任鞭子在他人身上抽打的声响。

很快,黄天禄的另一面显现了。上官介被上了种种酷刑,譬如老虎卧凳、猿猴戴冠、苍鹰展翅、黄牛耕田等等。上官介死去活来——疼得。而黄天禄坐在那里,也是一个死去活来——乐得。

上官介在那间黑房子中度过了咸丰元年的除夕,外面突然响起的鞭炮声使他知道了年节的到来。腊月三十是他的生日,他从来也不曾想到,自己会在这样的一个地方如此度过二十五岁生日。

年节的到来,对上官介来说,唯一的好处就是没有什么人来打扰他。

此时此刻,他想起了三位朋友。往日有不少的年份,他是与司马三畏、吴棠、海受阳一起度过这一天的。三位朋友一边祝贺他的生日,一边过除夕。有一次,喜欢说话的海受阳调侃道:"咱们不想聚到一起给他过生日都是不成的,毕竟除夕是要聚的……"

上官介垂下泪来。他不晓得三个朋友当下如何。有一点他可以肯定,三位朋友的这个除夕夜定然是很难过的。他们在思念他,他们在为他担心。与他们断绝书信往来已经有两个多月了,他们如何不挂牵?如何不忧心?上官介为自己的事给朋友们带来的悲伤而愧疚,他哭成了一个泪人。

上官介独自消停的日子没有延续多久,破五刚过,黄天禄突然出现。

门已经被完全打开,高墙之上那个小窗也已打开。全黑了数天的小屋,突然见到了光明。

随着阳光的到来,就听黄天禄道:"我恭喜大人来了——大人的案子到了头。"

上官介明白这句话的意思。但黄天禄随后又道:"大人被释放了……"

空中炸雷!上官介便用惊奇的眼神儿瞧着黄天禄,那眼神儿中已经没有了往日的不屑、鄙视和愤怒。

"真的,"黄天禄认真地说道,"巡抚大人过问了大人的案子,认定大人是无辜的。他下了公文,命令将大人释放、官复原职,并嘱咐大人和卑职摒弃前嫌,让益阳这片天下的百姓得以安康……"

上官介深深地出了一口气。

"小的希望大人谅解,小的往日的一切作为,完全是为国为民……即使哪里做得不妥,也请大人海量、多加包涵。"说到这里,黄天禄大声向身边带来的衙役喊道,"你们还站着干什么？还不快点给大人松绑？"

衙役们不敢怠慢,给上官介解开了身上的绳子,并慢慢地将他搀起。

上官介不晓得哪里来的精神,竟然推开身边的衙役,自己挺身站着。

黄天禄说了声"请",上官介便向光亮的大门走去。

就在此时,那门"砰"的一声关上,那高墙上的窗子也同时关闭,黑暗重返。而且黑暗中爆发出了黄天禄的狂笑,那笑声惊天动地。

上官介知道自己被耍了。

黄天禄的笑声在持续,他心花怒放,笑出了眼泪。

往日的一切,包括静静地坐着,听落在上官介身上的皮鞭声,也没有这次感到惬意、感到痛快。

房中点上了一盏灯,这是极不寻常的。这间屋子里,还从来没有点过灯。

"你的案子确实到了头。"黄天禄坐在了一张刚刚让人搬进来的椅子上,扭头吩咐所有的人立马离去,"我们好好谈谈……"

黄天禄没有再让人把上官介绑起来——上官介刚才那莫名的兴奋带来的力量已把周身所有的力气消耗尽。他不但已经难以站立,而且连坐也难了。但是,上官介一看眼前的架势,明白这已经是他生命的最后时刻。他刚刚被戏耍了一番,他不想在生命的最后时刻再在对手面前示弱。于是,又有一股力量传遍周身。他挣扎着爬起来,让身子倚在墙上,并挺直了腰板。

此时此刻的黄天禄,心里倒是产生了三分敬佩之情。

上官介依然是一言不发,正面对着黄天禄。

黄天禄调整了自己的情绪,慢慢说道:"府里下了公文,宣判了你的死期,今天便是行刑之日！"他企图用这来压制住上官介的傲气。

上官介不动声色。

"在你归西之前,我想向你讲明一切。看在咱们共事一场的份上,我不能让你糊里糊涂就离开这个世界。"

上官介依然不动声色。

"事情就从你上任那天讲起。你只身来益阳,弄得我们好生诧异。官报说你尚未婚配,我们原以为你只是没有老婆而已,其余整套人马是必然带全的,故而我们做好了撤离的准备。我们给你找了个女佣,这个女人我可多说几句。按照黄天福的意思,可安排我们找来的人。我倒不认为有什么必要。要是你自己带着这样的人,或者你看不上我们找来的人,第二天就会让她走人了,所以没有必要费这个心思。另外,万一我们找来的女人被留下来,倒使我们放心不下——她知道的事情太多,长久地与你混在一起,保不住就会泄露什么。于是,我们在远处随便找了一个。她对县里屁事不知,对我们倒更安全些,这个人就是兰妈。这些日子过来,证明我的想法没有错,尽管县衙斗得你死我活,她始终是一个局外人。你只身上任,我们不晓得你会如何对待我的这些人。令人吃惊的是,你全部续聘了他们。你不亲自做粮库、银库、料库的交接,使我们对你越发警惕起来。此后,你在摸底,我们在试探。你要了粮库的账目,我们对你的举动开始注意。我们倒不认为你是一个笨人,查不出什么漏洞。但长时间没有动静,这让我们生了疑。你悄悄写了一个东西给长沙府,想必你还记得,你是要了大印盖到公文上的。你还违背惯例,公文没有让摘录、登记,而是亲自监督封了那公文,一直看着把公文送走。可你低估了'自家人'的重大作用。送公文的是我的人,他按照我的吩咐,在路上拐了个弯,把公文包交到了我的手上。我们打开了那公文,原来是那么一件屁事。开始,我们想把那公文压下,后来觉得还是跟长沙府打个招呼为好。知府是我的姐丈,这你晓得。我们跟知府说,不去管它! 我那姐夫到底老练,他采取了一项行动,这你清楚,就是让黄天福暂时离开县衙,将你稳住,以便观察你的下一步动作。你去了安化,你的恩师左宗棠在那里,你是去找他。我们断定,你已经查出了问题,却不知如何是好,去他那讨锦囊妙计去了。原来我们想派人暗地里跟着你,后来觉得做起来不容易,闹不好会被你发现,反而坏事,遂作罢。你回来之后便有了行动,首先宣布了三项决定。当时,我们觉得你会随后端出所谓'陈粮案'。但那之后,你迟迟没有动静,我们又觉诧异了。后来你的钱粮师爷到了,我们这才明白,你是在等他。他接了钱粮账目不到几日,你便有了动作。开始,我们以为你会走走程序,把案子报到府里去。没想到,你小子来了个绝的——先斩后奏,我还吃了你八十大板! 随后,我们稳住了脚跟,州通判就到了。"黄天禄说到这里打了一下顿,接着道,"在这里,有必要向你讲一讲我们收拾你的前任的事。你的前任叫常律,他是安化人,跟你一样,也抱着一股子不晓得从哪里来的蛮劲儿。跟你不同的是,他带来了他的人,同样发现了所谓的'陈粮案',而且还认起真来。结果,府里来了一位通判。那位通判是明目张胆地对我们进行包庇,这次来的通判却表面上站在你的一边。要不是这样,你怎么肯轻易地把所有关键案卷送到他那里？可以说,我们略施小计,你的全盘计划就泡了汤。明着告诉你,米商所供的那三张收据全是假的。我们那样做,就是以假乱真,以便设计那出精彩的大戏——钱粮师爷失卷案。你是个聪明人,会晓得我们演出的这场大戏的意义。一切证据都不复存在,而且你上官介成了失卷的罪人。一举两得!后面的事情再没什么秘密可言。我黄天禄成了一个清白的人。还有哪个凭了什么指控我黄天禄自肥、贪污、侵吞？我是一位清官!"说到这里,黄天禄的眼睛里充满了泪水,"我黄天禄没有什么人能够看得上。原来我在圈外,眼巴巴地看着这个圈子里的人在玩名堂,而我不得进入。靠科考我黄天禄进不了这个圈子——我天生没有读书的脑袋。可我不晓得是哪位皇爷出了捐官的道道儿,这给我开了一条通向官场的路。你们读书人喜欢吹什么自强不息,要知道,能够自强不息的,可不都是你们读书人。我黄天禄既有别的本事,又有自强不息的精神。我奋斗,先是有了钱。钱有了,我捐了个县丞。我要百倍地珍惜这个机会,尽情地施展自己的才能。几年来,我黄天禄自认虽难讲干得出色,但总还是履行了当初的誓言。"黄天禄有些累了,但他的兴奋支撑着他,要一股脑把他的喜怒哀乐倾倒干净……

　　左宗棠从湘阴回到安化,在益阳停了下来,他要去看看他的学生上官介。进县衙,要经过衙门前的那八字墙,墙上的几张告示映入他的眼帘。看罢,他站在那里停了片刻,思考下一步如何行动。他看到的,正是上官介被罢职的告示。他到了县衙旁一个茶馆儿,在那里,他很快了解了他想知道的一切。随后,他立即返程去了长沙。

　　当时湖南巡抚是张亮基。由于陶澍的关系,左宗棠与张亮基曾有一面之交。到长沙后,左宗棠直接找到了张亮基,并且直接说明来意。张亮基明白了左宗棠的用意;且把这样的案子移到省里来办,是一件很容易做到的事。于是,张亮基同意了左宗棠的请求。为防不测,左宗棠提出对上官介武装押运的要求。张亮基听后笑道:"不愧'今亮'也。那上官介有你这样一位恩师,算是造化了!"

　　左宗棠待在长沙,一直到张亮基发出公文、派出足够的刑房人员方才离开。

　　黄天禄正对上官介讲最后的一点:"最后一点,也是最要紧的一点,是为什么会在今日把你送上西天。这是因为你的恩师要搭救你,要把你的案子提到省里去审。这真是智者千虑,必有一失。你的当今诸葛亮恩师绝对想不到,我们已经有所防备,早就在巡抚府安了眼线。所谓养兵千日、用兵一时,情报先于巡抚派的差役到了益阳。这逼着我们不得不提前动作。今天让你上西天,完了这里点起一把火,房屋变成灰,你的尸体成为一团焦土。巡抚的人马到了,我说一声'意外起火,人犯死亡',他们能有什么辙?"

讲到这里,黄天禄再次大笑了一阵。笑着笑着,他突然停了下来道:"我竟还忘了一点,你为什么没有发现唐正才案?我觉得在你上西天之前,这桩公案也应该让你知道……"

就在这时,暗房的门突然打开,那是被什么人一脚踢开的。随后,一阵风吹进,室内点着的那盏灯顿时被风吹灭。随着那阵风闯进来六七个人。

"兰妈?"上官介叫了一声。

"唐正才?"黄天禄也叫了一声。

不错,带头闯进室内的正是兰妈。

黄天禄也没有认错人。只是唐正才没有进屋来,他的两只胳膊左右各搭在一个人的肩上,站在门口。脚镣的铁链已经断了,但铁箍还戴着。

怎么会是他们?

第五章 滞留京师，司马三畏得噩报

司马三畏到京后住在了护国寺，当初他进京会试时就住在这里。次日，他到吏部报到。吏部一名侍郎告诉他，他进京是由皇上钦点的。在等待"叫起"期间，他在军机处临时当差。当日，司马三畏便去军机处报了到。

军机处在司马三畏心中是一个神秘而又神圣的所在。从雍正时起，"政出于处而疏于阁"，内阁成了摆设，一切军政大计皆出自军机处。

司马三畏发现，自己竟成了一个香饽饽。刚刚报到，就有人给他排满了日程：当日午后，军机大臣祁寯藻大人召见；次日上午，军机大臣、户部右侍郎何汝霖大人召见；次日下午，军机大臣、内阁侍读穆荫大人召见；再次日，军机大臣、工部右侍郎彭蕴章大人召见。

司马三畏明白，这样的安排与皇上的召见有关。而皇上特意安排他进京觐见，所要了解的肯定是同太平军作战的事。这些大人赶在皇上之前见他，是要从他这里了解情况，以免皇上问他们时一问三不知。

司马三畏被安排在军机处的膳房用了午餐，等待下午祁寯藻的召见。

当时的军机处是在两处办公。一处在宫内，这里是军机大臣值班之所。离皇上近，皇上可以随时到这里来，当值的人也可以很快到达皇上身边。

司马三畏所到的军机处并不是那里，而是在位于南河沿的军机处大本营。这里占地面积巨大，因为办公的人很多。当时的军机处按规制设有军机大臣、军机章京两级。军机大臣没有定员，从在职大学士、尚书、侍郎里遴选，正式称谓为"军机处大臣上行走"。资历或者能力尚浅的，加上"学习"二字，过一段"实习"期，才摘掉"学习"的帽子。他们的职责是"掌军国大政，以赞机务"。军机章京是协助军机大臣的办事人员,定员为满洲十六人、汉族二十人,分掌满汉文案。

军机处本部有两个附属单位,一个是内翻书房,具体掌管谕旨、谕论、册祝之事。内翻书房设管理大臣一名,由军机处满族大臣充任,下设提调、提调协办各二人,收掌官、掌档官各四人,翻译四十人。二是方略馆,掌管方略的制订和修改。方略馆设总裁一人,由军机大臣充任,不分满汉。下设提调、收掌,满、汉各二人;纂修,满三人,汉六人。

下午,司马三畏准时被领到祁寯藻的办公处。这里是三间很大的正房,但室内摆设倒还简朴。司马三畏到时,祁寯藻正在小憩。他站在一扇开着的窗子前,在凝视院中的景物。司马三畏进来后,就见祁寯藻转过身来。司马三畏跪了下去,祁寯藻命司马三畏起身,还赐了座。司马三畏谢过,并不敢坐下去。祁寯藻回到位子上坐下,又向司马三畏说了声"坐",司马三畏才坐下。

就在这当儿,司马三畏观察了一番这位军机大臣。一个瘦小枯干、四十岁上下的人,看上去很是干练。司马三畏知道,这祁寯藻是嘉庆十九年进士,道光元年进南书房,一步步走来,光禄寺卿、内阁学士、兵部侍郎……道光二十一年即进入军机处。在任期间,他干了几件威震朝野的大事:道光二十六年,出京干脆利落地处理了吃私贪污的长芦盐运使陈鉴案;道光二十九年,又出京处理了陕甘总督布彦泰纵容家丁欺压民众、酿成民反的大案。他就是从甘肃回来的途中,路过山西老家,原本被批准回乡省亲扫墓,听到宣宗驾崩的消息,过家门而不入,赶回京城。咸丰皇帝即位,仍留军机处。

司马三畏所料不错,祁寯藻问的全是与广西太平军作战的事。司马三畏就其所知回答了问题,看来,祁寯藻对回答还算满意。最后,祁寯藻把问题集中到了赛尚阿的身上。司马三畏对赛尚阿有看法,因此在回答有关他的问题时,难免有些贬词。而每当他这样做的时候,祁寯藻总是眉头一皱。在司马三畏要退出的时候,祁寯藻对他道:"改日见圣上时,对于赛尚阿大人不可多带贬意,对其他人也当如此。"司马三畏拱手表示记下了。

随后的两天,他接连被何汝霖、穆荫、彭蕴章召见。三位大人有一个共同点,就是都问得很细。何汝霖和穆荫对有关赛尚阿的事并没有特别关注之处,而彭蕴章则如同祁寯藻一样,表现了极大兴趣。只是,彭蕴章对赛尚阿在前方表现差的一面更感兴趣。临走,彭蕴章还特别叮嘱司马三畏,见圣上时一切当如实奏报。

两位大人对赛尚阿如此不同的态度,说明了什么?不和到处都是存在的。

被几位军机大臣召见后,司马三畏已没事可做。他被告知不必来军机处当值,他唯一要做的是在住处听等"叫起"。

军机大臣的一轮接见,使司马三畏有些惴惴不安。而皇上召见,意在向他了解广西前一段的战事。这样,就有一个何事当讲、何事当避的问题,当讲者讲轻还是讲重的问题,讲起来要不要褒贬的问题。经过思考,司马三畏拿定主意,只要皇上要了解的,他就统统讲出来,决不做任何回避;讲起来不做任何保留,有什么讲什么,只要皇上想知道;他要加进自己的看法,决不隐瞒自己的见解,因而对人对事要有所褒贬。而对于战局乃至时局,他要表达自己的见解,不管皇上喜不喜欢听。

司马三畏之所以这样设想,是因为他对现状一肚子的不满。他有远大的抱负,认为得见皇上是一件极为不容易的事,尤其像他这样一个七品县官。他要借见皇上这千载难逢的机会,把心里话讲出来。倘若他的见解得到皇上的采纳,那不愧活了二十几年;假如毫无效用,那他也自认尽到了一个臣子之责,也不辜负师长多年的教诲。他抱着极大的热情,同时抱着极大的希望,准备着皇上的召见。但他的惴惴不安之情一直没有退减。所谓人微言轻,一个小小的七品知县,理说得再正、话说得再好,能够惊动天听吗?自己讲话的率直、褒贬的赫然,能够为皇上接受吗?

军机大臣一轮的接见,让他的忧虑又增加了一层。祁寯藻和彭蕴章对赛尚阿的态度大有不同,这可以得知他们各自与赛尚阿关系的微妙。见皇上时,这赛尚阿必然成为君臣问对的一个重点。

最后,司马三畏拿定主意,不去管什么嘱咐或暗示,皇上问时必如实回答,而且一定加上自己的褒贬。他事先已经了解,这赛尚阿可是皇上的红人,要在皇上的面前揭这赛尚阿的底儿,岂不是往枪口上撞?这一点,司马三畏是心知肚明的。只是,正是由于皇上重用这样的人,他才最有必要讲出他所知道的赛尚阿的一切;否则,继续让这样的庸人、歹人窃据高位,在前线统领指挥大权,对国家、对战事是绝对有害的。

"叫起"的一天终于到来。只不过咸丰帝的召见不在紫禁城,而是在圆明园。晨八时,司马三畏入如意门,在北朝房等候"叫起"。他是由两名太监引入的。等了近半个时辰,又有一位太监出现。那名太监手里拿着"叫起"的名单,喊司马三畏的名字。司马三畏在那位太监的引领下进入勤政殿苑门停下,再由另外两名太监引入殿后的朝房。在此等了片刻,那两名太监把他引入东苑门,过长廊,转过殿角向北,就到了咸丰帝召见之处了。

两个太监掀帘引入,俯下身来以手指地,司马三畏跪了下去,两个太监随即离去。大殿之内只剩下了咸丰帝和司马三畏两个人,万籁俱静。司马三畏觉得自己心脏的跳动声都听得很清楚了。他没有看到皇上,但感到了皇威的存在。

"臣司马三畏叩见皇上……"

"抬头讲话吧。"咸丰帝的声音很清脆,也很和蔼。

司马三畏抬起头来,他看到了咸丰帝,二十多岁的样子,一身朝服,端端庄庄。

"到军机处后,他们是不是抢着见了你?"咸丰帝一开始就这样问话。

司马三畏没有想到,皇上会以这样的提问开始,他顿时紧张了起来。"他们"自然指的几位军机大臣。便回道:"几位大人召见了臣……"

"没嘱咐你见朕后什么当讲,什么不当讲?"

司马三畏一下子不晓得如何回答,直挺挺地跪在那里。咸丰帝也停下来,若有所思。

"等这些人不再把心思放在这方面,就是朕的造化了……"司马三畏听到,咸丰帝也在发牢骚了。

"你是什么时候去的平南?"咸丰帝言归正传。司马三畏紧张的心情稍稍缓解。

"臣去年十月初一日到任的……"司马三畏回道。

"啊,正是长毛造反的日子!"

司马三畏闻言,没有说什么。

"你与他们交过手?"咸丰帝又问。

司马三畏回道:"逆贼起事后,曾于十一月进入平南与桂平交界之思旺圩,臣组建乡勇八百人保城。逆贼被赶到思旺圩的浔州周凤岐大人之黔兵所阻,未到平南。臣率八百乡勇先听郑祖琛大人、后听李星沅大人调遣……"

"停下。"咸丰帝好像是想起了什么事,"思旺圩这个地方朕有些印象……对!向荣奏报,他在那个地方打了一次胜仗……"

咸丰帝这么一说,司马三畏不由得皱了一下眉头。他的这一表情被咸丰帝看到了,于是咸丰帝又问道:"你有话要讲吗?"

司马三畏回道:"据臣所知,向大人在思旺圩是打过一仗,可不是胜仗……"

咸丰帝听了一愣。司马三畏又道:"这一仗是在今年八月打的。发贼占了江口圩,向大人在这里第一次与发贼交手。相持数月,向大人断贼粮道,贼窜入武宣。在武宣,发贼与官军又相持两个月,后窜入象州境内。当时,李星沅大人病逝,赛尚阿大人还没有到任,与敌周旋的依然是向大人。发贼在象州断粮,又回桂平。向大人率军紧紧跟随,当时已经是八月。十六日,贼军乘夜撤离桂平,转入平南之鹏化山。尾追贼军的向大人于思旺圩附近遭萧朝贵、冯云山伏击,锅帐、军械、辎重尽失,各将帅仅以身免。此后,向大人屯兵平南,不再轻进……"

看来咸丰帝更相信一个七品知县的话,他的脸色变得非常难看。司马三畏感到心惊胆战,不由得垂下头去。

咸丰帝半天没有说话,司马三畏一直垂头直挺挺地跪在那里。

如此等了很长一段时间,司马三畏才听到咸丰帝的声音:"再讲一讲你所知的赛尚阿的情况……"

这个问题是司马三畏早已准备好了的,便回道:"听到赛尚阿大人要来广西统筹军务,臣等甚为高兴。臣等知道,赛尚阿大人道光十一年就由先皇钦点为大学士,五年后晋升理藩院尚书,又过了五年进入军机处充任军机大臣,去广西之前已经是文华殿大学士、户部尚书。这些足以说明赛尚阿大人的才能……"

"朕需要知道的是,他到广西后的实绩究竟如何!"

"赛尚阿大人到后,可谓名不副实!"司马三畏直接讲出了这样带结论性的话后斗胆看了咸丰帝一眼。咸丰帝听了他的话,泛在脸上的阴云之厚,让他心惊肉跳。

"司马三畏!"

"臣在……"

"你可明白,这是在朕面前攻讦一名朝廷重臣?"

"臣明白……"司马三畏还是看着皇上,咸丰帝脸上的阴云越积越厚,但他已不准备沉默,"臣想的是把实情和盘向圣上奏报,之后圣上如何处置,臣已做好准备。"

"那你就给朕把他那名不副实之处列个一二三……"

司马三畏回道:"在这之前,容臣先奏报几句李星沅大人……"

"你好不啰唆!"咸丰帝要发怒了。

司马三畏继续道:"李大人是上年十二月赶到广西的。他上任伊始,在纷乱四起的匪徒中发现洪秀全一军最为危险。当时他曾有一奏折——拟奏折时,臣在他的身边……"

"朕记得他的那份奏折,说洪秀全'实为群盗之尤',力主'厚集兵力,一鼓作气,聚而歼之……'"

"正是这样。"司马三畏暗暗敬佩咸丰帝的好记性,"而这个观点与向大人发生了矛盾。"

"又拉出了一个!"咸丰帝打断了他。

司马三畏继续沿着自己的思路道:"向大人判断,无论洪秀全还是别的什么人,都不过是乌合之众,不足挂齿。他先是按兵不动,等李大人让他进军,他也迟迟不行,到了洪贼窝点又扎营不战……李大人无奈,只好带领手下的八千人马——其中包括臣之平南八百名乡勇,仓促出战。可怜这李大人书生一个,并不知兵,到前线后茫然不知所措。部下说他'忧贼甚,寝食失常度',最后他留下一句话说:'此贼非眼前诸公可了。'猝死军中。李大人殁后,赛尚阿大人赶到。大敌当前,赛尚阿大人到任后却不着急部署用兵之事,而是号地建宅,道:'如此佳天下之美景,不置美宅,有负人生……'一时,一心欲战者不得其令,彷徨于路,不知如何是好;一心避战者正中下怀,逍遥于庭,继续壁上观望。而有人看出门道,说赛尚阿大人'一日不撤,则军心一日不定,迁延愈久,败坏愈甚……'他四月到任,到八月臣离开前,洪匪是越剿越多。原广西官军共有五万人,洪匪则不足万人。到八月初一日,洪贼已经膨胀到四万人,且永安州城已落入洪贼之手了。"

"为此,朕已经斥责了他们——赛尚阿连同你拉出来的向荣。"

斥责的事是司马三畏离开之后发生的,他还不晓得。

此后,大殿之内又有一段时间的沉寂。显然,咸丰帝在思考什么。司马三畏不想打扰皇上的思路,依然直挺挺地跪在那里。看着咸丰帝脸上那阴云的厚积,进而发现,除阴云之外又有了愁云。

"依你这样一说,朕认为的栋梁之材统统成了废物!如此,大清国的指望何在?"

这话震得司马三畏心肺俱裂,他赶紧俯下身去,频频磕头道:"臣该死……"

这样过了片刻,咸丰帝又发话了:"得了!得了!尔之言也激,尔之情也烈。情真意切,何罪之有!尔之所思,朕也曾思虑过,一股小小的匪帮竟然成了气候,所谓'虎兕出于柙,孰之过欤'?如此下去,何时算了?今日不满一万,明日扩展为两万,再明日,又扩展为四万,再明日呢?会不会扩展到十万、四十万?朕有五万大军,数倍于敌,扑不灭他,杀不光他,等到他十万、四十万,又会是什么样的情景呢?"讲到这里,咸丰帝脸上的愁云已经完全代替了原有的阴云。

"臣确有此虑,亦思考了拯救之法……"

咸丰帝闻言,一下子变得开朗了。之前,他担心得不到真实的报告,忽生一念,要召一个在广西现场的官员,讲一讲亲身感受,来检验一下自己所得报告的真假。咸丰帝原本并不抱太大希望,因为:一来不讲真话、报喜不报忧,已经成为官场痼疾,被召来的人难免沾染此种陋习;二来,来的是下层官员,多畏于高官之淫威,没有胆量讲出真话。他抱着试试看的心理让吏部找人。现在看来,自己是想对了,而吏部也找对了。跪在面前的这位年轻人不但消除了他的担心,而且大出所料,竟然是一个天不怕、地不怕,而且颇有见地的人!咸丰帝意识到,自己的情绪实际上是在随着眼前这位年轻的七品知县的思路起伏跌宕。他被这位知县引入人事是非的旋涡,又被拉入令人忧虑的时局之中,从而引发了忧思和感伤。眼下,这位知县又在讲"挽救之法",看来,下一步又会柳暗花明。咸丰帝觉得,眼下这位年轻人一定是事先为所谓"治国方略"做了准备,但对现实不祥的症结所在未必清楚。即位一年多以来,咸丰帝经观察得出结论,那些五花八门的"治国方略",大都是为了博得好感而发,全然不是针对时弊而求解困之策,便问道:"朕确也忧虑,然尚不认为需要什么'拯救之法'。——难道朕的江山要完,需要什么人来拯救吗?"

面对这严厉的诘问,司马三畏原本应该再俯下身子去磕头,但他被皇上思路的突然变化惊呆了,便挺直身子,愣愣地跪在那里,毫不掩饰自己的惊愕。

如此过了相当长的一段时间,司马三畏才想到皇上在等他回答问题,于是道:"圣上,危而不见病致膏肓,险而不明危及性命。百姓因何要反?天下苦秦而百姓必反……"

"你且住了!"咸丰帝震怒了,"你将朕比作秦始皇吗?"

"圣上不是秦始皇,是造反的百姓认定圣上是秦始皇。百姓并不得见圣上,何以便认定圣上是秦始皇?他们见到的是贪官、是暴吏,这些人断了百姓的生路,百姓便认定当今的朝政是秦政。那些为臣子的,那些为'父母官'的,有多少会跟圣上说实话?他们对圣上是逢迎、是欺骗、是邀宠;对百姓,他们是搜刮、是役使、是欺压。这样,百姓活不下去便造反。一处造反,是局部之危;到处造反,就是全局之危。此圣上不可不虑也。民反,便成贼寇,就得镇压、剿灭。靠什么镇压?靠什么剿灭?靠经制之师。那经制之师现状如何?据臣观察,军有三不遂:一、兵惰将贪,外强中干。百姓面前凶神恶煞,寇贼面前如鼠避猫。二、督抚不睦,将帅不和。内斗精于外战,内耗高于外损。三、各自为营,死不相救。奋战者冒死牺牲,避战者鱼台高卧。一年多以来,臣身处前线,就是看到了这样一支经制之师。用此军制敌,焉能出现胜局?有此国危而不虑,岂不危乎?有此重弊而不悔,岂不危乎?"司马三畏一鼓作气倾吐了心声,再也没有注意皇上的表情。他停了下来后,才发现皇上已经下了龙椅,倒背着手,背冲他站在那里。

"司马三畏!"咸丰帝喊了他一声。

"臣在。"

"依你之言,八旗、绿营是无法指望了!可你可曾想过吗?先皇靠了这支大军扫平了一起又一起的反叛,灭掉了一起又一起的贼众。这样一支大军,到了朕手上就难道如此不成器?"

"一、情势不同。一个房子里的耗子,是不难制服、抓捕的。耗子满大街,就没有了办法。往日之贼虽众,一室之鼠也;今日洪贼,初在一室,率众上街,必成气候。二、时局不同。往昔之贼,皆用国之名教。而洪贼所用之洋教,然不期蚁附,拥戴者众,此先皇之时所未有,乃我华夏之凶相也。据臣所知,此贼起事前与洋人多有接触。五口通商,洋人势力渐长,臣恐我大清国之祸,不但在萧墙之内,也在萧墙之外也。"

"那依你之见,朕当如何是好呢?总不能够把那些成事不足败事有余的官员统统撤掉?总不能够把旗兵、绿营兵统统拿掉不用?"

司马三畏正要回答,但被咸丰帝制止了。咸丰帝十分疲倦了,没有精神继续听司马三畏的"拯救之法"了。他说要换一个日子,再让司马三畏奏报一次,或者让司马三畏写成一个"治安策"交上来。

咸丰帝还算满意。他手里有一份吏部呈来的司马三畏的履历表。这时,他细细地看了一遍,见表中写了一段"同师同龄同年三甲四进士"的事,又问道:"原来你就是那'四进士'中的一个。"

司马三畏听皇上这样问,便知道皇上所说"四进士"何所指,遂回道:"是。"

"另外三人现在哪里?"

"其中一甲进士及第上官介,现任益阳县……"

"上官介……朕还有些印象,殿试朕出的题目是《四海之内皆兄弟》。他高高的个子,面庞清癯,字很漂亮,文章尤其出色……"

"二甲海受阳进士出身,当初留京城吏部任堂主事,不久去了广东,在学政手下听任。三甲吴棠同进士出身,知清江县……"

"你们从学陶澍后入左宗棠馆,那左宗棠如今在做什么?"

"陶大人没后,恩师之子受业于左恩师。左恩师现依然在安化教书。"

两人又说了些不要紧的事,司马三畏告退。他退到殿门,还没有转身,就听咸丰帝又道:"你回去必又是一轮探问。就对他们说,朕有旨意,这次召对,对人片言不露。"

果然,回城的当晚通知就已下达,说祁寯藻大人第二日召见。司马三畏故意向下通知的人放风,说皇上有旨,这次召对对人片言不露。次日,司马三畏又接到通知,说祁寯藻大人临时有事,召见取消。此后,司马三畏没有再被祁寯藻召见。

宫中又发话,说皇上要那"治安策"三日内写就。司马三畏很快就把那"治安策"写完,誊清后送了上去。此后,他成了一个闲人。

对一个渴望干事的人来说,再也没有比无所事事的日子更难熬了。司马三畏除看书外,就用游览打发日子。他靠身在军机处之便,弄到了进入诸如社稷坛、太庙等皇家禁地的路条。

这一天,他要进入煤山,去看一看崇祯皇帝死难的地方,凭吊一下那位可怜的君王。当日天气晴和,他早饭之后读了一个时辰的书,便去了那里。

煤山当年的规制与现今没有多大差别,高高的红墙围着,正对着神武门。它与紫禁城之间是一条砖墁的路,不是太宽,砖路两旁有宽宽的土路。整条街上,没有一棵树。

走到紫禁城西北角,首先映入眼帘的是紫禁城的角楼。司马三畏觉得,紫禁城建筑最精彩的当属立于四角的角楼。每次看到它,他总是不由自主地停下脚步,来欣赏它的美。这次没什么急事,他因此停下来,隔着筒子河观赏它。他全神贯注,浮想联翩,在那里不知过了多少时间。

是身后的响声打断了他的浮想,他回过头来。

呀!他不由得惊叫了一声。

一队车驾从西向东行来,拉车的是一色的骡子,车是青篷木轮大车,车帘紧闭。赶车的坐在车辕子的左侧,手里拿着一条短短的鞭子。

司马三畏呆呆地站着,看着这些大车一辆接一辆地向东走动。

因为没有遮拦,司马三畏可以清楚地看到打头的车驾在神武门前停了下来。这样,整个车队也就停下了。

车篷侧面都有一个小窗,上面挂着帘子。那些车子的窗帘频动,露出了许多少女的头。离司马三畏最近的一辆车上的窗帘掀开后,一个少女的头伸了出来——一张平和的脸,一双东张西望的眼睛。这是一张似曾相识的面孔,尤其那双眼睛,他定然是在什么地方看到过。

这是大清国三年一度的选秀活动的一部分。对于这一制度,司马三畏有自己的看法,认为这不但会加重满汉之间的隔阂,而且助长了满人的傲气。所以,他很快就对眼前的景象失去了兴趣。

司马三畏决定取消定下来的活动计划,回住处去。

司马三畏一直挂念着上官介。十一月前他们尚有书信来往,尽管上官介的来信书写匆匆。而十一月之后,上官介就没有了消息。接到吴棠的来信,他也说奇怪,近日也不见了上官介的音信。

除夕之夜,司马三畏收到恩师左宗棠寄来的信函。由于很长时间没有收到上官介的信,不祥的念头总是在司马三畏的脑子里浮现。尽管已有精神准备,但司马三畏读完左宗棠的信后,心灵受到的冲击还是十分难受。左宗棠讲了他所了解到的上官介在益阳的遭遇,讲了他到长沙活动的结果。看来上官介是有救了。

读完信,司马三畏的双手一直在颤抖,他的心好像也在颤抖。他不敢相信,上官介会遇到这样的惨祸。

在清江,他和吴棠曾就上官介只身上任的事辩论过。但直到最后,上官介的拗劲儿仍然十足。当时,司马三畏和吴棠并没有想到上官介会出什么事,估计至多是困难重重而已。

司马三畏一边想,一边落泪。尽管由于恩师的料理,上官介总算保住了小命,可前一段如此吃苦,他那单薄的身子能够挺过来吗?以后案子会如何发展呢?

司马三畏悲痛,是由于他与上官介有着极不寻常的关系。他们是同村人,自幼一起长大,两人非常要好。上官介家穷,司马三畏家是富户。由于两人的关系好,司马三畏的父亲答应出钱资助上官介上学,同时补贴上官介家用,以便让他腾出更多的时间用于功课。上官介很争气,学业日渐长进,每考总是名列前茅。他们十岁那年,陶澍在江宁收徒,司马三畏的父亲把他俩一同送到那里。陶澍慧眼识珠,在数百人中挑选了十几名,上官介和司马三畏都留了下来。他们在那里结识了吴棠、海受阳。学习三年,陶澍去世,他们又一同就学于左宗棠。后来,四个人成了盛传于世的同师同龄同年三甲四进士。二十余年不寻常的共同经历,加上得中之后四个人共同的愿景,他们便紧紧地连在了一起。而童年友谊的发展和延续,使他把上官介当成今生难得的挚友。

腊月三十是上官介的生日,此时此刻,他想起了往年在一起一边过除夕,一边给上官介过生日的快活日子。按照恩师所说的日程算来,如果没有什么波折,这当儿,巡抚派的人应该已经到达益阳。但愿上官介在二十五岁生日时,能看到人生的希望,从而得到一点快慰。

恩师给他来信,也会把情况向吴棠他们通报。但司马三畏还是提起笔来给吴棠写了一封信,把恩师的话做了通报,并讲了一些让吴棠感到欣慰的话。他认为这样妥当些——万一恩师没有给吴棠写信呢？同时,他觉得就此事与吴棠进行一些交流,内心也会敞亮些。

写好信,司马三畏想起一个人来,这人就是胡林翼。胡林翼是益阳人,原在京城翰林院,道光二十七年出京做贵州知府,现正应召进京。尽管胡林翼不在家乡,但一定晓得家乡的情况。因而,他定能从胡林翼那里更多地了解到益阳县发生的事。

除夕之夜登门打扰,是极为不妥的。但司马三畏转念一想,这胡林翼也算是前辈,听说对人友善、诚恳,以晚生的身份到那里讲明自己的急切愿望,或无不可。何况,这胡林翼还是恩师陶澍的女婿,而司马三畏则是陶澍的学生。这样,去拜访一下也称不上突兀。

在一片爆竹声中,司马三畏动了身。

胡林翼住在吏部驿馆。司马三畏赶到递了名帖,不一会儿,见一三十岁上下的男子出迎,自道"泉交胡林翼"。胡林翼是益阳泉交河人,自报"泉交胡林翼",那出来迎接的就是胡林翼本人了。

司马三畏喜出望外。他被迎进客厅,早有家人送上茶来。司马三畏讲明来意,胡林翼道:"司马先生问的是那上官知县的事啊？"

司马三畏急切地点了点头。

胡林翼道:"最初从家乡传过来的消息还算清晰,说新知县只身到任,有点新意,并说这上官知县出告示免掉了他到任前县里推行的'备战捐'……"

听到这里,司马三畏客气地打断了胡林翼,问道:"何谓'备战捐'？"

胡林翼道:"还不是县里巧立名目盘剥百姓的名堂！说是广西贼起,湖南邻省不能不防。防就要百姓拿出钱来,这就是所谓的'备战捐'了。"司马三畏点了点头。

胡林翼续道："这说明那上官知县是在为民操持，也表现了些气魄。不久，那上官知县查出县丞黄某贪污的事，并将黄某收监……"

司马三畏按捺不住，又打断胡林翼的话问道："那黄县丞为官到底如何？"

胡林翼道："鱼肉乡里之徒！他的官是捐来的，上任后不久，百姓就骂他。人传上官知县的前任常某曾查到他侵吞'防盗捐'——道光年间黄某玩的一项把戏——的事，但后来不了了之。那常知县辞职，黄某继续在益阳称王称霸……到咸丰年间又搞出'备战捐'。上官知县惩治黄某，人心大快……可不久，人们看到了县里的告示，说上官知县被罢职，指控他三宗大罪：一、与贼暗通，取消'备战捐'以资贼；二、诬陷朝廷命官以助贼；三、销毁通贼档案以自保。"

司马三畏发怒了："黄某如此一手遮天，连倒两任知县，哪来的偌大本事？"

胡林翼见司马三畏如此激动，笑了笑道："这就是事情的关键所在了。黄某的姐夫是长沙知府项江镂……"

听了这话，司马三畏又是一惊，反问道："益阳不是长沙府的辖县吗？他们如何同州为官？"

胡林翼道："这也是鄙人疑问所在。"

司马三畏又道："这黄某必然是依仗其姐丈的权势胡作非为了。那朗朗青天，就没有人出面管一管吗？"

胡林翼叹了口气道："鄙人是益阳县人，本朝有官员不得过问本乡事的规矩，否则鄙人是一定要管一管的！"

司马三畏觉得话谈得投机，便道："有一事不知胡大人知否，那上官介要改由巡抚提审了……"

胡林翼一听惊道："就是说，要解往长沙了？"

司马三畏道："对，晚生刚刚收到恩师左宗棠寄来的信，恩师亲自去长沙找到巡抚张亮基大人，巡抚大人做出上述决定……"

"如此一来，上官介冤案不但能结，黄县丞的横行霸道也必到了尽头。好消息！"胡林翼遂命家人上酒菜，又道，"除夕之夜，国家危难，胡某愁肠百转，正恨无人对酌。先生不嫌，你我就饮酒守夜，如何？"

司马三畏自然高兴地答应了。

酒过三巡，胡林翼又问道："先生的好友上官知县，可就是道光三十年所传'同师同龄同年三甲四进士'中一甲进士及第的那位？"

司马三畏做了肯定的回答。胡林翼又道:"司马大人想必知道,陶大人是鄙人妻翁。如此看来,我等都不是外人了!"

随后,两人又说起上官介的遭遇。胡林翼连道"可惜",遂又道:"先圣之意,天降大任于斯人,必先劳之。或是之谓也。"随后,胡林翼又问了四进士中其他两个人的情况,后又问道,"先生从平南过来,进京是圣上钦点的?"

原来,司马三畏的名帖写着"军机处散员、前平南知县清江司马三畏谨拜"数字。胡林翼凭着官场多年的经历、经验,做了这样的推断。

司马三畏点了点头。胡林翼遂问道:"广西那边的局势究竟如何?"

司马三畏做了回答。他跟胡林翼讲的,是他在清河与吴棠等人所讲内容以及前不久跟皇上所讲内容的综合。司马三畏的坦率深深地打动了胡林翼,他对国家面临危难所表现的急切态度,对无能将领的不满和鞭笞,更使胡林翼深感敬佩。

胡林翼见状又问道:"司马大人对皇上是如何奏报的呢?"

司马三畏道:"如晚生对先辈所言……"

胡林翼又问道:"对时局也有断语吗?"

司马三畏道:"晚生对皇上说,危而不见病至膏肓,险而不明危及性命。民因何而反?天下苦秦而百姓必反……"

胡林翼听了笑道:"司马大人把今上比作秦二世了……"

司马三畏道:"圣上因此而震怒……"

"圣上还让大人讲下去吗?"

"好在圣上渐息龙怒……晚生接着说,圣上不是秦始皇,是造反的百姓认定圣上是秦始皇。百姓并不得见圣上,何以便认定圣上是秦始皇?他们见到的是贪官、是暴吏,这些人断了百姓的生路,百姓便认定当今的朝政是秦政。晚生说大家全都不讲实话,对圣上是逢迎、欺骗、邀宠,对百姓是搜刮、役使、欺压。这样,百姓活不下去便造反。民反便成贼寇,就得镇压,就得剿灭。而镇压、剿灭的经制之师却不顶用……"

"对此,大人是怎么讲的?"

"晚生道,军有三不遂:一、兵惰将贪,外强中干;二、督抚不睦,将帅不和;三、各自为营,死不相救。晚生明言,用此军制敌,圣上焉能指望出现胜局。"

司马三畏讲完,胡林翼给他斟满,又给自己斟满,举起杯来道:"干!"

司马三畏从驿馆里出来时已经天亮,京城拜年的人已涌上街头。

司马三畏兴奋异常,他与胡林翼已经是朋友。

胡林翼是调任,吏部还没有向他宣布去向。大清国的知县和知府,一般是三年一任。出任都要到吏部办手续。而调任一般是由吏部下达通知,通过驿站发去任命状,被调的人不必进京。否则,全国有直隶州七十六个,直属州四十八个,县一千三百五十个,三年一任,每年就有四百余人在京城和任所之间奔波了。

胡林翼这次被召进京,意味着会升迁。可任命迟迟不下来,说明上面有了障碍。胡林翼不去管它,只在京城访师问友,倒也过得快活。司马三畏有了胡林翼这个朋友,彼此过往,也觉得时光并不虚度。

只是时光荏苒,转眼灯节过去,便到了末旬。一天,司马三畏正要出门,就见胡林翼匆匆赶来,道:"大事不好了!"

原来,胡林翼刚刚收到家中的来信,信中说益阳发生了一桩大案:一伙匪徒闯进县衙,杀掉了县丞黄天禄,劫走了被押"天合会"首领唐正才,并劫持了原任知县上官介。

司马三畏一听这突发事变,惊得魂不附体。

第六章 走投无路，苦命人迭遭磨难

在认出是兰妈、并听到黄天禄惊呼"唐正才"的名字之后，上官介就昏了过去。他醒来的时候，发现自己身处一个极为陌生的环境中。他先看到一扇破窗，耳边听到的是很强的风声，似乎还有水撞击东西发出的声音……

"老爷，您醒了？"上官介耳边响起了一个熟悉的声音。循声望去，他发现了兰妈。并发现自己在一只破船上，身边只有兰妈一个人。

他拼命地回忆那天在黑牢里发生的一切，他记起了在那间房子里的最后一刹那。他记得兰妈令人吃惊地出现，记得黄天禄冲着门口大叫了一声"唐正才"。之后的事，他就不记得了。

兰妈俯下身子来，柔情地看着他。

"兰妈，"这样叫了之后，上官介才觉得似乎不该再这样称呼她，"我们怎么到了这里？"

"老爷，"就听兰妈轻轻地道，"我们从那里出来后，已过去快三天了……"

啊，三天过去了！上官介明白兰妈所说"那里"的含义。

"这是什么地方？"上官介又问。

"这里是万子湖。"

"我们在这里……"上官介知道万子湖，来上任的路上他就曾经过这里。

"这里安全些……"

"黄天禄他们怎么啦？你们把他……"此时此刻，上官介已经意识到"安全"二字的特殊含义。

"杀了……"

这是上官介已然想到了的。尽管他不晓得后来发生了什么事，但他从最后时刻的气氛推知，黄天禄已当场毙命。这样，上官介加深了对"安全"二字的认识——他们要躲避官军的追捕。

"你们其他人呢？"

"分散在了附近……"

随后，上官介终于了解了有关唐正才的秘密。

万子湖边有一个船厂，雇有百十号船工，一年可以建造百十条渔船，唐正才便是这个厂的一名船工。咸丰元年春，县里征收"备战捐"，对象原本是农户和商户。可该厂也向船工们征收，称他们为"小户"，每人征收合七斗粮食的银两。船工们拒绝缴纳，厂方便从他们的工钱中强行扣除。后来船主并没有把这笔钱上交，这便引起船工们的激烈反应。他们聚众反抗，逼迫厂方退还这笔钱，这出头的就是唐正才。

厂主是什么人呢？正是县丞黄天禄的小舅子。他向黄天禄求援，黄天禄遂派兵镇压船工。正好，当时乡间有几个人组织了一个什么"天合会"。黄天禄计上心来，把唐正才等人与"天合会"挂了钩，诬陷他们谋反，要推翻大清朝。他这样做，既可打击唐正才等，又可报功，一举两得。他们抓捕了唐正才，严刑拷问，一定要他照他们的欲加之罪招认。此举被与唐正才一起反抗的人识破，那些人遂起而反击，抓住了到县里来与黄天禄共谋毒计的州通判辛家璐，并飞镖传书，将一张字条插在了黄天禄的门首上："有唐正才的生，才有辛家璐的命。"第二天，他们又有飞镖传书，将另一张字条插在了黄天禄的门首上："敢动唐正才一发，杀尽狗县丞全家。"

黄天禄见状陷于两难之中——放不敢放，杀不敢杀。为了报功，他已经将所谓的"天合会"案报了上去，并说已经捉拿到了匪首唐正才。他的姐夫、长沙知府项江镶也是算计不到，为急于成全小舅子，早将这件"大案"报到了省里。万一上边要人，他到哪里拿去？故而现在不敢放。而有飞镖的威胁，他也不敢杀。这样，唐正才成了烫手的山芋，黄天禄只好把他单独关押，把有关他的档案统统销毁，并派人暗中了解唐正才党羽活动的情况。

唐正才被秘密囚禁，大家不知他的死活，放心不下。一个偶然的机会，他们的人碰上县衙给新知县招女佣的事，而且正好被选定的叫兰妈的人与他们中的一人极为相像，遂起了偷梁换柱之意。而上官介在衙中所看到的那个"兰妈"，她本名禹嫂，丈夫就是跟唐正才一伙的。

这禹嫂在衙内弄清楚唐正才还活着,并摸到了关押之处——就在关押上官介的屋子旁边。最后,但他们成功地劫狱,同时救出了上官介。他们怕把事闹大,原本没想杀掉黄天禄。他们行动时,意外发现黑牢外衙役增多,便以为事情泄露,黄天禄早有准备。但他们人已经闯进去,不可能改变计划,遂动手杀掉了黑牢外面的衙役。他们救出唐正才闯进关押上官介的黑牢时,发现黄天禄正在那里。尽管他们并不晓得当时黄天禄实际上是要杀掉上官介,他们还是动了手,将黄天禄一刀砍死。

他们的行动迅速、准确,从进入县衙到将唐正才救出,前后就是一袋烟的工夫。

自从在茶馆里听到唐正才这个名字,上官介就很想揭开唐正才的秘密。现在秘密揭开,他却发现这唐正才变成了与自己息息相关之人。想到自己被黄天禄迫害,被禹嫂等人所救,实际上与唐正才就成了一伙儿,上官介真想大哭一场。他心想我上官介发誓履行孔孟之道,一向忠于大清国,怎么却一下子变成了对抗大清国之人?苍天,这到底是怎么一回事?

上官介看得很清楚,唐正才并不是匪徒,禹嫂更不是匪徒。尽管禹嫂在黑牢里出手杀死了黄天禄,但在衙中侍奉他时的"兰妈"是那样和善、那样恭顺、那样精细,把这样一个人与匪徒挂钩,无论如何是不可想象的。

他回忆起黄天禄得势后,就曾妄图给他加上同情贼寇、对抗官府的罪名。如今黄天禄虽死,益阳县还掌握在他的党羽手里。他被唐正才的人救出,所以,对抗官府,甚至谋反的罪名,他上官介是逃不掉了。

他翻来覆去,辗转反侧。这一切,都被守在他身边的禹嫂看在了眼里。上官介醒来的时候,发现禹嫂在垂泪,见他醒来,便迅速把泪水擦干。

上官介决定问一下禹嫂。

有一次,他又发现禹嫂看着他垂泪,便问:"禹嫂,你伤心什么呢?"

禹嫂见问便道:"老爷,往后你怎么办呢?"

啊!禹嫂是在为他的命运伤心。善解人意的女人!善解人意的好人!

上官介再也控制不住,哭了起来。

又是夜幕降临万子湖。禹嫂睡着了。上官介没有睡,他先是坐了起来。近日,在禹嫂的精心护理下,他的伤势大有好转。万籁俱静,上官介挣扎着爬起身来。他们的船藏在湖边一片芦苇荡中,船头和湖岸之间连着一条长长的绳子。船头这边,系着一条短绳,绳端有一个钩,挂在通向岸边那条长绳头上的一个环里。如果发现岸边有异常动静,禹嫂会很快地把钩从环中取出,把船划向远方;如果要上岸,则拉那绳子,让船靠岸。上官介出了舱,俯下身子要拉绳子。就在俯下身时,他两眼金花乱飞,一头栽进了水里。

上官介出舱时,禹嫂醒来了,她悄悄跟了过来。上官介落水后,禹嫂迅速将他救起。

回到舱内,禹嫂让上官介换下湿透了的衣服,让他重新躺下,给他盖好被子。两个人谁也没有讲什么,而是尴尬地各做各的事。

又有一天,上官介醒来的时候,再次看到禹嫂独自在垂泪。见上官介醒来,禹嫂又问道:"老爷,到底怎么办才好呢?"

上官介看着她,摇了摇头。

就在这时,湖边有了动静。禹嫂迅速向上官介做了一个手势,让他不要出声。他们从窗缝中观察着岸上的动静,原来是一个和尚。那和尚嘴里唱着小曲走着,到了上官介的船拴绳子的木桩前,突然停了下来。上官介和禹嫂一阵紧张,可随后发生的事情让他们十分尴尬。原来那和尚停下来是为了撒尿,而且正好冲着他们这一边。

和尚走了,一个想法却突然出现在上官介的脑子里。他记起在安化见到的常律,他在内心里对常律的做法颇不以为然。他认为真正的孔孟之徒是不能够消极遁世的。现在自己要出家,这走的不正是遁世之道吗?

可怎么办?重新出去,与黄天禄之流继续斗争?这已经没有了可能。去自首?只能够去向黄天禄的同党认罪,去接受他们的判决。而那样,岂不是要承认自己所做的一切是错的?

逃亡?那天夜里,他就曾有逃亡的一闪念。但糊里糊涂一念而已,他并没有真正想明白去哪里。他身体不支,一头栽到了水里。

想到这里,他觉得可先采取权宜之计,即先到寺院去,出家也好,不出家也好,暂避一时,过一段看看形势再做道理。

如此又过了数日,他便对禹嫂道:"禹嫂,我想出家……"

"出家?"禹嫂反问了一句。

上官介做了肯定的回答。

禹嫂没有再说什么,她在思索。

"是一条路……"禹嫂最后道。

上官介一直没有把"暂避"的意思讲出来。

就这样,禹嫂报告了唐正才等人。唐正才等人虽然很想把上官介留下,但听禹嫂讲明上官介内心的苦楚,觉得难以留住,也就只好同意。正好有人认识在沧水古刹小菩提寺的无际方丈,经联系,方丈同意接收。这样,上官介就被送往小菩提寺。

这小菩提寺位于雪云山碧云峰山中,风光秀丽,十分安静,寺中住持便是方丈无际。这无际方丈体谅各方之难,答应收留上官介。上官介到后,无际见上官介仪表端正,很是喜欢。

上官介的身体仍然十分虚弱,无际方丈便在后院专门腾出了一间寺舍,让他独自住下,然后亲自给他精心调理。上官介的身体恢复得很快,不到一个月,他已经可以下地、自理。他的精神上也轻松了许多,随着身心的渐渐恢复,红润之色渐上面容……

唐正才被救出后,这辛家璐如何处置?衡量再三,大家决定把他放掉。大家并不想造反,杀掉一个县丞已经是惊天动地;再杀掉一个州通判,那简直不可想象。

辛家璐一直被关在雪云山两名猎户家里。这里人烟稀少,十分隐秘。唐正才等人做了决定之后,便派人到雪云山,通知那两户看守辛家璐的猎户放人。

辛家璐曾多次企图逃跑未果,这次却被释放,简直不相信自己的耳朵。那猎户特意给他做了一顿好吃的,他却认定这是上西天的饯行餐,并且怀疑那饭菜中放了毒药,故而坚持一筷子都不动。最后,他真的被释放了。他又认定有人会在路上劫杀他。他一溜烟下山,脑袋像一个货郎鼓那样摇晃,有一点风吹草动,他就吓得魂不附体。他迷了路,相当长的一段时间,他都在原地打转。他好不容易定了定神,在一棵大树下坐下来休息了片刻,又见停在树上的几只乌鸦突然腾空而起,便再次爬起来就跑……一天没有吃东西,加上心情紧张、不住地奔跑,日头西沉时,他已经精疲力竭,在拐过一个山坡后,便一头栽倒在地。

两个小僧清早外出,发现了躺在那里的辛家璐,急忙过来查看。见躺着的人还有气息,便把人背入寺内,并禀告了方丈。

无际方丈过来看了不幸的人,吩咐把人抬进前院的一间暖和的僧舍,给他盖上一条被子。辛家璐醒来了,他没闹明白是怎么回事,见周围许多人围着他,便飞身而起。但他过于虚弱了,这一跃,又使他自己昏了过去。

无际方丈吩咐僧众离开,自己守在那里。不一会儿,辛家璐再次醒来。他又要起身,方丈用手将他按住,轻轻地说道:"施主轻些……"

辛家璐见是一位老和尚,稍稍放心。无际方丈端起粥碗,盛了一汤勺,送到辛家璐嘴边。辛家璐伸出两只手,抱住那只碗,仰起脖子,一碗热粥顿时入肚。

看来无大碍了,无际方丈遂唤过方才两名小僧,嘱咐了两句便离开了。

当时辛家璐穿的是猎户人家缝制的衣服。两位小僧按师父的吩咐又给辛家璐端过粥来。辛家璐一连数碗粥下肚,也并没有引起两位小僧的特别在意——猎人嘛,饿了,喝几碗粥并没有什么可疑之处。

辛家璐吃完后急着要离开,两位小僧并不拦他。这类事情并不少见,故而并不去禀告方丈,便任辛家璐离去。

辛家璐的心没有原先那样急了,出寺之后,他竟有心思欣赏周围的风景了。这里很美,青山、古寺;西南方向有一座高山,一条瀑布从山间泻下,令人神往。寺院不是很大,但寺外有一片松林,古松参天,松涛阵阵,令人陶醉。

辛家璐只顾欣赏美景,并没有发现一个人出现在身边。那人突然出现时,他吓了一跳。

这人是谁呢?上官介。

此时此刻,辛家璐并不想与任何人有什么接触,他躲还来不及呢。可上官介则不然,如果是别的时候,他会根本不理眼前这样一名猎人。但这里是一个特殊环境,周围并没有其他人。清晨,上官介按照无际方丈的安排,在寺后的松林中练了一套"猿猴拳"。这边发生的一切,他毫无所知。因为辛家璐穿的是猎户的服装,上官介甚是感到奇怪:大清早,一名猎人为何从寺里走出来?之后还不上路,而是徘徊于寺前,这是要干什么呢?

"老乡请了。"当时,上官介还没有剃度,穿了一身普通百姓的衣裳。

辛家璐打量着身边搭话的年轻人,并没有立即搭腔。他听出年轻人并不是本地口音,但穿着一身当地人的服装。这样一个人大清早出现在寺院前,辛家璐也感到诧异,半天才道:"请了……"

正在这时,就听寺院门口有人喊道:"上官师弟……"

辛家璐听到那人的喊声,又见眼前的人转向那喊叫的人,道:"又是上官……"

叫喊的人笑道:"啊!慧戒师弟,方丈叫你……"

那个初被称作上官师弟、后被改称慧戒师弟的人听后不再与辛家璐搭话,自回寺内去了。

辛家璐安全回到了县衙。益阳县群龙无首,由州通判王家政暂署知县之职。王家政与辛家璐是老熟人,见他获释,异常高兴。在他回到县衙的当晚,王家政设宴给辛家璐接风压惊。席间,两人畅谈往事,其乐融融。辛家璐被关了几个月,益阳衙门发生的翻天覆地的变化,他全然不知。谈着谈着,辛家璐突然想起一件事来,问道:"那新来的知县哪里人?"

王家政回道:"江苏清江……"

"怎样的长相?"

"高高的个子,清癯的面庞……"

王家政讲到这里,辛家璐把手中的杯子摔在案上,道:"就是他!"辛家璐向王家政讲了他在小菩提寺前所看到的一切,"那个被叫作上官师弟的,江苏口音,高高的个子,清癯的面庞……叫他时,像是有什么避讳……这不就是上官介吗?"

王家政听后也兴奋起来,冷哼道:"想不到他躲在了那里。"

黄天禄被杀,"天合会"造反,长沙府上报总督请求派绿营支援。驻湘绿营五百名已在一名参将的率领下进驻益阳。王家政与参将做了周密计划,兵发小菩提寺。

实际上,那些所谓"周密计划"全是多余的,因为小菩提寺没有一个人会想到官军的到来。跟随队伍的辛家璐很容易就认出了上官介,王家政与上官介早就相识,一看,果然不假。

这样,上官介被抓回县衙。一同被带回的,还有无际方丈。

在益阳县的公文中,唐正才这个名字已经消失,说到唐正才和他的人,统统成了"天合会余孽"。上官介被抓的次日,王家政给长沙府的报告就称:"益阳天合会余孽、叛官上官介落网。"

不久,王家政就收到长沙知府项江镬的密函,说捉到上官介的事不要再声张,以免添麻烦,尤其不要让省里知道。收到信后,王家政明白了知府的意思,自责粗心。上次省里就在左宗棠的请求下对案子进行了干预,这次不能够再有闪失。

如此,上官介这个名字也在公文中消失了。

从被抓的那一刻起,上官介就知道对他来说,一切出路均已被堵死,剩下的只有死路一条了。他已经无须被指控是唐正才的人——这已经铁板钉钉。现时,王家政只对一点感兴趣,那就是天合会的余孽在哪里?

上官介拿定主意一言不发,他为此吃尽了苦头。王家政暴跳如雷,不信自己对付不了一个书生！他用尽了酷刑，但上官介依然闭口不言。

唐正才对上官介的被捕心怀愧疚，他认为是自己在安排上有些粗心，没能把上官介保护好；禹嫂也认为自己太大意。他们商量好，一定要把上官介救出来。

但要搭救上官介谈何容易！今非昔比，益阳县现在有五百名官兵；唐正才的人统统算上，也不过百人。而且有了上次劫牢的事，县里一定对上官介重兵看守。大家聚在一起商议，看看有什么办法。

最后，是形势变化给了他们办法。

咸丰二年上半年的局势变化很快。太平军占领永安之后，赛尚阿调兵围城。二月中旬，太平军永安突围，直奔全州。尔后沿湘江水陆并进，五月进入湖南境内。于是，各种流言像风一样传遍潇湘大地。益阳的百姓就传说，太平军的先头部队已经出现在长沙城下！

原来，县里、府里就曾千方百计把唐正才的人与贼寇、与反清势力挂上钩。这次，拜上帝会到了家门口。唐正才等人此时需要抉择的是依靠拜上帝会的力量，还是像往常一样单干？

很快大家取得了一致意见，要联合太平军。大家正式推选唐正才为"会长"，负责料理今后的事情。

靠传言是不能够决策的，于是唐正才派人去长沙看个究竟。

派去的人很快返回，说太平军并没有到达长沙。确切的消息是，他们确实已经进入湖南境内，现正沿湘江推进，大部队已经到了郴州，先头部队已在衡州出现。

唐正才是一位处事谨慎的人，既然打算投奔太平军，就要真正晓得太平军的底细。他觉得派去的人对太平军的情况了解得过于笼统，遂又派人到衡州去打探。在派出的人回来之前，他觉得凡事不可轻动。

被派去的领头的叫唐连顺，他带着两个人去了将近一个月，终于打探到了有关太平军的详细信息。唐连顺回来报告说，太平军是在四月中旬由全州进入湖南的。在全州，太平军曾与官军进行了一场鏖战。进入湖南后，太平军先到永州，然后南下道州，再由道州东进到桂阳、郴州，由郴州北上衡州，现在有一支军队正向长沙方向挺进。路上，太平天国东王杨秀清和西王萧朝贵发布了檄文三篇。

唐正才对这些檄文很是看重，取过来粗粗看了一遍，然后对唐连顺道："念给大家听听……"

唐连顺遵命,开始读第一篇檄文《奉天诛妖救世安民谕》——

真天命太平天国禾乃师赎病主左辅正军师东王杨、右弼又正军师西王萧为奉天诛妖救世安民事:

据《旧遗诏圣书》:天父皇上帝当初六日造成天地山海人物。皇上帝是神爷,是爺爷,无所不知,无所不能,无所不在,天下万国,俱有记及皇上帝之权能。溯自皇上帝造有天地以来,皇上帝大发威怒屡矣。尔世人还未知乎?皇上帝第一次大怒,连降四十日四十夜大雨,洪水横流矣。第二次大怒,皇上帝降凡,救以色列出麦西国矣。第三次大怒,皇上帝遣救世主耶稣降生犹大国替世人赎罪受苦矣。今次又大怒,丁酉岁皇上帝遣天使接天王升天命诛妖,复差天王作主救人。戊申岁皇上帝恩怜世人之陷溺,被妖魔之迷缠,三月上主皇上帝降凡。九月救世主耶稣降凡,显出无数权能,诛尽几多魔鬼,场场大战,妖魔何能斗得天过。且问皇上帝何怒?乃怒世人拜邪神、行邪事、大犯天条者也。尔世人还未醒乎!生逢其日,得见皇上帝荣光,尔世人何其大幸。生遇其时,得见太平天日,尔世人何其大幸。好醒矣!好醒矣!顺天者存矣!逆天者亡矣!

今满妖咸丰,原属胡奴,乃我中国世仇。兼之率人类变妖类、拜邪神、逆真神,大叛逆皇上帝,天所不容,所必诛者也。嗟尔团勇,不知木本水源,情愿足上首下,瞒高天之大德、反颜事仇、受蛇魔之迷缠、忘恩背主,不思己为中国之善士、本属天朝之良民,竟轻举其足于亡灭之路,而不知爱惜也耶?况尔四民人等,原是中国人民,须知天生真主,亟宜同心同力以灭妖,孰料良心尽泯,而反北面于仇敌者也!

今各省有志者万殊之众,名儒学士不少、英雄豪杰亦多。唯愿各各起义,大振旌旗,报不共戴天之仇,共立勤王之勋,本军师有所厚望焉。本军师体上帝好生之德,恫瘝在抱,行仁义之师,胞与为怀,统帅将士尽忠报国,不得不彻始彻终,实情谕尔等知悉也。独不思天既生真主以御民,自必扶天王以开国,纵妖魔百万、诡计千端,焉能同天打斗乎!但不教而诛,问心何忍;坐视不救,仁者弗为。故特剀切晓谕。尔等凡民亟早回头,拜真神、丢邪神、复人类、脱妖类,庶几常生有路、得享天福。倘仍执迷不悟,玉石俱焚,那时噬脐悔之晚矣。

切切特谕。

第一篇读完了,大家觉得很有意思,于是希望唐连顺读第二篇。

唐连顺看了看唐正才,唐正才点了点头。唐连顺于是开始读第二篇檄文《奉天讨胡檄布四方谕》——

真天命太平天国禾乃师赎病主左辅正军师东王杨,右弼又正军师西王萧,为奉天讨胡,檄布四方,若曰:嗟尔有众,明听予言!予唯天下者,上帝之天下,非胡虏之天下也;衣食者,上帝之衣食,非胡虏之衣食也;子女民人者,上帝之子女民人,非胡虏之子女民人也。

慨自满洲肆毒,混乱中国,而中国以六合之大、九州之众,一任其胡行,而恬不为怪,中国尚得为有人乎?妖胡虐焰燔苍穹,淫毒秽宸极,腥风播于四海,妖气惨于五胡,而中国之人,反低首下心,甘为臣仆,甚矣哉!中国之无人也!

夫中国首也,胡虏足也;中国神州也,胡虏妖人也。中国名为神州者何?天父皇上帝真神也,天地山海,是其造成,故从前以神州名中国也。胡虏目为妖人者何?蛇魔"阎罗妖"邪鬼也,鞑靼妖胡,唯此敬拜,故当今以妖人目胡虏也。奈何足反加首,妖人反盗神州?驱我中国悉变妖魔?罄南山之竹简,写不尽满地淫污;决东海之波涛,洗不净弥天罪孽!予谨按其彰着人间者,约略言之:夫中国有中国之形象,今满洲悉令削发,拖一长尾于后,是使中国之人变为禽犬也。中国有中国之衣冠,今满洲另置顶戴,胡衣猴冠,坏先代之服冕,是使中国之人忘其根本也。中国有中国之人伦,前伪妖康熙,暗令鞑子一人管十家,淫乱中国之女子,是欲中国之人尽为胡种也。中国有中国之配偶,今满洲妖魔,悉收中国之美姬,为奴为妾,三千粉黛,皆为羯狗所污;百万红颜,竟与骚狐同寝。言之恸心,谈之污舌,是尽中国之女子而玷辱之也。中国有中国之制度,今满洲造为妖魔条律,使我中国之人无能脱其网罗,无所措其手足,是尽中国之男儿而胁制之也。中国有中国之语言,今满洲造为京腔,更中国音,是欲以胡言胡语惑中国也。凡有水旱,略不怜恤,坐视其饿殍流离、暴露如莽,是欲使中国之人稀少也。满洲又纵贪官污吏,布满天下,使剥民脂膏,士女皆哭泣道路,是欲我中国之人贫穷也。官以贿得,刑以钱免,富儿当权,豪杰绝望,是使我中国之英俊抑郁而死也。凡有起义与复中国者,动诬以谋反大逆,夷其九族,是欲绝我中国英雄之谋也。满洲之所以愚弄中国、欺侮中国者,无所不用其极,巧矣哉!

昔姚弋仲,胡种也,犹戒其子襄,使归义中国;苻融亦胡种也,每劝其兄坚,使不攻中国。今满洲乃忘其根源之丑贱,乘吴三桂之招引,霸占中国,极恶穷凶。予细查满鞑子之始末,其祖宗乃一白狐、一赤狗,交媾成精,遂产妖人,种类日滋,自相配合,并无人伦风化。乘中国之无人,盗据中夏,妖座之设,野狐升据;蛇窝之内,沐猴而冠。我中国不能犁其窟而锄其穴,反中其诡谋,受其凌辱,听其吓诈,甚至庸恶陋劣,贪图蝇头,拜跪于狐群狗党之中。今有三尺童子,至无知也,指犬豕而使之拜,则艴然怒。今胡虏犹犬豕也,公等读书知古,毫不知羞?昔文天祥、谢枋得誓死不事元,史可法、瞿式耜誓死不事清,此皆诸公之所熟闻也。予总料满洲之众不过十数万,而我中国之众不下五千余万,以五千余万之众,受制于十万,亦孔之丑矣!

今幸天道好还,中国有复兴之理;人心思治,胡虏有必灭之征。三七之运告终,而九五之真人已出。胡罪贯盈,皇天震怒,命我天王肃将天威,创建义旗,扫除妖孽,廓清中夏,恭行天罚。言乎远,言乎迩,孰无左袒之心;或为官,或为民,当急扬徽之志!甲胄干戈,载义声而生色;夫妇男女,摅公愤以前驱。誓屠八旗,以安九有。特诏四方英俊,速拜上帝,以奖天衷。执守绪于蔡州,擒妥欢于应昌。兴复久沦之境土,顶起上帝之纲常。其有能擒狗鞑子咸丰来献者,或能斩其首级来投者,又有能擒斩一切满洲胡人头目者,奏封大官,决不食言。盖皇上帝当初六日造成之天下,今既蒙皇上帝开大恩,命我主天王治之,岂胡虏所得而久乱哉!公等世居中国,谁非上帝子女?倘能奏天诛妖,执螫狐以先登,戒防风之后至。在世英雄无比,在天荣耀无疆。如或执迷不悟,保伪拒真,生为胡人,死为胡鬼。顺逆有大体,华夷有定名,各宜顺天,脱鬼成人。公等苦满洲之祸久矣!至今而犹不知变计,同心勠力,扫荡胡尘,其何以对上帝于高天乎?与义兵,上为上帝报瞒天之仇,下为中国解下首之苦,预期肃清胡氛,同享太平之乐。顺天有厚赏,逆天有显戮。布告天下,咸使知闻。

众人听得入神,觉得意犹未尽,忙问道:"第二篇读完了?"
唐连顺道:"完了。"
众人道:"接着读第三篇啦!"
唐连顺接着读第三篇《救一切天生天养中国人民谕》——

今天父上主皇上帝恩怜凡人中魔鬼毒计，丁酉岁差天使接天王升天，上帝亲命天王诛妖，复差天王降凡，作主救人。戊申岁二月，上帝降凡主张，九月天兄耶稣降凡拯救，今既五年矣。故今特剀切谕明尔等，速即丢魔鬼、归亲爷，方可受天百禄也。本军师又实情救尔等，尔等多是中国人民。既是中国人民，何其愚蠢，剃发从妖，胡衣胡服，甘做妖胡奴狗，脚上首下，尊卑颠倒。尔等知否？以中国制妖胡，主御奴也，顺也；以妖胡制中国，奴欺主也，逆也。中国甚大，谅多明识大义之人。今幸上帝大开天恩，差天王降凡，作天下万国太平真主。特谕中国人民，从前误在妖营，帮妖逆天，今闻本军师谕，有能即明大义，约同中国人民，擒斩妖胡头目首级亲到天朝投降者，本军师不独赦宥尔等前愆，且将奏明天父，有大大天爵天禄封赏尔等。孰得孰失，何去何从，必有能辨之者。如有能辨之人，速即反戈替天诛妖，以奖上帝主意，上帝幸甚，其自高天以下，实嘉尔等同心翊赞之力。本军师决不食言，顺天有厚赏，逆天有显戮。布告天下，各宜遵行。

唐连顺读完了，众人又是一片掌声。

"投过去！就是不为奖赏，但求出这口窝囊气，也投过去！"

唐正才已经把三篇檄文读过一遍，随后又听唐连顺通读，一边听一边思考。他对文中的"皇上帝"还一时琢磨不透，对拜上帝的理由也一时难以理解。但他觉得，檄文最能打动人心的是叙述官逼民反的部分。众人之所以听完檄文就表示"投过去"，关键之点也在这里，他忘不了读到"官以贿得，刑以钱免，富儿当权，豪杰绝望"的句子时大家那无比激动、摩拳擦掌的情形。而对他来说，形势的发展比那三篇檄文更为重要。太平军进入湖南，大有横扫之势。届时大军一到，顺我者昌，逆我者亡。他们这些人虽不想反，但官府逼迫，已经无路可走。

"投过去我赞成，"唐正才道，"只是要讲究一个投法……"

唐连顺打探到的消息是真实的。太平军占领永安后，清军数路大军围剿。太平军在永安坚持了半年之久，于咸丰二年二月突围北上，于三月中旬到达桂林城下，兵力增加到五万人。向荣率军先太平军一步进驻桂林。太平军攻城难下，于四月中旬撤围北上，月底到达全州。到达全州地面后，太平军原无攻城之意，而是想绕城继续北上。但据守城池的清军发炮轰击太平军后队，正好击中南王冯云山。这样，太平军遂回师全力攻城。守城清军在知府曹燮培指挥下拼死抵抗,他们用松胶沥糠成饼,点燃后向攻城的太平军军士投掷;他们把桐油烧沸,向登上云梯的太平军军士倾倒。太平军伤亡颇重,而攻城愈急。双方自早到午,进行了长时间的激战。全州靠近湖南,而在湖南边境,有提督余万清、总兵刘长清率领的万人绿营驻扎。曹燮培三次洒血飞书恳请余、刘救援。余万清、刘长清率军赶到,但只在十里之外扎营,不敢妄动。

四月十六,太平军用"穴地攻城法"轰塌城墙三丈,然后蜂拥而上。清军难以抵御,全州城落入太平军之手。知府曹燮培、参将杨映河等千余名守军被杀。

太平军在全州驻扎两日,主动撤出,水陆并进,顺湘江而下。在蓑衣渡遇清军阻拦,太平军与清军激战两昼夜,损失惨重,南王冯云山伤势恶化,不治身死。太平军遂丢掉所有船只,从湘江东岸越过大山,进入湖南。四月二十五日,太平军不战而克道州。随后进军江华、嘉禾、桂阳、郴州。

太平军到达郴州时,西王萧朝贵打探到省城长沙并无戒备,且城墙低矮;如率轻兵数千日夜兼程赶过去奇袭,长沙唾手可得。与杨秀清商量后,萧朝贵便自领精兵千余间道向长沙进发。一路之上,连克永兴、安仁、攸县、醴陵,进抵长沙城南之石马铺。

洪秀全、杨秀清则率领太平军主力沿湘江向北推进,经衡州奔向长沙接应。

到达石马铺的萧朝贵部未曾扎营,便向清军发起猛攻。守军溃败,石马铺轻易被拿下。太平军进而向妙高峰、鳌山庙发起攻击,并将两地占领。太平军突然兵临城下,令长沙城中官兵倍感震惊。守城的是提督鲍起豹,手下有绿营五千人。萧朝贵督战攻城,不幸中炮受伤,抢救无效而死于军营。南王冯云山死后,西王萧朝贵又死,自然是太平军的重大损失。洪秀全、杨秀清闻知噩耗,即率大队兵马星夜赶到长沙。

九月初,洪、杨等人赶到长沙时,长沙防守局势已经大变,官军诸路已大军云集。此前,两广总督徐广缙奉命带领高州镇总兵福兴率广东绿营万人赶来。尾随太平军进入湖南的向荣称病不出战,被徐广缙参了一本。咸丰帝将向荣革职,发往新疆效力赎罪,授福兴为提督。徐广缙又上奏皇上让向荣暂缓发遣,戴罪立功。这一折腾,向荣便不敢怠慢,遂率军抵达长沙,入城议战。一时,长沙城内城外聚集了大学士一名、总督两名、巡抚三名、提督三名、总兵十二名,他们率领的是朝廷的经制之师——旗兵和绿营,近十万大军。

奇袭不成，太平军的兵力只有清军的半数，而大营扎在城南，困于一隅，三面受敌，且盐粮日渐短缺。下一步怎么办？

一日，杨秀清与翼王石达开正在谋划，忽报有益阳义士唐正才求见，说有奇计献上……

一夜之间，湘江之上出现了一道浮桥，它是用铁链将几百条船连接而成的。拂晓前，石达开所部一万人马已经从这条浮桥上通过，并开始在湘江西岸挖沟筑墙，目的是建造一道屏障，防止清军对浮桥的袭击。过了河后，石达开派检点李秀成率领三千人马西行，任务是进入长沙以西的地区，为围城的太平军筹粮筹盐。

这一道浮桥盘活了整个太平军，受到杨秀清的高度重视。而提出修建浮桥主意并负责建桥的，就是唐正才。

这条浮桥的意义还远不在此。向荣率领大军到达长沙城下时，曾进入长沙城与守将谋划对策。这浮桥离他的驻地不是太远。他听到报告说出现了这样一道浮桥时，便在这浮桥上打起了主意。他亲自出营对浮桥的位置和环境进行了一番考察，发现太平军在西岸挖壕筑墙，显然是想防止清军从这里进行攻击。而东岸便是太平军的营盘。太平军极有可能是认为靠近大本营，清军不敢在这里出没，因此并没有挖沟筑墙。向荣看出了门道，认为摧毁太平军的这座浮桥易如反掌。只要派一支奇兵，以迅雷不及掩耳之势赶到浮桥的东端，将任何一处连接船只的铁索砍断，那浮桥的东端没了依托，猛烈的江水必然将浮桥冲向下游。这样，整个浮桥就寿终正寝了。

黄昏前，向荣亲点了五百人，并决定亲自率领，悄悄向浮桥的东端移动。他暗暗祈祷上苍保佑他的奇袭成功，这样他的一切罪名就可以化为乌有；而他所付出的代价，仅仅是率领五百名部下在湘江东岸遛了一圈儿。

一切都很顺利，他们进入一片树林，目标依稀可见。他们隐蔽在树林中，做完了最后的准备：再次对目标进行观察，认真查看了通向目标的道路的状况，对负责剪断铁索的几名士卒做了最后一次叮嘱……做完这一切，向荣发出了突击的命令。

就在这时，树林中三声炮响，太平军三面杀出，疾如旋风。向荣的五百勇士惊溃不能制止。多亏向荣马快，他一见大事不好，便向马背狠抽几鞭，保住了一条性命。

唐正才给太平军搭起那座浮桥的另一个目的，就是把太平军引向益阳。

原以为长沙好打，所以萧朝贵自告奋勇率兵前来。可大家忘记了，长沙可是一座省城。很快,清军大军云集,改变了长沙城的形势,太平军只剩了一条路好走:撤离。但撤向哪里?唐正才搭起这样一座浮桥,实际上就决定了太平军的行动方向。

当初为攻下长沙,太平军曾下了一番功夫。九月二十九日时,太平军在南城炮轰魁星楼附近的城墙。城墙崩塌四丈,太平军从豁口冲进城去,与守城清军进行了激战,但最后未能站住脚,被迫撤回。十月初二日,太平军再用地雷炸塌南城垛口,两千余军士再次冲进城中与守军鏖战,依然被打退。如今要撤走,太平军再次加紧攻城,目的是为掩护撤走做准备。十月十八日,太平军炮轰魁星楼附近已经坍塌的城墙,并派出一支人马冲进城去与守军厮杀。这时,正好天降大雨。就在这边厮杀的时候,太平军的主力从那座浮桥上向西挺进,进入望城县境内。次日,清军将帅闻报太平军主力西撤,登城观看,见太平军营垒已空,皆愕且惧,无敢言贺者。

太平军主力在望城稍做休整,便西趋宁乡。太平军在宁乡没有停留,便进入益阳境内。

王家政与长沙府的联系已经断了一个多月。各种各样的消息从长沙传来。起初传说长沙已经失守,随后又传来消息说长沙依然在官军手中。有的说太平军作战勇猛,官军糜烂,太平军攻下长沙只是时间问题。有的则说长沙乃省城,朝廷不会放任不管。当下,朝廷已在长沙城内外集结官兵三十万,将与太平军一决胜负。

王家政惶惶不可终日,形势逼迫他做出抉择:益阳这边一旦有个风吹草动,是坚持守城还是弃城逃走?

这些天有了一些新消息,说太平军在长沙被打败,其残兵败将正向西逃窜,而官军正浩浩荡荡追来。

王家政最后做出抉择——守城,他在打如意算盘:他在此坚守,只要抵挡太平军的残兵败将数日,将来官军主力赶到,他乘势出击,必有大功……

当太平军主力浩浩荡荡到达益阳城下时,他还以为那是太平军的残兵败将。

唐正才率领的百十人早已潜入城中。等四门约定好的炮声响起的时候,唐正才的人才强行打开了四门,太平军蜂拥而入。王家政还没有闹明白发生了什么事,便成了太平军的俘虏。

唐正才一直担心上官介的安全:一怕王家政等人早已将他杀害;二怕即使先前没有把上官介杀掉,攻城紧急时刻,王家政等怕留后患,也会将上官介杀掉;三怕即使前两种情况并没有发生,如王家政等逃窜,他本人也很难找到关押上官介的地方。直到王家政被活捉,唐正才才放下心来。通过王家政,他很容易地找到了上官介。

　　上官介醒来了。这又是在什么地方呢?他向四周看了看,发现自己是在一条行进中的船上。呀!好多的船哪!不过船上的人都很陌生,不只是面貌生疏,而且有种标识令他心惊胆战——破衣烂衫的衣襟之上缝有一个黄布条子!他撑起身来,要看个仔细。这一动,他觉得周身刀扎一样地疼。他这才想起来,自己受了伤。他忍着剧痛继续观察,终于注意到了周围人的头发。

　　啊,长毛!他全身的血都要凝固了。

　　"我被长毛俘虏了!"上官介差点喊出声。

　　"他醒了!"上官介听到了一个熟悉的声音,但随后,他又什么也不知道了。

　　他再一次苏醒的时候,向周围看了看,发现自己是躺在一块门板上,有四个人抬着他。再看,原来是有人抬着他过桥。仔细看,这是一道浮桥,由许多船连在一起组成。

　　这时,就听远处有人在大喊:"天黑前赶过去,汉口就是咱们的了!"

　　怎么到了武昌?

　　他看清楚了,四个抬门板的全是长毛。不会有什么疑问了,自己做了俘虏。

　　浮桥晃动得很厉害,船与船之间铺着木板,但走起来依然晃晃悠悠。他已经完全清醒,身上的伤痛又开始折磨他。他迅速做出了决定,寻找着机会跳江。

　　抬门板的四个人被行进中的大队人马挤到了浮桥的边沿。上官介看到了浮桥之下那滔滔的江水,不晓得他哪里来的那股猛劲儿,一个鲤鱼打挺,跃下了门板。

　　上官介又醒了,他发现身边有两个人影,一个是在益阳县衙中的兰妈,另一个……他吃了一惊,竟然是……玉兰姑娘!

　　为了证实这是真的,他揉了揉眼睛,仔细看去——没错,正是玉兰姑娘!

　　一时间,他觉得自己是在梦中。

　　"他醒了!"是玉兰姑娘在说话,"禹嫂,他醒了!"

　　上官介没有说话,眼睛直直地看着玉兰姑娘。

　　禹嫂和玉兰姑娘顿时忙了起来。禹嫂张罗着去热放在床边的粥,玉兰姑娘张罗着在一个脸盆里涮手帕;禹嫂小心地用一个调羹给上官介喂粥,玉兰姑娘轻轻地擦上官介脑门上的汗……

　　上官介则默默地接受着两位女人奉送上的一切……

第七章 墨经出山，曾国藩新法练军

司马三畏很快就被人遗忘了。他依然无所事事，便用读书、会友、游览打发日子。

一日，司马三畏与一位朋友约好，要去历代帝王庙看一看。那位朋友是经人介绍认识的老北京，名叫赵君劢。他的先人也曾为官，但到他祖父时，家里的人便屡试不中，祖父、父亲都成了白丁。赵君劢满腹经纶，年龄不大，却已厌倦了科考，试过一次未中，便发誓再也不进考场。往日，司马三畏游览古迹，多是独来独往；自从认识了赵君劢，便邀他一同前去。赵君劢也是乐得陪同。因为作为平民，他是不得进入社稷坛、太庙、天坛、历代帝王庙这些皇家禁地的。

历代帝王庙位于白塔寺以东，坐北朝南。司马三畏与赵君劢约好，两人在庙门前聚齐。

司马三畏从住处出发，先向南走了不到一里地便是西四牌楼。走到西四牌楼后向右拐，直走便到了历代帝王庙。他走到西四牌楼的时候，发现街上有一些异常。再看，发现大街两侧有兵丁站哨；向东西望去，大街的两旁每隔数步便有站得笔直的兵丁。发生了什么事？

司马三畏心中疑惑着，向西而行。但走了一箭之地，一匹快马自西向东奔去。这之后，那些兵丁便阻止了行人的行动——让大家原地站定。

司马三畏站了有一袋烟的工夫，发现西面有了动静———群人由西向东缓缓而来。等那群人越来越近了，司马三畏这才看清楚，人群的最前方是若干名太监；他们的后面是一顶轿子，由四个人抬着，轿子四周又有若干名太监护卫。轿子的后面，有两辆青篷马车。

轿子、车子、人群缓缓而过。司马三畏身边的百姓们在交头接耳。等这群人走得不见了兵丁方才放行，司马三畏继续走他的路。

赵君劢已经在庙门前等候。

"可看到了那轿子？"赵君劢一见面就问。

"看到了。"司马三畏回道，"那是干什么的？"

赵君劢回道："这是秀女进宫。上一年宫中选秀被选上的，今天便是进宫的日子。你可知道刚刚过去的这位是哪个吗？说来小弟与她还有一面之交，她姓叶赫那拉……"

"又多了一名怨女而已！"司马三畏一听是有关选秀的事，心中就有了一百个不耐烦。他不管什么那拉、佟佳，反正都是满人，也不管你与秀女有一面之交还是素不相识，他一律不感兴趣。

赵君劢看出司马三畏对这一话题的冷漠，遂淡淡一笑，不再往下讲。

司马三畏向守门人交出牌子，便与赵君劢一起进入庙中。

对于像司马三畏这样进入庙中的观瞻者，庙中总是派一个人做"引导"，实际上是监视。还没进入一个大殿，这引导便停在殿门口，看着观瞻者的一举一动。

对历代帝王的功过，尤其是那些被认为大有作为的帝王，或者颇有争论的帝王的功过，他们总是议论一番、争论一通。

他们的观瞻一直持续到日落。走出历代帝王庙后，两个人在附近一家小铺里吃了晚饭。吃饭的时候，赵君劢问司马三畏愿不愿意见一见唐鉴。

唐鉴是当时有名的理学大师，又是太常寺卿，司马三畏自然想见一见。两人讲好，次日由赵君劢带司马三畏到唐府拜见。

唐鉴比司马三畏大三旬，又处太常寺卿的高位，但还是极为谦恭地接见了司马三畏。

唐鉴问司马三畏在读什么书，最喜欢读什么书。司马三畏如实做了回答，说自己实际上广泛涉猎，谈不到最喜欢读什么。唐鉴建议司马三畏要专攻一书，非弄懂而不放弃。唐鉴建议司马三畏攻《朱子全书》，这司马三畏事前就已经想到，因为作为理学家，唐鉴必然如此。

唐鉴又向司马三畏强调了钻研理学的重要性，说学有三门：一曰义理，二曰考证，三曰文章。考证之学、文章之学都是小技，义理之学才是正途。

从司马三畏那飘忽不定的眼神中，唐鉴看到了他的弱点：信而存疑，更无恒心。这样，唐鉴向司马三畏推荐了另外一位理学大师——倭仁，说他假如有兴趣钻研理学，可以去见见倭仁。

倭仁是蒙古正黄旗人，理学大师，当时在上书房，是惇郡王奕誴的老师。

倭仁与唐鉴相比是晚辈，但性情高傲，与人交往甚少，许多人想见也是见不到的。现在虽有了唐鉴的引荐，倭仁是不是愿意见，司马三畏心中无底。司马三畏也是一位心气高傲的人，巴结人的事他不愿意干。但他犹豫再三后，还是决定硬着头皮试一试。还好，大概由于看了唐鉴的面子，倭仁见了司马三畏。接触中，司马三畏并未感到倭仁有特别难接近之处。

倭仁着重向司马三畏讲了修身之法，教他在"几"上下功夫，说"研几功夫最要紧"。倭仁所说的"几"，就是"苗头"的意思。"研几"就是"对苗头进行追究"。倭仁对司马三畏说，颜回的"有不善未尝不知"就是指研几功夫。还说周敦颐的"几善恶"，《中庸》所说的"潜虽伏矣，亦孔之熠"，都指的是同一回事，"失此不察则心放而难收"。倭仁还向司马三畏介绍了"研几"的具体途径——克己之法：静坐、写"日课"。通过静坐、札记等自省功夫和相互讨论，将一切不合理学的杂念消灭在微露苗头之时，使自己的思想沿着圣贤所要求的方向发展，并且将学术、心术、治术连通一气，使学问得以增长，使德性得以提高，从而逐步体验和学习治理国家的本领。

回来之后，司马三畏按照倭仁的教导进行了实践，在修养方面也有了一些实际成效。就这样，司马三畏不再觉得日子难熬。

时间过得很快，不觉又是一年。在新的一年开始的第一个十五，司马三畏终于接到了调令，吏部通知他去湖南听从曾国藩的派遣。

曾国藩这个名字司马三畏曾经听说过。在京城，曾国藩曾有"五部侍郎"的名号：道光二十七年升任内阁学士兼礼部侍郎，随后兼礼部右侍郎、兵部右侍郎、工部左侍郎、兵部左侍郎、刑部左侍郎、署吏部左侍郎，大清国的中央六部，除户部之外，他都有了侍郎的职务。不晓得什么原因，曾国藩此时被任命为湖南的团练大臣出京了。

对于这项调动，司马三畏说不上高兴。去一位团练大臣那里当差，会有什么作为呢？但令司马三畏高兴的是，他终于结束了这百无聊赖的日子，总有一点事情可干了。另外，他听说曾国藩也笃信理学，曾多次向唐鉴和倭仁请教，在理学义理和修身方面都有极高的造诣。他自己初涉理学，去曾国藩那里也会有所裨益。

司马三畏做了一定准备,便起身赴湖南。他走旱路,于咸丰三年四月到达长沙。

当时,司马三畏的恩师左宗棠正在长沙。原来,咸丰二年太平军打到了湘阴时,左宗棠和同乡郭嵩焘一起携家眷到玉池山梓木洞避难。时任湖南巡抚的张亮基发来邀请函,请左宗棠到长沙帮他参谋军机。张亮基出任湖南巡抚之前,曾经在云南任职,与当时担任贵州知府的胡林翼很熟。太平军打来,长沙情况紧急,亟须帮助,胡林翼便向张亮基推荐了左宗棠。胡林翼也给左宗棠写了信,劝他万勿推却、迅速出山。

闲适生活过惯了,接受不接受邀请,左宗棠还在犹豫。

当时,郭嵩焘也劝左宗棠接受邀请,说"公卿不下士久矣",如今屈身相邀,应该"成其美"。左宗棠是十分高傲的,听郭嵩焘这么一说,他决定立即起行,在太平军进攻长沙的隆隆炮声中进入长沙城。

对长沙的原委,左宗棠曾去信告知了司马三畏。司马三畏到长沙后,自然先去拜见左宗棠。

对司马三畏新的任命,左宗棠已经知晓。司马三畏看得出,在讲到曾国藩时,恩师颇有保留;只是告诉司马三畏,这曾国藩想做一番前人没有做过的事业,让司马三畏好自为之。

关于上官介的事,左宗棠没有新的情况告诉他。益阳近在咫尺,司马三畏举目西望,心中阵阵伤痛。

在恩师身边待了一天,次日,司马三畏便去报到。曾国藩的行辕与左宗棠当差的巡抚公署很近;司马三畏取出自己的名帖,让门房报了进去。不一会儿的工夫,从内里走出一个二十几岁的人,引着司马三畏进入行辕。在内院一间很大的屋子前,那人示意司马三畏停下,自己进屋通报。片刻,那人出屋,把司马三畏引进屋。司马三畏看到,在正位坐着一位四十岁上下、身材矮小的人。这就是曾国藩了。

司马三畏拜了下去,道:"晚生司马三畏拜见曾大人……"

就见曾国藩欠了欠身,道:"免了……"尔后对那引领者道,"安排下去……"回头又对司马三畏道,"晚间老夫有一席,届时咱们边吃边谈。"

司马三畏听明白后,有点受宠若惊,连忙谢过,便随那引领人退出。

"我叫辛心庠。"那人这才自我介绍,"是曾大人堂前笔帖式……"

"很高兴足下成为鄙人入行辕的第一位友人……"

司马三畏被安排在行辕后院一间房子里。辛心庠告诉他,自己的房子就在旁边。

司马三畏脑子里还惦记着晚上那顿饭,等辛心庠要离去的时候,便问道:"新来的人,曾大人都要安排一起吃饭吗?"

辛心庠道:"不尽然。但凡是新来的,曾大人总要与他单独谈一次。"

司马三畏盼望的晚餐终于开始了。说他盼望,并不是司马三畏出于虚荣,盼望与曾国藩吃一顿饭。他是想知道,曾国藩到底想在饭桌上跟他谈些什么。

首先,桌上的菜便令司马三畏吃了一惊:只有两个菜,一个汤;菜也没有多少油水。他曾一时这样想,是不是曾国藩对自己轻视?

司马三畏自然不敢与曾国藩对坐,而是坐在了下首。

曾国藩没有任何客套。有人已经将一小碗米饭放在了他的面前。曾国藩端起那饭碗,向碗里拨了些菜,道:"自便……"然后自己吃了起来。

这时,也有人走到司马三畏身边,轻轻问:"大人也要盛饭吗?"

司马三畏点了点头,等米饭上来,也学着曾国藩向碗里拨了一些菜。

"听说你跟皇上说,经制之师不顶用了?"曾国藩看似不经意地问道。

司马三畏立即回道:"晚生是说军有三不遂:一、兵惰将贪,外强中干。百姓面前凶神恶煞,寇贼面前如鼠避猫。二、督抚不睦,将帅不和。内斗精于外战,内耗高于外损。三、各自为营,死不相救。奋战者冒死牺牲,避战者鱼台高卧……"

"可是你说了,用此军制敌,圣上焉能指望出现胜局?"曾国藩打断道,"这还不等于说八旗和绿营不顶用了?"

司马三畏甚为惊愕,这曾大人如何了解得如此精准?

"把你的这些看法和你给皇上写的《微臣治安策》合为一篇文章,窃以为这篇文章的前半部很是精彩,但后半部则显得底气不足。——你提出的'革军',可行吗?"

这一问令司马三畏语塞,不知如何回答才好。

"你说'革军'需良将领军,而这有两大难题:其一,以现成的八旗、绿营为'革'之的,可否?你在京城待过,京城人吃面食,暂且以面食为喻——盛到碗里的面条,还能够烙成饼吗?其二,良将从哪里来?"

这些问题再令司马三畏语塞。曾国藩又道:"譬如圣上授以尚方剑,令你'革军',你如何行动?"

这话让司马三畏丧失了自信,遂支吾道:"晚生纸上谈兵而已……"

听了这话,曾国藩沉默了,最后才道:"如无战事,任尔纸上驰骋。可……像赵括,秦兵压境,他纸上谈兵,结果使赵国四十万儿郎丧生!现在长毛横行天下,容得我等纸上谈兵吗?"

闻言,司马三畏立刻出了一身冷汗,忙道:"愿听大人教诲……"

曾国藩最后道:"'革军'的事是否能成,可不做定论。老夫也在试……咱们试试看吧!而老夫看重的倒是另起炉灶,弄出一支全新的军队来。近日你不必做什么,可跟辛心庠转转,听他讲一讲。——几日后,你我再谈。"

当天晚上,司马三畏就找到辛心庠,问:"大人说他看重的是另起炉灶,弄出一支全新的军队来。这是什么意思?他在奉命搞团练——团练者,组乡勇而已矣。看大人说话的那架势,好像组成的乡勇将是一支新军!"

辛心庠一听司马三畏不屑的口气,道:"不错!大人正是如此打算的!"

"不就是团练吗?"

"可大人心中的团练却有别于一般的团练!"为了说服司马三畏,辛心庠在语气上做了强调,"这叫作化腐朽为神奇,变瓦缶为神器。团练的制度原来就有的,是州县或与州县有联系的大户组织的乡勇自保。长毛造反,依据这一旧制,皇上设立了团练大臣一职。听说充任团练大臣要有两个条件:一、侍郎以上的官衔;二、出京在籍。第一位被任命为团练大臣的是陈恩孚大人——他被任命为江西团练大臣。陈大人原是礼部尚书,当时丁忧在籍。而第二个被任命的就是曾大人,上谕是由湖南巡抚张亮基传到大人手上的。这里面还有故事哩!"看来辛心庠想尽量把事情讲得生动些,他继续道,"大人出任团练大臣还有一番周折。大人一向主张'经世致用',国家有难,皇上召之,他应该立即出山。而他又笃信理学,母亲去世,他不能不尽孝道、安心守制。故而收到上谕后,他立即写了一份奏折,力陈不能出山之意……恰好这一天,大人的好友郭嵩焘为给曾老夫人吊唁赶到湘乡。郭先生对大人说:'公素具澄清之抱,今不乘时自效,如君王何?且墨绖从戎,古制也。'大人与他的朋友都有'立德、立功、立言'的志向,想必那郭先生心中已经有了一幅壮丽的图景,遂决心说服大人,绝对不可失却展示'三不朽'之机。最后,郭先生找到了曾大人的父亲,他们两个人一起说服曾大人为国出山。就在这时,大人收到张亮基大人的来信,说武昌已经被太平军攻占。知道这个消息后,大人'不胜震惊',看出'湖北失守,关系甚大,又恐长沙人心惶惶,理宜出而保护桑梓'。这样曾大人才下了出山的决心。咸丰二年年底，曾大人与郭先生，还有大人另一位好友刘蓉先生一起从湘乡起身前往长沙。他们先到了罗泽南先生那里——白天你见曾大人，在侧的一位就是罗先生了。当时，张亮基大人征调罗泽南先生率领的练勇一千人同时进入长沙。此后，团练大臣一天天多起来，至今年二月，据说团练大臣已达四十五人。这些团练大臣之中，许多都是高官，除陈恩孚陈大人外，在安徽有前广西巡抚周天爵大人，在山东有前山西巡抚䩄涵大人，在江苏有前闽浙总督季芝昌大人，等等。我不敢说那些大人会如何，但曾大人这位团练大臣却自有独到之处。他不想墨守成规，照老葫芦画老瓢。而是想借用团练这一老制，干出一番全新的事业。皇上关于开展团练的圣谕说得明白：'或筑寨浚壕，联村为堡；或严守险隘，密拿奸究。无事则各安生业，有事则互卫身家。'还规定：'一切经费均归绅耆掌管，不假吏胥之手。所有团练壮丁，亦不得远行征调。'而曾大人决定'改弦更张'，因为大清国的经制之师无法打败长毛。大人在一封私人信件中说得明白：'今日营伍之习气，与今日调遣之成法，虽圣者不能使之一心一气。自非别树一帜，改弦更张，断不能办此贼。'"

司马三畏听到这里心中一震，自忖这不是与我的主张暗合吗？原来自己的主张早已传到了曾大人的耳朵里。或许，自己之所以千里迢迢被召到这里，正因曾大人看重他的那些想法。

"大人所组建的新军，新就新在它的训练方法和结构与旗兵及营兵不同。训练方法方面，曾大人组建的队伍，将以理学训导之；练兵作战，将以兵法训导之。忠君、爱民，纪律严明。动，在九天之上；藏，在九地之下；战，无不胜；攻，无不克。曾大人组建的队伍结构，以将领为'核'，将必亲选、兵必自招、层层节制。所谓'将必亲选'，是下一级的官长由上一级选定；所谓'兵必自招'，是下层的士兵，由下级军官按照规定进行招募。所谓'层层节制'，是下一级服从上一级，一级管一级。如此，既讲究等级、讲究纪律，又讲究隶属、讲究情分，与旗军和营军上下一统、兵不识将、将不识兵、打起仗来各顾各的状态泾渭分明。对曾大人组建之军，可概括为'五自'：一，将领自选；二，军士自募；三，建制自决；四，后勤自筹；五，军饷自定……"

司马三畏听得入了神，忙问道："何谓'将领自选'？"

辛心庠回道："将领均由曾大人选定，他们大多为读书人，又是乡亲和朋友。在曾大人组建新军之前，湖南团练已有江忠源、罗泽南的两支。罗泽南部下有李续宾、李续宜、蒋益澧等人，他们就是曾大人新军的根基。来长沙前，曾大人已有郭嵩焘、刘蓉等人相佐,这些人组成了新军的运筹中枢。他们分布在各处,有的掌管招兵买马,有的掌管作战指挥,有的掌管参谋军机,有的掌管后勤保障。这些人有的在选定前奏报朝廷,有的选定后向朝廷备案得到允许。这样,书生领兵成为新军的一大特色。曾大人说,他要的人是'忠义血性'之士,他们'第一要才堪治民,第二要不怕死,第三要不汲汲名利,第四要耐受辛苦'。曾大人对用的这些书生,均一视同仁。他们都笃守理学,有的本身就是理学大师,像罗泽南先生。他们投笔从戎,都有一腔舍身报国的热忱,与旗兵、营兵的死气沉沉形成对照。他们'一不爱钱,二不怕死',与督抚、提督们的腐化形成对照。他们精诚团结,相互扶助,与旗、营将领打起仗来各顾各、死不相救形成对照。旗、营将领们讥笑这些人'不知战',打不了仗,他们回答说:'我不知战,但知无走!'"

"那么,何谓'军士自募'?"司马三畏又问。

"若说'将领自选'使这支队伍在上保证了其建军宗旨和原则的确立,那么'军士自募'则在下确保了这些宗旨和原则的贯彻执行。曾大人对军士的招募条件是'朴实少心窍'之山民,选这样的人做士兵是曾大人'改弦更张'建立一支新军的重要保证。唯其招募那些'朴实少心窍'之山民,最底层的士兵才能够区别于旗兵和营兵中那些'吃饷不上阵'、'上阵不拼杀'、'闻风溃千里'的'兵油子'。

"以上两个'自选'凸显了新军的两大特色:书生为将、山民为兵。加在一起,即为'儒生领山民'。"

"那么,何谓'建制自决'呢?"司马三畏接着问。

"'建制自决',是指在军队建制方面自行决定。为什么要自决?曾大人不想走老路,避免在建制方面受朝中的种种牵制。曾大人设计的新军,陆营以'营'为行伍。每营设'营官'一位,领兵三百六十名。各营的建制人数相等,配备的兵器也相同。'营官'下设'佰长','佰长'下设'什长'。顾名思义,'佰长'率百人,'什长'率十人。这与上下一笼统、作战行伍层次不分之旗军和营军有重大区别。"

"又何谓'后勤自筹'?"司马三畏再问。

"组办团练,上谕说:'一切经费均归绅耆掌管,不假吏胥之手。'皇粮是吃不上的。而以我观察,即使皇上供给粮草,曾大人也是情愿不要的。司马兄想必清楚,朝廷不惜倾全国财力、兵力与太平军作战,到如今,已拨军饷白银两千九百六十万两,户部库存剩下的已不足百万两。但战事仍在扩大,何时算了,没人心中有数,曾大人不想分一羹之食。另,常言道,吃人的手短。大人要创建一支尽量少受朝中兵部节制的队伍,在后勤方面就不能够仰人之鼻息。"

"那么'军饷'又如何'自定'?"司马三畏最后问道。

"曾大人定下原则,新军无论是将领还是士兵,一律'高饷'。'营官',其月银是白银五十两,每月外加公费银一百五十两。'营官'以上之'统领',率三千人以上者,每月加百两;五千人以上者,每月加二百两。士兵中的'正勇'每月四两二钱;普通士兵月薪三两,如果赶上作战,每月则加四两五钱。万一战死,给抚恤金六十两……"

司马三畏闻言插话道:"现在湖南正常年景每石米几文?"

"八百文……"

"八百文!八百文折合白银一两。一普通山民从军一年,可得白银三十六两,折合米三十六石,即四千三百二十斤。而他们多半将处于战斗状态,就是说他们每年可以得银五十四两,折合稻米六千五百斤。这个数比旗军和营军的普通士兵高出四到五倍了!对那些山区贫民来说,确实有吸引力。"

辛心庠笑了笑道:"之前还发生了一桩小故事,有脑筋活泛的人见山民踊跃报名参加湘军,便想出了一个发财的主意来。他们冒充新军的招募人员,要报名的山民先交报名费三百文,否则'不准入册'!"

"由此可见,粮重赏优,蚁附者众。这样,既保证了兵源,又从优选了兵源……"

"所言不错。一般而论,新军的士兵是十里挑一……"

"新军之新,吾略知矣!白天到行辕,路过一校场,听乡勇在大声歌唱,细听,似有'在家皆是做良民,出来当兵也是人'句……"

"啊!这是兵勇们在唱《爱民歌》。招募山民进军队,自然是要他们打仗、杀敌。而要打仗、杀敌,就要有规矩。为此,曾大人便对这些人进行教化,手段是要这些山民习学,习学的便是《爱民歌》。这《爱民歌》是由曾大人亲自编写的,发给士兵们,人手一册。山民不识字,将领们就从教识字开始,教他们习学。曾大人本人都成了教员,亲自到操场给士兵讲解。对此,曾大人给张亮基大人的一封信中说:'每次与诸弁兵讲说,一时数刻之久,虽不敢云说法点顽石之头,亦诚欲以苦口滴杜鹃之血。'足见大人的用心。起名《爱民歌》也是极高明的,士兵们都出自乡村,原来就是'民'——即方才司马兄所言'在家皆是做良民,出来当兵也是人'。爱民就是爱自己,本身就有了感召力。细读《爱民歌》就不难发现,通俗的小册子里,包含了深奥的理学道理。军中规定,这《爱民歌》需天天唱。无形之中,士兵们便受到了理学的熏陶。"

司马三畏与辛心庠谈到很晚,这一天吃下的东西过多,需要消化。他冲了个澡,然后倒在他那间小屋子里,思绪中总是掠过一个影子——上官介。有时他觉得上官介在向他招手,有时他的脑子里一下子蹦出上官介受刑的场景,有时又有他们一起在江宁、在安化、在家乡一起玩耍的情景……

"他要和我在一起该多好!"

司马三畏发现,行辕的人全都精神抖擞、来去匆匆,这与京城那死气沉沉甚至百无聊赖的境况形成鲜明对比。他不觉想起一句不知出处的话——"投身于洪流"。眼下,自己确有这样的感觉了。

他与辛心庠已经成了要好的朋友。曾大人有话,说先让他转转、看看。这些日子,他一直在转,一直在看。

新军的训练是司马三畏关注的方面。他从辛心庠那里知道,与新军同时进行训练的还有部分绿营。曾大人是挂兵部左侍郎衔的团练大臣,但兵制规定,有兵部侍郎衔者可以指挥绿营,于是,他在抓团练训练的同时,也抓了长沙驻地绿营的训练。司马三畏记得,曾大人曾跟他说,对于绿营不顶用的事暂且不必说死,可以试试看。同时抓绿营的训练,也可能就是这种试验的一部分。当时,湖南有绿营两万七千人,由提督鲍起豹统管,下有总兵三人,副将九人,参将七人,游击、都司、守备等近百人。提督驻常德,总兵分驻永州、沅州、靖州。驻在长沙的绿营有两个营,由副将清德统领,曾大人要训练的就是这两个营。辛心庠告诉司马三畏,曾大人从清德的两个营中借调了三名军官帮助做对新军和绿营军的训练。三人中,都司塔齐布懔悍骁勇、训练认真,得到重用,曾大人将军事训练全权委托给了他。为了让塔齐布职权相应,曾大人将塔齐布由都司保奏为游击,接着又保举为参将。

"营兵们懒散惯了,吃不了苦。而绿营的头头们是狗咬吕洞宾——不识真人,不晓得曾大人的来历,从来没有见过有哪个文官敢在他们面前指手画脚。曾大人要求他们这,要求他们那,这就引发了事端。清德是第一个不买账的,他支持各营拒绝会操,甚至纵容营官攻击塔齐布。这时恰好提督鲍起豹奉命由常德抽调各镇营兵来长沙,清德便向他诉苦。鲍起豹也是一位不识真人的莽汉,听后宣布:'盛暑练兵,实乃虐待军士。敢有违令冒暑操演者,军棒从事!'操演由塔齐布组织,这军棒首先要打的是塔齐布。塔齐布是奉曾大人之命行事的,第二要打的就是曾大人。

曾大人也来了火儿,当即上疏参劾清德,请旨将清德革职,解交刑部。随后又草一折,保举塔齐布,请求破格提拔。曾大人的奏折传到朝廷,朝廷果将清德革职拿问,塔齐布升为副将。事情到了这般地步,尚不知如何收场……"

两个人是在看操练时说这番话的。正说着,就见校场的一角出现了情况。原来,新军在校场试枪,误伤了城上营兵的一名长夫。营兵顿时哄起,执旗吹号,手持火器直奔新军而来。司马三畏的心一下子提到了嗓子眼儿。他正不知所措之际,就见塔齐布立刻宣布停止操练,列开防御队形,高声下令:"只许防,不许攻!"

绿营见新军如此,遂停止了前进,最后撤回。

辛心庠赶快拉司马三畏回去报告。曾国藩闻知,下令将伤人的湘勇绑送上城,当着伤者重责二百棍,以表歉意。司马三畏则看得清楚,认为这事不会就此完了。果然又过了数日,双方因赌博之事再起冲突,绿营兵执旗吹号,寻事开仗。曾国藩怒火中烧,让鲍起豹惩治肇事士卒。鲍起豹有意扩大事态,一面将闹事绿营兵绑送曾国藩的团练大臣公馆,一面让人散布消息,说团练大臣要严办绿营士卒。绿营兵闻讯大哗,认为团练大臣欺压绿营兵,最后群起发难。他们先是围攻塔齐布,将塔齐布的住处捣毁,塔齐布趁夜色躲入草丛中才幸免于难。接着,绿营兵竟然围攻曾国藩的公馆,打伤门丁,冲入院内,打、砸、抢、烧,发泄了一顿,方才撤回。

事态发展到如此地步,曾国藩已无法制止。鲍起豹又唯恐乱子不大,继续火上浇油。其他文员一则对曾国藩存有芥蒂,本不想管;二则文武不相统属,想管也力所不及。不得已,曾国藩只好向巡抚求助。

曾国藩初来长沙时,湖南巡抚是张亮基。他们之间的关系好,所以曾国藩决定把大本营安在长沙。不久,张亮基署理湖广总督离开长沙,湖南巡抚暂由潘铎署理。不想潘铎上任不到三个月,便大病一场,只好乞休,巡抚换成了骆秉章。骆秉章对曾国藩组建新军有看法,他的巡抚衙门与曾国藩的公馆只一墙之隔,营军冲击曾国藩公馆,他故作不知。直到曾国藩上门求助,他才假装惊讶,出面调解。

司马三畏不解,恩师就在巡抚公署之内,为什么任凭风浪起、稳坐钓鱼台?按照他往日的脾气一定要过去见一见恩师。可来长沙一段时间后,他对长沙官场的状况有所了解,想到其中必有奥妙,也就不过去找左宗棠了。

不过,这件事使他认定绿营确已病入膏肓,没有任何指望了。面对这样的局面,他不晓得曾大人会如何是好。

没过几天,曾大人宣布了一个惊人的决定:离开长沙,把大本营移往衡州。

太平军自长沙撤退进入益阳,在益阳得到船只两千余只。尔后,他们水陆并进,向东不战而下岳州。在岳州,他们又征集到了数千只民船。这些民船,皆由唐正才指点,改装成了战船。如此这般,加上长沙浮桥的铺设,唐正才可谓有大功于太平军,杨秀清遂封唐正才为典水匠,职位如同将军,并让他筹建太平军水营。随后,经唐正才的指点,太平军又找到并起出了一百七十多年前吴三桂留下的大炮军械。之后,太平军从岳州起程,"千船健将,两岸雄兵,鞭敲金镫响,沿路凯歌声,水流风顺",直趋武昌。到达武昌后,唐正才又使出了设桥绝技——在滔滔的江水之上,神奇般地架起了两道跨江浮桥,将武昌和汉口连在了一起。尔后,又在汉水上架了一道浮桥。桥宽一丈多,临江下有铁锚,人马来往,如履坦途。凭借这些浮桥,武汉三镇,太平军想打哪就打哪。

湖北巡抚常大淳等为阻止太平军,放火点着了城外的民房,大火几昼夜不息。这一下子激起民变,居民纷纷投向太平军。向荣等部援军,则被远远堵在洪山以外。咸丰二年十二月初,太平军先后拿下武昌、汉口和汉阳,常大淳以下一百余名清朝文武官员全部战死。

太平军在武昌驻扎了将近一个月,咸丰三年正月初七日撤离武昌,顺流而下。此时太平军的总人数已经多达五十万,比初进湖南时增加了十倍。正月十一日,太平军攻克九江;十七日,攻下安徽省城安庆,安徽巡抚蒋文庆被杀。清军所有饷银、仓米、炮械均为太平军所获。此时太平军的人数增加到七十万人。太平军乘胜东进,二月初,先头部队已经到达南京城下。当时,一万艘战船列于安徽到江苏南京的长江江面,那威武之势,确让人望而丧胆。

二月初十日,太平军攻陷南京;二十二日,攻克镇江;二十三日,攻克扬州。

上官介的状况一直时好时坏。他清醒的时间少,昏昏沉沉的时间多,但总的来说,他已经从死亡线上被拖了回来,身体在恢复之中。

最初,他觉得自己是在梦中,或者是在另一个世界。他既不想惊扰美梦,也不想惊扰幽境。他愿意如此,原因只有一个,那就是身边有了玉兰姑娘。

随后,他就有了恐怖之感。潜意识在提醒他,他必须面对现实。身边的这个玉兰姑娘,是从清江浦就留下不可磨灭印象的那位玉兰姑娘吗?当初他以为是的。不久,他就发现了问题,只是他不愿意面对。

时日在流走,他头脑日益清醒。最后,他终于忍不住了。一天,趁禹嫂一个人在,他便问道:"禹嫂,你告诉我,这玉兰姑娘究竟是什么人?我们如今是在哪里?"

禹嫂一听他开口就高兴得不得了,并没有注意到他的问话,反而问道:"上官兄弟,你还会说话呀?"

上官兄弟?原来禹嫂是习惯叫他老爷的,怎的现就变成了上官兄弟?"你还会说话"的问话从何而起?随后上官介就明白了。原来,自从早先自己醒来发现玉兰姑娘在身边便惊叫了一声"玉兰姑娘"后,他还一句话都没有讲过呢!

上官介不再管这些,又问道:"你听到了我问的话了吗?"

"听到了,听到了……"

"你快些回答我呀!"

"上官兄弟,这你要问……玉兰姑娘……"

上官介发现,禹嫂在讲"玉兰姑娘"时有些支支吾吾。禹嫂不敢讲玉兰姑娘的真实身份,看来此人来头极不平常。他沉默了。

上官介的沉默令禹嫂伤心不已。她刚刚还是兴高采烈的,现在一下子垂下泪来,并且转过了头去。

上官介不清楚禹嫂的情绪为什么会变化,忙问道:"禹嫂,你这是怎么啦?"

禹嫂拿手擦了自己的泪水,轻轻道:"老爷,您难哪……我晓得您的心。可玉兰姑娘是一个好姑娘,一个再好也没有的姑娘。"

听了这些话,上官介顿时明白了禹嫂情绪变化的原因。他甚为感动,一个农妇,竟然如此善解人意!

就在这时,外面有了动静。随后,门帘一动,玉兰姑娘出现了。禹嫂转悲为喜,对玉兰姑娘道:"姑娘,上官兄弟说话了。"

玉兰姑娘一听,立即心花怒放,走近上官介道:"你一直吓我们,竟徐庶进曹营——一言不发。我们还怕你不会说话了呢!不过呢,你受的罪太多太多了。"

这话一讲,在一旁的禹嫂再也忍不住,眼泪潸潸而下。

多么好的两位女人啊!

此时此刻,上官介心中一切恐怖情绪都散得无影无踪。他明白,他无法失去眼前这个玉兰姑娘,至少眼下他是这样思考的。他生怕禹嫂把刚才他提的问题讲出来,也生怕玉兰姑娘追问:既然他开始讲话了,那讲的是什么?好在这样的事情没有发生。

凑巧,唐正才过来看望上官介,说有事路过这里,进来看看。

上官介从益阳劫牢时看到唐正才后,就再也没有见到他。唐正才倒是来过几次,但上官介都是处于昏迷之中。

由于上官介对唐正才了解甚少,他们之间并没有多少话可谈。但唐正才与玉兰姑娘倒是很熟。他们之间谈了不少上官介所不晓得的事,尤其谈了许多有关水军的船只方面的事。直到有人进来报告,说东王让唐正才过去。这样,唐正才走了。

随后,玉兰姑娘命人给上官介换药,还让人给上官介擦了身,并照旧把上官介身下铺的一种什么草换掉。

换完药,玉兰姑娘和禹嫂又给上官介喂了药。——吃喝一类的事,上官介自己还不能够自理。

到了黄昏,玉兰姑娘要走了,临走时对上官介说道:"看到你醒来并说话了,我真高兴。有什么话尽管说,千万别憋在肚里。"她又回头对禹嫂道,"禹嫂,上官兄弟有什么问的,你就实实在在讲给他。"

上官介听完这话,激动得几乎都要哭了。

禹嫂把她知道的一切都告诉给了上官介。

"老爷,这里不兴叫老爷,也不兴叫大人。有衔的就叫他的衔儿,像东王、将军、检点。没衔的就称兄弟姐妹,这样,明里我就得叫老爷上官兄弟。老爷被王家政他们从小菩提寺抓走后,我们也曾想法子救老爷出来,可实力不够,因为王家政手下有五百名官兵。当时,太平军打到了衡州,大家商量要不要投过去。唐正才谨慎,派人去南方了解。去的人带回几篇太平军的告示,我记得那告示上有好些吓人的话,听都不敢听。可那上面也讲了好些鼓动人的话,让我们这些无路可走的人觉得有了出头的一天。这样,大家决定投过去。"讲到这里,禹嫂放低了声音,"最后,唐正才说要有一个投法。他想得很对,很细。不久,太平军围长沙,长时间打不下来,粮食给养艰难。唐正才找到太平军,给他们出了一个主意,在湘江上架一座浮桥。唐正才当时对我们说,让太平军架桥有两个用意:一是给太平军在河西开一片天地,解决粮食供应;二就是把太平军引向西边,借太平军的力量把老爷救出来。最后,老爷果然因此得救。当时老爷身子很差,皮包骨头了,还全身是伤,烧得发烫,人一直昏迷。我们很是担心,也很是为难。我们怕带上老爷,一路老爷受不了;不带又没有法子想——把老爷放在哪里呢?老爷的状况是一日不如一日,我担心死了。就在这时,一个救星来到了老爷身边,这就是被老爷称为玉兰姑娘的那位姑娘。姑娘是凑巧停在咱们身边的,当时她的船从后面赶上来,到超过咱们的船时,她发现老爷一动不动,便上了咱们的船。她把手放在老爷的脑门儿上待了一会儿,没有讲什么,便从身上的一个小袋子里取出一些白颜色的末末儿,让我用水给老爷送下。完了她回自己的船,向前赶去。说来也神,一顿饭的工夫过后,老爷的烧竟然退了。不久,老爷竟然醒来了——已经昏睡七天七夜了。当时,我高兴得不得了。只是老爷醒来后左顾右盼,之后再次昏迷。有一天的光景老爷没有再发烧,可一天过后烧又重起。就在我着急的时候,那姑娘的船又从咱们的船边经过。她认出了咱们的船,上来问情况,从此便每日来一次,瞧老爷的病。当时,我坚持给老爷穿百姓的衣服。那姑娘见老爷的打扮感到奇怪,问老爷是什么人。我心想在一个菩萨面前不应该说假话,就把老爷的事讲给了姑娘听。姑娘对老爷在益阳衙门里的作为很是称赞,对老爷很是敬佩。此后,姑娘来得更勤。大军赶到武昌时,老爷又出了岔子。过浮桥时,老爷醒来。当时我跟在老爷身边,很是高兴。只是转眼的工夫,我被前行的大军挤在后面,老爷却跌入了水中。好险哪!幸亏当时有几个男兵水性好,下水搭救。我站在桥上,觉得天都塌下来了。最后,老爷总算得救。只是,老爷浑身是伤,经姑娘医治,伤口大多已结痂,可这让水一泡,伤口全都发作,老爷重又高烧、昏迷。我向姑娘请罪,说全都怪我不经心。姑娘也忧心忡忡,那时,她差不多每天都守在老爷身边。当时我们是在大江上,从汉阳到鄂州,从鄂州到九江,从九江到安庆,从安庆到铜陵,从铜陵到江宁。经过姑娘的治疗,老爷再次缓了过来。一天,老爷醒来了。不晓得怎么回事,老爷睁眼就看到了姑娘,还叫了姑娘的名字。姑娘很是奇怪,这是老爷第一次见到姑娘啊,怎的就能够叫出她的名字——还是姑娘多年不叫了的小名!后来的事,老爷大体晓得了。如今,我回复老爷的两句问话。第一句,回老爷玉兰姑娘究竟是什么人。玉兰是姑娘的小名,她大名叫秀水,是东王的亲妹妹。第二句,回老爷现在我们是在哪里。我们是在东王府。进江宁后我们并没有立即搬进来。后来,经秀水姑娘向东王恳求,才住进了这里。东王虽然很严厉,可对妹妹几乎百依百顺。老爷,为解您的疑,我得把他们兄妹的一些往事说给老爷听。东王的父亲给人烧炭,东王自幼就跟着父亲在外给人打工。东王是老大,下面还有几个弟弟妹妹,因为家里穷,都早早地死了,只留下小妹妹玉兰。东王二十七岁那年,老家闹饥荒,东王的父亲生病没钱治,也死了,东王也生了病。为了保住杨家这根独苗儿,东王的母亲出去给富人当老妈子,挣钱给东王治病。东王的母亲长得标致,东家起了淫心,强暴了东王的母亲。东王的母亲投水自尽。由于伤心,东王的病更加严重。秀水姑娘为了搭救哥哥,便插草卖身,当时她才十三岁。靠了妹妹的卖身钱,东王治好了病。叫人感谢老天爷的是,姑娘是被一家药铺买走的。姑娘跟着别人进大山采药,自然吃了许许多多的苦;可由于用心,也学到了一身本领。前几年东王起事,赎回了姑娘。姑娘靠了学到的本事,带领医药营女兵给兵勇们瞧病,成了大军不可缺少的人。姑娘的善行,不只是为太平军的兵勇医治,还为官军医治。打一次胜仗,有不少受了伤的官兵留下来。不少人主张杀掉他们,或者不去管他们,说这些为清妖卖命的人不值得可怜;再说,医药营人手少、药也少,哪里再管得了这些人?可姑娘不这样看,她带着她的医药营,救治了所有能救治的人。算起来,被她的医药营救治好后加入太平军的官兵总有千把人了。老爷能住进东王府有三个缘由:第一是妹妹舍身相救,东王才有了后来的好日子。东王是一个孝顺的人,为报答母亲,也得好生对待妹妹。东王曾说,妹妹要什么他都答应——要星星他也要上天去摘。第二是妹妹的医药营,大军离不开。第三是妹妹的善行,给东王带来了好名声。让妹妹与一位朝廷的官长过密,特别是还把这样的人弄进东王府,这是军里很忌讳的事。姑娘做这些,东王却依了,靠的全是上面讲的那三个缘由。老爷,有一点我得讲出来,除钦佩、敬重外,姑娘的心还给了老爷。我懂老爷的心——老爷是很难的。老爷心里一直把我们这些人当成贼看。是贼不是贼,益阳那边的事老爷应该清楚。在我看来,黄天禄那些人倒更应该担那个'贼'名。广西那边,老爷可以这样看。可有一样是不容动摇的,姑娘绝不是一个贼!老爷,您不管怎么想,可我还是撂下一句话:这可是一个好姑娘,模样标致,心地善良。老爷要是辜负了这样一个好姑娘的心,那是很不该的!"

禹嫂把一切都讲明白了,上官介再也不会有幻觉,再也不可能有幻想。眼前,原先认作玉兰姑娘的人确实是太平军首领东王杨秀清的妹妹。自己身处太平军的巢穴江宁,而且是在太平军的东王府。他看得很清楚,自己的未来极有可能就是归顺。想到这里,上官介没有理由再活下去。

可每当想到死的时候,又有种种事情冒出来干扰他。他当初的夙愿,他的母亲,他的朋友,还有就是玉兰姑娘。

其实在岳州他醒来发现自己置身贼军船上时,他就曾决定赴死。只是他当时极度虚弱,还没有动作,就昏了过去。到武昌后又一次想到死,并且真的投了江。而当他再次醒来时,死的念头并没有再出现,因为眼前有了玉兰姑娘。当初,他以为自己看到的是清江浦那个玉兰姑娘。后来,他发现此玉兰并非彼玉兰。上官介心里矛盾丛生。生与死的矛盾,爱与恨的矛盾,现实与未来的矛盾,如此等等。他有死的理由,可又有生的留恋。尽管他清楚地知道,眼前这玉兰姑娘并非清江浦那玉兰姑娘。他心里放不下清江浦那个玉兰,同样舍不了眼前这个玉兰。

禹嫂讲明了一切,但一点也没有解决上官介内心的矛盾。相反,这使他内心的矛盾斗争变得越发激烈了。一切幻想统统破灭,一切都变得赤裸裸的。而另外一种情思也随之变得深厚——对玉兰姑娘的爱。是她救了自己的命。这确是一位好姑娘,像禹嫂所说模样标致、心地善良。清江浦的玉兰姑娘是一个影子,而眼前的玉兰姑娘却是活生生的存在。还有一层,这姑娘在深深地爱着他。禹嫂说得对,对这样一个好姑娘,如果辜负了她,那是天理难容的。如果自己为了保住名节而死,那玉兰姑娘会如何?禹嫂这位于自己有大恩的善良女人又会如何?

因此,上官介陷入了更加激烈的矛盾之中。

第八章 尽忠为国，江忠源兵败身死

司马三畏发现，曾国藩离开长沙、选择衡州为自己的基地是做对了。真所谓退一步海阔天空，衡州在长沙南四百里，湘江、蒸水、耒水三江汇于此。这里山丘绵亘，地势险要。远离长沙就是远离战场，这对初建的新军来说，是极为重要的。广阔的水面给水师的活动提供了极大的便利，险峻的地形保证了练兵的安全。

司马三畏留在了曾国藩身边，成了幕府的一员。其职责是帮曾国藩出谋划策、处理军务，而大量的工作是草拟奏折、咨文、批札，办理书契、文案。司马三畏到时，这样的人员已经有十余名，辛心庠便是其中的一个。只是，辛心庠并不是一名普通的幕僚。他的工作是调运文案，这有两项内容：第一，按照曾国藩的意图把某一文案分给某某，让他办理，而后与承办人保持联系，最后把处理预案呈报曾国藩；第二，保管文档。司马三畏得到的指令是协助辛心庠做第一项工作，接管辛心庠的第二项工作。

从曾国藩到长沙开始，辛心庠就做这两项工作。司马三畏这才明白，为什么辛心庠对新军的发展状况是那样熟悉。司马三畏明白，自己的差事分配，说明曾大人对自己的器重，故而暗下决心一定把差事办好。

司马三畏高兴地看到，许多有才干的人聚集在了曾国藩的旗下，像郭嵩焘、刘蓉、江忠源、罗泽南、李续宾、李续宜、彭玉麟等。同样是在备战、在作战，但这些人身上表现出来的精气神，是他原先在广西接触过的将领们所完全不具备的。正是有了这些人，才有了团练的昂扬斗志、严密纪律，才让司马三畏看到了希望。

还在长沙的时候，司马三畏就看到一份上谕抄件，是发给湖南巡抚骆秉章的。内容是江西布政使江忠源上疏，言建水师事：请两湖、四川造船练兵，以水师进攻长毛。而就那上谕事,司马三畏向辛心庠问了原委。辛心庠告诉他,当时南昌被围,江忠源守城,郭嵩焘奉曾国藩之命带兵驰援。郭嵩焘见太平军兵船进退自如,往来迅速,感到要与太平军争雄,必先建水师,夺回舟楫之利。遂与江忠源议论筹建炮船的事。议定后,由江忠源上疏获准。

司马三畏知道,绿营原有的水师分为外海和内江两部分。外海水师驻广东、福建沿海,内江水师驻长江沿岸各要隘。而到了咸丰初年,外海水师尚存,而内江水师已经废弛,两湖三江的广大水面已无炮船的踪影。偶见炮船,也不过是在民船上装炮,并不能作战。而太平军方面却于咸丰二年十一月过益阳、岳州时,得民船万只,组建了水师。此后,太平军千船百舸,蔽江而下,千里长江完全被太平军控制。

司马三畏看到那奏折之后,认为皇上这件事抓到了要害处,料想骆秉章必乘机把水师搞起来。即使骆秉章巡抚看不到事情的重要性,他的恩师左宗棠则一定能够看到这一点。传言说,骆秉章对恩师言必听计必从。当他把自己的这一想法讲给辛心庠听的时候,辛心庠却不以为然:"创建水师的事,这并不是初始。在这之前,御史黄经就曾奏请朝廷饬湖南、湖北、四川造船练兵,并获皇上准许。皇上曾批令两湖、四川照奏执行。命令发到湖南,骆秉章却把事情搁置起来。据我所知,湖北、四川督抚同样采取了搁置之策。"

"如此好事,为什么不办呢?"司马三畏问道。

"难啦!"辛心庠回道,"造船、置炮,一要钱,二要人。钱不会是一星半点;而懂得造船、造炮的举国没有几个。钱从哪里来?人从哪里来?"

司马三畏道:"那就罢了不成?"

"不会就罢了。——骆秉章不愿办,自有愿办者!"辛心庠告诉司马三畏,曾大人一定会把这件事办起来。

当天夜里,辛心庠就被找去,说次日一早,要他去巡抚府见骆秉章。辛心庠对司马三畏说:"此去必为此事!"

果不其然,辛心庠回来就兴冲冲地告诉司马三畏:"果为那事——且谈定了!"

"由我们这边单独办,对吗?"司马三畏问道。

"没错!"

一到衡州,曾国藩就建了造船厂。司马三畏对造船的事给予了特别关注,他抽空就往船厂跑。他很焦急,因为没有什么人懂得炮船船式,所招第一批工匠全都不懂造船技术。最初,先试制大的太筏,以压风浪,但没有成功;后又仿效端午竞渡的龙舟制造战船,也告失败。曾国藩更是传书招贤。不久,岳州水师守备成名标、广西同知褚汝航到了衡州。

一天,司马三畏从船厂回来,抓住辛心庠就道:"能人到了!能人到了!"随后,不由分说,就把他拉到了船厂。原来,船坞之中有三条船停在那里。

辛心庠以为是从哪里弄来的样船,并不兴奋。司马三畏见辛心庠如此冷淡,便道:"这可是我们自己的船!"

辛心庠不相信,司马三畏赌咒道:"骗你天打五雷轰!"

辛心庠一听也高兴起来。司马三畏遂指着那船向辛心庠介绍,这是拖罟,这是快蟹,这是长龙……并介绍各自的特点和用途,滔滔不绝。

辛心庠笑道:"赶明儿给曾大人提议,着南平知县司马三畏为湘军水师提督。"

"湘军?"司马三畏惊了一下,"这个名字响亮,是你想出来的?"

辛心庠道:"我没那个本事,是曾大人私下里这样叫的。"

"干吗私下里叫?如此响亮的名字要向公众大声宣讲,要让它响彻大江南北!"

司马三畏在写给皇上的那份《微臣治安策》中,有一点没有敢写进去,这就是皇上应尽量避免给战场主帅发布具体命令。他考察过明朝军队与清军和李自成作战的许多战例,得出结论,败局多因崇祯皇帝的"遥指"造成。崇祯皇帝发号施令,而战场的形势瞬息万变,即使原来的号令正确,即使六百里加急送达,但号令到时,情势也早已变化,再依圣命而行,多数非但徒劳无功,反而坏事。司马三畏认为,除非御驾亲征,否则,战场上的事情皇上尽量不要去管。皇上要做的是用将,把指挥权放在领兵将领的手里,让他去调度。这样,战场领兵者自己做主,他就会有办法。

司马三畏虽然性直,但他最后还是决定不把这些内容写上去,否则,很可能把皇上惹恼。另外,他也觉得有些问题讲不清楚。广西那边,皇上不就是在用将吗?一个个都不争气啊!皇上不得不管得宽、管得细……总之是这方面的事不容易讲明白。

与辛心庠熟了,司马三畏把这种看法讲给他听了。辛心庠认为司马三畏说得对,他也认为皇上对战场的事不可管得过宽、过细。兵法云,将在外君命有所不受。为什么有所不受?原因就是他们身处战场,更了解实情。君命"不受",就是不接受不正确的圣命,这样确保战争的胜利。

由于有这样的交流,辛心庠才把刚刚收到的一份上谕推到司马三畏面前。司马三畏一看，是因太平军进入鄂境，武昌吃紧，皇上让曾国藩率领衡州之军前往救援的命令。辛心庠让司马三畏去把圣谕呈给曾国藩，司马三畏并不推辞，拿着圣谕去了。曾国藩看罢，抬头问司马三畏："看过了？"

司马三畏点了点头。

曾国藩又问："你有什么看法？"

司马三畏回道："不可遵命……"

曾国藩再问："有什么道理？"

司马三畏慨然道："常言道：'剑戟不利不可以断割，毛羽不丰不可以高飞。'我新军是战胜太平军之希望所在，但未成军而出，无异于以卵击石；而如此断送的，不是这支新军，而是大清之社稷……"

曾国藩听后笑了笑，随后让司马三畏退下。

之后，曾国藩写信给骆秉章，两人商定由骆秉章派候补知府张丞实、千总台涌带绿营三千人往救。而新军这边，罗泽南的学生王鑫自告奋勇，也要带本部一千人同去。曾国藩原本不赞成王鑫的举动，但有碍他是罗泽南的学生，罗泽南本人又暂不在衡州，也就同意了。

不久，又收到了皇上于十月初二日发过来的一份圣谕，说太平军窜扰湖北，而武昌兵单，实恐不敷剿捕，命曾国藩率军"驰赴湖北，合力围攻"。上谕特别指出："两湖唇齿相依，汉、黄一带，尤为豫省门户，该抚等自应不分畛域，一体统筹。"

辛心庠和司马三畏不敢怠慢，急忙把上谕呈曾国藩。曾国藩看罢，即让司马三畏和辛心庠退下。这是第二道圣旨了，而且看来皇上坚持让曾国藩率领全部人马去湖北。司马三畏和辛心庠不晓得，这次曾大人将如何回复。不过，司马三畏料定曾大人定然不会遵命，但不知会讲出些什么样的理由来。他们急于见识一番，但是次日并没有什么动静。又等了一天，依然不见动静。连等了五天，还是不见动静。司马三畏和辛心庠无不感到诧异。

第五天的黄昏，又有快马赶到——有一上谕送达。这次是司马三畏签收的。他迫不及待地打开，看后方知是说武昌吃紧，再次督促曾国藩率军前往救援。司马三畏把辛心庠找来，让他看了上谕。两人急不可耐，一起拿着上谕去给曾国藩。曾国藩看罢，问："同马来的可有其他文书？"

上谕是从长沙骆秉章那里转来的，同来的的确还有两件文书。只是他们急于了解圣意，便先打开了封装上谕的文袋。

司马三畏如实做了回答，曾国藩命他立即回去取那两件文书。

取来后，曾国藩自己拆启，将其中一件浏览了一下，便掷在案上，又拿起另外一件读了起来。司马三畏和辛心庠看到，曾国藩的脸上顿时变得明朗起来。

"下去吧……"

司马三畏面带愧色，与辛心庠一起退出。

原来，曾国藩看的最后一件文书是骆秉章向曾国藩通报湖北军情的。他说湖北那边的太平军已经东撤，武昌局势缓解。司马三畏和辛心庠这才意识到，曾大人之所以迟迟未行，就是等待着那边的变化。

不大一会儿工夫，曾国藩又召唤他俩。司马三畏和辛心庠赶到后，曾国藩把一份奏折递给他们，吩咐道："五百里加急送走。"

司马三畏和辛心庠拿着奏折退出，边走边看，只见奏折写道：

臣前奉派兵救援湖北之旨，即经函商抚臣，派令候补知府张丞实、候选同知王鑫管带湘勇三千，前赴湖北。尚未起行，又奉两次谕旨，令臣亲带练勇前往。臣理应遵旨即日起程。唯连日接淮抚臣来函，及各处探报，均称贼船于十月初五日以后，陆续开赴下游，近已全数下窜，汉阳府县业经收复，江面肃清，武昌解严等语。据此，则援鄂之师，自可稍缓。

因思该匪以舟楫为巢穴，以掳掠为生涯，千舸百艘，游弋往来，长江千里，任其横行，我兵无敢过而问者。前在江西，近在湖北，凡傍水区域，城池莫不残毁，口岸莫不踩躏，大小船只莫不掳掠，皆由舟师未备，无可如何。兵勇但保省城，亦不暇兼顾水次，该匪饱掠而去，总未大受惩创。今若为专保省会之计，不过数千兵勇，即可坚守无虞。若为保卫全楚之计，必须多备炮船，乃能堵剿兼施。夏间奉到寄谕，饬令两湖督抚筹备舟师，经署督臣张亮基造船运炮，设法兴办，尚未完备。忽于九月十三日田家镇失守，一切战船炮位，尽为贼有，水勇溃散，收合为难。现在两湖地方，无一舟可为战舰，无一卒习于水师。今若带勇但赴鄂省，则鄂省已无贼矣；若驰赴下游，则贼以水去，我以陆追，曾不能与之相遇，又何能痛加攻剿哉？再四思维，总以办船为第一先务。臣现驻衡州，即在衡城试行起办。湖南木料薄脆，船身笨重，本不足以为战舰。然就地兴工，急何能择，止可价买民间钓钩之类，另行改造，添置炮位，教练水勇。如果舟师办有头绪，即行奏明，臣亲自统带驶赴下游。

111

目下武昌无贼,臣赴鄂之行,自可暂缓。未敢因谕旨严催,稍事拘泥,不特臣不必遽去,即臣与抚臣商派援鄂之湘勇三千,亦可暂缓起程。行军三千,月费将近二万,南省虽勉强应付,鄂省实难于供支,不能不通盘筹划。臣已咨明抚臣,饬令带勇之张丞实无庸起行。如使炮船尚未办齐,逆船仍复来鄂,则由臣商同督、抚,随时斟酌,仍专由陆路先行赴援,断不敢有误事机。军情变幻,须臾百出,如有万分紧急之处,虽不奉君父之命,亦当星驰奔救。如值可以稍缓之时,亦未可轻于一行,虚糜饷项。所有微臣暂缓赴鄂,并筹备战船缘由,恭折由驿五百里复奏。伏乞皇上圣鉴训示。谨奏。

司马三畏和辛心庠看罢笑道:"一笔勾销了!"

可他们想不到,自己高兴得实在是太早了。刚刚消停了没几天,一道圣旨又到——

现在安徽逆匪势甚披猖,连陷桐城、舒城,逼近庐郡。吕贤基已经殉难。江忠源又复患病暂住六安,不能前进。皖省情形甚属危急。总由江面无水师战船拦截追剿,任令贼船往来自如,以致逆匪日肆鸱张。该侍郎前奏,亦曾筹虑及此。着即赶办船只炮位,并将前募楚勇六千,由该侍郎统带,自洞庭湖驶入大江,顺流东下,直赴安徽江面,与江忠源会合,水陆夹击,以期收复安庆及桐、舒等城,并可牵制贼匪北窜之路。该侍郎忠诚素著,兼有胆识,朕所素知,谅必能统筹全局,不负委任也。将此由六百里加紧谕令知之。钦此。

司马三畏和辛心庠只好又将圣谕呈给曾国藩。当时,郭嵩焘、刘蓉在座,三人正好议论皇上调遣的事,前两次的圣谕和曾国藩的回奏稿都还摆在案上。看罢新的上谕,曾国藩没有讲话。郭嵩焘先道:"看来皇上不把这点新苗拔出来,是绝对不会死心的!"停了一会儿,郭嵩焘又道,"或曰一只蛋,刚刚孵出小鸟儿皇上就责令它飞翔!"

这时,刘蓉道:"如何回奏倒应该好生商量……"

曾国藩建议道:"复第一道调兵圣旨,我三人合案而就,成人生快事,此次何不再来一次?"

郭嵩焘、刘蓉一听同声叫好,遂命辛心庠执笔,三人站起身来,围拢在案前。

上次曾国藩等人合议奏稿,司马三畏并不在场,辛心庠回去给他讲了当时奏稿的情形。司马三畏感到甚为新鲜,遗憾自己没有看到三位文章好手在那种场合下所表现的精彩。这次他兴奋不已,急忙给辛心庠研墨、润笔,忙个不停。

司马三畏不明白,长长的一篇文章,三人一起凑句子,各有想法,如何能够融会贯通?原来三个人先商定大纲,形成共同文思。这样做后,开头是由曾国藩口述:

窃自田家镇失防以来,督臣吴文镕、抚臣骆秉章与臣往返函商至十余次,皆言各省分防,糜饷多而兵力薄;不如数省合防,糜饷少而力较厚。臣前月复奏一折……

这时,郭嵩焘叫停道:"在'糜饷少而力较厚'后加一句'即与张芾、江忠源函商,亦言四省合防之道,兼筹以剿为堵之策'。"

"好。"曾国藩命司马三畏加上,接着口授:

曾言舟师办有头绪,即由臣亲自统带,驰赴下游。唯炮船一件,实有不宜草率从事者……

这回叫停的是刘蓉。他道:"'唯炮船一件'前加数句,'是未奉此次谕旨之前,微臣之志已思率师东下,一抒积愤矣。况重以新命委任,敢不知恩图报、肝脑涂地'。"

曾国藩点了点头:"妙。"

郭嵩焘又道:"'敢不知恩图报、肝脑涂地',莫如'天语褒嘉,尤臣子竭诚效命之秋,敢不捐糜顶踵,急图报称于万一'。"

"更妙!"曾国藩遂让司马三畏记了,然后继续口述:

在臣前发折后,即鸠工购材,试行造办,成造样船数只,皆以工匠太生,规模太小,不足以压长江之浪,不足以胜巨炮之震。近由抚臣处送到水师守备成名标一员,又由督抚臣处咨到广东绘来之拖罟、快蟹船式二种,始细加讲求,照快蟹式重新制造。现已先造十号,更须添造二三十号,计必中舱能载千余斤之炮,两旁能载数百斤之炮,乃足以壮军威而摧逆焰。唯新造之舟,百物未备,虽日夜赶办，亦难遽就。上油未干，入水既虞其重涩，捻灰未固，放炮又患其酥松，必须一月以外，乃可下河。至价买旧船，修改舱面，其用力稍省，其为日自少；然至二三百号之多，亦须一月余之久。盖为数过少，则声势太孤，贼众之船未遇，我军之心先怯。至拖罟船只，本奉谕旨令两湖督抚照式制造者，武昌现在照造，未知合用与否。衡州匠少技拙，现在尚未试造。前经奉旨特派之广西右江道张进修，带有工匠自粤来楚。若其到湘尚早，臣当令其超办；如其到湘太迟，亦不能以势难遽成之拖罟，延刻不可缓之时日。此办船之大略也。

讲到这里，曾国藩目视郭嵩焘道："炮位之事，贤弟讲。"
郭嵩焘遂接口述道：

至于炮位一项，现在衡城仅有广西解来之炮百五十尊，长沙新造之炮虽有三百余尊，除解往鄂省及存城防守外，可取备战船之用者，已属无几。闻张进修遵旨购办夷炮、广炮千尊，由韶州一带来楚，臣专俟此项炮位前来。

郭嵩焘讲到这里停下。曾国藩问道："完了？"
郭嵩焘答道："完了。"
曾国藩又道："言简意赅。然此句后似加'乃足以资配放'。尔后再加数句：'特乐昌以上之河，上水不易，千斤以上之炮搬岭尤难，计该道到衡之期，即微臣办船之事亦将次就绪矣'。"
郭嵩焘听了叫好，刘蓉亦叫好。
曾国藩遂对刘蓉道："募勇之事当由贤弟讲。"
于是刘蓉口述道：

至于募勇一事，前臣添勇六千之信，系为江忠源尚守江西言之也。旋奉带勇六千之旨，系为臣救援湖北言之也。厥后武昌解严，臣奏明暂不赴鄂，因饬江忠源之胞弟先带楚勇千人赴皖，其余五千之数，因舟师尚未办齐，故陆勇亦未发往。今臣接奉此旨，陆勇已属整备，而水勇尚无章程。计张进修带来之炮勇与湖南新募之水手，亦须凑成四千人，乃可自成一队。水陆两军合之则两相夹击，分之则各能自立，庶不致一遇大股，即被冲散。

曾国藩、郭嵩焘点头赞同。刘蓉接着口述：

> 统计船、炮、水勇三者，皆非一月所能办就。事势所在，关系甚重，有不能草草一出者，必须明春乃可成行……

这回是曾国藩叫停，道："在'事势'之前，似加'臣北望宸极，念君父之忧劳，东望皖江，痛舒、庐之危急，寸心如断，片刻难安'数句。"

郭嵩焘、刘蓉听了皆拊掌叫好。郭嵩焘又道："在'事势'前加一'而'字，以连贯语气。"

刘蓉亦道："结尾部分，需大帅亲授。"

曾国藩并不推辞，口授道：

> 且广东购备之炮，张进脩雇慕之勇，皆系奉肃清江面之旨而来者，臣若不督带同行，则殊失皇上命臣统筹全局之意，亦非臣与吴文镕等四省合防之心。臣之斟酌迟速，规划大局，不得不一一缕陈。所有臣筹备水陆各勇赴皖会剿缘由，恭折由驿六百里复奏。伏乞皇上圣鉴训示。谨奏。

曾国藩口授完毕，三个人不约而同在厅中踱步。司马三畏知道，这是大家做掩卷回视，看是否尚有不妥。

就见郭嵩焘先说道："我等一再申述统局之论，皇上未必深明我意。此乃忧虑之事也。"

刘蓉也点头附和。

曾国藩半天没有讲话，最后才道："我等忧虑也无济于事。反正统局之论是不能够收回的。否则，要我等做何？要湘军做何？"

咸丰三年上半年，太平军横扫湖南、湖北、江西、安徽、江苏，在南京定都。在这个过程中，太平军几乎是得一城，失一地，只顾快，不求稳，扫过之后，大片的地盘依然在官军手里。这样，太平军于咸丰三年四月起，又来了个回马枪，史称"西征"，意在夺取长江中游地区以做天京屏障和供给基地，进而谋取整个中国南部。

咸丰三年四月二十七日，首批西征军近万人由夏官副丞相赖汉英率领，分乘千余艘船离开天京，拉开了西征的序幕。五月初四他们攻下安庆，尔后继续上行，往攻江西省城南昌。二十日，太平军进抵南昌城下开始攻城，同时在周围地区组织船队，征集粮食解运天京。

江西是清军重要的粮草供应地，不能轻易让太平军得手。西征军攻南昌历时九十三天不果，被迫于八月三十日撤围，赖汉英因此被召回。此后，翼王石达开奉命赴安庆主持西征全局。石达开指挥南昌撤围的西征军兵分两路，一路驰援安庆，加强安徽的兵力；一路向九江进发，于八月二十六日攻克九江，并乘势于九月中旬攻克黄州、汉口、汉阳。十月初，石达开命西征军东撤，以部分兵力退保黄州、蕲州一带，而以主力杀回安徽，连克桐城、舒城，进逼庐州。大清督办安徽团练、工部侍郎吕贤基兵败自杀。朝廷命江忠源出任安徽巡抚，赶往庐州防守。这时，咸丰帝又给曾国藩下旨，让他率水师出援安徽。这样，又有了曾国藩与郭嵩焘等合案写就的复奏。

复奏发出的次日，司马三畏被曾国藩叫去。曾国藩给司马三畏看了一封信，是写给江忠源的，并告诉他说："你去安徽一趟，把这封信亲自交给江大人。之后，实地考察一下那里的情势，然后带回来做未来对策之依据。"

司马三畏退下时，曾国藩又吩咐道："把信的内容熟记在心。路上要穿越敌境，书信不可落入敌手。万一事急书信需处理掉，你到那里便以信之所述，讲与江大人听。"

这也是让司马三畏称心如意的一个差事。一来，他可以再次见到江忠源。上次，他是为护送一批重要物资到了江忠源那里，只可惜在那里待的时间太短。他曾和江忠源见面两次，但都没有来得及深谈。这一次，曾大人说可以多待些日子，这样，他便可以跟江忠源深入地探讨一些问题了。二来这等于是上战场。司马三畏与隐于衡州的所有将士一样，都有一种憋闷之感，大家都想寻找机会到战场去。江忠源那里是主战场，是不愁没有仗打的。

曾国藩嘱咐他把信的内容记牢，司马三畏便翻来覆去看那信，努力记下了——

  岷樵仁弟大人阁下：

    初二日接到十月十六日惠书，敬悉一切。

石樵屡言数日内可回南省,拟俟其至,确商一是,再行奉复。违今半月,石君未归也。

来示论兵勇短长,最为切当。仆于二月间,复魁大宁书有云:岳王复生,或可换屠兵之筋骨;孔子复生,难遽变营伍之习气。虽语涉谐谑,实痛切之言也。今欲图谋大局,万众一心,自须别开生面,崭新日月,专用新招之勇,求忠义之士将之,不杂入营稍久之兵,不用守备以上之将。国藩之意盖与阁下若符契耳。

添勇六千之说,昨因令弟达川带勇一千进省,即令其先将此勇赶紧赴皖,以备阁下爪牙之需。其余五千须俟船炮办齐,水陆并进,乃可有济。省中诸友及璞山之意,皆欲急急成军以出。国藩思此次由楚省招勇东下,一以为四省合防之计,一以助阁下澄清之用,必须选百练之卒,备精坚之械。舟师则船炮并富,陆路则将卒并愤,作三年不归之想,为百战艰难之行,岂可儿戏成军,仓促一出!人尽乌合,器多苦窳,船不满二百,炮不满五百,如大海簸豆,黑子著面,纵能迅达皖省,究竟于事何补?是以鄙人愚见,总须备战船二百号,又辅以民船载货者七八百,大小炮千余位,水勇四千,陆勇六千,夹江而下,明春成行,与麾下相遇于九江小孤之间,方始略成气候。否则名为大兴义旅,实等矮人观场,不值方家一哂耳。明知阁下盼望此勇甚切,然速而无益,不如迟而有备。且阁下初到庐江,亦宜将吏治、民事略为整顿。即陆路堵御,本境剿匪,有随身带往之勇,有达川续往之勇,有李少荃旧练之勇,亦尚足资捍卫,想单裁定以为然也。

阁下奏保办理舟师之张观察敬修,顷闻由郴州北来,日内可抵衡州。此间办法,有与制军书、与罗山书,抄稿呈览,可以得共大凡。罗山新自吉安归省,闻有不愿长征之意,未卜能强之一出否?璞山以汰勇之故,颇致怨于国藩,尚须徐徐开譬。叔绩学术浩博,天下共知;其宏识远略,可谋大事,则独国藩与阁下知之。今年并力援江,实与绩君定议也。

从这封信可以看出,曾国藩的意思是,无论兵勇之事、治理之事,均应稳扎稳打,从长计议。

司马三畏带着两名随从,化装为买卖人,乘坐一条船上了路。他北上到达武昌,拜见了总督吴文镕。吴文镕是曾国藩考中进士时的阅卷大臣,算是曾国藩的恩师。前段时间武昌吃紧,他知道曾国藩在衡州练兵,曾有信要他率兵往援。曾国藩讲明衡州练兵的情况,特别讲明所练新军的性质,讲明未来的计划。吴文镕很理解曾国藩的苦衷,回信不但不再让曾国藩往援,反而要曾国藩坚持练兵,练不成军便不可妄动。曾国藩难得这样一位长者知己,故而指示司马三畏前去拜见,并让他出示给江忠源的信,听取教诲。吴文镕对曾国藩信中表达的意思极为赞赏,说江忠源是一个识大局之人,见信后必觉豁然。

离开武昌,司马三畏东下,不一日便到达九江。

占领九江的太平军正在城外修建工事,不许民人随便出入。司马三畏原就不打算进城,遂绕道进入长江。过长江后,又上岸改走旱路,沿黄梅、太湖、潜山、桐城一线向庐州进发。桐城在太平军手里,司马三畏是绕城而过的。到达花岗,风声便有些吃紧,百姓纷纷议论的便是庐州那边的战事。到达二十里铺,一支队伍从后面赶来,打的是楚军旗号。司马三畏等让出大路,那支队伍只管赶路,并不理睬他们。等到一名官长打扮的人走近时,司马三畏向那人拱手道:"官长请了……"

那人停下,并不答礼,问道:"你有什么事?"

司马三畏回道:"小人等是买卖人,曾与驻城官兵有一宗生意,要赶到城里去交割。路上听那边不太平,敢问官长是否去得?"

那官长将司马三畏上下打量了一番,又打量了司马三畏的两名随从,道:"你们最好就此歇了……"

司马三畏假装着急道:"可小人的买卖是上月与江忠源大人书信谈成的。他要求我等月初一定赶到。如要不过去,岂不有失约之罪?"

听了这话,那官长再次打量了司马三畏一番道:"我怎么就晓得你讲的是真的?可有江大人书信?"

司马三畏回道:"如此兵荒马乱,小人怎敢把信带在身上?"

那官长又问:"那你见到江大人时,有何凭证证明自己就是那买卖人?"

司马三畏笑了笑道:"小人与江大人可是熟人……"

这话讲出来,让那官长吃了一惊。于是,他再次上下打量着司马三畏,问道:"那你说说,那江大人长得什么样?"

司马三畏见那官长如此问,又见他的长相极像江忠源,心想江忠源有一个弟弟叫江忠浚,难道面前这人就是吗?想到这里,他便回道:"要问江大人的样子,那就请官长看看自己好了!"

此人果然是江忠浚。在他表示了惊奇之后，司马三畏报出了自己的名字。这样，双方相识了。司马三畏说明了自己的来意，江忠浚遂把这里的近况介绍了一番。太平军围城的队伍是三万人，而城中只有一万名守军。江忠浚从湖南率部赶到后，庐州已经被围数日。由于太平军围城人马甚众，他的人马曾数次从太平军的营垒中杀过去；但城中怕尾随的太平军乘机杀入城去，遂难以打开城门接应，江忠浚的人马只得退回。当日，江忠浚率部分人马去接应随后到达的军伍，他和司马三畏才碰到了这里。

司马三畏随江忠浚到达大营，说他带来了曾大人给江大人的信，遂取出信来让江忠浚看了。两人商量，可用先前之法，率一支人马从敌营垒之间穿过，赶到城下时，命善射者将书信射入城内。

两人骑马查看了太平军的营垒。这是司马三畏出广西之后第一次看到太平军的营垒。太平军已经今非昔比，整个营垒旌旗蔽日，杀气腾腾。营寨十分坚固，半里一个碉楼，上面的守卫军士雄壮威武。隔着栅栏向里望去，帐篷排列齐整，井井有条。军士们列队穿梭其间，精神抖擞。

回到营中，江忠浚选定了突袭的人马。

次日清晨江忠浚安排一名千总看守营垒，遂与司马三畏一起，率五百楚勇出营，从太平军的两营空隙间插入。信已经捆在一支箭上，系在挑选好的一名善射楚勇腰间。那楚勇紧紧地跟在司马三畏的身后，准备随时听候发射的指令。他们的行动很快被太平军发现，邻近的两个营垒各有一支太平军士兵杀来。江忠浚和司马三畏并不恋战，而是率军直奔城下。

在越过太平军的营垒时，江忠浚他们发现了情况。视野所及的每个营垒前，满是太平军的人马，他们像是在等待命令。江忠浚和司马三畏立即意识到大事不好：这是太平军准备全线攻城的场景！

也就在这时，城墙那边惊天动地的声音传了过来。循声望去，只见尘土飞扬处现出三丈多宽的豁口。随后，太平军军士杀声震天，洪水般涌向那被轰开的豁口。

没有听到炮响，也没有听到炮弹的呼啸声，司马三畏不明白城垣那边如何就被炸开一个豁口。但这个江忠浚是知道的，太平军善用穴地攻城之术：在离城墙远远的地方暗中开挖一个地道，一直延伸到城墙之下，然后把足够的炸药放置城下地道中；届时引信一点，炸药自爆，城垣就被炸坍了。

离城还远，敌军已经杀到，绝对不能让那信落在敌军手里。恰巧旁边是一个水塘,司马三畏向那拿着信的楚勇大喊道:"用猛力,把箭射到塘里去!"那楚勇明白司马三畏的意思,遂将弓搭箭,猛地向水中射去。那箭想必是插在了淤泥之中,不见了踪影。

江忠浚和司马三畏率领的五百名楚勇被裹挟在太平军的千军万马之中,身不由己地向城下运动。

不一会儿,城门被打开了。这肯定是先杀入城中的太平军军士打开的。这样,太平军分成了两股,一股从被炸开的豁口涌入,一股从城门涌入,前进的速度大大加快。

洪流般的太平军并不把江忠浚和司马三畏他们放在眼里。一队一队的太平军军士,呼号着、欢叫着,向城下飞奔。这样,最后洪流过去,稀稀拉拉的,一个个灰色的影子这才凸现出来,犹如海潮过去,留在海滩上的鱼虾。

江忠浚和司马三畏并不想如此作罢。他们一面派人回营传达命令,要守营的千总立即率领人马杀过来,一面督令楚勇们继续前进,要和城中的江忠源会合,与敌军决一死战。

他们从太平军炸开的那个豁口杀进了城中。只见城中无处不在拼杀,到处都是被弃的兵器,到处都是流着鲜血的尸体。江忠浚和司马三畏的人已经被分隔,但他一直与司马三畏在一起。他已经后悔,不应该同意司马三畏跟过来。如果司马三畏有个好歹,他无法向曾大人交代。

司马三畏已经发觉江忠浚在有意保护他。他很感动,几次敦促江忠浚不要管他,而是快速地去寻找江忠源。

如此一个时辰过去了。在十字街,江忠浚认出了江忠源的一位游击。那游击已经多处受伤,他的胸口被戳了一个大洞,血一直在往外涌。江忠浚问那游击江忠源现在哪里。那游击指了指南门方向,便倒了下去。江忠浚和司马三畏遂又返回,最终,他们没有找到江忠源。

最后,太平军攻占了庐州城。

当日,江忠浚和司马三畏杀到南城,那里的厮杀已经结束。听人讲,太平军攻入城中,江忠源率领守城官兵奋勇抵抗,最后见城难保,遂率队欲从南门杀出。江忠源杀出后,部分敌军前来追杀。江忠源遂与太平军肉搏,因体力不济,曾横刀自刎,随从发现,急忙救下。再战,江忠源全身七处负伤,敌军紧追而来,遂投水自尽。同死的,还有湖北布政使刘某等多人。

三年来，江忠源率部辗转于前线，解多城之围。武昌告急，江忠源即率军进入湖北。太平军连下桐城、舒城，逼近省城庐州，江忠源又率部赶到安徽。到六安时，他身患重症。庐州吃紧，他不顾病重，星夜疾驰到达庐州。

庐州一战进行得异常惨烈，守城军士大部分被杀。与江忠源一起战死的还有池州知府陈源兖，同知邹汉勋，副将松安，参将马良、戴文渊等人。

当日，江忠浚收拾残兵退于二十里铺。他四处寻找江忠源尸体，八日后才找到。相传，江忠源尸体被捞出时，"面如生"。

可巧的是，江忠源投水的那个池塘，正是司马三畏将信件射入的那个池塘。

司马三畏知道，江忠源是曾大人极为器重之人。现在他英年早逝，是新军的重大损失。

回到衡州后，司马三畏一直处于情绪低落状态。庐州惨烈的战斗场景令他刻骨铭心，而安徽局势的发展完全出人预料。江忠源死难自不待说，庐州的失守也是人们没有想到的。庐州失守后，皖北局面大变：太平军在九江、安庆、庐州一线站住了脚跟，其域内二十余个州县落入太平军之手。更为严重的是，太平军在安徽得手后，再次挥师西进。到年底，西进的太平军主力已经多达四万人，将武昌的门户黄州围了起来。

司马三畏并没有预想安徽之行会带回振奋人心的消息，但他也绝对没有想到，他带给众人的竟是如此惨烈的败局。他的情绪变得很低落，见人也有些抬不起头来，好像安徽那边局势的恶化，是他司马三畏造成的。

他把噩耗带回来之后，曾大人大为震惊。之后一连三天，曾国藩食不甘味，原已消瘦的身体越发消瘦了。

皇上曾严旨让曾大人出师援鄂，后又严旨让曾大人出师援皖。两次曾大人都没有照旨办事。现在安徽出现了如此严重的局面，司马三畏担心皇上会动怒。湖北局面再次紧张，万一有个好歹，他担心皇上更会怒不可遏。

事实上，咸丰帝在不知道安徽的形势巨变时，看到曾国藩和郭嵩焘、刘蓉合案而就的那份复奏，就已经不高兴了。辛心痒取出了十二月十六日收到的皇上对那份复奏的朱批给司马三畏看——

> 现在安省待援甚急，若必偏执己见，则大觉迟缓。朕知汝尚能激发天良，

故特命汝赴援,以济燃眉。今观汝奏,直以数省军务一身充当,试问汝之才力能乎？否乎？平时漫自矜诩,以为无出己之右者,及至临事,果能尽符其言甚好,若稍涉张皇,岂不贻笑于天下。着设法赶紧赴援,能早一步即得一步之益。汝能自担重任,迥非畏葸者比。言既出诸汝口,必须尽如所言办与朕看。钦此。

辛心庠告诉司马三畏,当时,他不敢就如此把朱批送到曾大人那里去。当曾国藩、郭嵩焘、刘蓉合案草拟复奏后,郭嵩焘和刘蓉都对"统局"的问题表示担忧,怕皇上理解不了大家的苦心。现在看来,大家的担心是有道理的,皇上果然怒了。

辛心庠说,他先把批文送给了郭嵩焘与刘蓉,让他们想一个缓解的办法,免得曾大人一时吃不消。当时刘蓉不在营中,他找到了郭嵩焘,并讲明来意。郭嵩焘看罢批文道："你也忒怕了。直接送到曾大人那里去,他绝不至于就被吓死的！"

辛心庠又对司马三畏说,他大着胆子拿着批文去了曾大人那里。曾国藩看罢,显得非常平静,说："去忙你们的事……"

"那大人就把事情搁置起来不成？"司马三畏惊讶地问道。

"自然不会。不日,大人便有了这份复奏……"说着,辛心庠把一份奏稿推给司马三畏。

司马三畏见那奏稿上的题目是《沥陈现办情形折》——

咸丰三年十二月二十一日

奏为沥陈现办情形,微臣愚见恭折奏明,仰祈圣鉴事。窃臣前月复奏赴皖援剿,俟张进修解炮到楚,乃可成行一折,于十二月十六日奉到朱批："现在安省待援甚急,若必偏执己见,则太觉迟缓。朕知汝尚能激发天良,故特命汝赴援,以济燃眉。今观汝奏,直以数省军务一身克当,试问汝之才力能乎？否乎？平时漫自矜诩,以为无出己之右者,及至临事,果能尽符其言甚好,若稍涉张皇,岂不贻笑于天下？着设法赶紧赴援,能早一步即得一步之益。汝能自担重任,迥非畏葸者比。言既出诸汝口,必须尽如所言办与朕看。钦此。"仰见圣谕谆谆,周详恳至,见臣之不事畏葸而加之教诲,又虑臣之涉于矜张而严为惩戒。跪诵之下,感悚莫名。唯现办之情形与微臣之愚见,恐我皇上尚有未尽知者,不得不逐条陈明,伏候训示。

一、起行之期,必俟张进修解炮到楚。查张进修在广东购炮千余尊,分为十起运解来楚。现在头起业经到衡,仅八十位。其后九起,尚无信息。臣屡次咨催,又专差迎催。本月十六日永兴境内又有匪徒,道路阻梗,实为十分焦急。臣所办之战船,新造者九十号,改造者百余号,合之雇载者共四百号,可于正月中旬一律完毕。自兴工之日起,统计不满八十日,昼夜催赶,尚不迟缓。唯炮位至少亦须八百尊,乃敷分配。前此钦奉谕旨令,广东购办炮位千余尊,限三个月解楚。计算正月之末,总可陆续解到。纵不能全到,稍敷配用,即行起程。

一、黄州以下,节节有贼,水路往援之兵,不能遽达皖境。前两奉援鄂之旨,命臣筹备炮船,肃清江面。后两奉援皖之旨,命臣驶入大江,顺流东下,直赴安徽等因。查现在黄州以下,节节被贼占据,修城浚濠,已成负隅之势,与前月情形又已迥殊。若舟师东下,必须克复黄州,攻破巴河,扫清数百里江面贼舰,乃克达于皖境,此则万难之事,微臣实无把握。万一黄州、巴河之贼亦如扬州、镇江之坚守抗拒,则臣之到皖无期。现在安徽待援甚急,前次江忠源之戚刘长佑带楚勇千余,自湖北前往,又令其胞弟江忠浚带勇一千,自湖南继往;又有滇兵一千,自湖南拨往。计湖南由陆路援皖之兵,已三千余矣。臣奉命由水路前往,阻隔黄州一带,何能遽行扫清,直抵安徽?目前之守候船、炮,其迟缓之期有限,将来之阻隔江面,其迟剿之期尤多,昼夜焦思,诚恐有误皖省大事,不能不预行奏明。

一、现在大局,宜堵截江面,攻散贼船,以保武昌。今年两次贼舟上窜,湖南防堵耗费甚多,湖北、江西亦各耗费数十万。三省合力防堵之说,系臣骆秉章与臣函内言之;四省合防之说,系臣江忠源与臣函内言之;待南省船炮到鄂,即与北省水师合力进剿,系臣吴文镕与臣函内言之,是以臣前折内声叙。兹奉到批谕:"今观汝奏,直以数省军务,一身克当,试问汝之才力能乎?否乎?"等因。臣自度才力实属不能。而三臣者之言,臣以为皆系切要之务。该逆占据黄州、巴河一路,其意常在窥伺武昌。论目前之警报,则庐州为燃眉之急;论天下之大局,则武昌为必争之地。何也?能保武昌则能扼金陵之上游,能固荆、襄之门户,能通两广、四川之饷道。若武昌不保,则恐成割据之势,此最可忧者也。目今之计,宜先合两湖之兵力,水陆并进,以剿为堵,不使贼舟回窜武昌,乃为决不可易之策。若攻剿得手,能将黄州、巴河之贼渐渐驱逐,步步进逼,直至湖口之下,小孤之间,与江西、安徽四省合防,则南服犹可支撑。臣之才力固不能胜,臣之见解亦不及此,此系吴文镕、骆秉章、江忠源三臣之议论。

然舍此办法，则南数省殆不可问矣。臣此次东下，拟帮同吴文镕照此办理，前折未及详叙，故复缕陈之。

一、臣所练之勇，现在郴、桂剿办土匪，不能遽行撤回。湖南土匪唯衡、永、郴、桂最多，臣二月一折、八月一折已详言之。自驻扎衡州以来，除江西之匪窜入茶陵、安仁一起外，其余本处土匪，窜扑常宁、嘉禾、蓝山等县城及盘踞道州之四庵桥，经臣派勇随处攻剿，先后扑灭。昨十二月十五日，又有一股窜入永兴县城，亦经派勇往剿。现在臣之练勇在桂属者，尚有千余人，在郴属者八百人。昨十二日奉到谕旨：曾国藩着仍遵前旨，督带船勇，速赴安徽江面。至湖南常宁一带土匪，即责成骆秉章迅即妥办等因。目下桂属正在搜捕之际，未便遽行更换；郴州、永兴正在危急之际，不能不星速进剿。且待船将办齐、炮将到齐，再将各勇撤回，带赴下游。如尚未剿毕，则由省城调兵前来更换。

一、饷乏兵单，微臣竭力效命，至于成效，则不敢必。臣以丁忧人员，去年奏明不愿出省办事，仰蒙圣鉴在案。此次奉旨出省，徒以大局糜烂，不敢避谢。然攻剿之事，实无胜算。臣系帮办团练之人，各处之兵勇既不能受调遣，外省之饷项亦恐不愿供应。虽谕旨令抚臣供支，而本省藩库现仅存银五千两，即起程一月之粮，尚恐难备。且贼势猖獗如此，岂臣区区所能奏效。兹奉批谕："平时漫自矜诩，以为无出己之右者，及至临事，果能尽符其言甚好，若稍涉张皇，岂不贻笑于天下。言既出诸汝口，必须尽如所言办与朕看"等因。臣自维才智浅薄，唯有愚诚不敢避死而已。至于成败利钝，一无可恃。

皇上若遽责臣以成效，则臣惶悚无地。与其将来毫无功绩，受大言欺君之罪，不如此时据实陈明，受畏葸不前之罪。臣不娴武事，既不能在籍终制，贻讥于士林；又复以大言偾事，贻笑于天下。臣亦何颜自立于天地之间乎！中夜焦思，但有痛哭而已。伏乞圣慈垂鉴，怜臣之进退两难，诚臣以敬慎，不遽责臣以成效。臣自当殚竭血诚，断不敢妄自矜诩，亦不敢稍涉退缩。以上五条，皆臣据实直陈，毫无欺饰，伏乞皇上圣鉴训示。谨奏。

奏折是曾国藩还不晓得安徽局面巨变时写的，他把大局讲得很清楚、很恳切。如讲论目前之警报，则庐州为燃眉之急；论天下之大局，则武昌为必争之地。能保武昌则能扼金陵之上游，能固荆襄之门户，能通两广、四川之饷道。若武昌不保，则恐成割据之势，此最可忧者也。

司马三畏意识到,尽管曾大人讲得如此中肯,如此透彻,可安徽一失,皇上对这些就会全然不顾,定会火冒三丈。另外,太平军在安徽站住脚跟,便又挥师西进,围攻黄州的太平军已经超过了四万人,但湖北官军人马合起来也不足三万人。且太平军势头正盛,湖北极有可能凶多吉少。而如果湖北再失,不但皇上动怒,就是曾大人本人也难以再稳坐钓鱼台了。

也许正是因为如此,曾大人才着了急。往日,是很少看到曾大人起火发躁的。如今,他也开始发脾气了,责怪大家动作慢、成效低。其实,大家已经是夜以继日、马不停蹄,建军的进度也明显加快。最让曾大人不满意的是水师。水师中拖后腿的,一是造船,一是置炮。其实这两项工作均可称为突飞猛进。司马三畏还记得,去年八月初到衡州时,许多人还不晓得拖罟、快蟹为何物,如今只过去了五个月,水师不但有了拖罟、快蟹,而且有了长龙、舢板艇、钓钩船;且拖罟一艘,快蟹近四十艘,长龙近五十艘,舢板艇近一百五十艘,给养运输船也已经有一百艘。置炮的进展也相当神速,已经有各种火炮五百余尊。军需辎重也已大致齐备,计有火药二十万斤,米一万二千石,煤一万八千石,盐四万斤,油三万斤。

大家在一片忙碌之中迎来咸丰三年除夕。辛心庠见司马三畏终日郁郁,便邀他同度除夕。司马三畏谢绝了。辛心庠以为司马三畏依然放不下庐州的悲惨回忆,便依他自便。

外边鞭炮齐鸣时,司马三畏摆了一案,四面各放一盅,盅内并没有斟酒,案上也没有置菜。他闭上了双目,垂下泪来……

第九章 传檄出征，太平军北伐兵败

咸丰三年的除夕，上官介是与秀水姑娘一起过的。禹嫂无处可去，也跟他们一起。当初，上官介跟禹嫂有这样一番对话——

"禹嫂，难为你了，这么长时间在我这里，没能让你与丈夫团聚。"

"老爷不晓得，在太平军中是男走男的路、女住女的营，夫妻也是不在一起的。"

"怎么会是这样？那这东王府，东王不是妻妾成群，都在一起吗？"

"又有几个东王呢……"

他们摆了一桌菜，并且还有酒。按太平军的规矩，大家是不能喝酒的。但上官介不晓得太平军的规矩，故而对桌上酒并没有感到意外。

禹嫂要斟酒，但被杨秀水止住了，道："今天我来……"

禹嫂见杨秀水高兴，也就由她。

上官介的杯子、杨秀水的杯子都斟满了。杨秀水又斟了一杯递给禹嫂，禹嫂哪里敢当？

杨秀水说道："你终年辛苦，今天我侍奉你……"

于是三人端起杯子。

就在这时，听到外面一阵骚动，随后有人喊道："东王驾到！"

上官介大吃一惊，他放下杯子，迅速调整自己的心态。

上官介不止一次地看到过东王，但往日都没有正面接触。此刻，东王出现在他的面前，很明显是冲他来的。

东王穿着便装，一件锦黄袍子，头上也没有戴帽子。他进屋后，用鹰一般敏锐的双目扫了一下四周,然后把目光投向上官介。

禹嫂呆住了,站在那里没有一点动作。杨秀水也为哥哥的突然出现感到吃惊。但她毕竟是妹妹,很快镇定下来,并搬了一把椅子让哥哥坐。

"这里哪有我的位子?"东王这样说了一句。他面带微笑,这让大家猜不透他的真实意思。

上官介已经调整好了心态,并且有了对待眼前这位不速之客的明确决断。他依然坐在那里,一动不动。

"上官介!"东王见上官介如此,收敛笑容叫了一声。

上官介没有吭声,依然坐在那里一动不动。

"你还知书达理!眼下这股劲儿,哪里见你知书达理?难道你不晓得吗?在你面前,我一是王爷、二是长辈,你……"

"我是你的一个阶下囚!"上官介面向东王,目光炯炯。

东王一愣,他绝对没有想到上官介会讲出这样一句话。他长时间地看着上官介,目光犹如一把利剑发出的寒光。

"可在我的眼里,你是爬上我袖子的一只蚂蚁……"

这时,上官介转向杨秀水和禹嫂道:"请你们暂且回避……"

杨秀水开始还不想离开,她不愿意哥哥和上官介之间的关系进一步紧张,打算留下来进行调解。但随后看到上官介的眼神,便觉得自己的想法不切实际,至少眼下是如此。这样,她领着呆若木鸡的禹嫂离开了。屋内只剩下了上官介和东王两个人。

蚂蚁之说有一定的道理,但这大大刺激了上官介的自尊心。一段沉默之后,上官介道:"不错,我上官介如今形如蝼蚁之小,境似网鱼之困。然我乃朝廷之命官,天下之正品。你,自号为王,统率千军,实乃叛逆之匪徒,不齿之鼠辈。我成了阶下之囚,生死由彼不由己。然操行在己,心怀忠烈之志,至死不渝,死而无憾,人又奈我何?"

"叛逆""匪徒"这样的称呼,东王已经听惯,耳朵里生了厚厚的茧。可如今他变得敏感了,原因是这话他竟是从上官介口里听到。他一口恶气从丹田升起。按照往常的脾气,他手边的什么器物将会遭殃。那惹了他的,必先是挨上几掌,随后,要么被打个皮开肉绽,要么被推出去问斩。

但是这次,这样的事没有发生。东王尽量控制着自己,当恶气从丹田升起的时候,由心而发的理智压住了它。他盯住上官介,足足有半袋烟的工夫。最后,他放声大笑了起来,那笑声惊天动地、震人魂魄。

"除夕之夜,我忙里偷闲,突发奇想,要过来看看我将来的妹夫。看来,我忘记了上官介究竟是一个什么样的人!你很高傲,也够顽强。直到如今,你还不忘自己是朝廷的人,且声言至死不渝。这自然不错。可你不明白,这种不错之感只是自我感觉而已。你那个益阳县,与其他的地方没有什么两样,枯枝败叶一片而已。可那里有些有趣的故事,我还有些记忆。在那里我们收了一个唐正才,是一个很了不起的人。后来,你的名字传到我的耳朵里。随着你的名字,还有什么常律、张子明、黄天福、黄天禄、史怀标、佘国梁、辛家璐、王家政、项江镬……"听到这里,上官介暗暗佩服东王的好记性。这些名字,都是往日他和禹嫂——主要是禹嫂向杨秀水讲述他在益阳县的遭遇时提到的——也仅仅提到而已,可它们全都被东王记住了!"就是你们这些人,把益阳县搅成了一锅粥!你说你是朝廷的官儿,他们也说自己是朝廷的官儿。可你们掐起来之后,究竟谁是谁非,朝廷关注过吗?你多次被打翻在地,而在你匍匐在地上喘息的时候,有什么人过来扶你一把、救你一命吗?"

听到这里,上官介想到在自己最艰难的时候,恩师不是赴长沙找巡抚想法搭救过他吗?如此精明的东王如何置这样的事实于不顾,说起瞎话来?可他随后转念一想,恩师那次的营救行动并没有成功,故而很少有人晓得。

东王继续道:"你自己的经历应该告诉你,还是不要自作多情的好。"

听到这里,上官介一下子意识到东王是在劝降,于是插话道:"下面你是不是要说,还是皈依你们的上帝为好?"

听上官介讲了这话,东王再次长时间看着他,最后道:"我太平军有七十万勇士,我太平天国有数千万顺民,绝不缺少一个像你这样的人!"看得出,东王激动起来了。

这种激动情绪上官介感受到了,东王对他上官介网开一面,完全是因为杨秀水。从东王那很少见到的无奈的眼神里,从东王激动的情绪里,他看到了这层关系的简单和复杂。他担心这会影响到自己的意志,于是赶紧转换话题道:"我看到了你们颁布的那个田亩制度……"

东王的情绪还没有从方才的境况中摆脱出来,故而没有听到上官介的话。于是,上官介提高了嗓门儿,又把刚才的话重复了一遍。

这回东王听到了,他们开始争论。

对这方面的问题争论完后,他们又谈到了对传统的态度问题,对待百姓的问题,等等。最后,上官介给东王扣上了数顶帽子:"祖宗不要了,甚至后代也不要了。你们咒骂一切,把传统视为砒毒、亵渎神明、诋毁名教、断绝宗祀、涂炭生灵……"

但在上官介讲这些话的时候,东王的思虑正在别处。

他们在室内争论的时候,就有三起紧急军情通报,而通报人员全都被东王的侍卫挡在了门外。东王眼观六路,耳听八方。当第三批人员被挡的时候,东王听到了动静。这样,东王离开了。

东王离开之后,杨秀水和禹嫂都回了屋。杨秀水看得出,上官介一直兴奋异常,她没有问上官介与哥哥都谈了些什么。上官介则抱住酒壶不放,他给杨秀水和禹嫂斟满杯子,与她们一起喝了一杯之后,自己便一杯接一杯喝起来,一直到他倒下为止。

杨秀水和禹嫂一直守着他。直到新的一年的第一缕阳光投向窗棂,上官介还完全没有醒过来的意思。

局势的发展令人焦虑。新年伊始,便从湖北传来急报,太平军攻陷黄州,打开了通向武昌的门户。随后,太平军连克汉阳、汉口,将武昌围了个水泄不通。

曾国藩不晓得老师吴文镕的吉凶,正月十六日即给他写了一封信,告知他自己将于二十八日传檄出征。实际上,曾国藩的那封信,像他十一月十八日给江忠源的信一样,收信人是不能看到了。正月初九日,吴文镕在黄州指挥守城军士抵御太平军的进攻。太平军势众,黄州失守,吴文镕自杀身亡。战前,吴文镕自知凶多吉少,急就奏折,说皖湘数省,只有曾国藩一军可战;同时给曾国藩遗书一封,说他乃大清希望之所在,让他好自为之。

曾国藩发信的次日,吴文镕殉难的消息便传到衡州。曾国藩听说后,怆悲难支。曾国藩明白,江忠源也罢,吴文镕也罢,如果自己不是顾及全局,而从私人关系出发,领衡州未成之军前往救援,他们未必就会先后殒命。但是那样,几年练兵、养士的功夫就全部化为乌有。

司马三畏心中壮丽的日子一天天临近。而他心中所谓壮丽的日子,就是衡州大军传檄出征之日,因为他是传檄出征仪式的筹备人之一。他相信,鉴于他在曾国藩幕中所占的特殊位置,只要他提出动议,就会受到其余筹划人员的尊重。

当然,这样的日子也并不是司马三畏一个人所盼望的。大家都盼望着这一天的到来,也无不希望把出征的仪式搞得壮观、庄严、激动人心。

辛心庠没有被曾国藩指定为筹划出征仪式的人,但他同样忙个不停。他和司马三畏每天只睡两个时辰,即使这样,还是觉得时间不够用。他们要帮曾国藩料理一切,要召集将领们出席军事会议,最后议定行军路线问题、指挥作战问题、粮饷供应问题……还要帮曾国藩起草给皇上的奏折,给湖广总督、湖南巡抚、湖北巡抚、江西巡抚、安徽巡抚发文,商讨协调行动的问题……特别是要用相当多的心力,议定出师的檄文。

这个檄文早已由曾国藩亲自起草,它要在相当的范围内传看,请各方面增减内容、润色文字。

传檄出师的日子已经确定,正月二十八日。

这个日子一定,许多具体事项便提上日程,如确定誓师形式、程序,动用哪些人员、器械,并进行相应的物资准备,等等。

正月二十三日,司马三畏又碰上了一件喜事:他在京城结交的老朋友胡林翼来到了衡州。原来,湖北局势紧张时,应吴文镕的要求,得到皇上的批准,胡林翼率一千五百人马从贵州进入湖北支援。而他到湖北后,吴文镕战死,黄州、汉口、汉阳、武昌相继失陷,胡林翼无法在湖北站住脚,遂领兵进入湖南。他把军队安置在长沙,自己带了几名随从来到衡州。

司马三畏与胡林翼自京师分别,至今已经过去了三年。这次,司马三畏从胡林翼那里得到证实,他是经胡林翼推荐到了曾大人手下的。他千谢万谢,感谢胡林翼给他找到了这样一位老师。

这些天给司马三畏的感觉是,天下英豪都聚到了衡州:胡林翼到了,罗泽南到了,郭嵩焘到了,刘蓉到了,李续宾、李续宜兄弟到了,王鑫到了,李元度到了。而已先在这里的,还有曾国藩的胞弟曾国葆,以及新军中赫赫有名的将领塔齐布、褚汝航、成名标、彭玉麟、杨载福等人。

二十七日夜,司马三畏和辛心庠都没有睡。他们亢奋过度,也提心吊胆。令他们兴奋的事情自然不少,而让他们担心的事情似乎也多。第一,他们害怕次日的天气不好。如果天公不作美,精心准备的一切都不会顺利进行。第二,他们害怕某一个环节出问题,担心届时锣齐鼓不齐。第三,他们生怕有什么意想不到的情况出现……

子时天气很好,丑时天气很好,寅时天气很好,卯时天气依然很好。他们心中乐开了花。

卯初,各营按照规定开始起火烧饭。与此同时,行囊开始装船装车。卯末吃早饭,而后各营开始列队,站到了各自的位置上。这时,一面大旗被竖了起来。竖旗,这是惯例。但这面大旗与众不同。它高,旗杆足有十丈;它大,旗面高七丈,宽四丈;它鲜,紫红缎面,光彩夺目;它壮,旗面中央的那个黄色"帅"字,高足三丈。蔚蓝的天空下,这面旗子在微风中展开,真可谓蔚为壮观!当旗杆被竖起、旗子被扯上旗杆张开的那一刹那,司马三畏激动之极——这可是他的作品!

旗子之下搭了一个高台,高台之上的器物被陆续搬来。辰末之前,陆营和水师的队伍已经集结完毕。左边是陆营,第一营由营官塔齐布率领;第二营营官是罗泽南,因仪式开始时他将在台上与曾国藩在一起,所以暂由李续宾代领。下面分别率领第三营到第十营的营官是邹寿章、周凤山、储玫躬、曾国葆、朱孙诒、邹士琦、杨名声、林源恩。右边是水师,第一营由营官褚汝航率领,第二营由夏銮率领。下面分别率领第三营到第十营的营官是胡嘉垣、胡作霖、成名标、彭玉麟、杨载福、龙献深、邹汉章、诸殿元。水陆营各营五百人,共七千五百人。

巳时到,曾国藩在众人的簇拥下到了台前。跟在他身后的是代表湖南巡抚骆秉章前来参加仪式的左宗棠,贵州道员胡林翼,陆师统领兼陆营三营营官罗泽南,翰林院编修郭嵩焘、刘蓉以及衡州知府陆传应等。

等曾国藩到后,便是惊天动地的三声炮响。炮响过后,曾国藩又在众人的簇拥下登上高台。他双拳合抱,向身边众人以及台下的将士们致意。此时,台下欢声雷动,众人的兴奋在尽情地释放。在万众欢呼声中,曾国藩第一个面北跪了。随后,他身边的左宗棠、胡林翼等也跟着面北跪了下去。他们先是向苍天、尔后向皇上三拜九叩。起身后,是祭奠在与太平军作战中的牺牲者,这是司马三畏加上的一项内容。祭奠中宣读了对不久前殉难的两湖总督吴文镕和安徽巡抚江忠源的祭文。

祭礼毕,左宗棠宣读骆秉章的祝词。衡州知府陆传应率州县文武官员献匾。乐声起,一面黑底金字大匾被抬上高台,上写"国之干城丰民之瞩望"。

这之后又是三声炮响。炮响过后,万籁俱静,曾国藩开始宣读《讨粤匪檄》——

为传檄事。逆贼洪秀全、杨秀清称乱以来,于今五年矣。荼毒生灵数百余万,蹂躏州县五千余里。所过之境,船只无论大小,人民无论贫富,一概抢掠罄尽,寸草不留。其掳入贼中者,剥取衣服,搜刮银钱;银满五两而不献贼者,即行斩首。男子日给米一合,驱之临阵向前,驱之筑城浚壕。妇人日给米一合,驱之登陴守夜,驱之运米挑煤。妇女而不肯解脚者,则立斩其足以示众妇;船户而阴谋逃归者,则倒抬其尸以示众船。粤匪自处于安富尊荣,而视我两湖、三江被胁之人,曾犬豕牛马之不若。此其残忍惨酷,凡有血气者,未有闻之而不痛憾者也!

自唐虞三代以来,历世圣人,扶持名教,敦叙人伦,君臣父子,上下尊卑,秩然如冠履之不可倒置。粤匪窃外夷之绪,崇天主之教,自其伪君伪相,下逮兵卒贱役,皆以兄弟称之。谓唯天可称父,此外凡民之父,皆兄弟也;凡民之母,皆姊妹也。农不能自耕以纳赋,而谓田皆天王之田;商不能自贾以取息,而谓货皆天王之货;士不能诵孔子之经,而别有所谓耶苏之说、《新约》之书。举中国数千年礼义人伦、诗书典则,一旦扫地荡尽。此岂独我大清之变,乃开辟以来名教之奇变,我孔子、孟子之所痛哭于九原!凡读书识字者,又乌可袖手安坐,不思一为之所也!

自古生有功德,没则为神。王道治明,神道治幽。虽乱臣贼子、穷凶极丑,亦往往敬畏神祇。李自成至曲阜,不犯圣庙;张献忠至梓潼,亦祭文昌。粤匪焚郴州之学宫,毁宣圣之木主,十哲两庑,狼藉满地。嗣是所过郡县,先毁庙宇。即忠臣义士,如关帝、岳王之凛凛,亦皆污其宫室,残其身首。以至佛寺、道院、城隍、社坛,无庙不焚,无像不灭。斯又鬼神所共愤怒,欲一雪此憾于冥冥之中者也!

本部堂奉天子命,统师二万,水陆并进,誓将卧薪尝胆,殄此凶逆;救我被掳之船只,拔出被胁之民人。不特纾君父宵旰之勤劳,而且慰孔孟人伦之隐痛;不特为百万生灵报枉杀之仇,而且为上下神祇雪被辱之憾。是用传檄远近,咸使闻知:倘有血性男子,号召义旅,助我征剿者,本部堂引为心腹,酌给口粮;倘有抱遇君子,痛天主教之横行中原,赫然奋怒,以卫吾道者,本部堂礼之幕府,待以宾师;倘有仗义仁人,捐银助饷者,千金以内给予实收部照,千金以上专折奏请优叙;倘有人陷贼中,自拔来归,杀其头目,以城来降者,本部堂收之帐下,奏授官爵;倘有被胁经年,发长数寸,临阵弃械,徒手归诚者,一概免死,资遣回籍。

在昔汉、唐、元、明之末,群盗如毛,皆由主昏政乱,莫能削平。今天子忧勤惕厉,敬天恤民,田不加赋,户不抽丁。以列圣深厚之仁,讨暴虐无赖之贼。无论迟速,终归灭亡,不待智者而明矣。若尔被胁之人,甘心从逆,抗拒天诛,大兵一压,玉石俱焚,亦不能更为分别也。

  本部堂德薄能鲜,独仗"忠信"二字为行军之本。上有日月,下有鬼神;明有浩浩长江之水,幽有前此殉难各忠臣烈士之魂,实鉴吾心,咸听吾言。檄到如律令,无忽!

  宣读完毕,便是祭旗。旗下早有水陆两军百人组成的方队肃立。曾国藩、左宗棠、胡林翼等接过斟满酒的酒盅。这时炮声又起,随后,台下几千支洋枪相继鸣放。与此同时,曾国藩等一起面向帅字旗将杯子高举过头,而后俯身,将杯中酒洒向地面。

  枪炮声渐息,曾国藩大声宣布出师。

  按照"立德、立功、立言"的"三不朽"古训,吴棠既看重于立德,也看重于立功,更看重于立言。他有立德的实绩,有立功的政绩,同时有立言的成绩。

  如今,吴棠依然在清河,但他已经高升,代理邳州知州。原来,太平军占领扬州之后,便立即向清河用兵。清河是大运河的咽喉,京师的许多供给都是从大运河运过去的。也正因为如此,清朝的漕运总督驻地就设在清河。这意味着,占领清河,就切断了京师的命脉。清河军事地位的重要性还在于它是清朝江北提督和总兵驻地,拿下清河,便能解除来自北方的军事威胁。清廷和淮安府对此有清醒的认识,他们绝对不想让这样一片地域落入太平军之手。漕运总督、淮安府的官员在这方面,没有让皇上操多少心。他们自己组织力量,牢牢地把这块地方控制在了自己手中。而这其中起关键作用的,就是吴棠。

  吴棠自幼便喜欢研究兵法。事急之后,他借用戚继光的用兵之法,报请漕运总督、淮安知府,联络周围十余县,召集乡勇数万人,设七十二局,组成联防,使太平军谋取淮安府的一切努力都成了徒劳。咸丰三年四月,太平军组成北伐军,从安徽北上;同时,组成了西征军,沿长江西进。无论是北伐军还是西征军,进军都极为不顺。故而,太平军已经没有更多的兵力和精力来大力开辟淮安这一条战线。吴棠因此名震江淮,同时升了官——署理邳州,官秩到了从六品。邳州也属淮安府,在清河以北。吴棠升官后离开清江,驻在清江的漕运总督杨以增心中便感到不踏实。

吴棠和司马三畏一直保持书信往来。正月二十八日湘军传檄出师后，司马三畏随即给吴棠写了信。而吴棠收到司马三畏的信，已经是二月下旬。司马三畏在信中还说，恩师左宗棠来衡州向他讲了查办长沙知府项江镂案子的事时，有了上官介的一些最新消息。之前，司马三畏曾告诉吴棠，有人告项江镂贪污纳贿、鱼肉百姓，省里曾会同吏部查办，但一切有关文档全部丢失，案子无从查起。益阳县县丞黄天禄涉案，但黄天禄已死。主簿黄天福也涉案，而黄天福在太平军过益阳时，也自杀身死。这样，案子无法查下去，项江镂仍逍遥法外。与此相关，上官介查办这些人的原委难以查明，而对上官介的行动的是非曲直也就难以做出判断。

关于上官介的事，吴棠陷入了迷茫。分别后的前几个月，他们之间有书信来往，尽管上官介的信息是写得简单而匆忙。上官介曾请求吴棠把他的母亲接到清河县衙暂住，一俟益阳这边安顿好，就把母亲接过来。吴棠相信了上官介的话，把上官介的母亲接到了县衙。事办妥后，吴棠给上官介写信讲了安置的情况。可从那之后，他就再也没有收到上官介的信。吴棠着急，给在安化的恩师左宗棠写信询问，左宗棠写信回复，这才晓得上官介吃了官司，被长沙府罢职、羁押。吴棠知道后越发着急。后来恩师来信说要把上官介的案子移到省城审讯，吴棠听了自然也很高兴。但不久得到的消息却极为险恶，益阳县闹天合会，上官介下落不明。有说他被天合会劫持而去的，也有说他在乱中被杀的。这次，司马三畏告诉吴棠，恩师说长毛杀进益阳县，捉住了当时在益阳县主事的州通判王家政。而长毛撤离，并没有杀他。他因涉项江镂案曾被羁押，后无罪释放，依然在益阳主事。现在此人因雇凶杀人罪再次被羁押，结果在审讯中道出了有关上官介的消息。上官介确曾被天合会劫持，但后来不知何故，又去了雪峰山碧云峰之小菩提寺。在那里，他被人认出，再次解往县城。据王家政讲，此后长毛过益阳，天合会与长毛合流，唐正才亲自逼问他上官介的下落，他被迫领唐正才到了关押上官介的处所。后来的事情王家政就不清楚了，只是据说即使天合会把上官介救出来，那上官介也没有几天的活头了。他遍体是伤，骨瘦如柴，发着高烧，昏迷不醒……

吴棠算了算，太平军过益阳的日子至今已经过去一年半了，却再也没有上官介的任何消息。事情极有可能像王家政所讲的那样，上官介已经不在人世了。

吴棠悲痛万分，独自一人竟号啕大哭了起来。他想起上官介与他以及司马三畏、海受阳大家在陶澍堂下受业的愉快日子；想起大家一起在左宗棠堂下受业的欢乐岁月；想起四个人共同赴京参加会试时心中惴惴不安、互相慰藉、互相鼓励的场景;想起四人得中之后共同誓愿扶国安民,在安化恩师墓前共发"修齐治平,同激共勉;贪赃者死,枉法者亡"十六字誓言的场面。啊!死生有命。他们四个人中,上官介年龄最小,而天赋最高、心气也最高,凡事总要十全十美。上官介痛恨贪官污吏,痛恨占据高位、碌碌无为者。对官场的腐朽,他发誓扫荡之,绝不姑息。他把去益阳看作仕途的开始,发誓一定要做出个样子来。若苍天有眼,怎么会给他安排了如此一个结局?他一个人孤立无援,单枪匹马,陷入魔阵。或许,是恃才傲物,使他走上了绝境。"斯人也独有斯病",这样的事情怎么偏偏让上官介赶上了呢?

吴棠很想独自到后花园点上一炉香,斟上一杯酒,祭一祭。但另一种想法在阻止他,万一他活了下来呢?

对吴棠来说,还有一件难办的事:如何照料好上官介的母亲。上官介的一切消息,吴棠都不敢如实告诉老人家,但瞒是瞒不住的。老人家虽是一个农村妇人,但极其聪慧。吴棠看得出,往日他编造的有关上官介的消息,起初老人家心中就可能存疑:同是知县,同是单身,为什么吴棠这边可以安置,而儿子那边却难以安置呢?原说过一段时间那边安顿好了就来接她,一天天过去,竟然过去了一个月、两个月、三个月,最后半年过去了,怎的还不来接?就如此难以安顿?之前,上官介决定与黄天禄摊牌,曾请了他庄子上的张子明做钱粮师爷。这张子明决定去益阳时,吴棠接到上官介的信,正张罗着要把上官介的母亲接到清河,老人家还没有动身。后来,上官介的母亲来到清河县衙,听来探望的家乡人说,张子明在益阳出了事,丢了什么文件,被告勾结什么土匪,上刑不招,最后被活活打死。这回上官介的母亲待不住了,心里产生了一系列疑惑。什么人这么狠?是上官介吗?张子明,一个本分人,十里八乡哪个不知?自己把人家从家乡弄过去,又把人家逼死,是儿子能够干出来的事吗?不是上官介,那什么人如此霸道?而上官介上哪里去了,为什么不管?

事实上,张子明的家人曾来县衙找过上官介的母亲。吴棠怕事发挡了驾,给张家五十两银子息了事。但上官介的母亲找了吴棠,吴棠又编造了一些话回答,说张子明是死了,可不是因为吃官司,而是因为过失,自己郁郁,投江而亡。为此,上官介还来了信,同时汇来五十两银子,作为安葬之用。这样,老人家将信将疑。

这次收到司马三畏的信后,吴棠本想去后衙陪陪老人家,但又担心自己难以自控,当着老人家的面做出什么失态之举,反而不好,便没有过去。他派人去代为请安。他还怕老人家了解到他其实就在衙内,便命人传轿出了衙。可去哪里呢?他想两年多之前的八月中秋,他们在清江浦码头上遇到的那件奇事,同时想到上官介出、司马三畏对的那副对联,便吩咐去了码头。

如今的清江浦码头,已经不比昔日。当年,太平军只是在广西东部辗转,东边的山东,虽有捻军残余活动,但终不成气候,故而清江浦依然繁华异常。如今,太平军定都南京,东面扼守江南的镇江、江北的扬州——特别是扼守扬州——威胁着大运河的漕运,河面之上,商船锐减,清江浦繁华的景象已经不再。

吴棠乘轿在码头上转了一圈。在轿中看到码头冷清的景象,而辛亥年闰八月十五日在码头上与上官介、司马三畏一起活动的影子便时时出现在眼前。这更让他心绪难宁。于是,他便又命轿夫离开,可又说不上去哪里。当轿夫问去哪里时,他随口说了声:"提督府。"

原来,在来码头的路上曾路过提督府。见物思人,见到提督府,便自然想到提督蒋任穷。对于江北提督蒋任穷,吴棠有"棠也幸"的感叹。提督位极一品,掌管一省或数省兵权。昔日,提督一职多由满人、蒙古人充当。咸丰帝当朝,各地事多,汉人担当提督的渐多,蒋任穷便是一个。更可贵的是,提督带领的是绿营,绿营腐烂尽人皆知,而蒋任穷率领的这支绿营却是群鸡里面的一只凤凰。他们纪律严明、训练有素、能征善战。吴棠所组织的七十二局民防,实际上是以蒋任穷手下的五千人马为靠山的。还有一层,这蒋任穷是一位贤德人物。吴棠组织七十二局民防的计划,表现了非凡的气魄和才干,蒋任穷知道后给予全力支持。计划实施甚为成功,吴棠名扬江淮。随后,由漕运总督杨以增向朝廷推荐,吴棠得以署理邳州。而吴棠与蒋任穷的关系越来越亲密,两人终成忘年交。

提督府吴棠是随时可以进的。他到码头转了一圈,心绪越发不好,便决定去那里见见自己的老朋友,向他倾吐心声,求得一助。

蒋任穷果然睡过了,一见吴棠,便说他脸色不好。吴棠并不掩饰,遂把接到司马三畏的信,以及看信之后的想法讲了一遍。

吴棠心情不佳,讲时平铺直叙,湘军传檄出征的事只是三言两语一带而过。可蒋任穷却首先抓住了这件事,道:"咱们先把你的要事放一放,聊一聊湘军传檄出征的事。"

这话倒提醒了吴棠,他立即道:"我们那些都是鸡毛蒜皮,多亏大人提醒晚生,湘军的传檄出征才是头等大事。"

蒋任穷笑了笑,道:"你们那些事也算得上大事。只是与湘军传檄出征这件事相比,它们小些。"

对湘军传檄出征的事,蒋任穷问得很细,问湘军共有多少人马,陆营多少,水师多少,等等。还问道:"既是传檄出征,那檄文是什么?司马三畏可写了?"

"不但写了,而且全文抄来了。"那封信吴棠随身带着,遂取出交给蒋任穷。

对檄文部分,蒋任穷看了一遍又一遍。然后,放下手中的信,细细思索。最后,他把手往案上一拍,道:"大清国有望了!"

随后,湘军传檄出征的事成了他们谈话的重点,吴棠的情绪也渐渐好转。等走出提督府的时候,吴棠的心情已经完全平复了。

平静下来的吴棠,等待司马三畏写来湘军出师后的情况。但没几天,他等来的却是令他绝对想不到的消息——吏部通过给漕运总督杨以增发文,要他即刻赴京,等候皇上召见。当时蒋任穷亦在总督府,他判断圣上这次召见定然是要询问这边的军情。杨以增和吴棠都赞成这个判断。

次日,吴棠带了一名随从便上了路。

既然皇上召见询问的是这边的军情,路上,吴棠便对这方面的事进行了梳理。

咸丰三年四月,太平军开始北伐。北伐军由天官副丞相林凤祥、地官正丞相李开芳及春官副丞相吉文元统领,全军共两万人。得到这一消息后,吴棠就觉得太平军这次行动不会成功,因为太平军把朝廷看轻了。林凤祥、李开芳、吉文元三人固然均处高位,且久经战阵,但如此重任交给几个所谓的丞相,带兵的三大王杨秀清、韦昌辉、石达开一个也不在北伐的行列之中;且七十万大军中,只出如此少许的人马,岂非儿戏?

北伐军出师就不利,驻扎浦口时营中失火,引爆火药,造成人员的重大伤亡。五月初,北伐军攻入河南,中旬抵达开封城下。林凤祥、李开芳等还算聪明,北进的路上,边打边吸收新的兵员,到开封时北伐军总人数已达四万。北伐军并没有围攻开封,而是绕道到了汜水,准备在那里渡过黄河。北伐军不想在路上消耗,而是要以最快的速度直插直隶,以奇兵之势进逼京城。但是由于船少人众,渡河用了八天。六月初围攻怀庆府城,久攻不下;在怀庆耽搁了近两个月,最后只好撤围。此后北伐军进入山西,自八月初到八月末,连克垣曲、绛县、曲沃、平阳、洪洞、潞城、黎城等府县,取得人员和大批粮弹的补给,总人数增至五万余人。随后,北伐军再次攻入河南,由涉县、武安进入直隶,并连克临洺关、沙河、任县、隆平、柏乡、赵州、栾城、藁城、晋州。九月初克深州。可以看出,北伐军再次神速进军,目的是在隆冬到来之前逼近北京,发动对京师的攻击。听说北京误传太平军已攻至定州,皇上遂在乾清宫行授印礼,任命惠亲王绵愉为奉命大将军、科尔沁郡王僧格林沁为参赞大臣,部署京城防务。僧格林沁还亲率京师营兵五千人赴京南涿州防堵。此前已被授为钦差大臣、驻守直隶南部的胜保则率军火速北上保定迎击。为避锋芒,北伐军自深州东进,连克献县、交河、泊头、沧州、青县、静海,前锋已经到达杨柳青。只是,太平军进抵天津西郊时,遭到天津知县所募雁户排枪伏击,损失惨重。经此挫败,更由于长期征战行军,过度疲惫,北伐军不得不退返独流、静海扎营,进行休整。此时北伐军总兵力减至三万人。

北伐军在独流、静海驻扎了三个月。其间,胜保、僧格林沁所率清军主力相继抵达,北伐军在兵力上渐处劣势。而真正给北伐军带来致命威胁的是北方隆冬的严寒。北伐军多南方战士,习惯于赤足,御寒设备极少。结果,冻毙者尸体枕藉。到咸丰四年年初,北伐军被迫突围南撤至河间县之束城镇,更是一路遗尸,主力冻死过半。二月初,北伐军再次南撤,入阜城。僧格林沁与胜保率军追击,接连攻破太平军在阜城外围四个营盘。北伐军仅有三千人马得以安全撤入城内,春官副丞相吉文元战死。此时的北伐军,只有等待援军来救了。

北伐军早在被困独流、静海之时,已多次派人南下向天京求援。天京方面则于咸丰三年十一月撤扬州守军,组成援军七千人,由夏官又正丞相曾立昌、夏官副丞相陈仕保及冬官副丞相许宗扬统率北上。本来,从扬州出发去天津,沿运河经清江、邳州入山东是最近的。但太平军知道清江、邳州有坚强的民防。另一方面,当时太平军占领安徽省城庐州,此后扩大战果,占领了安徽大部。这样,太平军的援军便舍近求远,绕道安徽北上。

吴棠所梳理的,就是以上情况。至于他弄的七十二局民防的事,皇上是一定要问的。而这方面的事,吴棠成竹在胸,无须做任何准备,皇上有问他就有答。只是在讲这方面的问题时,有两点一定要当着皇上的面讲清楚:一是那七十二局,靠的是漕运总督杨以增的全局运筹和江北提督蒋任穷麾下那几千名绿营的支撑,绝不能贪人之功为己有;二是由于太平军既保江宁,又要进行所谓的西征、北伐,已经无力他顾,故而淮安府可以开一片天地。

在吴棠北上之时,太平军的援军也在北上。二月初在山东渡黄河时,太平军援军总兵力已达六万之众。渡河后,太平军援军进展迅速,不日进抵临清。

吴棠是从运河乘船北上的,尚未到达临清,太平军的援军已经将临清攻下。吴棠只得停下来，打探前方的消息。次日，就有三三两两的太平军伤病人员撤了过来。原来，太平军的援军犯了一个严重错误。临清距阜城只有二百里，如果援军放弃临清直奔阜城，以六万之众出其不意出现在阜城，那边的形势将是另外一种样子。而事实是，太平军援军选择进攻临清，这使在阜城包围太平军北伐军的胜保不但打探到了太平军援军的到来，而且放弃了被包围的阜城，从容逼近临清；等太平军援军攻下临清尚未进驻之时，猛扑过去。太平军援军已经筋疲力尽，六万人马被打得落花流水。仅坚持了两日，就全军崩溃。吴棠所看到的，就是向南逃跑的太平军残部。

打听到这些情况，吴棠继续前行。

驻扎在阜城的太平军北伐军已知道援军到来，但不晓得援军已被打败，遂全军突围东移至运河沿线的连镇，准备接应援军。当时，吴棠正好在连镇打尖。为避太平军，吴棠只好在一家僻静的旅店中躲藏。

一连三日，外边进行了激烈的战斗。三日之后，外边安静下来。店家说，官军已经将太平军打败。这样，吴棠算了店钱，继续上路。

行不多远，岸上有大队官兵从后面赶来，为首的骑一匹高头大马，威风凛凛。人马踏起的浮尘，冲天蔽日。行进中，吴棠看到几辆囚车中各载着一个长毛囚徒。

吴棠不日到京，先到吏部报到。吏部一位侍郎接待了他，告诉他去鸿胪寺听从安排。这使吴棠一头雾水。鸿胪寺是管朝会、宾飨、赞相礼仪的，怎么去鸿胪寺听从安排？吴棠不便细问，只好带着一大堆的问号去了鸿胪寺。

鸿胪寺一名少卿接待了吴棠。少卿是鸿胪寺的五品官员，他见了吴棠那样子就像见到久盼的亲人，道："祖宗，你可到了。再迟一天，咱哥俩的日子就都不好过了。"

听了这话，吴棠更是感到莫名其妙。再问，少卿并不回答，并坚持让吴棠住在鸿胪寺驿馆。

第十章 山雨欲来,万里之外乌云聚

咸丰三年,当司马三畏在衡州用特殊的方式独自度过除夕夜的时候,海受阳在广州也以同样的方式度过了那个除夕之夜。不同的是,司马三畏并没有动摆在面前的酒杯,而海受阳却是一杯接着一杯,不停地痛饮。

最后,他酩酊大醉,瘫倒在桌子下。

他醒来的时候,脑子里还萦绕着梦中的种种惨景。他独自躺在那里,瞪着大眼呆呆地望着天花板,任时间流逝。家人进屋来看过几次,都没敢惊动他。

鞭炮声响作一团,浓烈的火药味儿从窗子里窜进来,使海受阳渐渐兴奋起来。等家人再次出现时,海受阳便问道:"巴夏礼先生那边有动静吗?"

"没有。老爷,他没有赶回来……"

这里所说的巴夏礼先生,是一个英国人,他是海受阳的邻居。圣诞节前一个月他回了伦敦,临走时向海受阳打了一个招呼,说要赶回来过除夕。前两天,海受阳还接到巴夏礼从伦敦寄来的一封信,信中说除夕前一定会赶回来。海受阳很注意此人的动静,曾经吩咐家人留意。

来广州的四年,海受阳的一大收获就是学会了洋文,结交了巴夏礼这样一位洋人朋友。

海受阳是浙江绍兴人,只是看他的外表,没有人会想到他是一位浙江人。他一米八以上的个子,四肢粗大,又喜欢穿宽大的衣裳。这样高的个子,这样的衣着,在浙江人中是极为少见的。他总是眉头紧锁,一个"愁"字永远挂在脸上。

他来广州不久,就在外面选了一个住处。最后选定了,却未承想自己的邻居是一个外国人——巴夏礼。

这巴夏礼原名叫帕克斯·哈里·史密斯。他1828年生于苏格兰，五岁那年父母双亡，被送往伯明翰的一所学校读书。当时，有个新教教士在中国传教，中国名字叫郭实腊，帕克斯·哈里·史密斯的姐姐就嫁给了郭实腊的一个远房亲戚。郭实腊在中国传教，学会了中文。靠了郭实腊的关系，帕克斯·哈里·史密斯的姐姐来到了中国，小史密斯也随姐姐到了中国。那时他十三岁。

当时，其他国家派往中国的使节都不被允许驻在京城，英国公使璞鼎查驻在香港。为了方便了解广州的情况，璞鼎查把自己的一位亲信安排在广州城外居住。而帕克斯·哈里·史密斯则被安排在这位亲信家中学习中文。此后，帕克斯·哈里·史密斯有了一个半中半洋的名字——巴夏礼。

巴夏礼聪明伶俐，汉语学得很好，而海受阳的房子就与巴夏礼的住处一墙之隔。两人低头不见抬头见，年龄又相仿，海受阳便与巴夏礼相识了。巴夏礼要学中文，海受阳也有学习英文的愿望。这样，语言的纽带就把他们两人拴在了一起。

广州是五口通商口岸，但由于广州民众反英情绪高涨，不许英国人入城，广州这一通商口岸名存实亡。海受阳与巴夏礼结交，受到许多人的指责，就连两广总督叶名琛也有看法，而海受阳不为所动。只是，叶名琛除担任两广总督外，还兼任通商事务大臣，他有用海受阳之处，故而也就任海受阳和巴夏礼交往。

无论海受阳还是巴夏礼，他们从对方得到的绝对不只是语言方面的知识。可以毫不夸张地说，当时大清国的官员知道的有关西方的知识，没有什么人可与海受阳相比。

本来不得见面也罢，反正各自忙各自的，有书信来往就可以了。但四个人中却有一人不知下落，没了消息，且生死未知。这就让大家不好过了。咸丰二年除夕，海受阳第一次用虚座独饮的方式过了上官介的生日。打那之后，年年如此。

海受阳是一个蛮想得开的人，所以，尽管积郁已经很深，但他能够紧紧地将它们压在心底。除夕，是一年盘点的日子，思前想后，心潮未免起伏不定。而给极有可能已经遇难的上官介过生日，就犹如一根棍子插入、搅动着他的内心，那被压在心底的深厚积郁也就渐渐泛起。海受阳便不再自我约束，来个一醉方休。

只是，这样的心态他很快就能过去。

他在床上躺了将近一个时辰，问明白巴夏礼的事后，便起身去做他应该做的事了。只是，他心中一直放不下巴夏礼这次离开的事。

春节过后，巴夏礼回来了。回来之后，他频频来往于香港与广州之间。这使海受阳意识到,英国方面可能有不寻常的动作。进入二月,巴夏礼又去了香港,竟有半个月的时间未回。海受阳更加坚信,肯定要发生什么事情了。

一日,巴夏礼从香港回来了。海受阳正想找个理由去见一见巴夏礼,巴夏礼却主动找上了门。

巴夏礼把海受阳请到自己的家里,给他看了在伦敦出版的几份报纸。几家报纸的头条都刊登了同样的消息:议会辩论有关中国的问题。海受阳仔细看了那几份报纸的内容,很快总结出几个重点:一、关于与中国的关系,议员们都认为中英签约后,在贸易方面,英国并没有得到多少实际利益,不少时候甚至处于出超的境况。关于这一点,辩论的双方认识一致,并没有分歧。二、对华政策下一步应该如何走?大家认为目前的状况应该改变。英国需要一个新的条约,一个对英国有利的条约。新的条约要把通商口岸扩大到中国的内地去,要规定有利于英国的关税率;与此相应,大英帝国的常驻使臣要堂堂正正地到中国的首都去。关于这一点,辩论的双方也没有分歧。三、如何得到一份新条约?关于这一点,双方出现了严重分歧。一方主张以军事力量为后盾,通过非军事手段得到新条约。另一方认为,中国皇帝妄自尊大,不打他、不把他打疼,他是不会与你签什么新条约的。故而,新的条约一定要以武力谋取。四、与第三点有关;现在中国内乱,中国皇帝无力分兵,正是对中国用兵取胜、逼迫中国签订新条约的好时机。五、与第四点有关;有的议员主张,既然动武,那就要做得彻底,干脆把腐朽的清朝打翻、推倒,把中国变成第二个印度。有的议员绝不同意这种主张,说与中国开战,谋求一个新条约则可,而要谋求一个偌大的中国则不可。因为前者是一次局部战争,在军事行动中还可以拉进法国、美国,甚至是俄国。后者则是一次大规模的全面战争;英国要独吞中国,法国、美国和俄国绝不会答应,这就会引来严重的外交对抗,故而是绝对不可取的。对此,主张灭亡中国的一派,说可以借助太平军推翻清朝;而反对的一派说,那会引来更大的麻烦:如何处理与太平天国的关系?大清国虽然腐朽,但它的脾气我们已经摸清,因此容易对付。而太平天国却是一个未知数。与太平军联合,连能不能得到一个新条约都没有把握,更不用说依赖他们得到一个中国了。而相比之下,与大清国进行一场局部战争,得到一个新的条约,倒是容易的。

看了这一切,海受阳每个毛孔里都在向外浸凉汗。

呀!大清将雪上加霜了!

广州虽地处战场之外,但通过零星看到的朝廷抄送总督的塘报,海受阳大致了解与太平军交战的情况。另外,他还有几个朋友,特别是司马三畏、吴棠不断地给他写信过来。整个形势使他不得不提出这样的问题:大清国是不是气数已尽?外国人会不会趁机浑水摸鱼?

现在看来,他所担心的事正在发生。英国人对中国问题的观察是深刻的、全面的。由此,海受阳从皇上、大臣往日对待洋人无知和傲慢的状况判断,对英国人的这次入侵,上边是很难处理妥当的。

啊,大清国的末日真的到了吗?

"巴夏礼先生,"海受阳用英文对巴夏礼说,"您把如此机密的东西拿给我看,是何用意呢?"

"这算什么机密?"巴夏礼狡狯地笑了笑道,"都是公开发表的消息……"

海受阳不想与巴夏礼纠缠,甚至连刚刚提出的问题也觉得多余了,因此便沉默不语。

巴夏礼见海受阳如此,道:"我们是朋友,我不能不把所看到的贵国将遭受的威胁告诉你。"

海受阳听后一笑道:"我想知道,你们将通过什么方式把你们所要的新条约的要求提出来?"

巴夏礼思考了片刻,道:"这是英国政府中大人们应该思考的问题……"显然,巴夏礼针对的是海受阳问题中那个"你们",他要把自己择出来。

"好,"海受阳道,"你个人认为呢?"

"鄙人以为,这难不倒那些大人先生们。"巴夏礼道,"一个孩子手中有一块糖,另一个孩子想把糖据为己有的话,他就会有各种各样的借口。如果他有足够的力量,他甚至可以宣布,那块糖原本就是他的。"

"透彻!"海受阳大声道。他觉得就此再也没有什么好与巴夏礼交谈了。

倒是巴夏礼还有话要问,道:"依您之见,那个手里拿着糖的孩子,面对那要他糖的孩子的威胁,将会做出怎样的反应?"

海受阳回道:"如果他真的是个孩子,他会有两种选择。第一,把手中的糖送到嘴里吞下去;第二,紧紧地捏在手里,准备与抢糖的强盗干一仗。"

"他要是知道自己打不过对方呢?"巴夏礼又问。

"没有打,他怎么知道打不过对方?"海受阳反问道。

"没较量过吗?"巴夏礼逼问道。

"那是十五年前的事了。十五年过后,这个手里握有糖块的孩子长了见识。"

听到这里,巴夏礼哈哈大笑起来:"我们这番对话有点外交舌战的味道了。我们是朋友,用不着学这一套。鄙人白丁一个,管不了政府那些事。先生虽在朝廷任职,可人微言轻;中国皇帝是会把糖块一口吞下去,还是紧紧地攥在手里准备打一仗,您也管不了……但我在香港听到一则好消息,说湖南曾国藩的新军已经于二十八日传檄出师。"

"啊?"听到这里,海受阳心中一震,想不到湘军的行动竟引起了洋人的关注。

前段时间,湘军要购置一批洋炮,派人来广州接洽,便是海受阳通过巴夏礼的关系办妥的。从那之后,巴夏礼并没有再谈湘军的事,海受阳以为英国人做完这笔买卖就完事了,想不到英国人对那边的事一直在关注着。今天巴夏礼提出这个问题,肯定是想从他这里了解情况。想到这里,海受阳倒想反过来从巴夏礼这里了解一下英国人的动向,于是问道:"这事我还不晓得。帮他们谈妥购置洋炮的事后,我再也没有听到那边的消息。方才我注意到,您说曾国藩的军队时用了'新军'二字。您为何判定那是一支'新军'?"

"士别三日当刮目相看。这支军队有'三新'。一、成员新。领军将领都是清一色的读书人,士兵从贫苦的山区招募。二、作风新。他们纪律严明,训练有素。将领们以'不为钱、不怕死'为座右铭。三、编制新。他们以营为战斗单位,每营五百人,这近似于我们欧洲的军队建制。而且这曾国藩还有一个庞大的参谋班子,这一点也像欧洲。可据说这曾国藩并没有西方的背景,他本人甚至没有起码的西方知识。这是个能人,也应该是一个怪人……"巴夏礼继续道,"这'三新'出自'五自',即'将领自选、军士自募、建制自决、后勤自筹、军饷自定'。这'五自'反映了曾国藩的智慧,也是这支新军成功的保证。"

"就是说,您认为曾国藩的这支队伍会有所作为?"

"会的。"巴夏礼道,"这一切都让它具备了战胜太平军的条件,尽管它现在只有一万人。事实已经证明,大清国靠八旗和绿营是无法战胜太平军了,这支军队将是贵国的未来和希望。"

"你们将如何对待这样一支队伍?"海受阳又问。

"支持它!"巴夏礼肯定地说道,"我们已经完全满足了他们购置枪炮的要求,我们不排除派人与他们全面建立联系的可能性。"

"就这些吗?"海受阳又问。

"这还不够吗？"

"据我了解，你们也满足了太平军的要求，而且与他们的联系早就已经建立。"

"我们认为，向太平军供应枪炮仅仅是一种贸易行为。至于与太平军方面的接触，也仅仅限于提醒他们遵守英国与中国之间现存的条约，确保大英帝国的商业利益。"

海受阳听后笑了一笑，没有再讲什么。

海受阳从巴夏礼那里走出来，心情十分沉重。他已把那几份报纸要了出来。晚上，他再次仔细阅读了有关中国的那些报道，事情太严重了。当晚，他就打算进城去把报纸上的这些消息讲给叶名琛听，但他最后没有那样做。

在给叶名琛讲此事之前，海受阳觉得应该好生做一番准备。第一，要叶名琛相信自己所讲的是真的。第二，最重要的，要叶名琛意识到事情的严重性，要看到天边的乌云正在集结。第三，要叶名琛对即将到来的暴风雨有所准备。作为直接与香港的英国人以及法国人、美国人打交道的两广总督、通商大臣，叶名琛理当如此。而根据他对这位总督的了解，要做到以上三点又是极其困难的。

其实在海受阳的心中，这叶名琛确是一个酒囊饭袋、是一个不通情理的人。他觉得即使花再大的工夫进行准备，也未必会使叶名琛明白那三点。但他还是认真做了准备。

海受阳原在广东学政手下当差，由于他学会了英语，作为通商大臣的叶名琛便把他临时借调到了总督府。许多事情海受阳办得很出色，叶名琛便要他办的事情越来越多。因此，海受阳成了随时可以向叶名琛献言的人。

次日，海受阳向叶名琛讲了伦敦报纸刊登的英国议会辩论对华政策的情况。叶名琛认为，巴夏礼提供的那些报纸统统都是假的，只是他没有马上说出口。

海受阳知道，要把这些报纸判断为造假，那是可笑的。过了一会儿，叶名琛可能已经意识到自己判断出了差错，便不在报纸的真假问题上纠缠，而是把话题转向了巴夏礼提供报纸的动机："这个英国佬居心叵测……"

海受阳承认这一点，但这毕竟不是问题的核心。他费了很大的力气要把问题转到核心问题上来，但始终是徒劳的，叶名琛一直抓着巴夏礼提供报纸的动机不放。这样，一直到一位总兵来找叶名琛去演武场观看军事操练，海受阳的核心问题也没有机会讲出来。

海受阳很失望，但他不甘心自己所了解到的重要消息就这样烂在肚子里。他觉得这些情况至少应该让京城的军机处知晓,甚至应该让皇上知晓。

叶名琛离开后,海受阳留下没有走,他要等叶名琛。一个时辰过后,叶名琛回来了,海受阳一见面就道:"大人,晚生一直在等您。"

"又有什么事?"叶名琛吃惊地问道。

"还是那件事……"海受阳回道。

"哪件事?"叶名琛一转眼就把事情抛在了脑后,证明他把刚才所谈的事丝毫没有放在心上。

海受阳遂道:"刚才晚生在与大人谈英国议会辩论中国事务的事……"

"还有什么新情况?"

"晚生认为,如果他们需要一个新条约的话,我们必须认真看待,预做准备……"

听到这里,叶名琛盯着海受阳,不高兴地打断他道:"何为认真看待?如何预做准备?把你那些报纸念给广东的所有文武官员听一听,在珠江江面摆上千艘战舰、严阵以待,是吗?"

海受阳一听心里也有了气,不由得想起巴夏礼的那些话。海受阳认定再跟叶名琛继续下去那是白费工夫,于是道:"晚生请大人把这一情况写成条陈报到军机处……"

听到这里叶名琛越发气了,他差不多要大吼起来:"你这简直是吃饱了没事干!你想没有想过,军机处的那些酒囊饭袋们见了这样的条陈会乐成什么样子?叶名琛吓唬我们来了,说英国人又要来揍我们……"

"他们要是认为英国人是吓唬我们、是虚张声势,那就说明他们无知至极!"

听完海受阳的这句话,叶名琛停下了,他久久地看着海受阳,半天才道:"你说什么?认为英国人是在吓唬我们是……是无知?"

海受阳肯定地回道:"是这样。"

叶名琛这回爆炸了,他把手中的茶杯猛地蹾到案上,大声吼道:"本总督正是这样认为的,可并不认为自己无知!你跟英国人才打了几年的交道,就以行家自居了?你不过学了几句洋文而已!英国人怎么不是吓唬人?怎么不是虚张声势?他们费了九牛二虎之力,逼着大清与它签约,捞了个五口通商。我来广州,就是不让他进城,他们能有什么辙?从道光二十二年签约至今十五个年头了,如果他们有本事,事情会是这样?他们要一个新条约!旧条约他们也只是得到了半个,还指望要什么新条约?他们要把通商扩大到内地去,这简直是痴人说梦。可你却信以为真!"

从叶名琛那里出来后,海受阳的肚子犹如一只受到敲打的蛤蟆,胀得大大的。随后,他在院子里转了一圈儿,虽然很快消了气,但内心的感受却难以名状。他愤懑,他失望,他恐惧,他孤独……他甚至感到自己甚为可怜。叶名琛骂他杞人忧天,骂他狂傲不羁,这些海受阳都可以忍受。而叶名琛骂他自作多情,海受阳就难以忍受了。自作多情?我海受阳是一个贱骨头吗?我知道如此重要的消息后,第一个想到的就是江山社稷,想到的就是百姓。为了江山、为了百姓,我才想到把这些消息告诉你,因为只有首先让你知道、让你相信,才能谈下一步的预防之策。到头来,居然是像老子教训儿子那样,把我毫无顾忌地骂了一顿。

想了半天,海受阳最后自我解嘲:或许他骂得不错,我何苦呢!但是,这解嘲的办法最终并不能够排遣海受阳心中的忧愤。回到住处之后,他拿起笔来,决定给司马三畏写一封信,向自己的朋友讲讲自己近来的感受——

养心贤弟大鉴:

除夕之夜忧伤而过,为绍甫故也。

贤弟上封信所言之事,竟受这里英国人的关注,此足证我等判断之确。贤弟在曾公这样的官长麾下谋事,实乃人生一大幸事耳。

所说英人对那边事情之关注,是他们对曾大人组建新军之诸多方面,皆知之多且详。他们道,组建此军有"五自",即"将领自选、军士自募、建制自决、后勤自筹、军饷自定"。而"五自"导致"三新":一、成员新,将领皆为一色读书人,士兵则出自贫苦之山区。二、作风新,新军纪律严明,训练有素,将领以"不为钱、不怕死"为成训,洁身自好,勇赴汤火。三、编制新,新军以营为战,每营编制固定,近似于他们欧洲之军。他们亦关注曾大人有一庞大幕府,这在他们欧洲称参谋部,亦像欧洲。他们道,曾大人是一位智者,也是一位"怪人"。怪就怪在,据他们所知,曾大人并无西方之背景,其行为却很像一位欧洲人。对于新军,他们甚为看重,道它已完备战胜长毛之资。相比之下,大清经制之师——八旗与绿营,则无法战胜长毛。他们视此新军为大清国之未来与希望。或许正由于此,他们说将支持新军,与之全面建立联系。

以上皆巴夏礼所透露,此人愚兄在给贤弟之信中曾多次提到。以愚兄之见,此人日后在英人处理对华事务中将举足轻重。年前,他去了伦敦。愚兄判定他此去英国,定负有特殊之使命。果不其然,他回来后便带来了于我中国之凶信。他向愚兄出示伦敦数家刊登英国议会辩论对华政策内容之大报。看完,愚兄感到冷汗自周身每一毛孔浸出,寒而后栗。英报之内容有如下要点:

一、与中国之关系。英议员们皆认为,中英签约后,英国对华贸易并没有得到许多实惠,有些方面甚至长期出超。对于此点,辩论之双方并无歧义。

一、日后当如何对待中国?英议员们认为,目前之状必须改变。众多议员明明白白提出,英国需要一个新的条约,一个于英国有利之条约。在辩论中,这新条约之内容已渐渐明晰:把通商口岸扩至中国之内地去;规定有利于英国之关税率;与此相应,大英帝国之常驻使臣,当堂堂正正驻到中国之京城去。要一新的条约及新条约的基本内容,辩论双方也无歧见。

一、如何得到这一新条约?此点双方出现了重大歧见。一方主张,以军事力量为后盾,用非武力之手段得之。另一方认为,中国朝廷妄自尊大,不打或者打不疼,就不会与英国签订新约。故而,新约定要武力谋取。

一、与前点有关,主张动武之一方认定,现在中国内乱,中国皇帝无力分兵,正是对中国用兵取胜、逼迫中国朝廷签订新约之时。

一、与前点有关,有的议员主张,既然动武,那就要做得彻底,干脆使中国成第二个印度。有议员不赞成此种主张,认定与中国战,谋求一新约则可,谋求一中国则不可。因前者为一场局部之战,于英国只是局部之动员,影响面窄。外交上处理得好,还可与法国、美国,甚至俄国联手。后者则是一场全面战争,目前之英国难以承受。英国打进中国,独吞之,法国、美国和俄国不会坐视不理,这势必引起严重之外交对抗,故而绝不可取。

对此,主张灭亡中国之一派又有议论道,推翻中国朝廷可借助长毛。反对之一派道,那将引来更大麻烦:如何处理与长毛之关系?大清国虽已腐朽,但其秉性我们已然摸到,因此容易对付之。而长毛却是一未可知者,与长毛联合,连一个新条约能不能得到都说不准,更不用说依赖他们得到一个中国了。而相比之下,与大清进行一场局部战争,得到一个新的条约,当为易事。

知如此之内容,贤者心惊,愚者胆战。然固执之人能知乎?

愚兄将报纸借了来,禀报总督叶名琛大人。叶大人便是一位固守己见者。因此之故,愚兄预做准备,以便让叶大人能够听得进,信其真。你猜结果如何?当愚兄拿着报纸将这些内容讲给叶大人时,看那样子,叶大人怀疑那些报纸是英国人故意印出来捉弄我们的。他半句话都没能听进去,借口有事离开了。我心有不甘,不想把如此重要之事就这样烂在肚里,认为这些情况至少应该让京城的军机处知晓,甚至应该让皇上知晓。可愚兄哪能又敢越级上报?故而,愚兄决定对叶大人再下一番工夫。谁知叶大人不仅认为愚兄是痴人说梦,还是自作多情。

愚兄知道,不能再讲什么了。否则,再多说一句话,叶大人极有可能将愚兄从窗子扔出去。

呜呼哀哉!

其时,愚兄刚刚看完从巴夏礼那里借来的一本记述欧洲诸国变迁之史书,读后眼界大开,回看众多西洋事体,颇得洞如观火之明。方知西洋立国,有决然不同华夏者。我华夏讲究德性,治国以道、治民以德,"得道者多助,失道者寡助"云云。西洋立国全凭实力,得实力者兴,失实力者亡。近三百年间,欧洲角逐者乃英国、法国、西班牙、葡萄牙和荷兰五国。三百年前,在欧洲称霸者乃西班牙和葡萄牙。他们是海洋国家,战船和水军为他们称霸之支柱。葡萄牙乃弹丸之地,其疆域不及我之江苏一省,然航行于大海之战舰竟有近千艘。西班牙疆域数倍于葡萄牙,而后者并不惧之,靠的乃其战舰众也。贤弟,当时葡萄牙和西班牙争霸之事,切不要以为只在欧洲进行。否。他们之争霸,几乎在整个世界范围之内!何谓世界?以往,我等皆曰天圆地方。非也!天固圆,地非方——地实乃圆球一个也。西历一千四百九十二年,一名叫哥伦布之欧人,驾三条船、率九十名水手,从西班牙出发向西进入大洋,经千辛万苦,历经一个半月,到达新的大陆阿美利加。又过了差不多二十年,另外一名唤麦哲伦之欧人,开始了一次被西方人称为"环球航行"之壮举。当年九月,麦哲伦驾五艘航船,率二百六十五名水手从西班牙出发。他们直接进入大洋,向西行驶,西方人称他们进入的大洋为"大西洋"。他们在茫茫的大海上航行了七十余天,终于到达哥伦布所发现的那一大陆。麦哲伦之壮举在于,他没有像哥伦布那样从大西洋返回。他的船队到达阿美利加后,再沿大陆海岸南行,最后,绕过大陆的南端继续西行而进入另外一个大洋。由于麦哲伦的船队进入的大洋几乎风平浪静,故而他们称自己航行之水域为"太平洋"。他们继续西行,到达的下一个站脚地是哪里呢?竟然是吕宋——他们称作"菲律宾"!如此,他们判断自己出发时的预想不会错:从西方一直西行,最后会回到出发地——大地是一个圆球！麦哲伦本人在吕宋死去，但他的船队最终从吕宋穿过爪哇之海峡进入印度洋，最后回到西班牙。回到出发地时，船队仅剩下了一条船，出发时之二百六十五人中，有二百三十七人尸抛异乡。然哥伦布、麦哲伦等发现之新大陆及他们开辟之航线，为欧洲诸强实力的扩充，立下汗马功劳。此后，整个阿美利加大陆几乎成为他们的附属——西人称之为"殖民地"。而其内涵，绝非"殖民"二字可表——此乃愚兄读那本书之所感也。他们对所谓"殖民地"竭尽掠夺之能事，其残酷无情令人瞠目。仅以阿美利加之巴西为例。书中写道，欧人对那里的掠夺可分"红本周期""食糖周期""黄金周期"三段。最先占领巴西的葡萄牙人一眼便盯上了生长于此地之树木。这里满布森林，树木高大，树干笔直，砍伐后既可提取染料，又能制作家具。故而，一场疯狂掠夺随即开始。西历一千五百零二年，第一艘装载巴西木材之船驶入葡萄牙京城里斯本。此后，运巴西木材之船只一艘艘开来。如此这般，五十年不到，被称为"巴西红木"之树木被砍伐已尽。此后，这里又开始了"食糖周期"。巴西沿海气候炎热、潮湿，适宜种植甘蔗，而当时之欧洲视食糖为食用珍品。故而，葡萄牙人便在此广种甘蔗，设立糖坊，制作食糖，运往欧洲出售。如此这般，巴西成为世界产糖最多之地。第三周期之"黄金周期"始于西历一千六百九十四年。当年，葡萄牙人在巴西发现一大金矿。西历一千七百二十七年，他们又在另一地发现钻石矿。于是乎，葡萄牙人从四面八方拥向矿区，一时出现"黄金热"。大量黄金被开采出来运往欧洲——当年，运往里斯本之黄金就达五万斤。

贤弟，倘若这些财富是他们用正当之手段所得，尚可以"有人性"看待之。然他们这些财富却是用一种惨无人道之手段谋得，这种手段就是使用奴隶。奴隶来自阿非利加，这些人在自己的家乡时并非奴隶。欧洲人占领着那里，依仗武力捕捉那里的青年男女，强行将他们押上船只，一个个像木材一样装满运往阿美利加，然后像牲口一样把他们拉到市场出卖。从被押上开往阿美利加的航船那一刻起，这些可怜的人们便失去了自己的姓氏，代替姓氏称呼的，是烙在他们身上的编号。这些人被运到阿美利加之后，在那里经营伐木生意之欧人、经营甘蔗种植之欧人，经营淘金、开采钻石之欧人把他们买了去，这些人便成为名副其实之奴隶。他们在皮鞭抽打下，终日忙碌于森林中、原野中、深山中，将终生不能见远在阿非利加之父母兄弟矣。

对欧人来讲，贩运奴隶和购买奴隶都是一本万利的买卖。在阿非利加，欧洲贩奴者用一丈白布之价码从抓捕者手中购得一个黑奴。等贩运者把他们运到巴西，可以卖到一百英镑。一艘贩奴船，每航行一次，贩运三百余名黑奴，获利达一万九千英镑。而奴隶之购买者，花上一百英镑购得一名奴隶，也就购得了这奴隶之一生。可以说，源源不断运往欧洲之木材、食糖、黄金和钻石，乃这些沦为奴隶之阿非利加人之血汗甚至生命结成。在阿非利加奴隶大量输入之同时，当地原著居民之数量锐减。

"殖民地"给欧洲人带来巨大利益。故而，欧洲列强竞相占之。而占之愈多，其利愈大。如此这般，他们之间之弱肉强食在所难免。逆推三百年乃葡萄牙、西班牙称霸之时。西历一千五百八十七年西班牙国王能够调动的战舰是五百六十八艘、水师十万人。而当时的英国仅有战舰三十四艘、水师六千人。然英国不甘示弱，跃跃欲试。而西班牙决定将不安分之英国荡平，靠的就是"无敌舰队"。

战中，西班牙运筹失误，英人以少胜多，最终，西班牙舰船也只剩下四十三艘。"无敌舰队"被摧毁后，西班牙一蹶不振，逐渐丧失海上霸主之位。英国则凭借这一胜利一跃而成为海上强国，走上称霸之路。

只是，英国走上称霸之路时，还有一强国挡道，这就是荷兰。荷兰亦是一个小国，然当时其造船行业居世界之首，商船吨位数占整个欧洲总吨位之四分之三。依仗自身实力，荷兰人的商船绕过好望角，来到印度，不久又到达爪哇……英国人决定拔掉称霸路上这一障碍。从西历一千六百五十二年起，英、荷两国进行了多次战争。海战中，每次双方都有二百多艘战船、两三万名水兵列于海面，战舰之上装载之大炮有六千至八千门。最后，英国和法国联合向荷兰本土进攻，终于将荷兰击败。此后，在列强争霸棋盘之上，荷兰降为一无足轻重之卒，英国则蒸蒸日上。

愚兄读了那本书之后另一感触是，冥冥之中，像是看到，在这个国度里，不晓得是何种力量，在激发着民众之悟性，使他们同心协力，企图让财富如泉水般涌将出来。此点，他们之创举，乃我等不能想象。纺棉花之纺车、织棉布之织机，于我华夏已使用数千年之久，有何人思索动一动它一丝一毫？可英国人这样做了。一百一十一年前，即西历一千七百三十三年，一唤约翰·凯伊者发明"飞梭"。"飞梭"也者，借机器之力让梭飞起，以代替手工穿梭之法。此效提两倍之多。三十一年后，一名唤詹姆斯·哈格里夫斯者，制出一台新的纺织机，同时有八梭舞动。不久,他又造出同时使用一百三十梭之机器。再过五年,一名唤理查德·阿克莱特者,发明以机器代人工纺纱之法。两年后,他建立了一座用水力推动之纺纱厂。又过十年,童工出身之纺纱工人塞缪尔·克伦普顿,发明了一种新型纺纱机,每架可同时纺三四百个纱锭,且产出之棉纱精而实。

如此这般,纺纱效率飞速提高,纱锭日增。在此情况下,许多人便在织布机上下功夫。西历一千七百八十五年,有卡特莱特者,制造出了一架自动织布机。使用这种机器,可以提高功效四十倍。六年后,卡特莱特建立了第一座织布工厂。书上介绍说,在卡特莱特之工厂里,女童一人看管之水力织布机,一天下来,所织之布相当于用旧法七天之布量。迄今为止,此种机器,在英国已运转五十年矣!

英国人的发明冲动是无穷尽的。用水力推动机器转动,工厂须建于有水力之地,且水力受季节、河流落差及流量所限。为冲破此类局限,人们便发明了蒸汽机。

一位叫瓦特者名扬英伦,其名声在于他改进了蒸汽发动机,使它得以用于生产。早在西历一千六百九十八年,英人萨维利就发明了蒸汽抽水机。瓦特是一所大学之仪器修理工,了解机器、仪表之奥秘,探知蒸汽抽水机之缺陷,最后他制造出一种性能极好的蒸汽发动机。西历一千七百八十五年,蒸汽机开始用于棉纺厂,三年后开始用于织布厂。此后,煤炭、冶金、运输业广泛采用。二十年前,英国蒸汽机数量已经达到一万五千台。

有一点亟须提及,五十年前,即西历一千八百零四年,英人特里维西克发明了火车头。这是用蒸汽发动的一架大机器,它代替了拉车的牛或马。三十一年前,即西历一千八百二十三年,英国出现了世界上第一条铁路。你能够想到铁路是一种什么样子吗?在地上固定两条铁铸轨道,车子一节节连起来,下面的轮子亦是铁的,卡在铁轨之上,由火车头牵引。车子行驶起来很快,拉的东西也多得多。四年前,英国之铁路已达六千英里,即合一万二千里。

凡此种种,不是十分可怕吗?

所有这一切,愚兄原本是要和盘告诉叶大人的。可他拒我于千里之外,我又如何能略陈一二?

我们所看到的洋枪、洋炮、洋船,统统都是在上面的背景下出现的器物。西方有一句俗话,叫"只见树木,不见森林"。倘若我们这里的人只见到他们的洋枪、洋炮和洋船，便认为那就是西方的一切，谬之极也。它在告诉我们，我们所要对付的，绝非是这些洋枪、洋炮和洋船，而是一架机器，一架无可阻挡地推动着这些运转的更可怕的机器——这就是英国，或者是法国整个国家。然，愚兄之感觉是，让我之大人先生们明白此点，简直如同登天。每每愚兄要在这方面做出努力时，就发现自己实乃对牛弹琴矣。

所谓知彼知此，百战不殆。我们这里的人全然不了解那里的事，后果可想而知。

然而，后果我们能够承担得起吗？如今，天下之大国，除去中国之外，差不多都惨遭这架可怕机器之践踏。在阿美利加，巴西成了他们的殖民地。在我们亚细亚，印度和爪哇成了他们的殖民地。在阿非利加，塞古帝国、阿散蒂帝国成了他们的殖民地。他们在这些地方之所作所为，已见愚兄之上述。难道我华夏帝国，同样会惨遭厄运？现英人不亡中国绝非心善，乃力尚不具也。看其势头，彼将日益强大。而我华夏不悟，颓势则日进矣。忽一日，英人打来，变我为印度第二，不为奇也。

思前想后，令人不寒而栗。

此为消极论之。试问，我华夏种族，数千年立于天下，巍巍乎，堂堂乎。当今之世，传于吾辈，只消极应之，免做亡国之奴而已矣？吾辈责任何在？吾辈壮志何在？不立志强我华夏、壮我中华、垂统创业、大行万古，何以为炎黄子孙、孔孟之徒？

信寄出后，海受阳盼着司马三畏的回信。但一个月过去了，司马三畏并没有书信传来，海受阳很是焦急。

一天，他刚刚回到住处，被告知叶名琛总督在找他。海受阳不清楚有什么重要的事如此紧急，他便返回了总督衙门。

原来，军机处直接下公文，点名要海受阳"火速"进京，到军机处报到听召。海受阳闹不明白自己这个从六品的小人物会有什么事情惊动了军机处，可叶名琛似乎明白。海受阳一进门就看到，叶名琛那一脸的肉早就横了起来，他用一种极度蔑视的语调向海受阳讲了军机处公函后道："我晓得他们为什么会叫你去！年轻人，做人可要厚道。公文讲得清楚，去那里只是'听召'，你还是要回来的。——别忘了！"

海受阳懒得向这样一个人进行解释，也不愿意因此跟这样一个人争辩。故而，静静地听完叶名琛的话后，他什么也没有讲。叶名琛见海受阳如此，便又道："理亏而词穷！"

海受阳听后，依然没有讲什么。这时，叶名琛又变得阴阳怪气起来，道："上天言好事——到京城之后，还需大人美言几句，好歹留口饭给我吃。只是，不做亏心事，不怕鬼叫门。我叶某一心为国、全心为民，所谓为国家忠心耿耿，为黎民昼夜不宁——我怕谁？我？"

海受阳平静地听叶名琛在那里唠叨，一直到这位可爱的上司闭了嘴他才离开。

次日，海受阳就上了路。往常，从广州进京有几条路可供选择。一条是先由海上到宁波，尔后进入大运河。另一条路是旱路北上，到衡州改水路，北上武昌，而后顺长江而下，到镇江进入大运河。现在太平军占据镇江，扼制大运河之咽喉，这两条路通行都很困难。尤其后一条路，险阻更多。海受阳决定先走旱路，赶到衡州改水路，到达岳州后过江，再改旱路，绕开武昌北上。临行之前，他给司马三畏写了一封信，讲明进京路过湖南，不知能否在那里见面。他也给清江的吴棠写了信，讲明进京难以从清江路过之憾。

到衡州之后，他听到了湘军的一些消息。湘军出师时，太平军西征大军已经到达湖南，并占领了岳州、湘阴、宁乡，领兵大将是石祥祯。湘军一部在宁乡与太平军遭遇，湘军战败。然而，石祥祯认定湘军后续大军将至，主动从岳州、宁乡、湘阴撤走，退往湖北。这样，湘军不费力气重新占领了岳州等地。

海受阳打听到，曾国藩的大本营并没有驻长沙城内，而是安置在了湘江的船上。海受阳到长沙后，很容易就找到了司马三畏。

两个朋友已经几年没有见面了，自然有说不完道不尽的话，倾不完诉不尽的情。说罢眼下，又讲往日，上官介是双方共同伤心的一个结……

司马三畏已经接到海受阳临行时写的信。对他的京城之行，司马三畏倒有自己的判断。他告诉海受阳，他收到海受阳的上一封信后，立即将它呈给曾国藩看了。曾国藩认为海受阳所讲的夷情甚为重要，便立即亲自将摘要呈报给了京城军机处。曾国藩的呈件是与给皇上的一份奏折一起加急送往京城的。军机处看后也认为重要就召海受阳进京细讲也未可知。

海受阳觉得司马三畏的分析不无道理。另外，听到曾大人如此重视自己信中讲的内容,他深感欣慰。

司马三畏还告诉海受阳,他也将海受阳要进京路过湖南的事告知曾大人,曾大人表示一定要见见海受阳。海受阳听后越发高兴,他也很想见曾国藩。

海受阳在司马三畏的引领下,登上曾国藩的座船。这是一艘长龙船,四周有几十条舢板围拢,曾国藩正在舱外眺望江景。司马三畏介绍后,海受阳上前参拜。曾国藩将海受阳上下打量了一番,说:"一路辛苦。"

海受阳和司马三畏站在船头敬候着。曾国藩没有进舱的意思,看来,谈话要在船头进行了。

当时已近黄昏,夕阳悬在岳麓山山脊,照在湘江水面,波光粼粼;湘江上下,千舸错落,长桅参天,旌旗蔽日,一派江景,美不胜收。

海受阳和司马三畏一直静静地站在那里,最后听曾国藩说道:"魏源大人之《海国图志》,在京城时曾想一读,可惜为别的事打扰,只读了那篇序。我还记得序中说:'何以异于昔人海图之书?曰:彼皆以中士人谈西洋,此则以西洋人谈西洋也。'现见受阳信,感慨万千。后听人介绍,魏大人之《海国图志》,讲的是往日之事。受阳那封信,通篇皆西人谈西事,且为眼下之事,读之,令人难以安位。《海国图志》那序中说:'是书何以作?曰:为以夷攻夷而作,为以夷款夷而作,为师夷长技以制夷而作。'十几年过去,世人已经忘却鸦片之战为何等事,魏大人之言亦随西风而去,无人问焉。如今看来,人们实则坐在井里,正如陶潜所说,'不知有汉,无论魏晋',对外面之天地浑然不晓。安知起于千里之外的一场风暴正在来袭,而我们这里却毫无筹谋。正如受阳信中所言,危而不知危,危之危也。老夫也幸,偶见受阳之信,未敢独专,摘其要者呈报京师,意在让京师王大臣知危。京师调受阳,如为此事,幸之幸也。于老夫而言,另有所憾,战事急迫,难听受阳之教。倘无战事,老夫愿静听之。孟子曰:'收天下英才而教之,诚可乐也。'吾道:'有天下英才来教,无穷之乐也。'"

听到这里,海受阳忙拱手道:"大人如此说,晚辈无地自容矣。而大人为国事不耻下问,却令晚辈敬佩之至。"

海受阳非常羡慕自己的朋友赶上如此一位好上司,司马三畏还让海受阳见了辛心庠。

大凡前来见曾国藩的人皆赐一饭,海受阳来也不例外;由司马三畏陪同,曾国藩与海受阳一起吃了晚饭。饭菜照例十分简单,两菜一汤。饭桌之上,曾国藩又细问了巴夏礼的情况。关于海受阳下一步行程的方式和路线问题，曾一时成为大家讨论的重点。最后，大家一致认为还是照来时，以商贾身份行事为妥。

当夜，海受阳就在司马三畏的船上，两人都没有睡，谈话一直持续到东方既白。只是海受阳上路的时候，无论是海受阳，还是司马三畏，心情都沉重而又阴郁。一是由于海受阳的下一站就是益阳，这是上官介为官之地。现在上官介死活莫知，两人心情岂不沉重？二是夜间司马三畏向海受阳讲了一则令人难以置信的消息。此间盛传，他们的共同恩师左宗棠在长毛围攻长沙期间，曾独自一个人步行几十里路，悄悄赶到长毛大营，向长毛献策；由于长毛不听，恩师离开了长毛。海受阳听后，不相信这是真的。可说归说，他心里再也放不下这件事。海受阳晓得恩师左宗棠就在长沙，他原想去拜见。现在他没有进长沙城，就听司马三畏讲了这样的事，便打消了去拜见的念头。司马三畏还向海受阳讲了湘军组建的艰难，这次不进城的一个重要原因，是长沙某些官绅不容。最让曾大人伤心的是骆巡抚之冷漠。

海受阳路过益阳时没有进入县城，而是绕城而过，以免触景生情。海受阳过益阳、沅江、安乡、华容、石首，由石首改水路，逆流而上到荆州，尔后到潜江、仙桃、孝感，北上进入河南，到信阳，尔后就毫无阻隔了。

不日，海受阳到达京城，去军机处报到。军机处有位叫章尊颐的章京接待了他。他告诉海受阳先住下，问是住军机处驿馆，还是有住的地方。海受阳说愿意住会试时住过的护国寺。章章京记下了，说一有安排就去通告，要海受阳不要远离。

海受阳住进了护国寺。他刚安顿好，便到外面去买一些日用的东西。在一个拐角处，他与一个人撞了个满怀。他定睛一看，过来的人竟是吴棠。

第十一章 受命进京,海受阳喜忧参半

"怎么是仁兄?"

"怎么是贤弟?"

两个人几乎同时惊叫。

原来,海受阳和吴棠临行前都曾给对方写了信,说自己将奉命进京。但他们谁也没有见到对方的信就动了身,现在突然在京城相会,自然都愕然不已。

吴棠已在鸿胪寺驿馆住下,被告知次日要去新的地方。晚饭后无事,他便想到会试时住过的护国寺转转。不想,在此遇到了海受阳。

两人来到海受阳的住处,彼此说明进京缘起,但谁也说不明白奉命进京究竟做什么。海受阳讲了路过湖南时见司马三畏的情况,吴棠认为曾大人的判断极是。吴棠讲了自己进京后的情况,说不知何故被支往鸿胪寺。海受阳也觉得奇怪。

当夜,吴棠就住在了护国寺。又是一个不眠之夜,吴棠、海受阳、司马三畏,还有上官介,四方的情况两人这一夜都细细地谈透了,总的状况是无尽的伤感压倒了令人鼓舞的豪情。他们无不感受到人生苦短、道路多艰,无情的现实远远不是学生时代所向往的那样充满五彩之光。

次日,吴棠早起赶往鸿胪寺的驿馆,军机处的章章京也赶过来催促海受阳赶紧洗漱,好跟他过去。两人匆忙商定,晚间再在这里见面。

海受阳梳洗完毕,胡乱吃了点东西,便跟章章京乘马离开。他们走了很长的一段路,到了一大院门口停下。海受阳抬头,看那大院门上方的门匾上有"恭王府"三字。他这才知道,原来是恭亲王要见自己。正想着,又见里面早有人出来牵了马。海受阳随章章京进入大门。两人等了片刻,里面传入。章章京领着海受阳穿过三道

门,向西便到了一处里院。进入院子,有五间正房映入眼帘。正房的中间有一匾额,上写"葆光室"三个大字。行至堂前,章章京让海受阳在此等候,自己先进入大堂。不一会儿,章章京出来小声招呼道:"觐见恭亲王。"

海受阳随章章京进入大堂,他低头跟行,最后听章章京道:"王爷,海受阳大人到。"

这时,海受阳才抬起头来,看到了前面的恭亲王。

海受阳上前参拜,恭亲王说了声免礼,便细细端详站起身来的海受阳。如此过了片刻,恭亲王指着坐在一旁的两人让海受阳见过:"见过魏默深司马大人……见过徐松龛中丞大人……"

怎么,魏源大人、徐继畲大人也被召来了吗?海受阳一听大吃一惊,随后,拜见了魏源和徐继畲。

在此过程中,海受阳看清楚了恭亲王、魏源和徐继畲。恭亲王年龄在二十五六岁,银白色的长袍,外罩银灰色坎肩,脚上蹬的是一双黑色便靴。头光着,一条乌黑的长辫子。两道剑眉之下,一双眼睛不大,但透射着令人敬畏之光,似将全身之坚毅、睿智、果敢聚而发出之。相比之下,魏源和徐继畲都显老态。魏源大人看上去有六十岁的年纪,也是一身便装。徐继畲略显年轻,身体却不如魏源好。

恭亲王又向魏源和徐继畲道:"这就是海受阳……"从口气看,恭亲王已经向魏源和徐继畲介绍过海受阳的情况。

魏源和徐继畲抱拳向海受阳道:"幸会,幸会。方才王爷让我等看了曾国藩大人所摘大人的书信,读后获益匪浅。"随后,恭亲王让海受阳在一旁的一个座位上就座。

海受阳哪里敢坐?忙道:"在王爷和两位大人面前,哪有卑职就座之理?"

恭亲王听后笑道:"我们要谈三天三夜呢!你不坐受得了就成。"这话就把大家说笑了。海受阳这才谢座。

"此次把诸位请来,就源于曾侍郎的这一呈件。"恭亲王边说边从案上拿起一沓纸,"曾大人慧眼识珠,认为大有必要让军机处了解海大人给朋友写的那封信之内容,便录其要点呈了过来。本王看后颇受启发,向皇上建议调海大人来京细谈。皇上百忙,谕本王办理这件事,听后奏报。本王想,既谈夷务,还需把魏大人、徐大人同时请来。这样,就有了今日之会。魏、徐二位大人对海大人讲'幸会',对本王来讲,与三位大人会谈,亦三生之幸事也。"

魏源、徐继畬和海受阳皆道："我等敬听王爷教诲……"

恭亲王听后道："免了这些客套。说此次与三位大人相聚是本王三生之幸，这是心里话。夷务对本王来说，可谓是两眼一抹黑。本王诚心实意，想借助诸位这几盏灯，明了夷务之一二。好在本王是一个闲人，有的是工夫听诸位示教……"

三人又齐声道："我等岂敢……"

之后，恭亲王指着案上道："近日，本王翻了翻这些书——这是姚莹之《康輶纪行》，这是萧令裕之《英吉利记》，这是夏燮之《中西纪事》，这是包世臣之《歼夷论》，这是黄钧宰之《金壶七墨》，这是魏大人之《海国图志》，这是徐大人之《瀛环志略》。本王发现，书中几乎异口同声，都在讲一个'变'字。包世臣见鸦片之战后说，以小小英国，远离本土数万里，讹诈中华大国，'而所欲无不遂，所请无不得，英夷之福，中华之祸，盖俱极于此矣'。魏大人说：'天地之气，其至明而一变乎？沧海之运，随地环体，其自西而东乎？'徐大人说：'天地之气，忽尔旁推交通，混为一体，倘亦运会使然耶？然天下从此多事矣。'黄钧宰说：'往日人们不知洋人何状，英法诸国在何方，如今这些国家齐聚国门，自西北自东南环伺中国，此真乃古今之变局。'而海大人信中所见，满篇皆有一个'变'字。"

听到这里，徐继畬拱手道："王爷已捉牛耳矣。"魏源、海受阳亦点头称是。

恭亲王接着道："变局之中，诸位看到了我大清之险情。魏大人说：'红夷东驰之舶，遇岸争岸，遇洲争洲，立城埠，设兵防，凡南洋之要津，已尽为西洋之都会。'徐大人说：'中土之多事，亦遂萌芽于此。'海大人则说：'中国不备，难免成第二个印度。'本王正是从这两点入手，听三位大人教。我中华神州，当何以应对变局，使大清社稷永葆、九州之民安康、传统名教继行。"

魏源、徐继畬和海受阳都看到，恭亲王不但给这次面晤定了一个很高的起点，而且在着力给晤谈营造一种轻松的气氛。这使三个人都非常高兴。

于是，三个人首先围绕变局的问题讲了自己的见解，随后又讲了大清面临的险情，讲了应对之法。海受阳则着重讲了不识险情之害的问题，他说由于有鸦片之战，对于洋人，国人首先看到的是其船坚炮利，看到洋人船坚炮利打败中国，逼迫中国与他们签订屈辱条约。就是说，看到了洋人之危害。而实际上，还有同等的危害，抑或更厉害的危害人们没有看到，这就是对外部事务的无知。魏大人说筹夷事必知夷情，知夷情必知夷形，讲的就是这个意思。为了说明问题，海受阳讲了第一次鸦片战争结束、《南京条约》签订后，中国方面与英法诸国接触中的种种失算。这方面的事,与道光皇帝有直接的关系。海受阳采取了"不吃马肝亦知马味"的办法,把责任都算在了办事人的身上。海受阳说,在西方,很早就明确了"内政"与"外交"的区别,有了"主权"和"国际法权"的名目。西方列强之间角逐时,他们总是运用"主权"来维护本国利益,又用"国际法权"来侵占别国的"主权"。正是由于大清官员不明了这方面的情况,《南京条约》签订后,我们吃了大亏。时至今日,这些名目对国人来说,依然是生疏的。

海受阳又讲了鸦片战争之后与英国签订《中英虎门条约》的情况。《南京条约》签订后三天,耆英、伊里布拟定"十二款",照会英国谈判代表璞鼎查,提出交涉。"十二款"中的第一款:除广州外,福州、厦门、宁波、上海四处,通商贸易结束后,英人应乘船回国,不得久住。第二款:尔后华商欠英商款项,清政府只负责追,不承担赔。第三款:通商五口只许商船往来,军舰不得游弋,五口以外地区,商船、军舰皆不许前往。第四款:战后中国修复被毁工事,"实为防缉洋盗起见",英国不得阻碍。第五款:广东等地驻军因不知议和而开战,不得成为再次用兵之口实。第六款:和约订立后,除舟山、鼓浪屿外,英军须全数退出。第七款:舟山、鼓浪屿的英军军官应管束士兵,不得侵夺民众。第八款:"此后英国商民,如有与内地民众交涉事件,应明定章程,英商归英国自理,内民由内地惩办,俾免衅端"。第九款:犯法中国人若逃入英国货船、军舰,必须送交中国政府。第十款:福州、厦门、宁波、上海四处,只对英国开放,其他各国若有要求,"应由英国与之讲解,俾仍在粤通商,无致生事"。第十一款:各通商口岸的关税等,"自应照粤海关输税章程,由户部核议遵行"。第十二款:英国应在《南京条约》上加盖国玺。十二款中,除第一款、第十一款实际上是要对刚刚签字画押之《南京条约》进行修改外,其余大多在我"主权"之内,或在国家间通行之规则之内,即本可自作主,无须与外人谈判。而当时拿出来与外国人谈判,就含有须得对方同意之意。

璞鼎查收到照会,自然看出中国人没有国际交往经验,喜出望外。他抓住了机会,对于第一款、第十一款,他以违背《南京条约》为由拒绝谈判,而对拱手送上去的其他各款,答应分别处理之,表明:"内有数件,甚属重要,应另缮一单,附粘本约,以便大清大皇帝、大英君主均准施行。"

耆英和伊里布钻进了璞鼎查设下的圈套,与璞鼎查在虎门签订了《五口通商附粘善后条款》,又称《中英虎门条约》,这个条约中又附有《五口通商章程:海关税则》。这些条约满足了中国提出的五口以外不得通商、游历等要求,但英国却攫取了几项至关重要的权益。其一,英国人攫取了领事裁判之权。《中英南京条约》中是没有英国在通商口岸自行设立法庭审判被控英国侨民的规定的,耆英照会的第八款送了英国人这方面的权利。璞鼎查喜出望外,复照中称赞说:"甚为妥协,足表贵大臣等求免争端之实心矣。"这样,在《五口通商章程:海关税则》第十三款中就有了这样的规定:"倘遇有交涉词讼……其英人如何科罪,由英国议定章程、法律发给管事官照办。"这就将在我国的英人置于大清律令之外,英国人取得了领事裁判之权。其二,丧失关税自主的权利。在《南京条约》签订前,英国的外交大臣曾训令英国谈判代表,"中国政府应当规定固定的关税"。但《南京条约》签订时,英国并没有把这一内容写入条文。在新的谈判中,英国人再次提出这方面的要求,而耆英等竟糊里糊涂地答应了下来。而关税事务本属一个国家之主权,如何规定是不可以放入条约之内的。可《五口通商章程:海关税则》将几十类百余种进出口货物之关税,用两国条约规定下来。这样,我国便承担了相应的条约义务,丧失了单独改变关税之权利。其三,英国人攫取了最惠国待遇之权。耆英照会之第十款提出,福州、厦门、宁波、上海四处只对英国开放,若其他各国有在此四口岸通商要求,由英国出面"讲解",不允其请。谈判中,英国对此不但表示"毫无靳惜",而且提出要求,说倘若今后其他各国从中方得到什么新的权益,英国方面也应该"一体均沾"。耆英对英方的"毫无靳惜"不提异议,却将英方的要求写入新的条约之中,最后在《中英虎门条约》第八款中有了这样的文字:"设将来大皇帝有新恩施及各国,亦应准英人一体均沾,用示平允。"就是这简单的一句话,实际上是向英国奉送了一个最惠国待遇权。其四,给了英国军舰自由进入通商口岸之权。耆英照会第三款提出,通商之五口,中方只允许英方商船出入,不许其军舰游弋。谈判中,璞鼎查不同意中方规定,表示如此难以"管束本民"。而耆英竟然自否原意,同意了英方的要求。《中英虎门条约》第十款规定:"凡通商五港口,必有官船一只在彼湾泊,以便将各货船水手严行约束,该管事官亦借以约束英商及属国商人。"由此,英国海军军舰取得了自由出入通商口岸之权。

海受阳最后总结说,而此种结果,皆由对"主权"毫不了然所致。如果说割地赔款之《中英南京条约》系被英国坚船利炮打败之结果,那《中英虎门条约》便是国人对国际事务无知之产物。

可事情并没有由此而结束。与英国签订《南京条约》后,美国、法国的祸水接踵而至。

大清王朝

《中英南京条约》签订的消息传到美国,美国便任命顾盛为专使,率军舰三艘来华,要求进京觐见皇上。负责谈判的钦差大臣耆英,按有违我国皇帝不能接见非朝贡国使节之由,拒绝美方要求。美方炫耀武力,其军舰闯入我广州黄埔鸣炮示警。耆英不晓得,按美国法律,倘美国与中国开战,须得其国会批准,而顾盛并无与中国开战之授权。慑于武力,耆英屈从美国人的要求,与顾盛签订了《中美五口通商章程》,又称《中美望厦条约》。《中美望厦条约》以《中英虎门条约》为蓝本,共三十四款。美国获得了五口通商之权、派驻领事之权、官员平等交往之权、最惠国待遇之权、领事裁判之权、协定关税之权、军舰自由进入通商口岸之权。就是说,美国人以数发空炮的代价,取得了与英国人同等的权益。在《中美望厦条约》中,有一款《中英虎门条约》中没有之规定,那就是和约写明,由于各口情形不一,协议各款恐不无稍有变通之处,等十二年后,两国派员公平酌办。海受阳据此指出,这埋下了大清与美国乃至英法诸国发生变数的种子。

法国效仿美国,用同样的讹诈手段,迫使耆英与法国专使拉萼尼在广州城外的黄埔签订了《中法五口通商章程:海关税则》,又称《中法黄埔条约》。法国据此获得了相当于美国的权益。

海受阳奏明,上海租界的出现,同样是大清官员无知的产物。《南京条约》签订时,上海是江苏松江府下属之县,因临江滨海,利于舟楫,商业发达,由此被列入五口之一。开埠之后,这里出现了一主权国之奇特景象——租界。《中英虎门条约》第七款规定,各通商口岸"中华地方官必须与英国管事官各就地方民情,决定于何地方、用何房屋或基地,系准英人租赁"。据此,上海开埠之初,英国驻上海领事即与我苏松太道商定,在上海县城以北一处为英人租赁建房之地。后经过两年的谈判,于道光二十五年双方达成《上海租地章程》。

《上海租地章程》共计二十三款,章程规定了租界之地理位置、范围,规定了外商对土地永远租赁之权,承认英国领事在租界之内拥有对土地租赁之权威,还规定华人不得在租界之内租地建屋。这个章程有两款为英国人一步步攫取中国主权埋下了伏笔。其中一是第十二款,一是第二十款。第十二款称:"租界之内应行公众修补桥梁、扫除街道、添点路灯、添置水龙、种树护路、开沟放水、雇募更夫,其各项费用由各租户呈请领事,劝令会集,公同商议。"就凭着这"劝令会集"一语,英国领事于该章程发布的次年,即道光二十六年,召集了"租地外人大会"。此后,这类"大会"每年开一次,几经演变,便成了一个固定的、决定租借地重大事务之机构。第二十款称:"租借地内修路等费用,先由附近外商租户垫交,将来按数公同摊补,其摊补数目多寡,分担者应请领事官选派正直商人三人,商定应派款数。"结果,又有了"选派正直商人三人"的事。此项内容几经演变,便有了由三人组成的"道路码头委员会"。结果,这个"大会",如今成为类似英国议会那样的立法机构,而"道路码头委员会"则成为类似英国内阁那样的行政管理机构。

最初设立之英租界,约有八百三十亩的地盘。中英共同制定的《上海租地章程》公布两年后,也就是道光二十八年,法国和美国按照《中美望厦条约》和《中法黄埔条约》中的最惠国待遇条款,也提出设立租借地的要求。一年后,英法美三国已在苏州河以南攫取了三千八百三十亩土地。

早期的租界只许外侨居住。上一年小刀会起事,大批上海居民因避战乱而迁往城外,其中有两万国人涌入租界地,从而打破了租界不允许国人居住的规定。租界之内人口剧增,小刀会闹事后我地方管理处于瘫痪状态,英法美等国领事乘机扩大权力。据海受阳了解,三国领事单方面将《上海租地章程》改为《上海英法美租界章程》,新的章程中将原来的"道路码头委员会"改为"工部局",如按英文的确切翻译,就是"市政委员会"。至此,租界地之性质发生了根本的变化:一是英、法、美三国领事未经我同意,擅自将"华夷分离"之外侨居留地,变为"华洋杂居"之地;二是自行设立了"市政委员会",其最终结果是使这一区域完全摆脱了我国行政治理范围。

海受阳最后说,对无知带来的损失,国人一直处于漠然状态。至咸丰年间,参与战后中英、中美、中法交涉的主要人物,并因此而由道员累迁至广东巡抚的黄恩彤,在其著作《抚远纪略》中,依旧用颂扬的笔调来记叙这一时期中外交涉的历史,丝毫没有觉察到其中的弊陋,便是明证。

魏源和徐继畬都是过来人,他们均为认知外部世界的先行者,可海受阳的讲述内容,有许多是他们前所未闻的。海受阳的讲述有理有据,他们听后很受启发,连连称赞海受阳讲得好。而最为高兴的当属恭亲王,他从曾国藩所摘录的呈件中已经看到写信人的不寻常。现在海受阳当面陈述,使信中所涉内容更为丰富、全面,道理讲得更加深刻,而且有了许多新的重要内容。像威胁大清的不仅是洋人的坚船利炮,还有国人自身对世界事物的无知,这样的道理,恭亲王往日并没有想到过。现在听了海受阳的讲述,犹如昏暗的房子里忽然打开了天窗,顿觉开朗。

一上午很快过去,恭亲王设了一桌丰盛而豪华的午宴招待大家。饭桌之上恭亲王宣布,饭间不谈夷务。徐继畬虽然是一位高官,可有生之年还没有看到过如此丰富、豪华的饭菜。魏源也有同样的感觉。海受阳初见,更是惊得瞠目结舌。

饭后,恭亲王照例要午间小睡,他安排王府总管桂文领魏源等三人转一转。

桂文五十多岁,是恭亲王从宫中带出来的。由于恭王府的来历不同寻常,魏源、海受阳等心中有一连串的问题想问,但不知桂文的脾气如何。

海受阳第一个提出了问题:"总管大人,晚生唐突,不知心中之疑当问否?"

"大人想知道什么?"桂文反问道。

"这府邸有多大,可得而知吗?"

"南北长九十九丈,东西宽五十四丈,共计九十一亩。"桂文回答得干脆利落。

"偌大府邸得多少人管理呢?"海受阳又提出了第二个问题。

"府内当差的有两部分。一部分由内务府派来,有长史一人、一等护卫六人、二等护卫六人、三等护卫八人、四品典仪二人、五品典仪二人、六品典仪二人、七品首领一人、太监四十人。另设六品管领、六品司牧等多人。并有参领、佐领、骁骑校、亲军校、护卫校若干人。这些人都有品级,饷银也由内务府发放。另一部分则是王府自己雇佣的人,像佐领处二十人,随侍处十人,管事处十人,内外账房各十人,另有档子房、回事处、煤炭房、内茶房、大厨房、书房、后花园、马圈等处多人。"

应该说,桂文的回答已经相当令人满意了。无论海受阳还是魏源、徐继畬,了解了这些之后,心中无不立即浮现出一个巨大的问号:这么大的一座王府,这么多的人,一年得多大的花销?只是,他们三个人谁都明白,这样的问题是绝对不能够问的。

他们到了"银安殿"。"银安殿"是俗称,或叫"银銮殿",名字是对应紫禁城之"金銮殿"而得来,是王府的正殿。金銮殿是皇帝召见群臣、举行重大典礼仪式的场所,王府之正殿在礼仪方面的重要地位由此可以想见。平日,大殿是紧闭的,不举行仪式并不放人进去,海受阳等人并不抱进入一观的奢望。可桂文破了例,用随身带的钥匙打开了大门,然后领海受阳等进入。三人看到,大殿之中央摆放一组屏风,屏风之前是一宝座。让他们感到意外的是,桂文还带他们看了存放"册宝"的锦匣——海受阳他们都清楚,所说的"册宝"乃"册"与"宝"的合称。"册"者,即皇上册封奕訢为亲王的文书;"宝"者,即皇上颁发给恭亲王的金印。

"银安殿"之后,他们又看了神殿。

尔后,他们折向东,这里有著名的多福轩和乐道堂。来东路的路上,桂文向三人讲起了恭王府的变迁。整个王府原是和珅所建,这东路的建筑,原属和孝公主府。和孝公主是乾隆皇帝最小的女儿,她不仅长相酷似父亲,而且性格刚毅且聪慧、明理,故深受乾隆皇帝宠爱。乾隆皇帝曾经感叹:"设汝为皇子,朕定将皇位传汝。"和孝公主下嫁和珅之子丰绅殷德。丰绅殷德三十五岁病死,公主寡居,道光三年病逝。和孝公主与丰绅殷德完婚后,就住在现王府的东院,当时称和孝公主府。嫁到和珅家后,对公公日益增长的贪欲和明目张胆的受贿行径,公主异常忧虑,曾对丈夫丰绅殷德说:"汝翁受皇父厚德,毫无报称,唯贿日彰,吾代为汝忧。他日恐身家不保,吾必遭汝累矣!"和珅获罪后,和孝公主曾几次到宫中向其兄嘉庆帝求情。嘉庆帝本欲剐杀和珅,经妹妹求情,格外施恩,赐和珅一条白绫,留下了全尸。随后,和珅的宅第被全部没收,但和孝公主府始终未动。被没收的部分,嘉庆皇帝给了御弟庆亲王永璘。

这时,他们已经到了多福轩。

眼前的多福轩,坐落在高大宽敞的月台之上。正殿面阔五间,前后出廊,屋顶灰色筒瓦,垂脊带兽。殿前月台方砖墁地,东、南、西三向均设石阶。月台前一架古藤萝,正紫花绽放、芬芳四溢。桂文指着正堂檐下匾额上的"多福轩"三字道:"此乃当今皇上之御笔。三位大人所在之葆光室匾文亦是皇上御笔。多福轩是王爷接待贵宾之所在,葆光室同样是接待宾客的,不过只有王爷的至亲密友方可在那里安排。"听到这里,海受阳等三人心中的自豪感油然而生。

且说桂文向三人介绍了多福轩后,便领三人绕过乐道堂,说了声"这里是福晋及内眷居住之所",便向后走去。

这时,桂文重又捡起王府历史沿革的话题,说永璘是乾隆皇帝第十七子,也是最小的皇子。乾隆末年,众皇子觊觎皇位,永璘却满不在乎。有一次,赶上诸位皇兄俱在,他笑着说道:"就算天上下雨般地掉皇位,也落不到我永璘的头上。只求哪位哥哥日后荣登大宝,能发善心把和珅的宅子赐给我住,我就心满意足了!"

嘉庆皇帝继位后,便满足了永璘的愿望,把除和孝公主府以外的和珅宅第赐给了永璘。永璘初封惠郡王,后改庆郡王,后又晋封庆亲王。嘉庆二十五年,庆亲王去世,三子绵愍袭爵,为庆郡王。又过三年,和孝公主去世,整座建筑便全归庆王府。咸丰初年,庆王府家人屡惹风波,遭到降级处罚,庆亲王永璘第六子绵性之长子奕劻的爵位降到了辅国将军。按照朝廷规制,爵位与原封爵所赐府邸不符时,皇家要收回府邸另拨它处居住。奕劻于是遵照内务府的安排,搬到定阜街闲置的原大学士琦善的宅第居住。当今皇上于咸丰二年,将此处府邸赐给了恭亲王。

几人边说边走,不觉又回到了西路。西路原是和珅的住所,这里的主要建筑是葆光室和锡晋斋。对于葆光室,桂文没有多说什么。过了葆光室,他们便到了锡晋斋。锡晋斋坐落在葆光室之后的一个庭院中,在庭院的大门上是一棕色底子的匾额,四个绿色大字十分显眼:"天香庭院"。

一见这四个大字,海受阳、魏源和徐继畬彼此看了一眼,脸上立即露出会心的微笑。原来,当时一般的士大夫都知道和珅府邸是《红楼梦》中之"贾府大观园"原型的传说。由此,也晓得这处宅子中有一块"天香庭院"的匾额。而"天香"二字在《红楼梦》中的分量无人不晓。走到匾额之下,他们停下脚步,仰头看去,见匾上果似传说的那样,仅有一颗慎郡王的印章,既没有书写此字题赠何人,也没有说明何时所写。海受阳记得,老师左宗棠有一次闲聊谈时曾向他们说,这慎郡王名允禧,自号紫琼道人,系圣祖康熙帝二十一子,乾隆朝晋封郡王。他工诗擅画,为清皇族宗室书画家中绘画造诣最高者。他不问朝事,醉心文学、书画,与郑板桥、曹雪芹等人交情深厚。《红楼梦》中之北静王,其实写的就是他。老师还曾经讲,是和珅将"天香庭院"的匾额弄到了自己的宅子里。和珅喜欢收集前人字画,也喜欢《红楼梦》。据说,和珅对《红楼梦》的删改与流传曾起到巨大作用。和珅的胞弟和琳的亲家苏凌阿家里藏有《红楼梦》之原抄本,和珅看后甚感兴趣,请高鹗、程伟元等人增补了后四十回。由于他打算把全稿呈乾隆帝,便让人删改了书中之"碍语"。乾隆帝御览后,给予肯定。于是,《红楼梦》用当时全国最精美之刻印版——武英殿聚珍版印了出来,风靡一时。

看过匾牌,桂文引三人进院,院落的正堂就是锡晋斋。这锡晋斋面阔七间,平面呈凸字形,建在一高高的月台之上。到了厅前,海受阳等人焦急地等待桂文打开堂门。他们全都晓得这锡晋斋导致和珅身死的故事,巴不得进入一观。他们特别想知道,和珅那"僭侈逾制"酷像紫禁城中宁寿宫的建筑是否尚存。门打开了,堂内的所有摆设尽收眼底。

正中为三开间大厅,厅中,东、西、北三面为二层之仙楼。仙楼的底层,正对着厅门,由八扇精致的楠木隔断。整个仙楼相互连通又曲折婉转,这就是人们常说的"大屋中施小屋,小屋中架小楼"的杰作了。像紫禁城中的乐寿堂、坤宁宫、倦勤斋,都有这样的建筑架构。只是,这种"仙楼"架构,却只能够出现在皇家宫院之中,别的地方出现这种架构,那就是"僭侈逾制"。和珅的锡晋斋,完全模仿紫禁城之乐寿堂,"僭侈逾制"无疑了。正由于此,嘉庆皇帝给和珅所定"二十大罪"中,这锡晋斋的"僭侈逾制",便赫然在目。

旧制俱在,这让海受阳等人感到既满足又诧异。

桂文是一位精明的管家,他看出了三个人的诧异神情,于是道:"此规制的保留,非自恭亲王始。"他说,和珅宅中发现的"僭侈逾制"之物,不只这锡晋斋,另有毗卢帽门口四座。这种门口也称"门罩",因形似毗卢佛之冠而得名,属御用之物,紫禁城中也只有乾清宫、养心殿、皇极殿才配有。此外,还发现有御用太平缸五十四件、铜路灯三十六对。这些东西都被搬到了皇宫,而锡晋斋却维持了原制。桂文斗胆猜测,皇上一是不想让那位不要江山要豪宅的御弟庆王永璘感到失望,二也是由于和珅建的这锡晋斋实在太精美,皇上不忍把它毁掉。

再往后走,便到了后罩楼,这里是府邸部分的最北部。它与花园衔接,是一座贯通东、中、西三路的两层建筑。桂文解释说:"此楼东西长四十八丈,有房九十九间半……"三人知道,只这罩楼就有百间房了。

穿过罩楼,便到了后花园。桂文告诉三人,这后花园也分东、西、中三路,占地七亩,其中有水面三亩。他们先入东路,依次看了独乐峰、蝠池、安善堂、秘云洞、福字碑、邀月台、蝠厅等景观建筑;而后折向西路,看了妙香亭、秋水山房、养云精舍、观鱼台、诗画坊、花月玲珑馆。尔后又转向东路。东路最著名的建筑是大戏楼,他们先入曲径通幽到艺蔬圃、流杯亭,过垂花门,到香雪坞,最后就到了大戏楼。海受阳等看去,这大戏楼乃是式样如船坞的一处建筑,最惹人瞩目的自然是那戏台。戏台的正上方,悬挂着一块匾额——怡养所,乃圣祖康熙皇帝之御笔。

此后,他们又看了大戏楼后面的芭蕉院和梧桐院,整个观摩便告结束。海受阳等人对桂文千谢万谢,回到了葆光堂。

此刻,三个人感慨万千。府邸之大、之阔、之美,自然是大家共同的认知。可这大、这阔、这美,是值得称赞的吗?"民脂民膏"四个大字,无时不在他们脑中盘旋。而在这里,堆积着的,岂止是民脂民膏!高宗乾隆,千古圣主也,可身边却有和珅这样的千古佞臣!

正想着,恭亲王到了。

在上午讲话结束前,海受阳曾道:"魏大人说筹夷事必知夷情,知夷情必知夷形。以臣观察,在此两句之后,似可再加两句:知夷情必去官忌,知夷形必去民蒙。"

闻言,恭亲王打断海受阳,打诨道:"何谓知夷情必去官忌,知夷形必去民蒙?

欲知后事,且听下回分解。——民以食为天,下面咱们先喂肚子。"大家大笑而散。

这样,下午开场,海受阳便解释他的那两句话——何谓"知夷情必去官忌,知夷形必去民蒙。海受阳说,所谓官忌,就是在朝为官者以不谈夷务为清高,以拒理夷务而自豪"。他举了姚莹在《与余小坡言西事书》中的一段话:"盖自古名贤,皆恐世主侈情务远,骚中国而事外夷,故深拒夷事不讲。"

这姚莹字石甫,安徽桐城人,乃姚鼐之侄孙,嘉庆十三年进士。第一次鸦片战争期间任台湾道。太平天国起事时,他任广西按察使,参加了永安围攻太平军之战。咸丰三年在湖南与太平军作战,病死军中。嘉庆年间,姚莹开始购求异域之书,研究夷情。道光二十五年,他入藏任职,著《康輶纪行》一书,指出:"莹为此书,盖惜前人之误,欲吾中国稍习夷事,以求抚驭之方耳。"他多次指出,夜郎自大、以拒谈夷务为清高,是"前人之误"中最巨者。海受阳说,他自己的体会,如今的士大夫,不但以不谈夷务为清高,而且发展到以拒理夷务而自豪。这种情况,就无涉夷务的官员来说,尚无大妨;如身为办理夷务之官员,那就险了。实际上,连那些不涉夷务之官员,拒谈夷务也是不可能的:"古之圣者,以先觉觉后觉为己任。士大夫乃天下之英才,本属先知先觉者。天下巨变,士大夫本应先知之。现士大夫昏昏,难令百姓昭昭也。"

随后,海受阳解释他提出的"民蒙"。所谓"民蒙",就是百姓不明事理、蒙昧无知、一意仇洋。

海受阳原本告诫自己,这次谈话中谨记不要提叶名琛的名字。但讲着讲着,他冲破了禁忌。显而易见,讲"官忌",讲"民蒙",广州拒绝英国人入城之事是最能说明问题的。加之他看到恭亲王那极端认真、极端诚恳的样子,便不忍知而不言、言而不尽。于是他道:"按照在西方兴起的国与国间关系之法则,或者按照我国传统的信用准则,两个国家之间签订了协定,双方就应该遵照执行。《南京条约》规定广州是通商口岸。既是通商口岸,就应当允许英国商人进入城中互市。否则算什么通商口岸?广州那里的百姓与英国人对抗已有先例。鸦片战争中就有三元里民众抗英。此后,那里的居民纷纷组织'社学',继续与英国人对抗。这本来是情理之中的事。在此情势之下,那里的官员们不能正确训导民众,要他们按签订了的条约规定行事,而是要么武力弹压,要么屈于民众压力,迁就其仇洋情绪,甚至于利用这些'社学'与英国人叫板。英国人要进城,民众一时群情激昂,请愿、集会、张贴告示等活动一浪高过一浪。英国人慑于民情激越,暂缓入城。广州的官员便认为完事大吉,对民众的情绪不再理会。

"随后,耆英由两江总督调任两广总督,并兼办理五口通商事务之钦差大臣。同年,德庇时接任香港总督、驻华公使一职。他上任伊始,便要求在十三行附近和黄埔建造洋行、存贮货物。耆英又遇上了难题。答应英国要求,害怕民情再起;不答应,又怕惹恼英国人。特别是签订《南京条约》时,英方答应三年后将它占领的舟山归还中国。德庇时提要求时,正好三年期满。而德庇时把入城与归还舟山挂上了钩,说'唯俟成全进粤省和约一条,即还舟山'。《中英南京条约》是由耆英签订的,照成规,若舟山不能如约归还,他难逃其责。这样,耆英为了保住自己的乌纱帽,最后选择向英国人屈服。为此,他张贴了告示。这下惹恼了广州的民众,当日贴出的告示就被民众撕碎。次日,大街小巷出现了民众的告示,宣布对敢于进城的英国人格杀勿论。耆英不顾民愤,指使广州知府刘浔暗中与英国人就入城事进行谈判。不想消息走漏,愤怒的民众曳刀带械,纷纷聚集,以搜寻英人为由,冲进知府衙署,烧毁了刘浔的官服。在此情势之下,耆英罢斥刘浔,贴出告示,声称自己不会'大拂民意,曲循外国人所请'。如此,民众越发看轻了官府。而德庇时与璞鼎查一样,慑于民众的力量,将入城之事暂为搁置。随后,舟山也如期归还了中国。英人进城的事情拖了下来,但问题没有解决,随时都有再次被提起之可能。

"答应英国人入城,这个许诺始终是悬在耆英头上的一把刀。为逃避责任,他多方活动,于道光二十八年调离广州回京,让一块烂山芋落入接任者徐广缙之手。接这块烂山芋的还有广东巡抚叶名琛。而这时,英方由文翰接替德庇时出任香港总督、驻华公使。

"英方是忘不了入城的许诺的。文翰上任伊始,便向徐广缙重提耆英的允诺。徐广缙予以拒绝,称其'姑为一时权宜之计,其实非永远保护之道'。文翰一再照会入城,徐广缙终不松口,广东士绅民众对徐广缙拒英之举极为称颂。此后,广州官员与民众、英国人之关系,出现了新的动向,即官方借助民众对抗英国人。徐广缙会同巡抚叶名琛激励商民'互相保卫',并劝谕从事对外贸易的商人,'暂停交易'。一时间,城内城外壮勇会集达十万余众。

最后他说:"时至今日,入城之事依然悬而未决。"

就这个问题,魏源和徐继畬都讲了自己的见解。恭亲王没有讲什么,而是一直处于深思之中。

下午奏谈结束时,恭亲王说次日要到圆明园陪驾,暂停一日,后天再议。他同时告诉魏源等人,明天圆明园那边有一场戏,他已经做了安排,要他们三人过去看戏。三个人听了,自然都很高兴。

海受阳和吴棠已经约好晚间见面。见面后,吴棠满脸的沮丧,原因是他得到通知,明天要去圆明园看戏。无疑,又将是一日的虚度,他可不想看什么戏!他听海受阳讲述了自己的活动后,稍许平静。他得知恭亲王对夷务那么感兴趣,听得那么认真,心情变得开朗起来,而且很是羡慕海受阳的机遇。海受阳告诉吴棠,他明日也去圆明园看戏。吴棠越发高兴了——明日尽管虚度,但总有一个伴儿。

当夜,吴棠就住在了海受阳那里,细细地听海受阳讲在恭王府的情况。

次日一大早,吴棠赶到鸿胪寺驿馆,少卿正等在那里。见吴棠后,少卿不阴不阳地嘟囔了几句,吴棠不去管他,任他浑说。

少卿催吴棠吃了点东西,又催吴棠梳洗、穿戴了,便一起赶往圆明园。到了大戏台,那里已经人声鼎沸。海受阳先到,他们坐在了一起。

吴棠坐定了,与海受阳闲聊了两句,等待大戏开始。

又等了差不多半个时辰,突然,蛤蟆窝一般乱叫的场景顿时变得鸦雀无声。随后,就听有人高声喊道:"皇上、皇后驾到!"

皇上、皇后?他们要来看戏?吴棠随着众人一起站起身来。皇上出现了,吴棠没有注意皇上的穿着,而是注意到皇上较他四年前殿试时所见消瘦了许多,气色也差了很多。众目睽睽之下,皇上还是极力端着一副雄赳赳、气昂昂的样子。走在皇上身后的,定然是皇后了。见皇后可是一件极不容易的事,吴棠稍稍提了点精神。他同样没有注意皇后的穿着打扮,而是观察着皇后的容颜。他知道,现今的皇后是钮祜禄氏。吴棠看到她一副标准的蒙古贵族面庞:美丽、庄重。此外,吴棠还从那面庞上发现了慈祥和怜悯。不一会儿,皇上和皇后等人就一起就座了。

恭亲王坐在皇上身后,海受阳特别指给吴棠看了。此后,众人全部就座,锣鼓响起。

此后,吴棠的心就进入《封禅考》。戏台上两个丑角的出现,随后大戏开演,吴棠一概视而不见、听而不闻。

吴棠的《封禅考》按历史沿革已经进行到宋代之后,他考察出宋真宗的泰山封禅动静极大,可以说达到了历史顶峰。可到了明代却一下子偃旗息鼓,没有了动静,这是什么道理?当日,他的思维就停留在这个坎儿上。台上无论演得如何热火朝天,台下周围的人无论如何兴高采烈,都没能影响到他的思维。

突然,吴棠觉得有人捅了他一下。侧身看去,是身边的少卿在叫他。

"叫起了!"

什么叫起?

"叫起"这个说法离吴棠甚远,即"皇上要召见"的意思。此时,他又感到诧异起来,皇上为何要召见?既是召见,怎么在这样的场合?

坐在他身边的海受阳同样感到诧异。

吴棠再看,台上戏已经收场,大家纷纷离开了座位。

"散场了吗?"吴棠问少卿。

"难道你没有听到,现在是中场歇息?"面对吴棠的问话,少卿惊愕不已。

吴棠支吾道:"啊啊……"

"快点吧,总不能让圣上等你吧?"

少卿领着吴棠来到一道门廊前,有两名太监正等在那里。少卿把吴棠介绍给那两名太监,吴棠被带入一厅前,一太监入内后很快出来,示意吴棠进去。

皇上正在那里,两位太监又示意吴棠跪拜。吴棠心怦怦直跳,他迅速调整自己的情绪,跪了下去,口中道:"微臣署邳州吴棠见驾……"

等了片刻,只听皇上说道:"抬头回话。"

吴棠抬起头来,他发现皇上一直在打量着他。

"咸丰元年闰八月,是吗?"皇上问道。

吴棠心想,当年是过了两个中秋节,于是他作了肯定的回答。

"闰八月的中秋夜月色如何?"皇上又问道。

"月色清朗……"这吴棠记得很清楚。

因为已得皇上恩准,他是"抬头回话"的,所以皇上的表情他看得很清楚——他发现,皇上的脸上随即浮现起一丝似笑非笑的表情。

"如今你署理邳州了?"皇上又问道。

"托皇上的洪福……"

"好自为之吧!"

一位太监走了过来。吴棠不相信召见就这样结束了。奉旨进京,千里迢迢,皇上就问这样的几句话?

毋庸置疑,太监做出手势,他需要"跪安"了。

"不问苍生问鬼神",这下连鬼神都没有问一句呢!吴棠失望到了极点。他毫不掩饰自己的失望情绪,出来之后,对赶过来的少卿说,他现在就要回去。

少卿被闹糊涂了,忙问道:"这是上谕吗?"

吴棠感到好笑,遂回道:"没什么上谕,只是我在这里已然无事可做!"

少卿依然感到莫名其妙。

海受阳不晓得发生了什么事情,苦劝吴棠冷静。吴棠哪里肯听,闹着一定要回去。少卿无论如何难以依从,因为他的差事还没有完。

当日演的是《群英会》,由走红须生程长庚、谭鑫培主演,少卿的眼睛一刹也不想离开那戏台。吴棠在一旁唠叨,闹得他好不心烦,道:"安静些吧大人,像程长庚、谭鑫培这类角儿,平日你上哪里看去!"

好不容易散了戏,吴棠以为可以回去了,但少卿告诉他,他们的事情还没有完。原来当日中午,就在园中安排由醇郡王奕𫍽出面赐吴棠一饭。醇郡王奕𫍽是皇上的胞弟,为何由他请吃饭,没有人向吴棠讲明。请自己吃这顿饭,到底是什么缘故,自始至终吴棠都没有闹清楚。特别让吴棠感到诧异的是,席间,醇郡王还拿出一张三百两的银票给他。

他接那银票的时候,心情坏到了极点。这是赏赐吗?几年的辛苦,七十二局联防,就值这三百两银子?他真想把那银票撕个粉碎,扬长而去,但理智阻拦了他。醇郡王很少说话,这正合吴棠的心意,免得讲话心不在焉、言不由衷。

海受阳早于吴棠回城。吴棠回来之后,是一刻都不愿意待下去了,但他需要与海受阳一起回南方去。次日的上午,海受阳又去了恭王府。按照恭亲王的吩咐,海受阳要写一份这两天谈论的要录。虽然恭亲王没有讲这要录有何用途,但海受阳、魏源和徐继畬都认为这是恭亲王准备呈给皇上的。

第十二章 青云直上，叶赫那拉初涉政

海受阳交了卷的次日，就和吴棠一起离开了京城。他们乘船在大运河中南行，过连镇时，吴棠向海受阳述说了来时在此的遭遇，愿意再到他住过的旅店看一看。这样，两人遂决定住下来。由于心中不悦，吴棠向店家要了两壶酒。海受阳劝他少饮。但吴棠不听，借杯消愁，一杯接一杯，喝个不停。

正喝之间，就听外面一阵骚动，吴棠叫来店家问出了什么事。店家回道："店里住了一个读书人，前些天突然生起病来，且病越来越重。方才死了过去，大家一阵紧张，不想他又活了过来。"

海受阳听后问道："他是没有钱治，还是怎的？"

店家说道："一个穷秀才出门，哪会带治病的钱？前两天他病情加重，小的怕他病死在店里，便给他请来一位郎中。郎中说，治好他那病，可不是一两个铜板可了之事，瞧完就走了。"

海受阳一听道："那也不能让他等死呀！"

店家听了遂道："客官，他住进了本店，便是灾星来临了。他得了不治之症，死后没人管，本店总得埋了他。想想看，就是裹上一张席，这笔花销也是本店出的。"店家这种不拿人当人的口气，海受阳听得不耐烦，道："照你这样说，难道人家连个家都没有吗？他的后事自有他家人照料。"

听到这里，店家打断了他："客官，他清醒时我也曾问过他。他说他四海为家。"

海受阳听罢，知这病人原是一位漂泊者，怜悯之心油然而生。就在这时，就听吴棠道："店家，我听出你是一个没良心的人。他病着，可没有死，怎么就眼巴巴看着他死去……"

这话店家自然不爱听，他打断吴棠道："客官，您骂小的没良心，小的也并不在意。可后面您这番议论，小的却是不敢领了。您说他没有死，不可眼巴巴看着他就这样死去。那小的问客官，您的意思是不是说，小的应该拿钱来，给他请郎中抓药吃、每日还要杀一只鸡熬锅汤给他喝？可如此这般，小的的钱从何而来呢？"

吴棠已经七分醉，店家说话如此咄咄逼人，吴棠哪里能忍？于是，打断店家的话道："你还敢问我你的钱是哪里来的？这话我正想问你。前些天鄙人住在你这里，住店、吃喝，你要了比平日多出一倍的银子，你说赶上兵荒马乱，那也就罢了。现如今有什么兵荒马乱？一进店你就报价钱，价码不比那时低。你的黑心定然在想，又是那个冤大头！这酒钱你还没报价，临走算账，你还不要我一两银子一壶？对我们如此，对别的人自然也不善。你的钱哪来的？就这样来的！一个读书人病在你的店里，你自然应该照料他！就像你卖乖所讲，拿出钱来给他请郎中抓药吃，每日还要杀一只鸡，熬锅汤给他喝。这又有什么不可？"

听到这里，店家再次打断吴棠道："客官，小的倒觉得这不是店家应该做的事。不然的话，鄙店已经不是客店，而是慈善堂了。"店家觉得还不解气，又道，"客官，小的的意思是，百业各有其责。我等开店，就管客人的吃住。其他事情，像婚丧嫁娶一类，自有它的经管去处。客官住店也一样，来到店里，只是住宿、吃喝，不管其他。要管其他，正赶上病在本店中的那个穷酸，客官是不是也拿出银子来，给他请郎中抓药吃，每日还要杀一只鸡，熬锅汤给他喝……"

店家讲到这里，就见吴棠一掌拍在桌上，起身怒指店家道："你强词夺理如此，可恶至极！我讲那些话，无非说恻隐之心人皆有之，教训你履行圣人之言，去除你惜物恶人之习。想不到你竟如此喋喋不休，没完没了！你道我等投店之人不能拿出钱来，给病于店中的那客人治病？现在我就做出个样儿来给你瞧瞧！"说着，吴棠从行囊中取出在京中得的那三百两的银票，狠狠地拍在桌上，"你看清楚了，这是三百两银子，你且拿去。这些钱，要全部花在你说的那位穷酸书生的身上。要给他请当地最好的郎中，要郎中开最好的药剂，且每天杀鸡一只，给他熬汤保养。倘若如此依然不治，要给他买一口上等的棺材，装殓、埋掉他。切记，如你贪财枉法，敢于施展花招故意致他死，你的狗命也将随他而去。倘若上苍保佑，他能够活下来，银子还有剩余，全部归他。你向他讲明缘由，他也不会让你白白辛苦。记下了？"

在吴棠讲话的时候，店家的目光早已经辨别清楚了案上那张银票的真伪。果然是货真价实的三百两银票！店家活了半辈子，还从来没有看到过这样多的钱。他听着吴棠的吩咐,一个吃惊接着另一个吃惊。对吴棠的吩咐,他一个应承接着另一个应承。最后他诺诺而退,说现在就去请最好的郎中,并令老板娘杀鸡宰羊。他还提出给吴棠和海受阳换上等房子,并表示这次两人的吃住费用全免,上次吴棠的吃住费也退还。所有这一切,吴棠都谢绝了。

吴棠的行为连海受阳都感到吃惊了。怎么回事。三百两银子就这样送了出去?可转念一想,他明白了。自己的朋友进京一趟,大失所望,故而心绪不佳。三百两银子来历不明不白,也增加了烦恼。海受阳知道,平日里吴棠对钱财从不热心,这样来的银子,他尤其不会看重。再加上正好碰上一个饶舌的店家,气头之上,吴棠把银子如此处理掉,并不难以理解。

次日,跟店家结了账,两人离开。店家向两人汇报道:"昨夜小的亲自请来郎中,亲自去抓了药,亲自熬了药。秀才还未清醒,遵照郎中的嘱咐,给他灌了药。服药后,那秀才似比先前安静许多。郎中嘱咐让他安睡,不要动他。他定然是个有大造化的,遇到了救苦救难观世音菩萨。只是有一件事,两位好心的爷总得留下个名字,等那秀才醒来,小的好向他交代。"

吴棠不愿意听店家啰唆,道:"你就对他讲,此乃天机,不可泄露。"

两人上路,店家一直把他们送到码头。

这也是无巧不成书,或曰天命不该那秀才死。这秀才不是别人,就是后来鼎鼎大名的容闳。

且说吴棠、海受阳一路南行,再没有遇到麻烦,不日便到了清江。之后,海受阳拜见了依然生活在吴棠衙门里的上官介的母亲。然后吴棠抄一条小路,亲自带海受阳绕过太平军占领的地盘,把他送到上海。两人依依而别,海受阳继续上路,吴棠则原路返回。

海受阳在上海搭乘英国轮船"伊丽莎白女王"号回广州,预计在香港停靠半日。轮船停泊后,码头上人来人往。海受阳来香港多次,这次并不想上岸。但他下了船,打算在码头上活动一下筋骨。在行人中,海受阳看到了一个熟悉的人影,那是巴夏礼。巴夏礼也看到了海受阳,急忙赶过来跟海受阳打招呼:"我说怎么不见了您,原来您出门了……您去了哪里?"

海受阳如实回答了巴夏礼。巴夏礼一听,便对海受阳道:"这阵子出了多少事啊!您先等等,我有两位尊贵的客人需要安置。等办完这件事,我赶回来,咱们好生叙叙离别之情。"

看来,巴夏礼有话要讲,海受阳便答应等他。巴夏礼回来后,给海受阳的第一个消息就是他已经荣任驻广州领事。海受阳对巴夏礼的任职并不感到意外,他早就判定英国政府一定会用这个巴夏礼。巴夏礼还给海受阳带来另外一条消息,英国方面已经向大清提出了"修约"的要求,是通过英国的香港总督、驻华公使发照会的形式提出的。递交照会那天,他是作为翻译陪公使到两广总督府衙去的。

听到这里,海受阳急于知道结果如何,问道:"公使是否见到了总督?"

巴夏礼道:"没有。叶总督不出面,打发了两名官员出来。公使先生则拒绝见他们,只把照会留下。"

海受阳又问道:"我方可曾复照?"

"有了一个复照,但令人失望。我方的照会有四项内容:第一项要求修约,第二项要求进入广州城,第三项要求在黄埔等地租地,第四项要求是就上述要求在总督府与中方进行谈判。复照对修约一项只字不提,对入城要求做了驳斥,对租地要求驳斥最烈。但对于入城谈判的要求稍有松动,一改往日拒绝会晤外国公使之做法,提议谈判在城外行商的栈房内进行。英方理所当然地拒绝了复照……"巴夏礼打了一个顿,接着说道,"前不久我曾对海先生说,很快就可以见到英国新任公使——指的就是这次外交活动。当时想,按照惯例,这样的活动海先生是定然露面的。可后来递照会,出面的竟是两个生面孔,当时还以为你们那边出现了什么变故。原来,海先生去了京城。"

海受阳问巴夏礼英方下一步打算如何。

巴夏礼回答说:"递交照会是英国单方面的行动。但下一步的行动英方就不再孤单了。英、法、美三国将联合北上,寻求解决问题的办法。"

海受阳听了,急着回去了解实情。回到广州后,叶名琛依然是一脸的怒气。海受阳平心静气地回禀了进京之事,叶名琛装出不在乎的样子,却认真地听完了海受阳的讲述。随后,海受阳向叶名琛讲了在香港碰见巴夏礼的事。

叶名琛闻言,脸上露出了笑容,道:"那小子想拿那几张报纸吓唬我。可他认错了人。我不见他们,对他们的要求不予理睬,他能奈我何?"

海受阳对此置之不理,当他看到叶名琛给皇上的奏折时,气得差一点晕了过去。而让他苦笑的是皇上的朱批——

谕军机大臣等：叶名琛、柏贵奏：咪酋麦莲、英酋包令，同时更易，据该督探知，系因前在江南定约时，有十二年后，再行重订之语。是该夷意在要求，尤当不动声色，加之防范，届时唯有随机应变，以绝其诡诈之谋。叶名琛在粤有年，熟悉情形，谅必驾驭得宜，无俟谆谆告诫也。

皇上好糊涂，这下叶名琛有了任意行事的尚方宝剑！

司马三畏先收到了吴棠的信。信中，吴棠向司马三畏发泄了一通，说他的赴京之行白白耽误了近两个月的工夫。随后，司马三畏也收到了海受阳的信。海受阳又给司马三畏写了一封长信，信中证实，他的京城之行，确是起于曾大人的那摘抄件，他请司马三畏问候并感谢曾大人。海受阳详细写了他在恭王府的情况，也写了在圆明园看戏的情况，还讲了在京城意外碰到吴棠之事，以及吴棠的失意。他还把吴棠在回来的路上"一掷千金"的事生动、详细地讲了。

海受阳讲在圆明园看戏时，曾描述了一个细节，说开场时两个小丑对话，一个小丑说要到圆明园听戏去，戏是为懿嫔叶赫那拉氏册封而演。

司马三畏看到海受阳所写"叶赫那拉氏"时，心中一震；后又联想到吴棠"不明不白"得银三百两之事，顿时醒悟——啊！这懿嫔叶赫那拉氏不就是清江浦月下那个那拉玉兰吗？不会错。由于吴棠曾经"借给"玉兰姑娘三百两银子，有此"恩惠"，所以皇上要把吴棠请进京去报答。"不明不白"地给银子是有道理的。否则，以何种名义？能说"还"吗？能说"赐"吗？

司马三畏还想到了自己在京城时的两次奇遇。第一次，在咸丰元年筒子河边看紫禁城角楼时看到的车队，其中一位露头的少女他曾觉得似曾相识，定然就是清江浦的那位玉兰姑娘。而咸丰二年五月，他在西四牌楼看到的那被送入宫的那拉氏，也便是清江浦的那位玉兰姑娘。当时，赵君劢曾向他讲，那被选入宫的人姓叶赫那拉。

啊，多巧！

司马三畏的判断没有错，三年间，那拉玉兰高升一级，从贵人升为懿嫔。皇上为此专门搞一场戏看，同样是宠爱的表现。

那拉玉兰的父亲是一位道员。这意味着，那拉玉兰需要从一名中级官员家的少女变成大清朝宫廷中的嫔妃。这一段路她很快就走完了，而且走得不错。

如今,她在走第二段路,即得到皇上的宠信。既然进了宫,就得谋取皇上的宠信,否则,命运将是悲惨的。在赵君劢向司马三畏讲他们看到的那顶轿子时,司马三畏态度极为冷淡,说"多一名怨女而已"。她绝对不想做怨女,也绝对不会成怨女。那拉玉兰生就一副倔强的脾气,争强好胜,绝不认输。另外,她绝顶聪明,动起心眼儿来,她不怵任何人。还有,她也具有别的嫔妃少有的优势——貌美。大清国的嫔妃并不以美色为其首选条件,大凡嫔妃都并非佳丽,而那拉玉兰却算貌美。

那拉玉兰入宫时,面临的竞争对手不多。大清国的后宫体制,嫔妃共分八个等级,即:皇后、皇贵妃、贵妃、妃、嫔、贵人、常在、答应。皇后一名,其余都在两名以上。嫔妃有的被废,有的死亡,名额可以随时添补。一位皇帝在位时间长,嫔妃就多,如康熙皇帝有嫔妃五十五名,乾隆皇帝有嫔妃五十二名。那拉玉兰在这方面是幸运的,她是以嫔妃的六等即贵人的身份入宫的。入宫那会儿,除她之外,咸丰皇帝只有嫔妃三名:皇后钮祜禄氏、云嫔和丽贵人。那之后,咸丰帝虽又有新的嫔妃,但她们进宫后,那拉玉兰已经牢牢地占据了优势。再加咸丰帝寿命短,驾崩时玉兰花儿正在盛开之期,后来的嫔妃无法以姿色对她的地位构成威胁。

那拉玉兰还有一项独特优势其他嫔妃无法相比,这就是识字。大清国的嫔妃均来自满洲或蒙古,她们一般是不识字的,不用说汉文,就是她们本族的文字也是不识的。这就让她占据了无可比拟的优势,可以帮皇上读奏折,接触朝政。

太平军的事牵动着皇宫里每一个人的神经。咸丰元年那拉玉兰到南方去迎回父亲的灵柩时,她所经过的地域尚无战事。但沿路百姓穷困潦倒的状况,给她留下了深刻印象。进宫以后,后妃们议论太平军时,对长毛个个咬牙切齿,而那拉玉兰却有自己的看法。

咸丰元年选秀时,那拉玉兰十七岁。对于选秀,她也并不热心。但加入被选的队伍之后,争强好胜的性格促使她在每一个环节上都要做得最好,一定要得以胜出。她成功了,最后进了宫。那拉玉兰是作为贵人进宫的,她再也不是一名旁观者,而是大清江山的一位新主人。

皇上有至高无上的权力,那拉玉兰绝对不能够无视。为了在宫中站稳脚跟,必须受到宠信。但从一开始,那拉玉兰就不是咸丰皇帝的一位崇拜者。

咸丰三年十一月二十六日,曾国藩、郭嵩焘、刘蓉三个人一起起草的《赴皖会剿俟粤省解炮到楚乃可成行》奏折送到京城后,咸丰皇帝是让兰贵人即那拉玉兰为他读的。这是那拉玉兰为他读的第一份奏折。

让兰贵人来读那份奏折,既是咸丰皇帝的一时心血来潮,又是他为政不刻苦的一个结果。在这之前,咸丰皇帝曾经与兰贵人一起读过古人的诗词,他本人偶有诗作,也让兰贵人动笔记下。曾国藩是写奏折的高手,遣词造句十分讲究,读他的奏折犹如读一篇辞赋。但曾国藩的奏折一向很长,咸丰皇帝不喜欢读长的东西。曾国藩的奏折尽管写得很美,咸丰帝看起来也感到头疼。因此,当曾国藩的那份奏折送上龙案时,咸丰皇帝突发奇想,要兰贵人来给他读那份奏折。

兰贵人是第一次接触奏折,因此心中未免紧张。但她很快平静下来,比较顺利地读完了那份奏折。说比较顺利,是有几个字她不认识,不得不请教了皇上。

兰贵人不晓得事情的来龙去脉,对那份奏折的内容也不甚了了,因此读完之后,没有一句话。

咸丰皇帝也没有与兰贵人一起进行议论的打算。读完之后,他口授了朱批,让兰贵人记了。那朱批引发了曾国藩随后上的《沥陈现办情形折》。

曾国藩的《沥陈现办情形折》送达京城后,也是由兰贵人给咸丰皇帝读的。咸丰听后,原有的怒气大消,遂亲自提笔写了这样的批语:

> 知道了。成败利钝,固不可逆睹,然汝之心可质天日,非独朕知。若甘受畏葸之罪,殊属非是。钦此。

写完这些文字,咸丰皇帝的情绪完全平静下来。

咸丰四年五月,当时兰贵人已经被册封为懿嫔,二十八日,她被叫到皇上跟前。皇上是让她去读奏折的。她读的奏折便是叶名琛所奏,就是让海受阳看罢气得差一点晕过去的那份奏折。

读罢,皇上拟"览奏均悉"四字,要让懿嫔代笔,懿嫔感到愕然。咸丰皇帝见她如此,笑了笑,自己在折子上写了那四个字。

这是那拉玉兰入宫后头一次接触有关夷务的事。叶名琛在奏章中说,在提换约之前,英国和法国同时换了驻华公使,这分明是说这里面可能有文章。可皇上处理那份奏折,却只是写了"览奏均悉"四字完事。懿嫔觉得这样处理不太妥当,遂大着胆子提出自己的想法:"皇上,臣妾觉得这事应该往深里追究一下……"

这话提醒了皇上。当时,他们在圆明园的九州清晏的广居轩。懿嫔刚刚讲完这句话,只见咸丰皇帝冲着她挤了一下眼儿。看来,他是有了一个什么有趣的主意。

咸丰皇帝随后让懿嫔退入内厅,然后唤来太监道:"叫肃顺过来。"

懿嫔退到了内厅,隔着一个帘子静听外面的动静。

肃顺当时是御前侍卫,就在外面的院子。不一会儿,懿嫔就听见肃顺到了。他给皇上请了安,咸丰帝叫他站起来回话并道:"肃顺,朕刚刚看到一份奏折,是两广总督叶名琛写来的。他说英国人、法国人提出修什么约,弄得朕莫名其妙。我们和英国人、法国人有什么老账没有算明白,现在又扯什么修约?你终日讲体谅圣意、为朕分忧,现在朕的身边只有你一个明白人。朕想问问,这叶名琛是怎么一回事?"

咸丰皇帝讲后半天没有什么动静。过了好久才听肃顺回道:"皇上,别的事奴才都能够办得,唯有这事,看来奴才要让皇上失望了……"

随后传来的是咸丰皇帝的一阵开心的大笑。笑了一阵,就又听咸丰皇帝道:"听说你有一句名言,'满人混蛋多'……"

肃顺那边又有了动静,并传出他的喃喃声:"奴才罪该万死。"想必又跪下了。

"朕问你,这话可是你讲的?"

"奴才罪该万死……"

"你讲这样的话,朕以为你是一个明白的,这才来向你请教。不想……"

"奴才也是混蛋一个……"

咸丰皇帝听后笑了笑,随后又道:"幸亏咱们满人还不都是混蛋!现在,朕叫一个明白的让你见识见识……传恭亲王……"太监"喳"了一声,去传恭亲王了。

懿嫔听了这话又兴奋又担心。有关皇上与恭亲王的故事,宫里传得很多。她知道皇上与恭亲王关系微妙,素知恭亲王有才、干练,她一直希望皇上与恭亲王的关系能够和谐。现在皇上想到了恭亲王,她便感到兴奋。她也担心这样一个问题万一恭亲王回答不出,岂不既坏了恭亲王的英名,也让皇上下不了台?

正思考之间,恭亲王到了。恭亲王也在园中,住处离得很近。恭亲王给咸丰皇帝请了安。咸丰皇帝道:"两广总督叶名琛发来奏折,说英国人和法国人要求换约,并说英国和法国提出换约前,同时换了代表。这修约的事大,朕怕闹不好又引起纠葛,想召你商量。不想思虑之时,见肃顺在外,便把他叫进来。于是,朕想教训他一番,问他修约的事,他片言不知。朕遂把你唤入,共同教训这等轻狂之辈——如果教训有效,多出一个稳重之人,也是大清的一份福气。"

随后,就听恭亲王轻轻笑道:"道光二十二年,大清与美夷签订《中美望厦条约》,其中规定:'和约一经议定,两国各宜遵守,不得轻有变更;至各口情形不一,所有贸易及海面各款恐不无稍有变通之处,应俟十二年后,两国派员公平酌办。'想来,到如今,《中美望厦条约》期满十二年,修约的事当由此起。有关修约的内容,只有这一条约有规定。而英法提修约的要求,那是由于我国跟他们所签条约中有最惠国待遇的规定,即一国得到好处,有关签约国便可得到,英法肯定是据此提修约要求的。"

清清楚楚!懿嫔悬着的一颗心放下了。

"清清楚楚!"这是咸丰皇帝的声音,"肃顺,你可听明白了?"

"清清楚楚!"这是肃顺的声音,"奴才听得明明白白。"

"学无止境啊!如果一味轻狂,那就自甘坠入混蛋的行列了。"咸丰皇帝叹道。

肃顺回道:"奴才谨记皇上教诲。"

毫无疑问,对于换约的事,咸丰皇帝表现的是不敏感、无作为。之所以如此,大概与当时的整个局势有关——

咸丰三年下半年,南方形势已经异常吃紧。八月九江失守。随后,太平军搞"西征",攻入湖北。驻守湖北的防军和来援的江忠源楚勇皆被太平军打败。九月,黄州失守。十月,桐城、舒城失守。十二月,庐州失守,江忠源战死,皖北全部落入太平军手中。进入咸丰四年,形势急剧恶化。正月,奉命收复黄州的湖广总督吴文镕战死。五月之后,失利的战报纷纷传来:收复后的武昌再度失守!宜都、枝江、宜昌失守!而与此同时,"北伐"的太平军则强渡黄河,向北推进。

在这样的情势之下,咸丰皇帝没有更多的心思顾及夷务了。

咸丰四年,对太平天国来说是极不寻常的一年。上官介见东王后不久,东王便假借"天父下凡"之名,公开宣布对四书十三经和历代史鉴解禁。当年太平天国开科取士,题目有了传统的味道,只是其含义巧妙地做了符合太平天国政治现实的设计:四海之内有东王。

对百姓生活和生存有直接关系的改变,则是放弃"圣库制度",恢复"照旧交粮纳税";放弃男行女行,恢复夫妻同居,允许"小弟小妹团聚成婚"。

第一项改变是被逼出来的。太平天国很早就实行"圣库制度",即所有财物一律归公,大家的生活必需品从"圣库"中支取。进军的过程中,以收缴、纳贡等方式获得了大量银米财物；占领南京城以后，所接管的粮食和公私财物更是不计其数。这使太平天国得以继续推行圣库供给制。然而，圣库中的东西再多也是有限的。上百万军民每天得吃、得用，还要准备战争、供应前方，圣库的积蓄日渐减少。

这种状况首先表现在粮食方面。初入南京城时，对城内所有新老兄弟姊妹的粮食，是敞开供应的，所谓"来取者即与之"。到咸丰三年，粮食储备看来依然不少，有谷物一百二十七万石，米七十五万石。但这些米谷也仅仅是南京军民四个月的口粮。到咸丰四年五月已经出现了饥荒，太平天国官府不得不下"一概吃粥之令"。又过两个月，终于出现断粮的紧急状态，城中大批男女被迫出城"割稻自食"。

这是天京的状况。天京之外转战南北的几十万太平军，供应更是得不到保障，许多时候要靠"打贡"（实即抢掠）维持。无奈，太平天国只好放弃"圣库制度"，改行"照旧交粮纳税"。咸丰四年初夏，东王与北王及翼王联名向天王递交本章，正式提出"照旧交粮纳税"：

小弟杨秀清立在陛下暨小弟韦昌辉、石达开跪在陛下，奏为征办米粮，以裕国课事：

缘蒙天父天兄大开天恩，差我主二兄建都天京，兵士日众，宜广积米粮，以充军储而裕国课。弟等细思，安徽、江西米粮广有，宜令镇守佐将在彼晓谕良民照旧交粮纳税。如蒙恩准，弟等即颁行咨谕，令该等遵办，解回天京圣仓堆积。

洪秀全批准了奏议。

之后不久，东王又以天父下凡的名义允许"一班小弟小妹团聚成家"。为此，各地设立了婚娶官，未曾婚配的男女开始建立家庭，原有家室者也得以团圆，正常生活得到了相当程度的恢复。

上官介一直以"兄弟姐妹未得婚配，我等不宜特殊"为由拖延完婚。东王允许"一班小弟小妹团聚成家"的圣令发出后，未婚男女纷纷成婚，上官介再也无法推脱，遂与杨秀水完婚。只是，他说服杨秀水完婚时坚持"三不"：不声张，不受封，不改名教信仰。杨秀水明白上官介的心思，知道他一时难以改变，也就由他。

杨秀水向东王提出她与上官介完婚的要求，东王同意了。婚事办得十分简朴，甚至可以说十分冷清。

第十三章 挑拨离间，胡林翼略施小计

记得太平军从岳州北上时，"千船健将，两岸雄兵，鞭敲金镫响，沿路凯歌声，水流风顺"，一片兴盛的景象。其实，这里的"千船"，是把太平军的战船说少了。太平军在益阳已经得船两千只，尔后到岳州，又征集了民船数千艘，这样就接近万艘了。

但到了咸丰四年，这些战船已全部被毁。

太平军从岳州到武昌，从武昌到九江，从九江到安庆，从安庆到南京，所向披靡，这些战船发挥了不可估量的作用。后来有了湘军，有了湘军水师，太平军的水军有了对头。咸丰四年，湘军收复岳州。岳州既失，武昌即暴露于湘军之前。当年七月，守卫武昌的太平军拥兵两万，在数量上较湘军占有绝对的优势，但慑于湘军的威猛气势，消极防御。这样，湘军得以从容扫荡城外太平军营垒，廓清江面太平军水师船只。这是太平军水师第一次受损。随后，石凤魁与黄再兴仓皇撤离武昌，城中的太平军船只为湘军所得，这是太平军水师的第二次损失。当年十月，太平军与湘军战于半壁山、田家镇。太平军两万余官兵战死，拦江铁链亦被湘军斩断，田家镇失守。此败是太平天国金田起义以来最为惨重的军事失败，其万余船只被毁。这场大战后，太平军水师总体覆灭，丧失了对长江江面的控制权。

只是，水上的较量并没有因此而结束。湘军乘胜东进，欲拿下九江。这次，湘军的对手是翼王石达开。石达开看到，湘军水师的船有长龙、快蟹、舢板三种。长龙与快蟹都是大船，行动缓慢，不利于前锋战斗，而利于指挥、运兵、运械；舢板行动轻捷，利于战斗。二者相互配合，取长补短，才相得益彰。过去的几仗，湘军皆仗大小船只的配合而取胜。石达开决定用计将二者分开，以便取胜。

白天，石达开坚守不出，夜间则派小船冲入江中，把火箭、火球射向湘军水师船上。湘军水师欲战无从战，欲睡无法睡，一连数夜弄得心焦气躁。随后，石达开派出四十余只战船至湘军水师阵前，曾国藩得报后召诸将商量对策。按照常规，湘军水师远胜太平军水师多倍，太平军本不敢出动四十余只船在长江上行动。既然行动，必有原因。因此曾国藩觉得应小心对付。但此时湘军既骄又躁，不假思索便派舢板一百二十余只，攻击太平军的船队。太平军见湘军杀出，调头而去，湘军从后面追来。双方你追我赶，转眼到了湖口。此时，太平军船队向右一转，向鄱阳湖驶去。湘军依仗自己船多，随着进了鄱阳湖。

这湖口外连长江，内接鄱阳，是鄱阳湖五百里水面的进出口，口子极窄，如同大肚口袋之袋口。太平军早已在岸上修筑了工事，安装了大炮。等湘军水师进入鄱阳湖后，太平军万炮齐发，湘军的一百二十只舢板被死死地锁在了湖内，而留在长江水面的皆为长龙和快蟹大船。湘军的大船离开了舢板，犹如鹰隼失去了翅膀，在敌船的进攻中，只能笨拙地移动。石达开命数十只小船满载各种火器进入江内，钻入湘军船队中间放火。当夜月黑风高，咫尺难辨敌我，太平军小船夹在湘军大船之间，大船的炮火完全失去效用。大火燃起，湘军战船纷纷向上游逃跑。就这样，湘军水师主力战船毁于一旦。

水师是湘军之命脉，曾国藩随即重振水师，首先救出留在鄱阳湖内的一百二十多只快船。随后，曾国藩又为重整江上水师努力奔走。咸丰五年，湖南的新船百余号首先造好，九江江面上损坏的战船亦告修复。当年七月，湘军内湖水师统领萧捷三在湖口战死，曾国藩调彭玉麟赶往江西。彭玉麟此时正在湖南省亲，闻命启程，扮作商人穿越太平军控制区，步行数百里赶到江西，接任水师统领之职。

太平军认识到水战的重要性，遂在九江设立船厂，制造战船。至咸丰六年三月，制造战船数百条。曾国藩生怕太平军水师坐大，命令彭玉麟寻机歼灭之。彭玉麟选三百死士冲入太平军水师营中，一举将太平军新造的船只全部焚毁。

司马三畏很早就起了床，他早已习惯了早起。曾国藩四更必起，司马三畏为适应他而形成了早起的习惯。曾国藩的大本营扎在鄱阳湖的水面之上，这里属于南康府的星子县，彭玉麟的水师就在这里。这里很是安全，太平军的水师已经不复存在，无法接近他们。

司马三畏起床时，东方刚现鱼白色，鄱阳湖和它水面上的数百艘战船还在沉睡之中。当日无风,战船一排排躺在水床之上安静地睡着。曾国藩座船左侧的一条船上住着胡林翼,右侧则是刘蓉的座船。胡林翼刚刚从湖南赶来,他被请来与曾国藩等一起分析战局,商议军机。

湘军主力进入江西,并非曾国藩所愿,而是咸丰皇帝的意志。而事实上,湘军主力离开武昌后,湖北和江西的战局对湘军均属不利。湖北这边,省城武昌在太平军手里,胡林翼得到的是一个挂名的巡抚,手下缺兵少将,身边粮草匮乏。湖北的军队多是几经溃散而后被收拢起来的绿营兵,毫无战斗力。作为湖北的湘军,仅有胡林翼原先从贵州带来的黔勇六百人和咸丰四年夏增募的新勇,共两千人。这样一支队伍势单力薄,只能在武昌周围防守,搞不出什么名堂。如果太平军主力进入湖北,胡林翼面临的只能是被消灭的命运。

而进入江西的湘军主力则一直处于被动地位。湘军的大本营在南康,辖有水师和陆师两部分。水师四千人驻南康,陆师一万二千人,分别由塔齐布、罗泽南、李元度统领。塔齐布部人数最多,约有六千五百人,罗泽南部约为三千五百人,李元度所带湘军仅四营两千人。三支队伍最初的部署是:塔齐布、罗泽南两部围攻九江,李元度驻南康。九江久攻不下,湘军伤亡惨重,处境越发被动。在这样的情况之下,经营湖北的问题重新被提了出来。

最早提出这个问题的是罗泽南,他指出太平军上控武昌、下据南京,九江乃中游要塞,是其在所必保、必争之地。湘军久攻难下,道理就在这里。即使一时攻下,太平军必全力争夺,故而难以据守。如此下去,湘军是不能够摆脱被动局面的。要打破僵局、改变目前的被动地位,必须回军上游,力克武昌。

其实,曾国藩并非不明白这层道理。只是,皇上的敦促和责骂言犹在耳,他不可能自率湘军主力大踏步退往上游,但被动局面又不能不加扭转。恰在此时,九江前线传来噩耗,因久攻九江不下,塔齐布急火攻心,呕血而死。不能再如此被动下去了,曾国藩遂请胡林翼屈驾南康,共商大计。

昨天,胡林翼刚到。大家随便议论形势时谈到太平军妄图恢复水师的问题,胡林翼说太平军掌管建造船只的,是他的同乡唐正才。常言道,毁其器莫如诛其匠。赤壁之战时,周瑜欲毁曹操之水师,先杀蔡瑁、张允。胡林翼提出,太平军既然全仗唐正才制造战船,何不用计除之?曾国藩亦以为是。

众人议论中得知,湘军水师俘虏了数名太平军水师士卒。审讯中,一个叫唐连顺的自称是唐正才的侄子。胡林翼听说后,说正好在此人身上施计。曾国藩知道胡林翼点子多,把这事情交给了他,道:"愚兄不善此道,此事拜托贤弟。"

当时,司马三畏与辛心庠在场,对胡林翼施计于唐正才很是感兴趣,表示用计中倘若有可用之处,愿意听从吩咐。

胡林翼笑道:"正需两名亲兵,就请屈尊假扮。"

曾国藩听后也笑道:"只怕未必扮得像。"

当日午后,胡林翼令审问者再审,并特别交代要问清唐连顺是否识字。看来他心中已有打算。之后回报,说经再次审问,那唐连顺并非唐正才的近亲——因是同一个庄子,论起辈数,唐连顺管唐正才叫叔叔,唐连顺自言"识文解字"。

胡林翼一听大喜。司马三畏和辛心庠已经乔装——司马三畏扮作了亲兵马三,辛心庠扮作了亲兵辛祥。他们按照胡林翼的吩咐,在审问者的引领下到了关押唐连顺的地方。审问者并没有露面,马三和辛祥进门后问道:"哪个是唐连顺?"

唐连顺急忙回答:"小的是……"

几名俘虏当时都是被绑着的,一起蹲在地上。

马三上去给唐连顺松了绑,与辛祥一起将唐连顺带至胡林翼营帐,并报告道:"唐连顺请到。"

唐连顺原不知吉凶,并没有听到带他的人说的那个"请"字,也不晓得自己被带来见到的是什么人,依然浑身发抖。

"老乡莫怕!"胡林翼用地道的益阳腔说道,"我叫胡林翼,咱们是老乡,我又是你的叔叔唐正才的朋友。刚刚听到下面说抓住了唐正才的一个侄子,便派人叫了你来。你是不是真的是唐正才的侄子我也不晓得……"

胡林翼大名鼎鼎,太平军上下无人不知。唐连顺知道,湘军抓了俘虏,往往是先审后杀。他一听胡林翼是唐正才的朋友,便看到了生的希望。现见胡林翼怀疑自己的身份,连忙答道:"小的确是唐正才的侄子。虽不是亲的,可在庄子上时,我们走得很近;到队伍中,也多受叔叔的照应……"

"这就不对了,"胡林翼疑惑道,"既然如此,怎么到队伍里这多年,你还是一个兵?"

唐连顺见问,答道:"胡大人这样说是不晓得我这位叔叔的秉性,他是越亲越不提携。"

"这又不对了,方才你还说,到队伍之后多受叔叔的关照。"

唐连顺又急忙回道:"小的说多受叔叔关照,是讲小的有了难处,他总会照应。

像有病有灾时，他总张罗着派人请郎中、让吃药；没钱花了，就给钱……"

胡林翼听后道："我不是不信你，两军交战，哪方不加小心？况且我还打算有事让你办呢！"

唐连顺是一个乖角儿，一听胡林翼如此说，如何不赶紧抓住？于是道："胡大人有事只管吩咐，凡是小的能做的，赴汤蹈火，在所不辞。"

胡林翼见状遂道："你被俘几天受了苦，想必都不会让你吃饱的。"说完，又吩咐亲兵道，"马三，你先去陪唐义士吃饭，吃完再来见我。"

已经几天没有吃一顿饱饭了，何况现又是一顿好饭，唐连顺狼吞虎咽，很快吃了个肚儿圆。吃饭时，马三对唐连顺道："看在你是唐正才侄子的份上，原胡大人是要亲自陪你吃的。大概你答得有漏洞，胡大人对你的真实身份有怀疑，遂改变了主意。"

唐连顺一听立即回道："小的对天发誓，要是我唐连顺说的有一句假话，天打五雷轰！"

马三一听，笑了笑。

回到营帐，马三先进帐禀报，随后出来喊唐连顺。唐连顺进帐后，胡林翼正在案上写什么。就在这时，亲兵辛祥进帐报告，说曾大人有急事请胡大人过去一趟。胡林翼不敢怠慢，带辛祥出帐，帐内只剩下了唐连顺与马三两人。马三说他也是益阳人，只是从小就跟父亲在外，家乡话竟不会讲一句了。这样，两个人既是老乡，又一起吃了顿饭，彼此便热乎起来。

唐连顺心中一直在琢磨，胡林翼说与唐正才是朋友，是什么样的朋友？什么时候的朋友？自家的庄子与胡家虽是一县，却相隔甚远。再说，在庄子上时，唐正才是一个船工，而胡家是县里有名的大户，那时两个人如何能交朋友？到队伍中后，就越发不可能了——两军对杀，你死我活，如何交朋友？如此这般一想，唐连顺怕了起来，特别是又想到胡林翼曾讲的"况且我还打算有事让你办"那句话，竟然吓得魂不附体：难道胡林翼要让我带信给唐正才什么的，那可是危险的勾当，被发现是要送命的！这样想着，唐连顺再也沉不住气，便问那马三道："马将军，胡大人说要让我办什么事，会是什么事呢？"

马三回道："这个我哪里会晓得？"

确实如此，一个亲兵哪里会晓得这样的事？

唐连顺听了，心里七上八下。

两个人本来是站着的,马三穷极无聊,先找了一把椅子坐了下来。随后,从他那里传来了打呼噜的声音。

唐连顺此时正心事重重,他看到书案上摊着一些纸,隐隐约约还有一张手绘的图,那些东西强烈地吸引着他。书案靠着一个窗子,阳光从窗子里射进来,正好投在书案上。书案紧挨着那窗子,还有一个并排着的小窗子。唐连顺想过去看看案上那些东西,他慢慢地向那个小窗子踱去。

正在他接近那张书案时,马三从梦中醒来,并站起身,在帐中踱步,看来是为驱除困意。

唐连顺见他醒来,身子转向,也在帐中踱起圈来。不多时,马三再次坐在那椅子上,又很快睡去。

唐连顺趁机迅速走到那小窗子前。他假意地向窗外观察,实际上斜着眼看那书案上的东西。一张图在最上边,画的是一处水面,右角上有些船只,另有小字注——百艘。下面画有山林,标有山林名称,山林中画有带箭头的曲线一条,直指那些船只处。

这图是什么意思?唐连顺百思不解。旁边有一封信,上面只有四个字:"照图袭击。"落款是"丁十"。这时,唐连顺恍然大悟:前不久,太平军在九江新造的一百条战船,突遭湘军袭击,船只尽毁。原来,是有人私通湘军,暗报了军情!唐连顺一下子想到了唐正才身上。会是他?唐连顺细看,看出"照图袭击""丁十"确像唐正才的笔迹。另外一封信是胡林翼刚刚在写的,才开了个头儿,上写:"丁十大鉴:前事谈妥后久久不见行动,望告实情……"还有一封信也是唐正才的笔迹,只是内容多、字小,看不甚清,而且大部分被那张图遮了。

唐连顺正想移身靠近看那露着的部分,要看个仔细,正好那亲兵再次醒来。唐连顺听到动静,便慢慢转身,再次踱圈。不晓得自己的窥视动作是否被发现,唐连顺心里鼓声咚咚。为了掩盖自己的心虚,他遂对马三开了一个玩笑:"你如此好睡,就不怕我趁机跑掉吗?"

马三伸了伸懒腰,站起身来,缓缓反问道:"你能跑到哪里去?"

正说着,外面有了动静——随胡林翼离开的那名亲兵辛祥进帐,直奔那书案,迅速把案上的东西收入抽屉,并责怪马三道:"胡大人走得急,你怎么不收拾了?"

"我一直在这里不眨眼地看着……"马三显然是在为自己辩解。

辛祥显然不想纠缠,便离去了。

这一闹,马三的睡意全消。他坐在那里,嘴里哼起了小曲儿。唐连顺则大动脑筋:唐正才呀唐正才,你给天国立下了汗马功劳,天国也没有亏待你;特别是东王对你是完全信任,给你加官晋爵,放手让你给太平军的水师造船。可想不到你竟然背着太平军干着勾结湘军的勾当!听说你对天国的一些做法不满,曾多次向东王进言而被拒绝,可也不应该为了这个就勾结敌军哪!

随后,唐连顺想到了自己的危险处境,同时也想到了自己面临的巨大机遇。他看得出,胡林翼对他的真实身份曾有怀疑,曾多方试探。而他的真实身份一经确定,那接下来就该让他办事了。办什么事?从那封未写完的信中可以看到,他们的联系中断了,胡林翼急切地想与唐正才接上关系。故而,极有可能放他回去,把信带给唐正才。这事不能不做——拒绝命就没了。可做了的后果是什么?唐连顺想来想去,心想我把信带回,想办法交给唐正才,好的结果是将来有了好处,有我的一份儿。可危险是明摆着的,如此机密之事,知道的人越少越好,因此为了保密,自己很可能被唐正才除掉。这样,他唐连顺的小命儿就没有了。不过另外还有一种做法:告密!一回营,就把事情的原委向上级讲出来,交出那封信……

正想到这里,胡林翼回来了。马三听到动静早已站起,唐连顺则老老实实地站着,等待胡林翼发话。

胡林翼走到案前对唐连顺道:"方才我派人去问了你被俘的同伙,他们道你所讲与唐正才一个庄子、论起来叫唐正才叔叔的话不假。这样,我就可以放心地派你办事了。你方才讲,赴汤蹈火在所不辞。可我再说一遍,要你做的事情非同小可,你必须三思而后行;否则闹不好,搭上你的小命不算,还坏了我的大事。"

此时唐连顺已心中有底,回道:"胡大人何必多虑?小的是个俘虏,替大人办事,可以捡得一条性命,说不定将来还有个好前程;办不好,至多也是个死。相比之下,小的为什么不干?"

胡林翼点了点头道:"你想得算是明白……是这样,我要你带一封信回去给唐正才。你能把信亲自交给他吗?"

"要紧的是小的回营后如何才不致引起那边的怀疑。"

胡林翼点了点头,又问:"还有?"

"再就是小的以什么名义见到唐叔——小的属北王韦昌辉之弟韦昌煌带的队伍,与唐叔是两个营盘的;这事又耽误不得……"

胡林翼笑道:"难处你都想到了,回营的事我来安排。至于如何尽快地见到你叔叔的事,只有靠你自己想办法了。"

"敢问大人如何安排小的回营?"

胡林翼道:"我给韦昌煇写一封劝降信,你带着,你回营是我放你去劝降的。这可妥当?"

"好。"

"如果让事情越发逼真,你再吃点皮肉之苦更好。"

唐连顺一听要揍他,连忙说道:"光有信足可骗过那些蠢驴了……"

说话间,胡林翼两封信均已拟就。给唐正才的信封好,缝在衣襟里;给韦昌煇的信也封好,放在衣兜里。

司马三畏和辛心庠假扮亲兵去提唐连顺时,司马三畏在几名俘虏中发现了一名十五六岁的少年。一个孩子!这首先引发了司马三畏的恻隐之心。他晓得放走唐连顺之后,几个俘虏就会被杀掉了。一个十几岁的孩子就这样死掉,岂不可怜?随后,他觉得这孩子似乎在什么地方看到过。再细看那眉眼儿,司马三畏很快想起这孩子的面相颇像咸丰元年他在清江浦看到的"玉兰姑娘"。就由于这两个因素,司马三畏产生了搭救这孩子的念头。这样,就在其他人给唐连顺安排藏匿信件的当儿,司马三畏向胡林翼提出,让这个孩子与唐连顺一起回去,或许更妥当些。胡林翼不认为有何不妥,遂让司马三畏自去安排。

这样,唐连顺依然穿着被俘时穿着的那身衣服,同时放回的孩子也穿着原来的衣服。他们各自骑了一匹马,在马三率领的几名湘军士兵护送下出营。

出营后,唐连顺原想护送他的人会折回去,可送他的人送了一程又一程。前面眼看就是太平军的营地了,护送的人依然没有停下的意思。唐连顺暗暗叫苦。

离太平军营地只有一箭之地了,那边已经发现了他们,马三才让人停下来,并对唐连顺道:"你要直奔营中。否则,追上你的将是我等的箭镞。"

唐连顺无奈,只好与那少年一起,拍马向营门那边飞奔。他心里随即做了一个决定,并道:"唐正才,我可要做一件对不住你的事情了!"

司马三畏回营复命,陪胡林翼去曾国藩那里讲述了施计的经过。曾国藩听后道:"此一箭多雕之策也。用一唐连顺,可击韦、唐二贼;那封密函,唐连顺告密与否,都必生效。妙极!妙极!你我且等佳音可也。"

且说唐连顺和那少年回营即被捉住,唐连顺大喊要见韦昌煇,说有要事禀报。一层层报了上去,韦昌煇准见。见面后,唐连顺立即将胡林翼的劝降信拿出交给韦昌煌。韦昌煌一见大怒，一边大骂胡林翼，一边命人将唐连顺绑了，推出去斩首。唐连顺立即止住拥上来的人，对韦昌煌道："小的有重大军情禀报，请将军屏退左右。"

韦昌煌怒气未消，但听唐连顺说有重大军情禀报，便耐着性子，让左右带那少年退下。

唐连顺不慌不忙撕开衣襟，把胡林翼给唐正才的那封信，交给了韦昌煌。

韦昌煌展开一看，上写：

丁十大鉴：前事谈妥后久久不见行动，望告实情。前事口田已报，尚有奖语。木羽。

韦昌煌不明白书中之意，唐连顺遂把自己见到胡林翼的经过讲了一遍。如此，韦昌煌虽不全明了书中之言，但有所悟。随后，韦昌煌命人将唐连顺羁押待审，并立即做出一个大胆的决定。

他派人给唐正才发了一信，请他过营来，说有重大军情相商。韦昌煌是北王韦昌辉之弟，本人又是检点，唐正才不敢怠慢，遂带两名亲兵前来。韦昌煌早已埋伏人马，唐正才一进帐，即被韦昌煌的军士擒拿。

韦昌煌拿着那封信道："丁十将军，你干的好事。今天犯在我的手里，还有何话讲？"唐正才莫名其妙，他越解释、喊冤，韦昌煌越觉得可笑。

韦昌煌与他的哥哥性格大有不同。韦昌辉喜怒从不外露，天大的委屈憋在心里从不与人言。他心里极不满意东王的专横和霸道，但嘴上对任何人不讲一个不字；本人遭受东王的凌辱，也牢牢地压在心底。如此的性格不但保全了自己已经得到的一切，而且常常能得到他想要的新东西。韦昌煌却不同，他胆大包天、敢作敢为，故而多次公开说东王的不是，大骂哥哥窝囊。就因这一点，韦昌辉一直把他派送到外地与清军作战，不敢让他在天京城待上一天。

韦昌煌认定唐正才的事是天国的重大案件，他一开始就不打算让石达开插手，决定自己独自处理。唐正才是将军，韦昌煌是检点，他们共同在石达开的节制之下。尽管他比唐正才职级高，也是没有权力这样处理问题的，可他并不认为自己的做法有什么不妥。

韦昌煌很快写了一道给天王的奏折，派一心腹将领带着所有的材料押送唐正才、唐连顺和那少年去了天京。

唐正才大营的将领们见唐正才未归,找到韦昌煌大营才得知唐正才已被羁押并送去天京。将领们要说法,不依不饶,因而把事情闹大,石达开才晓得出了事。

石达开气得发了疯,他真想立即把韦昌煌抓起来,先打他个半死。但渐渐地,石达开冷静了下来。作为主帅,他必须全面了解事情的原委和真相,以便向上面也就是东王杨秀清和天王洪秀全有个交代。而现在,他却几乎什么也不清楚,只知道唐正才由于通敌罪而被韦昌煌抓了起来,并且已经解往天京。按照正常的做法,韦昌煌擅自拘捕天国的一员大将,石达开会立即将韦昌煌拘捕,交送天京。但石达开没有那样做,他明白天京的复杂。东王有大功于天国,但专横跋扈。东王以下所有的人皆惧东王之威,对东王的霸道也是敢怒而不敢言,其中北王韦昌辉与东王的关系最为微妙。表面上,韦昌辉对东王异常顺从,骨子里却并不敬佩。有关北王的事,东王向来毫不顾忌,对北王多有伤害。北王嫉恨在心,内心里积累着仇恨。唐正才是东王的爱将,是天国水师建设离不开的人物。韦昌煌擅自把唐正才抓起来,必然激怒东王。在此情况之下,把韦昌煌抓起来,东王会高兴;但那样势必得罪北王。石达开既不想讨好东王,也不想得罪北王。他自己便承担一个"疏于节制"站到一边,让他们自己去料理好了。

这样,石达开只好把韦昌煌找来,从他那里了解情况上报完事。

韦昌煌向石达开讲明了一切,包括唐连顺给他带来的那封信。石达开问那封信在哪里,韦昌煌如实地告诉了石达开,说当时他就把它撕烂丢在了茅坑里。石达开暗地发笑,骂韦昌煌既鲁莽又愚蠢。

石达开立即写了奏章,讲清事情的原委,特别讲明把唐正才抓起来送往天京的事,韦昌煌并没有向他报告。石达开承担责任说,对下属失于管教,致韦昌煌擅自行事,请给他应有的处分。在奏章中石达开还讲,他怀疑这是曾国藩的借刀杀人之计。

石达开以为自己的奏章会先到京城,可实际上他错了。韦昌煌在送走唐正才之前,已经写了一份奏章直呈天王,并且六百里加急送走了。他向石达开讲情况时,故意把这事讲得含混。石达开则一时疏忽,没有特别问明详情。这样,洪秀全首先看到的是韦昌煌的奏折,他异常震怒,对唐正才大骂不止。但随后洪秀全冷静下来,他想按一般程序——此事韦昌煌应该先报主帅石达开,由石达开做处理,奏章也应该先呈东王。而从韦昌煌的奏章看,事情显然是韦昌煌擅自处理的,奏章也没有先呈东王。

洪秀全在奏章上批了一段话,让有司送往东王府。洪秀全的御批有以下三方面内容:一、看罢震惊不已,但是否为贼人的借刀杀人之计?故而要谨慎从事;二、韦昌煌不按规矩行事,应当受责;三、由东王处置。

东王最早看到的是石达开的奏章,第一反应是不相信唐正才通敌。随后,是对韦昌煌的做法感到难以容忍,随即下令,让石达开拘捕韦昌煌解京问罪。

就在这时,天王批转的韦昌煌奏章送达。东王见韦昌煌将奏章直呈天王,越发怒火中烧,遂命石达开将韦昌煌拘捕后囚车解京。同时派出心腹人员,率人去路上保护唐正才,以防不测。

唐正才一案传开后,引起的震动略去不表。听说此事之后,上官介的心情极为复杂,他难以判定事变起因的真假。唐正才对太平天国许许多多的做法早有不满,与湘军联络不是没有可能,但不排除胡林翼在施计。除掉唐正才,无疑是避免太平军重建水师的高明一招。如果事变属于前者,他为唐正才和湘军的损失而叹息;如果事变属于后者,他为湘军用计的成功而欣喜,但作为朋友,又为唐正才的牺牲而惋惜。

杨秀水则认定唐正才无辜,实属湘军施计。

禹嫂的看法与杨秀水一样,她不认为唐正才会背叛太平军。既然投了过来,就再无背叛之理。故而,她为唐正才的不幸遭遇而伤心。而她伤心之余还有三分担心,她的儿子就在唐连顺手下,唐连顺被俘,她儿子有没有事?

东王派出的人将唐正才一行接到天京后,上官介、杨秀水、禹嫂等吃惊地得知,禹嫂的儿子也涉案中。

禹嫂的儿子便是司马三畏设法搭救了的那个少年,他叫禹小顺。

东王亲自过问了案子的审问,他很快理清了案情,弄清楚禹小顺之无辜。他从杨秀水那里晓得禹小顺是禹嫂的儿子时,很快将禹小顺放了。禹嫂自然深深感激东王,也感激杨秀水说情。母子在上官介那里见了面,一时悲喜交集。禹小顺向大家讲了自己被俘、被释放的经过。他不晓得自己为什么被放了,他说一个三十多岁的人曾经问他话,问他几岁了。他回答说十六岁。那人再没有问别的。他当然不晓得那个问话的是一个什么样的人。上官介也好,杨秀水也好,禹嫂也好,对那个问话的人都没有多想什么。

禹小顺在东王府他母亲那里足足待了十天,尔后回军队去了。

杨秀水一直在为唐正才讨清白。她认定唐正才无辜,提醒东王免上湘军借刀杀人的当。东王告诉杨秀水,仅凭唐连顺所见,就给唐正才安上一个通敌的罪名似显武断。例如既然唐正才向湘军提供了袭击太平军一百只战船的路线图,那么,图是通过什么人送给湘军的?总不能唐正才本人送过去吧?如果图是唐正才提供的,那这总不是他们头一次联络吧?此前,他们是如何联络的?只有掌握了这些证据,方可判定唐正才确实通敌。

杨秀水听后责怪哥哥在给自己出难题——这些证据如何能够获得?难道如此就将唐正才无限期羁押下去不成?她甚至说上帝能够看得清楚。

东王清楚妹妹这话的意思,道:"上帝开口也得寻个时候……"这话虽然给杨秀水吃了一个定心丸,但她并不满足。按她的性子,应该立马释放唐正才。

而韦昌煌则受到了严厉惩处:责打一百军棍,革去一切职衔。

湘军这边,经过几日的商讨,对形势很快形成共识,并商讨出相应对策:一,经营湖北已成当务之急。二,经营湖北,当以拿下武昌为第一要务。当时,太平军主力不在湖北,武昌乃孤城一座,拿下武昌正是时机。三,为向朝廷交代,湘军在江西之主力不能尽撤,曾国藩本人也当留在江西。四,由罗泽南率部前往湖北,刘蓉随队相助。

罗泽南离开之后,曾国藩的处境却日益狼狈。石达开见江西的湘军薄弱,便率重兵从曾国藩大本营右侧擦过,连下瑞州、临江、袁州等府,围攻江西战略重镇吉安府城。与此同时,石达开与广东的天地会取得了联系,天地会的人马从南面杀入江西,与围困吉安的太平军遥相呼应。

吉安的告急文书雪片般飞来,有时司马三畏一天就要给曾国藩送三回。在此情况之下,曾国藩只好撤九江之围,调周凤山部赶往樟树镇。

军情异常紧张,而曾国藩的生活节奏不改:依然是早上四更起身,晚上三更睡觉,午间一小睡;一日一章书读,一日一盘棋下……

调周凤山的军令发出后,司马三畏陪曾国藩下棋。曾国藩问道:"周凤山部到樟树镇后作何调度?"

吉安形势紧迫,南昌兵力空虚,江西官员一片惊恐。有人主张力援吉安,有人主张坚守省城,众说纷纭,莫衷一是。

樟树镇依傍赣江,直通鄱阳湖,东接抚州、建昌,西连瑞州、临江,进可援吉安,退可保南昌,实为江西的战略要地。司马三畏回道:"只做出南下应援之态,不可再进。敌军声势强大,人马众多。我进,孤军深入,非但救不了吉安,自己反会被围、被吃。而省城兵力空虚,敌军围吉安未必不是调虎离山之计;趁我南下之机,石达开掉头取南昌,那江西局势危矣!"

曾国藩道:"此论正合吾意。只是,如此一来,吉安难保了。"

司马三畏明白这一点,但手中就周凤山部这么一点力量了。此时,保全局,就要舍地盘、保力量。除此之外,又有何良策呢?

周凤山到樟树镇后,接到曾国藩就地驻扎的将令。石达开见湘军驻扎不进,遂一举攻克吉安府城。下一步,太平军将要掉头北上,一是消灭湘军主力,二是攻破省城南昌。司马三畏也忧心忡忡,他看得出曾国藩本人也是焦虑万分,昼夜不宁。

果不其然,石达开乘胜北上,周凤山部樟树镇大营首当其冲。周凤山难以抵挡,退入南昌城中。

此时太平军在江西控制了十三府中的八府五十四州县,曾国藩湘军则被困于南昌、南康两府的狭小地区,处于被动挨打之境地,连文报都难以送出;文报须用隐语,包以蜡丸,让人化装潜行送出。

到了咸丰六年,懿嫔对江南的形势有了一个大致的了解,她认为绿营已经难以指望。太平军在南京定都,绿营军在南京城外建起江南大营和江北大营,自然是对南京的巨大威胁,可实际上他们毫无作为。从咸丰三年建营开始,无论发生什么军情,他们一直是"岿然不动"。这是为什么?对此,懿嫔多次向皇上提出问题,咸丰皇帝只是无奈地摇头,不再说懿嫔不知兵了。

不能够指望绿营了,那指望何人?从曾国藩送来的奏折和皇上的有关朱批中,懿嫔渐渐地开始重视曾国藩的湘军。曾国藩率领的湘军,虽然人数不多,但一直在与太平军真刀真枪地拼杀。实际上在江南,是曾国藩的湘军在支撑着局面。但是,懿嫔看得很清楚,皇上并不信任这支军队。因为:第一,皇上不把曾国藩的军队看成朝廷的兵马,这样的力量可以利用而不能够依靠;第二,曾国藩是汉人。一般来说,无论是八旗还是绿营,军权都是掌握在满人的手里。曾国藩手中有这样一支军队,并非朝廷之福。对此,她打算找机会问一问皇上,看看皇上究竟怎样想。

曾国藩在江西陷于危险的境地时,曾有数道奏折发来。对此,皇上似乎无动于衷。而懿嫔却对曾国藩予以同情,并为湘军的命运而担忧。曾国藩固守的南昌成为一座孤城,太平军声势强大,攻下南昌指日可待。

江西是湘军,同时也是江南大营、江北大营绿营军的粮源,能不能保住江西,对江南战局将有决定性的意义。

只是,懿嫔的担忧最后被解除了。咸丰六年二月,曾国藩发来一份奏折,说进攻江西的太平军主力全线撤走——撤向哪里,尚且不知。

看到这一奏折之后,懿嫔那颗长时间以来收紧了的心,顿时舒展。

阿弥陀佛!

而趁太平军主力撤出江西之机,曾国藩对湘军进行了重新组建,并迅速扩军。很快,陆师组成三支人马,达八千五百人。江西的湘军就靠了彭玉麟的水师和这三支陆师,继续支撑着局面。

最近,上官介一直处于极度的忧虑之中。通过杨秀水,他可以看到太平军发给检点以上官员的邸报。邸报表明,太平军在各个战场节节胜利,按照这样的形势发展下去,结局真的难以预料。

咸丰元年,他在清江浦听司马三畏讲太平军的事,司马三畏对清军的无能和腐朽做了淋漓尽致的描述。当时他就有忧虑,如此不堪一击的军队如何可以依靠?他自己被裹进太平军,太平军所向披靡,他亲身感受。而太平军之所以势如破竹,进一步证明司马三畏所讲不错:清军腐败无能,难以依靠。如此下去,大清国不就败在太平军的大旗之下了吗?

后来出现了湘军。上官介以敏锐的目光从太平军披露的零星资料中看出了湘军的不寻常之处,他把湘军看成大清国的希望。

可近来湘军的情况十分不妙。湖北战局的主动权在太平军一方,江西的湘军主力更是处于被动挨打的境地。依他看来,湘军情况不妙的原因是指挥方面出了问题。湘军初建,力量薄弱,就不应该与太平军打硬仗、打大仗。正确的做法应该是留在湖南、湖北,等自己壮大之后再东进。可不晓得为什么,湘军初建之师,竟将主力拉入江西。江西靠近江苏,靠近天京,且是太平军粮草的主要供应地。因此,太平军无论如何是不允许湘军在这里扎下脚跟的。

当湘军丢弃樟树镇,被压缩在南昌、南康狭窄的地带时,上官介的神经紧张到了无以复加的境地。他好像看到了大清国的尽头。

可东王的一纸调令改变了一切,紧紧捏住上官介心脏的那只手一下子松开了。他顿时感到天变蓝了、水变绿了。

石达开率领重兵离开江西到达天京后,投入到攻击江南大营和江北大营的会战。咸丰六年二月二十八日,太平军攻入清军江北大营,踏破营盘一百二十座;接着攻陷扬州城。五月十三日,太平军又集五万之众攻破清军江南大营,从咸丰元年就与太平军作战的向荣战败自杀。

天京被两个钉子钉了多年,一旦钉子拔除,自然有无法形容的痛快。天京处于前所未有的欣喜之中,禹嫂的丈夫禹顺、儿子禹小顺在攻陷江南、江北大营的作战中立了大功。由此,东王将他们调回天京,令他们父子率领几十名兵丁看守唐正才。十分明显,这是东王的特别用心之处,此举一可保障唐正才的性命,免得被人暗算;二则成全禹嫂,使她终于全家团聚。杨秀水、禹嫂都兴奋异常,上官介同样兴奋异常,他们开了一个小小的庆祝会。

只是他们庆祝的内容并不相同:杨秀水与禹嫂为太平军的胜利而庆祝;上官介呢,他一为湘军主力得以保存而庆幸,二是给八旗和绿营送终——但愿湘军以此为契机发展壮大起来,把大清国坍塌的天撑将起来。

在关注湘军动态的同时,上官介一直留神,希望从邸报的字里行间发现他三位朋友的踪迹,可终究毫无信息。

就在他们那小型的庆祝会之后,上官介独自一个人进入后花园。吴棠!司马三畏!海受阳!你们在哪?他的泪水潸潸而下……

江南大营是太平军攻克南京后十天,由向荣的人马建立起来的,位于紫金山到孝陵一带,就在南京城城墙的边上。几天后,在扬州城外由清朝的钦差大臣琦善建起了江北大营。太平军占据着天京、镇江和扬州,而两座大营将三地分割开来,不但极大地威胁着天京、扬州的安全,也影响着太平军的东进。

南京城从被占领那一刻起,总是城门紧闭,出入之人必须接受严格的盘查。如今好了,十三个城门,门门打开。城门依然有人把守,但出入之人无须个个盘查。

太平天国丙辰六年七月初七日,也就是咸丰六年七月十五日,上官介和杨秀水一起出城,到长江之上划船散心。这是上官介到南京以来第一次出城。出城是上官介提议的,杨秀水很高兴地接受了。两个人心中不同的时日表述,有着不同的意义。在杨秀水的心中,七月七这一天,天底下的喜鹊都为人间的爱情而忙碌。可在上官介的心中却有自己独占的日子,再过些天便是中秋。五年前,他和他的朋友吴棠、司马三畏一起聚在清江浦度过了一个愉快的日子,他忘不了那美好的时光。

两个人玩得很是欢快,日落西山时依然流连忘返。他们回到府上的时候,一则令人震惊的消息,让他们的欢快心情荡然无存。

原来,就在他们在郊外的长江之上欢快地玩耍的时候,城里发生了东王杨秀清逼天王洪秀全到东王府封他为万岁的事。

杨秀水不相信自己的耳朵,连忙去找人问情况;而上官介的内心几乎要沸腾了,这可是一件天大的事。天无二日是一条万年不变的规则,太平天国尽管声称信仰上帝,它也不可能摆脱这一规则的制约。东王是一位头脑清醒的人,他应该明白这样的道理。可他竟然令人难以置信地迈出了这样一步。

先不去管东王为什么迈出这样荒唐的一步,需要分析的是,这一突如其来的事件会产生什么样的影响?

上官介判断,不管天王表面上如何应对,他必然会做出强烈反应,打击乃至消灭东王及其整个势力,以确保自己的地位。而从常理看,既然东王走了这一步,他必然早就有了应对之法:或是彻底让天王成为傀儡,或者干脆将天王废掉。这是一场有关各方生死存亡的较量,故而,他们必然调动各自所有的支持者,全力以赴,夺得胜利。

再往下想,上官介的思想变得复杂起来。在这场较量之中,他如何是好?

他正在想着,杨秀水回来了。她生气的样子让上官介判定,事情大有不妙。

于是上官介问道:"事情究竟是怎样的?"

"他说,天王答应在八月十七日举行称万岁典礼……"

"为什么是八月十七日?"

"那天是哥哥的生日……"

"东王如何看?"

"他信以为真——荒唐!毫无准备——荒唐!我说其中有诈,他说自家兄弟,何诈之有?"

"这是东王的狡诈之处,对自己的妹妹都不讲真话……"

"不是的。我向上帝起誓,他没讲假话!"

一个晴天霹雳!竟然如此!上官介一下子醒悟了,所有这一切都有了答案——走火入魔。东王信奉上帝,每当他实施"天父下凡"法术的时候,他的心神必然徜徉于天国的虚幻之中。如此久而久之,在他心中,上帝与他之间的界限、天国与人世之间的界限模糊起来——这就是所谓的走火入魔了。事情发展到这一步,并不为怪。

　　上官介做了一个梦,梦境是清晰的,都是小时候的情景。他梦见母亲带他去了父亲的坟前。他没有见过父亲,但每年的清明、七月十五、正月十四,他的母亲必带他到父亲的坟前上坟。与童年时的梦不同,一是母亲带了一个小酒坛,二是母亲一句话也没有讲,而且看起来很不高兴。随后,梦境转换,成了他和司马三畏及村上其他小朋友一起在运河边上玩耍的情景……

　　醒来之后,他坐起身来,有了一个主意。

　　等杨秀水醒后,上官介对她说自己做了一个梦,梦见了母亲;母亲对他说,还没看到过儿媳妇,很想看一看,也想早一点抱孙子。上官介很少跟杨秀水讲家里的事,这次如此讲,杨秀水很是高兴,说她也很想见见自己的婆婆,也愿意孩子早日出生,把他送到婆婆那里让老人家高兴。杨秀水知道公公已经不在了,又说道:"也让公公高兴,上官家有了后……"

　　上官介觉得这正好是下一步讲话的切入点,于是道:"确实也梦见与母亲一起给父亲上坟。不过这次不同的是,母亲带了一壶酒……"上官介见并没有引起杨秀水的特别注意,便又道,"这梦或许是因为,家乡有一个传统,每逢七月流行江祭……"

　　这话引起了杨秀水的注意,她问道:"江祭是怎么进行的?"

　　上官介道:"夜里,在河中小船之上,大家在葫芦里装上酒,不封口,等酒气从口中冒出时点燃它,把葫芦放入水中,让它随水势向下漂流——这样的葫芦一个接着一个放下去,一共七七四十九个。一连串蓝色的火苗儿在浪中出没……以此寄托对亡人的哀思,祈求鬼神善待他们……另外,这江祭也有消灾之意——百姓们便以此祈求安宁,避灾祈福。"

　　东王逼天王封万岁的事发生后,杨秀水就一直处于失魂落魄的状况之中,她亟须得到慰藉。上官介的那些话,正是针对杨秀水的这种情绪而发的。他讲完之后,杨秀水便道:"现正好是七月,我们为什么不能在这里也搞起江祭呢?"

　　上官介听了满口答应,说一切由他准备。

　　事不宜迟,当日上官介就已经准备就绪,天黑前他们已经到了江边。酒装在一个大坛子里,四十九个小酒坛空着。它们被搬下车,装到一条小船上。天黑了下来,随行的军士们留在岸上,上官介和杨秀水两人则把船划离岸边。

事先，上官介已经把"规矩"告诉给了杨秀水：一般来讲，放葫芦这种事皆由男人来做；倘若女人加入，则男女分列船的两侧，各放各的。上官介先放了第一个，那小酒坛冒着蓝色的火苗儿，漂向下游。杨秀水放了第二个，上官介放了第三个，杨秀水放了第四个……四十八个放下去了，个个成功，一连串蓝色的火苗儿在浪中时隐时现，也算蔚为壮观。

　　上官介放了最后一个。

　　"怎么没点着呢？"杨秀水见状问道。

　　"点了的，"上官介解释道，"放后它却灭掉了。"

　　上官介并不知道自己的行动会有什么实际效果，但他的内心却充满了前所未有的欣慰之情。

　　"心到佛知。我上官介总算是为大清国做了一件事！"

第十四章 金面银面，近在咫尺不相见

湘军在江西的困难不仅仅是作战方面，也表现在后勤上。江西原是湘军的重要后勤基地，现在江西大部分地方被太平军占领，湘军不得不另辟财源。前段时间为湘军筹饷的郭嵩焘一直在湖南、湖北活动；此时因江西局势紧张，郭嵩焘闻讯赶来慰问，曾国藩深受感动。两人同时想到了开辟新财源的问题，他们很快作出决定，由郭嵩焘亲自到江浙走一趟。

郭嵩焘向曾国藩提出让司马三畏与他同行。可江西军情紧急，曾国藩身边得有人。曾国藩本不情愿放司马三畏，但郭嵩焘已经开口，亦不好拒绝。好在还有一个辛心庠。这样，司马三畏便随郭嵩焘东行。

九江以下的长江诸镇均被太平军所占，郭嵩焘一行遂走内陆小河道。他们选定的路线是南昌—滁汊—贵溪—弋阳—铅山—广信—玉山—常山—衢州—严州—杭州。船是租来的，在江西地域，即从南昌到玉山的租金是纹银十两，出江西后租金另议。船上有船户、水手、佣仆，可供食宿，故而郭嵩焘和司马三畏途中不用住旅店。船上有书可读，可集句自娱。

他们从南昌出发，一路之上舟行缓慢，两岸风景正可从容观赏。沿路的名胜名人，他们皆不会放过。鄱阳湖西岸的瑞洪小镇，是龚自珍的故乡。在那里，他们拜访了龚自珍的儿子龚孝拱。到达安仁，他们游览了著名的石港书院。该书院丛木掩映，屋宇参差。靠近江边有一石矶，矶上有亭。郭嵩焘感觉"颇有尘外幽致"。船过贵溪不远，见江中有一大沙洲。船家告诉他们此滩名曰桃花滩，由此南望，山如连珠，其中一峰，远远望去，像一顶方帽子，旁边耸立起一块像朝笏的巨石。到弋阳后，郭嵩焘和司马三畏一起入城观览了负有盛名的叠山书院。书院依山而筑，近旁

有高庙旧寺,甚是古雅。

　　进入浙江地界后,山水越发明秀。过严州府,他们看了严子陵之钓台。到富阳后,他们同游鹳山,访真武庙,登春江第一楼,望江观山,好生领略了一番山河之美。

　　他们所选路线尚无战乱,因此一路看来,乡村宁静,城镇繁华。滁汊所见民居鳞次,皆高墙峻壁;铅山则百物转易,并会聚于此;玉山之富盛,从一萧姓大宅可见一斑,望之隆隆然,后园围竹千竿。

　　他们路上花了将近一个月的时间,抵达杭州后便拜见官员,衙门办事,酒楼赴宴,湖上招饮,酬酢之繁,忙得不亦乐乎。他们拜访了闽浙总督何桂清,又去了盐局。此后他们就有了一个印象——款不易筹。

　　何桂清表示,不妨打打上海厘金的主意,并表明可以就此与曾国藩联名向朝廷上折办理。这样,郭嵩焘决定去上海一趟。

　　当时的上海只是一个县城。它属松江府,上面还有管着苏州府、松江府和太仓直隶州的苏松太道。第一次鸦片战争之后,洋人利用《南京条约》享有之特权,使上海的经济获得了飞速发展。郭嵩焘、司马三畏到达上海时,这里早已经建立起租界,成了展示西方社会风情的窗口。郭嵩焘、司马三畏来上海是为了筹款。但对他们来讲,收获最大的还是在洋务方面。

　　郭嵩焘是一个思想敏锐的人。司马三畏发现,抵达杭州后,郭嵩焘对西方的书籍颇感兴趣。在那里,郭嵩焘第一次听到了"日不动而地动"的说法。郭嵩焘不像一般闭目塞听的儒生那样断然否定这种说法,而是追根问底,向友人详细打听这种说法的来由。一位新结识的姓邵的友人向他介绍了西方关于太阳系的学说,并说乾隆朝时就曾有洋人向皇帝谈过此事,乾隆皇帝命钱大昕等人反复询问,"终疑其说,勿用"。邵氏还进一步向郭嵩焘解释了西方的宇宙学说:"经星皆日,天外之天,盖无穷纪也。"郭嵩焘听后表示"其说甚奇",未置可否。

　　司马三畏同样对洋务有极大的兴趣,但他并不像郭嵩焘那样无知。原因是他从海受阳那里早就得到了许许多多的有关知识,相对郭嵩焘来说,他是一位先知先觉者。对于"日不动地动"之说,他已经不感到新奇。他也早就知道,上海有一片租界,这里遍布洋房,是洋人的世界。租界产生的历史,他已经从海受阳的信中得知一二。只是常言道,眼见为实,耳听为虚,租界的情况究竟怎么样?司马三畏到上海之后,等筹款之事稍有眉目,他就拉着郭嵩焘去一探究竟。

进入租界,首先映入眼帘的自然是洋房。司马三畏问郭嵩焘的感觉,郭嵩焘立即回道:"穷极奢靡。"

他们还参观了洋行,其中一个字号叫"泰兴"的是法国人办的。他们到时,洋行的几个头目主动前来和他们握手。这也使郭嵩焘感觉不错。当日的日记他记录这一情景时写道:"彼此言语不相通晓,一面之识而致礼如此,是又内地所不如也。"

司马三畏也是头一次接触洋人,洋人的文质彬彬同样赢得了司马三畏的好感。

最让郭嵩焘与司马三畏激动的是登上英国军舰参观。他们观摩的是停泊在黄浦江上的英国军舰。

郭嵩焘与司马三畏的背景英国人尽知,故而对两人的接待也甚为殷勤。郭嵩焘与司马三畏由一领事官陪同从船旁舷梯上船,两旁有两个极秀美的"小夷目"侍立,引绳导客。登上军舰,英国领事官富氏已在甲板上迎候。随后,在富氏引导之下观摩开始。最让郭嵩焘与司马三畏注目的是安装在船上的十几尊大炮,富氏说最大的那尊炮五千斤重,其余十几尊炮皆三千斤。富氏还向两人介绍了指南设备、救生船只,随后引两人到了机房。富氏特别对叶轮做了介绍,说叶轮周长十三尺,每分钟最快可以转到六十四圈。富氏也没有忘记向客人介绍舰艇用水的情况,他说舰艇在海上航行需要储水,储水全靠舰上的储水箱——可储水三百石。机房参观后又到了舱房,这是舰上人员日常活动的场所。在这里,富氏用西餐招待了郭嵩焘和司马三畏——他们第一次尝到了黄油,第一次喝到了洋酒。

另一让郭嵩焘和司马三畏感到极大兴趣的是参观墨海书院。墨海书院是英国传教士开办的,在这里,他们结交了在书院工作的李善兰、徐寿、华蘅芳和英国人伟烈亚力。

他们的下一站是太仓。太仓之后,郭嵩焘要去苏州。司马三畏年轻时在南京读书,苏州是常到之地,所以他提出"分道扬镳"的主张:郭嵩焘去苏州,他去江阴,尔后去常州,再回上海与郭嵩焘会合。于是,两人分手。

司马三畏乘船逆流而上,驶向江阴。

江阴属常州府,在大江的南岸,是长江的重要商埠。当时,太平天国的势力尚未到达这里,故而这里的江面之上,舟舸争渡,商贾云集,一派繁荣。

司马三畏的船将要靠岸时,便看到了一件奇事。他先是看到前面几条船上的人伸着脖子在江面上看什么,随后又看到一条船上的船公拿了一个长柄的网,在水中捞什么。一个褐色的小酒坛子被捞了上来,坛子密封着。那船公把那小坛子举在耳边摇着,大家的好奇心越发强烈起来,纷纷要求那船公打开那个闷葫芦。

小坛子被打开了,里面有一张纸,展开一看只有数个大字。船公不识字,大家一齐嚷嚷着找识字的人。

司马三畏赶过去,道:"我来看看……"

司马三畏登船把那纸头拿在手里。他不看便罢,一看,浑身的血一下子沸腾了。

"上官介的字!"他心里惊叫了起来。

再看,不会错!纸头上写着这样几个字:

粤宅内讧将起,预则利。江东弃子。

司马三畏理解"江东弃子"的含义,他的眼睛模糊起来,随后泪水潸潸而下。

周围的人都看呆了,一时江上安静下来。

当时,司马三畏穿着便装,但船上带有四名军卒,大家已经看出他不是一般人。故而他登船后,大家给他让开了一条路。而眼下,他看了那纸头却哭了起来,这是什么道理?

司马三畏也很快清醒,想到自己举止失当,于是对众人道:"这是一份密报,由我军进入敌营的细作发出——它极为紧要,故而本官情绪难控……"说着,司马三畏让一名军卒拿过一把碎银子,对打捞坛子的船公道,"拿去大家买酒吃……"他又指着那小酒坛和那张纸说,"这些我带回衙去……"

那船公接了银子,大家又给司马三畏让开路。司马三畏带着酒坛和那张纸回到自己的船上。

啊!上官介,你还活着!这些年苦死愚兄也!

只是那张纸条上的内容不容司马三畏感慨下去。太平天国将有内讧,而上官介用这种奇特的办法发出的信息说明,这即将发生的内讧必将是重大的。在这样的机密文字中,"预则利"三字本可以不讲的,而上官介加上了这三个字,是强调预做准备的重要性。应立即行动,尽快把这一消息传到湘军大营去。

司马三畏改变了计划,他不再回上海,决定逆流而上,穿过敌占区直奔南昌。两方面的因素促使司马三畏做出这样的决定:一是他觉得不能够再从原路返回,艰辛还在其次,时间耽搁不得;二是上官介的鼓舞。上官介在极端艰难的环境下把情报送出,不就是督促、不就是命令吗?司马三畏觉得,上官介的那"预则利"三字,就是对他讲的。如此,他还有什么理由规避艰险、贻误时机呢?

他在江阴县衙讲了来意,并告诉知县回南昌的计划。知县虽不晓得司马三畏的意图,但听司马三畏说要逆流而上,穿越敌占区,认为他是发了疯。不过,他表示愿意帮忙。逆流而上,船只很难雇到。好不容易找到一个愿意冒险的船公,但要价吓死人,五十两银子——这比知县一年的薪水还多。司马三畏却不嫌贵,他决定假扮一名古董商人。在知县的协助下,在古董商店买了若干件古董——当然其中多为赝品。

司马三畏写了两封信,一封寄往上海,把改变行程的决定告诉郭嵩焘;另一封信寄往清河,告诉吴棠上官介还活着的消息。

清河的吴棠接到司马三畏的信后,那颗心都要跳出胸腔了。他拿着司马三畏的那封信,要去报告上官介的母亲。而前不久,老人说要回乡住一段时间,吴棠亲自把她送到庄上,并做了安顿。

只是,吴棠到了庄子上之后,听到了一个惊人的消息:老人于前天投水自尽了。他向邻里询问老人自寻短见的原因,邻里说,村上许多人咒骂上官介卖身投敌,老人经不住村上人的白眼和非议,自尽了。近来太平军在江西得势,对上官介的议论复起,大概老人家已经不堪忍受。吴棠这才明白,老人家之所以提出回乡住一段时间,是不想死在他这里,坏了他的名声。

对自己的粗心,吴棠深深地自责,立即写信给司马三畏和海受阳通报消息。

且说江阴这边一切就绪之后,司马三畏就上路了。

他昼宿夜行。头两天水面都在官军的控制之下,行进顺利。第三天接近了镇江水面,气氛就变得紧张起来。夜里天很黑,船公驾船慎之又慎。一夜下来,他们行进了不过三十里。司马三畏非常焦急,但也无可奈何。

天亮了,他们的船躲在岸边上的芦苇荡中,等待白天的过去。

天黑下来之后,他们开了船。船公的谨慎程度达到了极点,他们要穿过的是镇江的江面。镇江一直在太平军手里,他们在这里已经营数年,这里的防御一定很严。事实上,司马三畏通过镇江水面之日,却正值太平军防卫最松懈之时。江南大营和江北大营已全部被扫平,方圆数百里之内,已经没有了清军的踪影。水面上的防御更是懈怠,湘军的水师远在江西的鄱阳湖,要到达镇江江面,他们除非插上翅膀。

如此这般,司马三畏他们没有遇到任何麻烦。金山寺上的灯光成了参照——它最初在左前,渐渐在左,渐渐在左后,最后消失。

天亮了,左岸出现了大片的芦苇荡,他们向那里划去。提心吊胆一夜,现在终于可以轻松地喘一口气了。船公也好,司马三畏也好,谁也没有留神查看自己所处的环境。他们只想吃点东西,赶快睡上一觉。

结果,眼前突然出现的景象让他们目瞪口呆。他们一下子看到了上百条船——那些船都掩藏在了芦苇丛中,船都是空的,有绳索相连。

"什么人?"很快他们听到了喊声,芦苇晃动之处出现几个人影。啊!太平军!

说时迟,那时快,几名太平军军士在一名头目的率领下围拢过来。

司马三畏没有答话。那头目在一名军士的陪同下,登上了司马三畏的船,并很快将舱内舱外查看了一遍。

"你们是什么人?"那头目问司马三畏。

"我是生意人,船是我雇来的……"司马三畏回道。

那头目将司马三畏上下打量了一番,又问:"你们从哪里来?"

司马三畏答道:"无锡。"

"要到哪里去?"

"先去天京,再到安庆、南昌、九江、武昌,然后去长沙。"

那头目笑了笑,道:"你这显然是谎言。这边前几天还在大战,你做什么生意?有什么赚头,值得冒生命之险在江上穿行?"

司马三畏回道:"说来军爷便晓得了。小民做的是古董生意,生意的特点便是哪里打仗,我们便出现在哪里——因为战乱,我们便有好东西可收,且价格便宜。尔后,我们把它们运到没战乱的地方高价出售。无锡、天京、安庆、九江、武昌等地是我收购之处,长沙则是我销货之地。"

头目的询问无非是担心他是清军的奸细,大概听司马三畏讲后不再怀疑,于是吩咐道:"把他们带走……"

船被留下了。司马三畏与船公百般分辩,要讨那船,头目全不予理睬。东西全部留在了船上,司马三畏大声说那都是价值连城之物,头目同样不予理睬。实际上,上官介装纸头的那小酒坛才是他的不弃之物。他抱着那坛子下船,头目以为那坛子是司马三畏最值钱的心肝,也就任由他带下船。

岸上不远处有一个小小的村庄,司马三畏和船公被带到了那个村子里,安置在一个院落之内。

司马三畏生怕藏在身上的纸头被搜出来。为此他已经想好了应急之策,万一那纸头被搜出,他就毫不犹豫地把它吞入肚中。但太平军的人没有搜身,他并不晓得,太平军有一条不许随意搜身的军规。

那里已经聚集了十几个人。在那里待下来后,大家渐渐熟悉。司马三畏这才知道,困在院子里的,都是像他一样的"自投罗网"者。他们驾船途经这里,船被留在芦苇荡中,人被圈在了这里。有的在这里已经待了四五天,没有人向他们解释为什么把他们圈在这里。

尽管各有各的心思、各有各的急切之处,但被圈的人中没有一个像司马三畏那样,一分钟也不愿意在这里耽搁下去。

上岸之后他就留意周围的环境。村子周围有些岗哨,院子门口有两名岗哨,院内有两名看守。总的来讲,看管并不是很严。大概太平军认为,被掠了船只、圈到这里的均是百姓,故而把他们圈在一起,不让他们走掉就可,无须严防死守。

司马三畏已经观察好了,院子里东墙最矮。靠东墙有一棵树,爬上树一迈腿就可以跨到墙上。只可惜他从小就不会爬树,从这里逃脱的方案只好放弃。还有一处可以出逃:东墙和南墙相交处是一个茅房,茅房比东墙矮二尺有余,只要想办法爬上茅房,就很容易爬上东墙的墙头。司马三畏便决定从这里逃出去。

司马三畏做好了一切准备,但二更刚过就出现了情况。院子里先是一阵骚动,随后传来有人被打的惨叫声。接着,院子的守卫拖着一个人出现在大家的面前。原来,院子里的守卫抓住了一个企图逃跑的人,这人就是爬上靠东墙的那棵树后被发现的。

"他就是榜样。"一名守卫边打边对大家说,"有哪个敢逃,就是这样的下场!"说着,一刀下去。随着一声惨叫,那企图逃脱者的一只脚被砍了下来。

那企图逃跑的人被留在院子里呻吟着,其余所有人都被赶回屋子继续睡觉。

司马三畏受到了极大的刺激,院子里那惨叫声更是让他不得安宁。三更时分,院子里渐渐平静,那个可怜的人肯定是由于流血不止,死了。

天亮后,那死去的人的尸首依然躺在那里。司马三畏很怕,但他并没有就此放弃逃走的计划。他有使命在身,无论如何不能被圈在这里。只是,他觉得无计可施。

在那小小的院子里,他焦躁地等待了三天。

从那天开始,看守弄来了一条狗。夜里一有什么动静,狗就叫唤一阵。听到狗叫,看守们就在院中查看一番。

如何对付这条狗,成了司马三畏最头疼的事。后来他发现那狗很喜欢给它吃东西的人,司马三畏决定与那条狗套近乎。他给它吃的,并为它梳理毛发,他和狗渐渐成了朋友。每逢夜里去茅房,那狗会静悄悄地陪着他,不再叫唤。但司马三畏依然没有机会逃跑。如此到了第五天,机会终于来了。

当日过午便开始阴天,到夜里三更时分,滂沱大雨突然降下,还夹杂着大风。天黑得伸手不见五指。

这是天赐良机。在江阴时,司马三畏就已经把上官介的那张纸包上了一块油布缝在了内衣里。他也不想丢弃上官介装纸头的那个小坛子,他就用一块布将小坛子包起,系在腰上。

人听不到的动静,狗却能够听到。司马三畏冲出屋子的时候,就觉得脚碰到了什么,一看就是那条狗。

他手里提着一条板凳——这是他早就计划好了的,把板凳竖在茅房的墙边,他就可以爬上茅房。

那条狗一直跟着他。他找到了茅房,把板凳竖在墙边。他到了茅房的上方,然后爬上墙头,从墙头之上翻了下去。留在院子里的那条狗冲着天空叫了三声。

当司马三畏登上东墙的墙头的时候,天空划过一道闪电。司马三畏吓得魂不附体,他几乎是本能地溜到了墙外。

他一秒都不敢停歇,撒腿离开了墙根。此后,雨下得更大了。跌跌撞撞地,他拼命地前行,很快离开了那庄子。

他到了江边,依然不敢停留。一块石头绊倒了他。他躺在地上,觉得已经筋疲力尽,再也不想爬起来。

就在这时,一个闪电划下来。司马三畏吃惊地发现,有数百条船满载着太平军的军士,从东面向西挺进。闪电过后,一切都消失在黑暗之中。随后,又是一道闪电,那船队再次出现。

这是太平军按照天王密诏而进行的一次行动。全队共有三千名军士,分乘三百条船只,由佐天侯陈承镕率领,秘密开往天京。北王韦昌辉和燕王秦日纲作为内应,已经暗暗掌握了天京的城门。他们的目标是东王府,这一天是咸丰六年八月初四。

  上官介有早起的习惯,天刚蒙蒙亮,他已经起身。他竭力把动作放轻,以免惊动了杨秀水。他到了后花园,那里有一个亭子。他像往日一样,坐在亭子里仰望天空,想着自己的心事。

  他的内心从未平静过,而这些天来发生的事就越发让他难以安枕了。逼封万岁,东王这个不合乎常理的举动扰乱了他的心绪。而就此事,杨秀水还要哥哥预做准备,可东王并不为所动。

  东王逼封万岁的行动是公开的,府里上下全都知晓;大家也晓得天王的态度。而天无二日的常理也让大家心往一处想:天王同意封东王为万岁并不是真心的,一场厮杀不可避免;而东王却毫无准备,等待大家的,只能是灾难。

  有的人借故逃走,东王发现后异常恼怒,凡是能抓回的一律砍了头。

  太平天国的这场内讧将极大地消耗自己的实力,甚至可能变得一蹶不振。杨秀清早已成了千夫所指的人物,大家怕他、恨他。但上官介难以想象,没有杨秀清的太平天国将如何支撑。这场内讧的结局已不难预料,杨秀清必败必死,这不是大清国的造化吗?可一旦事发,东王府必将鸡犬不留。自己虽然早已将生死置之度外,但杨秀水还怀有他们的孩子!他也曾考虑过劝杨秀水离开东王府,但想来思去,他放弃了这样的念头。无论如何,杨秀水不可能同意在这样的情势下离开。

  这样,等来的只有死亡。这对人的内心来说是怎样的煎熬!

  有时,上官介会强迫自己不去想它。有时,上官介还盼着那杀戮的一刻快些到来。

  就在他这样想的时候,他听到了一阵异响。这是许许多多的人抬着粗大的木桩猛烈地撞击府门的声音,是许许多多的人拥入院内的声音,是许许多多的人的喊杀声,是许许多多的人的惨叫声……他的第一个反应是站起身来,去卧室保护杨秀水。只是,他忘了脚下的台阶,踩空了。由于动作迅捷,他摔倒了,身体滚得很远。最后,他的头摔破了,昏了过去,仰面朝天躺在了一丛灌木旁边。

  等他醒来的时候,一轮杀戮已经结束了,他头上的伤和血救了他的命。他很快恢复了记忆,嗖的一声爬起来奔向卧室,发现有几名宫女倒在了门旁的血泊中。进屋后,他看见了杨秀水的尸体。杨秀水还穿着睡衣,胸上被扎了数枪,血已经凝固。看了这种情形之后,上官介全身的血也停止了流动。他俯下身子把杨秀水抱起,让她平躺在床上，自己也上了床，与杨秀水——自然还有杨秀水肚中的孩子——并排躺下，合上了双目。

他等待着下一轮的杀戮。

上官介躺下后不久，便一下子坐了起来，他觉得现在自己还不能死。他曾为两个女人而活到了现在，如今，作为妻子的一个女人已经死去，但作为知心者的另一个女人还活着。她和她的丈夫被认定是东王的人，必在杀戮之列。他需要去救她，如果她还没有遭殃的话。

上官介下了床，向着杨秀水跪了下来，郑重其事地三叩首后出屋，从后门奔向大街。

东王府的事变肯定已经传遍京城，百姓都关闭了自家的大门，大街上很少看见人影。没有什么人阻挡上官介的行进，他很容易地到了唐正才的关押地，禹嫂和她的丈夫以及她的儿子都在这里。上苍保佑，对手还没来得及动他们。上官介向他们证实了东王府的事变，并且告诉他们杨秀水已经被杀身亡，他是来通知大家赶快离开的。禹嫂听说杨秀水被杀，顿时晕倒在地，大家忙得七手八脚的，才令她苏醒。

禹嫂说大家要想逃走，需要到狱中把唐正才放出来，只有他才有办法让大家逃脱。再说，唐正才被看作是东王的人，留在狱中绝对不会有好结果。

禹嫂的丈夫禹顺是看守唐正才的头目，把唐正才弄出监狱没有什么困难。唐正才被提出后，禹顺就卸掉他的枷锁，并告诉他东王府发生的事变。唐正才一听魂飞天外，随即带大家赶到他的府上。此时此刻，唐正才想到自己的妻儿也是在情理之中。但到了唐正才家中之后，大家才明白他这么做的真正原因。

唐正才的宅子靠近城墙，进门后，唐正才把妻子和两岁的儿子及三名仆人叫出，并带着他们以及禹顺、禹嫂、禹小顺、上官介来到后花园。这里靠院墙的地方有一间小屋。小屋的地面由木板铺成，不知唐正才开动了什么机关，一块地板自动翘起，下面露出一个黑洞。唐正才抱着自己的儿子，让妻子拉住他的后襟。他的妻子后面是禹嫂，禹嫂后面是禹顺，禹顺后面是上官介，上官介后面是禹小顺，禹小顺后面是三名仆人。

后来，大家又听到了几次响声，肯定是唐正才在弄什么机关。脚下坑坑洼洼，身子不能够直立，有时需要爬行，有时要蹚水。洞里空气稀薄，大家气喘吁吁。走了大约一炷香的时间,前面出现了光亮,出口到了。

唐正才率领众人相继出洞。

这里便是被称作"鬼灯坟场"的地方。太平军占领南京之前,这里就是一块"凶地",传说每到深更半夜,会有"鬼赶集",大家从远处看,会看到许许多多的鬼灯。

太平军攻打南京的初期,在这里曾打了一仗。坟地上的骷髅,一部分就是那次厮杀时清军留下的。太平军占领南京后,这里成了太平天国处决犯人的刑场。坟地上的骷髅,大部分是没人收尸的犯人。打南京是攻坚战,太平军靠了挖地道攻入城内。这块"鬼灯坟场"以其独特的地形地貌,成为太平军挖掘地道最理想的地段,唐正才是当时挖掘工程的总头领。因此,他对这里的情形一清二楚。

出了洞口,唐正才引领大家向江边走去。这里是一片宽阔的芦苇荡。

唐正才让大家停下,回头看着岸上。这之后,唐正才把大家带到芦苇荡边上坐下来歇息,自己带着一名仆人进入芦苇荡。

一袋烟工夫后,芦苇动处,唐正才和那仆人露面。他们各自划着一条船,仆人船的后边还拖着一条船。

到了江边,唐正才弯下身来,从船底下取出一个小木箱。打开后,里面是一个小包裹,里面是银子。他把银子拿在手里,对三名仆人道:"这是五十两银子,你们拿了去,或回乡,或找个地方安顿……你们最好划船去芦苇荡中躲避,待天黑下来,划向对岸去——那里安全些……"

三人并不想走,但他们知道唐正才的脾气,定了的事不会再变。他们便划着一条船进入芦苇荡。之后,唐正才等人也划向芦苇荡的深处。

司马三畏一直沿江在树林中西行。四更时分雨停了,天也渐渐亮了起来。他处在南京与大江之间,天亮后必须找一个藏身之处。他登上一块高地,查看了一下四周的情形。在西面的江边隐隐是一片芦苇荡,他决定在天亮之前赶到那里,于是加紧了步伐。

这里的景象吓死人。一大片枯死的树木,一大片坟头,乌鸦在上空盘旋着。最吓人的是散布在坟头之间的骷髅,还有一个黑洞。在洞口,便有两具骷髅躺在那里。司马三畏先是感到浑身发冷,随后便是毛骨悚然……他加紧了步伐奔向江边那片芦苇荡。赶到芦苇荡时,他觉得已经精疲力竭。于是,他钻进芦苇荡,倒头睡去。

一阵乌鸦的叫声将司马三畏唤醒。他爬了起来，太阳已经升到了半空。他悄悄走出芦苇荡，查看周围的情况。

四处静悄悄的，似乎天底下只有他一个人。

方才走过的那片令他毛骨悚然的坟地出现在他的视野，他看到许多的乌鸦在那块空地的上方盘旋。那空地泛着白色，与两边的绿色形成鲜明的对比。看着看着，突然那白色的地面上出现了几个人影。司马三畏感到诧异，那里光秃秃的，为何转眼之间就有了人？难道他们是从地底下钻出来的不成？

见那里有了人，司马三畏急忙钻进芦苇荡。但他随即发现，那些人正往芦苇荡这边走来。他决定进入芦苇荡的深处，在转身之前，他准确地数了数那些人：整整十个人。

司马三畏躲在芦苇丛的深处，注意听着岸上的动静。那些人正好在他躲藏的不远处停了下来。他看不到他们，但那些人的说话声他听得一清二楚。司马三畏能听到那里发出的每一个声响，一直到他们划向芦苇丛的深处。可上官介一言未发，其他的人也没有叫他的名字。因此，尽管上官介和司马三畏两人近在咫尺，却没能相见……

生路有了，可去哪里呢？大家在芦苇丛中停下来商量。既然离开了天京，唐正才他们就不会再回太平军。但他们也无意投奔清军。最后，大家决定先找个地方安顿下来，之后有机会就回家乡去。

大家征求了上官介的意见。实际上他的归宿已定，他没有任何理由再活下去。他挂念着自己的母亲，但自己再也没有机会尽孝了。他曾为自己的不孝做了忏悔，如今只有一死，他才能精神解脱。他忘不了恩师左宗棠，恩师耳提面命、谆谆教诲数年。他在益阳蒙难时，恩师又曾救援。他同样忘不了他的几个朋友——司马三畏、吴棠、海受阳。他曾与他们多年朝夕相处，四个人发誓"修齐治平，同励共勉；贪赃者死，枉法者亡"。面对这十六字誓言，他上官介还有什么理由活下去？进入太平军后，杨秀水不但成了他的救命恩人，而且还与他结为夫妻。如今，唯一之爱已经失去。另外，禹嫂、唐正才也有恩于他，但须报之恩已报。禹嫂一家保全了，甚至连唐正才一家都保全了，他们都可以阖家团圆了；而他上官介，却没有了容身之地。

他们在芦苇荡里待到天黑，之后划向北岸。还是唐正才家一条船在前，禹嫂家加上上官介一条船在后。上官介一直站在船头。

他一直闭着眼睛,往事一幕幕闪过,所有亲朋的身影都在他的眼前展现了一遍。而他,更多的是自责。我,上官介,空怀一腔报国之志,一生不但一事无成,反而成了一个不忠、不孝、不仁、不义之人。爱,不能一心;恨,不能一意。达,不能兼济天下;穷,不能独善其身……人生在世,还有什么比这更加可悲吗?他泪下如雨。

泪眼之中,他看到了母亲……母亲正在向他张开双臂……他投向了母亲……

他置身江水之中,感到的是母亲的温暖。伴随着他一切动作的,是母亲的摇篮曲:

天上的星儿摘掉了,
地上的灯儿熄灭了,
我的儿子睡觉了。

树上的鸟儿别闹了,
塘里的蛙儿别叫了,
我的儿子睡觉了。
……

天京事变发生之前,太平天国已经控制了上自武昌下至镇江的长江一线,占据着江西、安徽两省之大部以及湖北、江苏两省之一部。武昌和汉阳虽被湘军合围,但其他各战场太平军都占有相对优势。兵力方面,太平军有七十万英勇善战的大军,良将千员。而在清军方面,曾经威胁天京多年的江南大营和江北大营都已经被太平军摧毁。长江一线,八旗和绿营几乎销声匿迹。能够与太平军进行较量的湘军也不过几万人。可天京事变一下子改变了这一切。

得到天王密令的是韦昌辉、秦日纲以及佐天侯陈承铭,他们以迅雷不及掩耳之势杀入东王府,杀死东王杨秀清及其扈从人员。当日,天王下诏,称杨秀清为"东孽",宣布东王"窃据神器,妄称万岁,已遭天殛"。东王余部曾组织了顽强的抵抗,但洪秀全、韦昌辉等人对这些"东党余孽"玩弄阴谋手段:先由天王传诏,谴责韦、秦杀人太多,令受杖责;又说"东孽"逆谋是自天泄露,余党一概赦宥不问,召他们前往观刑。但东王余部放下武器前往观看时,韦昌辉、秦日纲等人却伏兵将他们全部杀掉,因"东孽"罪名被杀者达三万人。

石达开得知变乱消息后,急忙赶回天京,劝说韦昌辉停止杀戮。韦昌辉哪里肯听？他连石达开都想杀掉。石达开见势不妙,连夜缒城逃往安庆。韦昌辉没有抓到石达开,便杀了石达开全家。随后,洪秀全下诏悬赏石达开的首级。

石达开回到安庆后,立即起兵讨伐韦昌辉,公开宣布要为杨秀清报仇。他上奏天王,提出要韦昌辉的首级。洪秀全不答应。然而天京内外军民都同情石达开,洪秀全最后只好擒杀了韦昌辉。石达开于十月回到天京,迫使洪秀全杀掉了参与诛杨密谋及天京大屠杀的燕王秦日纲及佐天侯陈承镕。洪秀全生怕石达开成为另一个杨秀清或韦昌辉,因此,他虽然任命石达开为"通军主将",让石达开"提理政务",却不给石达开军师名号;另封与石达开结怨颇深的长兄洪仁发为安王、次兄洪仁达为福王,借以掣肘石达开。石达开见此情景,负气出京。他沿途布告军民,将他与天王的矛盾公之于众。

曾国藩相信司马三畏,因此相信上官介密报的真实性。当天京事变的消息传到湘军大本营的时候,曾国藩立即有了新部署。

曾国藩的行动首先从湖北战场开始。湘军围困武昌已经有一年之久。太平军武昌守将是韦俊,此时湘军加紧攻城,韦俊便弃城突围,武昌又回到官军之手。随后,韦俊一路东逃,黄州、广济、大冶等城相继为湘军占领。从此,太平军丢失湖北全境。继湖南之后,湖北成为湘军又一个巩固的后方基地。

石达开率部撤离江西,进入浙闽,江西境内的太平军陷入既无支援又无统一指挥的困难境地。曾国藩采取多路并进、长围坐困之策,消灭了太平军大量有生力量,并收复了大片土地。湘军的势力随后进入安徽,并夺取了庐州、宁国等战略要地。

八旗和绿营也趁机复苏。咸丰帝任用和春为钦差大臣再建江南大营和江北大营。清军在鼻子底下进行这些活动,洪秀全竟然毫无对策。江南大营重建后加强了对天京地区的攻击,很快占领溧水、句容、镇江、瓜洲。这意味着,天京陷入重围。

第十五章 外患复生,英法联军掠北京

咸丰六年九月初十日,海受阳被叫到叶名琛的办公处。叶名琛告诉他,广东水师在广州江面上抓获了一条海盗船,此船有英国背景,要他去处理一下。

叶名琛的布置向来都是如此,海受阳便赶到了水师衙门。

海受阳很快弄清楚了,抓获的是一条叫"亚罗"号的走私船。这条船由中国人经营,曾多次在海上进行抢劫、走私活动,在衙门已记录在案。此次将该船捕获,船上的十二名水手也已被全部扣押。"亚罗"号确有英国背景,它曾在香港登记。

海受阳注意了该船曾在香港登记的事,他让水师方面取出在船上缴获的有关证件。海受阳发现,该船在香港登记期限为一年,此时已经过期。这样,海受阳觉得自己无事可做了。因为"亚罗"号在香港的登记期限已过,它与英国已经没有关系。它既然是一条海盗船,中国完全有理由对它做出处理。而处理这样的事情,又不是他的职责。

据此,他向叶名琛做了报告。叶名琛本就不把这类事放在心上。即使事涉外事,他也是如此。

事实证明,这次事件非同小可。

很快,英国驻广州领事巴夏礼找上了门来。叶名琛不晓得巴夏礼的来意,便让海受阳去见。巴夏礼以领事的身份要求中方释放"亚罗"号全部水手,其理由是该船在香港登记,因此是一条英国船。好在海受阳已经查验了"亚罗"号的登记文件,于是他向巴夏礼做了申明,驳回了巴夏礼释放船上被扣人员的要求。巴夏礼见状,快快而去。

第二天,英国驻中国公使包令来找叶名琛,叶名琛照例拒见。海受阳被派去见

包令,他知道包令因不对等而不会见他,但还是出了面。包令拒绝见海受阳,留下巴夏礼宣读了英方的照会。

英国人在照会中转移了话题,说登上"亚罗"号的中国士兵曾扯下船上的英国国旗,污辱了英国的尊严。这样,英方的要求也升了格,除全部释放船上被捕人员外,还要向英方赔礼道歉,保证今后不再发生类似事件。

海受阳当面对英方的要求予以驳斥,道:"船只既然不属于英国,它就没有权利悬挂英国国旗。退一步讲,船即使是英国的,根据英国之航海惯例,其船舶进港停靠须降下国旗,离港时再把国旗升起。我水师官兵登上'亚罗'号进行搜查时,船是停泊靠岸的,'亚罗'号的船长正在另一条船上用早餐。也就是说,当时'亚罗'号上的国旗并没有升起。没有升起,自然也就不存在中国士兵扯下英国国旗之事。"

巴夏礼无言以对,再次悻悻而归。

此时,海受阳意识到英国人要借"亚罗"号做文章。他把英国人的新要求和他的判断讲给了叶名琛听。叶名琛依然满不在乎,道:"那就放他几个……"

海受阳不赞成放人,因为英国人并不占理,放了人倒意味着中国做事有了短处。但叶名琛坚持放人,遂通知英方,释放被扣水手九名。谁知英国人并不领情,不但拒绝中方的做法,反要求中方在两日之内释放全部被押人员,并赔礼道歉。随后,包令再次发出照会,放言"如不速为弥补,自饬本国水师,将和约缺陷补足"。接着,巴夏礼也给叶名琛发照会,限叶名琛一天内接受他们的条件,否则英军要攻击广州城。

叶名琛不明白英国人为什么如此咄咄逼人,他并不相信海受阳关于英国人要借"亚罗"号做文章的判断,道:"他们做什么文章?说要攻击广州那是吓唬人——就凭他们那几只破船?"

但叶名琛表示,为了早日息事,可答应释放全部水手,而对扯落英国国旗道歉之事不予理睬。

海受阳则提出异议,说英国人既然要做文章,全部释放水手也断不能平息事态,反而落得责在我方。叶名琛听不进去,释放了全部被扣人员。

正如海受阳所判断的那样,英国人并没有因为中方释放了所有被扣水手而罢休。尽管关于扯旗的事是无中生有,且被海受阳驳回,但英方依然纠缠不休。

九月二十五日,英国三艘军舰越过虎门,向广州东郊的猎德炮台发动攻击。当时,叶名琛正在观看武举乡试,他得报后说道:"不必惊慌,英人天黑前必走。"他随即下达命令，令水师战船后撤，对英舰"不可还击"。随后，他继续看考生跑马射箭。

天黑后英国人没有撤，次日转攻南郊凤凰冈炮台，并将炮台占领。叶名琛闻报仍旧岿然不动，继续阅看武乡试。第三日，英军占领海珠炮台，并占领商馆等处，兵临广州城下。此时，叶名琛做出第一次反击行动——中断中外贸易。两日后，英军司令西马縻各厘向叶名琛发出照会。海受阳收下照会，翻译给叶名琛听。照会只有一项内容：要求入城。但叶名琛只讲了四个字——不予理睬！

因未得到答复，进到城下的英军炮击广州新城内的两广总督衙署。爆炸声震耳欲聋，署内兵役逃匿一空。叶名琛倒有些英雄气概，端坐二堂，毫无惧色。炮火之中，他让有关人员起草文告，经他修改后誊清，让人贴了出去，这算是他对英国人入侵的第二次反击行动。

文告要求广州军民齐心协力，痛击英军，杀英军一名，赏银三十元。叶名琛一直待在衙门里，海受阳则陪在他的身边。次日，英军炮火集中轰击新城城墙，到日落时，城墙被轰塌一缺口，百余名英军拥入城中。此后，因兵力不足，西马縻各厘觉得无法占据广州，便率军从城内撤出。因此叶名琛自认判断无误，英国人不过是虚张声势。此后，英军连续炮击广州，并再次向叶名琛发出照会，提出道歉、入城两项要求。叶名琛依然是四个字，不予理睬！

事态似乎在沿着叶名琛的思路进行，这不但使他更为固执，而且令他变得自专。海受阳多次提醒叶名琛，要将这边的情况奏报朝廷，听取皇上的训令。对此，叶名琛依然让海受阳"闭嘴"。正因为如此，远在京城的咸丰皇帝并不晓得广州发生了什么事。到十一月，即"亚罗"号事件发生两个多月后，咸丰皇帝才收到叶名琛有关的第一份奏折。而叶名琛的奏折中说，英国人借"亚罗"号事件，无端向广州发起攻击，而广州军民合力痛击，毙伤英军四百余名，并称他已"调集水陆兵勇二万余名，足敷堵剿"。

海受阳并没有看到叶名琛发出的奏折，但他看到了皇上看了奏折后发到广州的批复，说："倘该夷因连败之后，自知悔祸，来求息事，该督只可设法驾驭，以泯争端。如其仍肆鸱张，断不可迁就议和，如耆英辈误国之谋，致启要求之患。"

依此揣度，叶名琛肯定向皇上撒了谎。海受阳再次仰天长叹。他深知叶名琛如此作为，固然与他的人品有关，但也与官场的恶劣风气有关。如今，遍及半个中国的反叛浪潮使皇上应接不暇，一无兵，二无饷。在此情况下，地方官上奏往往不但不能奏效，反会获罪。故而，匿情不报或谎报军情，已成为地方官行事之常规。另一方面,关于叶名琛对洋人之"拒绝",也自有他一番道理。他认为这不过是英国借"亚罗"号事件以行入城之举,其来势汹汹的进攻,只不过是道光二十七年英军行动的重演。反对英国人入城是叶名琛起家的根本,在这一点上他绝不会妥协。他采用道光二十九年的老方法,以断绝通商、兴办团练来对付英国人,以防重蹈道光二十七年耆英在英国大兵压境下屈服之覆辙。他认为包令、巴夏礼不过虚张声势,西马縻各厘的几艘军舰力量有限,只要能顶下去,英人必计穷自退。可事情会是这样的吗?

此后,广州的水陆战事打打停停。英军因兵力不足,无法长期作战,先是从商馆撤至南郊凤凰冈,后从凤凰冈再退,最后撤出珠江。

可随后战事的发展却让叶名琛难以乐观了。不久,广东水师兵船和所雇红单船共一百艘,在珠江上被英舰摧毁,广州外围炮台纷纷沦陷,广州城实际上已处于内江无战船、外围无炮台、孤城困守之局面。已经几个月没有见到叶名琛奏报的咸丰皇帝急于了解这边的军情,下旨让叶名琛"详细具奏,以慰廑怀"。这道圣旨海受阳看到了,他觉得这次叶名琛依然会隐瞒实情。

从担任广州领事起,巴夏礼就不再向海受阳提供伦敦出版的报纸。在相当长的一段时间内,海受阳成了"盲人",对英国本土发生的事情一概不知。但很快海受阳就有了办法,他与在广州的不少英国商人有联系,这些人中有几个订有伦敦的报纸。从这些人手里,海受阳又得到了伦敦的报纸。而且他得到报纸的时间,一点也不比巴夏礼慢,因为他们的报纸都是由货轮从伦敦带过来的。

从这些报纸上,海受阳陆续看到了一些令他深感不安的消息。报纸上讲,包令在中国的行动得到了英国政府的全力支持。当时,担任英国首相的不是别人,正是鸦片战争期间担任英国外交大臣的巴麦尊。报纸上极力渲染,说巴麦尊历来主张武力侵华,扩大英国在华利益。包令所执行的对华强硬政策,正合巴麦尊之意。报纸透露,巴麦尊已经派强硬的额尔金伯爵为办理对华交涉的高级专使前来中国。额尔金得到的训令是对华正式用兵,并联合法国和美国共同行动。

英国的报纸分析,与法国人联合已经有了一个共同的基础,这就是所谓的"马赖神甫案"。咸丰六年年初,法国传教士马赖非法潜入不向外开放的广西西林县传教,被当地官员处死。事发后,法国驻华官员多次找叶名琛交涉,提出赔偿、道歉的要求。叶名琛或置之不理,或予以拒绝。经过英国的外交鼓动,法国政府同意采取强硬态度,并决定与英国一起行动,已经委派葛罗为办理对华交涉的高级专使,领兵前往中国。

英国的报纸没有说错,海受阳从水师方面了解到,葛罗率领的舰队已经出现在广东水域。

对英国人拉美国人的事,海受阳也做了预估。不久前,美国两艘军舰由珠江上行广东,被清军水师误击。美舰随即攻陷清军炮台五座,进行报复。事后,叶名琛就误击事件向美方道了歉,美军退出所占炮台。现在,美国人是不是也像法国那样旧事重提,与英国联手?

英国的报纸上也刊登了俄国人的动向,说俄国人在黑龙江已经蚕食了大片中国领土。前一年,俄国西伯利亚总督穆拉维约夫曾照会中国库伦办事大臣,说要派人进京给理藩院送咨文,称为"防范"英、法占据俄属太平洋地区,将假道黑龙江赶赴太平洋,希望中方不要因此引起"误会"。库伦办事大臣阻止了穆拉维约夫派员进京的行动。穆拉维约夫见此路不通,便率千名俄军,分乘战船七十余艘,硬行闯入黑龙江。俄国船队在瑷珲附近遇到了第一道关卡,穆拉维约夫要求驻瑷珲的黑龙江副都统"放行",遭到拒绝。俄国水师强行通过,到达黑龙江下游的阔吞屯,随即对该地实行军事占领。令人震惊的是,尽管俄国与英、法有诸多的矛盾纠葛,但在联合对华方面却"表示了兴趣"。

看样子,世界上最强大的四个国家——英、法、美、俄将联起手来对付中国了!在中国内忧持续、无兵、无饷,尤其是少有通洋情之人的情况下,他们一起到来,这意味着什么?中国,能够避免这场灾难吗?

海受阳不敢怠慢,立即找到叶名琛,把自己所了解到的情况向他做了报告。

这次叶名琛一反常态,耐心地听完了海受阳的报告。海受阳感到有些奇怪,但随后他就明白了。叶名琛虽然专心听,并不是为了听进去,而是为了驳回来。叶名琛已经建立了自己的情报系统,额尔金来华的情报他已经得到,只是他对额尔金来华的背景判断与海受阳的判断截然不同。他的判断是,额尔金的到来系英国政府不满意包令等人"与中国启衅"的做法,故而派额尔金"来粤定议"。

额尔金抵香港后,法、美新使还没有到达。恰好印度爆发了土兵起义,原调侵华的英军不能如期而至。额尔金见此时留在香港毫无意义,便去了印度,并将已调往香港或尚在途中的英军撤回印度,用以镇压印度的土兵起义。额尔金这番举动令叶名琛产生了误解,他相信了自己的判断,坚持认为英国无所作为,判定自己

"以静制动"之方略已见大效。

过了两个月,法国的葛罗、美国的列卫廉和俄国公使普提雅廷先后抵达香港。十月,额尔金也从印度返回。在香港、广州一带,英国拥有军舰四十三艘,舰上官兵五千五百余人,另有陆军四千余人。法国在香港、澳门一带亦有军舰十艘,军队业已集结完毕。四国使节商议后,由额尔金、葛罗分别照会叶名琛,提出三项要求:一,入城;二,赔偿英国自"亚罗"号事件以来的损失,为"马神甫事件"向法国道歉、赔偿;三,清朝派出"平仪大臣"与英、法进行修约谈判。

照会限叶名琛十日之内允诺前两项,否则,"令水陆大军重攻省垣"。

海受阳将照会翻译完毕,又说道:"这无疑是最后通牒。"

可叶名琛不这么看,他让海受阳坐在他的对面,和颜悦色给他讲授自己的想法和判断。他告诉海受阳,额尔金新到任,倘若将以前英方提出的要求搁置不理,便会惹恼国内的主战者,因而此次照会不过是"姑为尝试"。在此情况之下,若能如道光二十一年奕山那样,许英人白银600万两,使"稍济眉急",整个局面就会"峰回路转"。但误国之举不可为,方略依然是"以静制动"。而葛罗附和英国,是英人"从旁怂恿"所致,"非出其本意"。美国在"大为揶揄"后,已"自生惭恧"。俄国其利在北疆,它与英法的纠葛已久,无法协调。英国人说俄国人能够与英国人、法国人搅在一起,那是白日做梦。讲完之后,他又向海受阳发出往日一贯的指示,对其要求一律拒绝。

在海受阳去递交照会回来的路上,天突然下起雨来。海受阳坐在车子里,看着窗外大雨的降临,痛苦到了极点。回到衙门,海受阳便看到一封带"急"字的家书。他打开书信,原来家兄说母亲病重,盼望他回去一趟。

海受阳自成人后一直长期在外,现在家兄来信,说母亲病重,说明母亲已经病得很严重了,否则是不会轻易惊动他的。海受阳知道现在不是离开衙门的时候,但他非常思念母亲,故而心中非常难受。当天,他提前回到了自己的家。他刚刚迈进家门的时候,有一封家信送达。海受阳预感到不好。果然拆信看后,知道母亲已经去世,海受阳遂放声大哭了一阵。

这下海受阳便不能不回乡了。他向叶名琛请了假。叶名琛倒不觉得这里非有海受阳不成,因此给了他很宽限的假期。海受阳回到了家乡绍兴守制,并不再打听广东那边的事。

海受阳在乡下过了近半年最舒心的时光。咸丰八年三月,他接到了军机处调令,说由于朝廷的需要,他要立即赶到军机处报到。

海受阳判断,这次进京极有可能与恭亲王有关,便对这次京城之行有些积极了。他过清江时,路上太平了许多。由于事先他并没有给吴棠写信,他在清江的突然出现,令吴棠吃了一惊。

只是见到海受阳后,吴棠觉得这位"夷事通"朋友对于夷情也过于寡闻了——连广州陷落、叶名琛被英国人抓去的事都不晓得。

"你要做桃花源中人吗?"吴棠问道。

"什么?广州已经陷落,叶名琛当了英国人的俘虏?"海受阳十分惊诧。

吴棠做了肯定的答复后,海受阳落下了泪来。

吴棠也并不晓得详情,因此海受阳急于进京,以便了解实情。

看了海受阳这种表现,吴棠叹道:"桃花源中人并不易做!"

军机处依然派章章京接待他。章章京告诉海受阳,他次日即随桂良大人前往大沽,参与同英国人和法国人的谈判。海受阳一听心中一惊:怎么,英国人、法国人到了大沽?他这回长了个心眼儿,说自己在乡间日久、孤陋寡闻,最好有人给他介绍一下前一段的情况,看一看有关的文档。章章京告诉他说,这些可到桂良大人那里解决。最后,章章京还向海受阳透露,这次他进京是恭亲王推荐的。

海受阳上次来京就听说了这位桂良大人——他是恭亲王的岳父,一位有想法、敢作敢为的人。既然由桂良领衔与英国人、法国人谈判,恭亲王当然不能够等闲视之。如此这般,恭亲王这才想到了他海受阳。

当天,海受阳就去见了桂良。两人一见如故。海受阳发现桂良作风干练,从里到外都透着英气。

桂良也很客气,他热情地接待了海受阳,说让他提前终止守制,千里迢迢而来,十分辛苦。他简单地向海受阳讲明了使命,尔后说海受阳对近期夷情必然不知其详;而且一路鞍马劳顿,本应该歇两天,可事情火烧眉毛,只好多多辛苦。他已经安排人向海受阳介绍近期夷情,也备有些文案,要他看一看。

向海受阳介绍情况的是军机处章京靳鹤心。这是一位四十岁不到的绍兴人。老乡见老乡,又是一见如故。且这靳鹤心是一位极聪明的人,故而事情讲得清楚明白。之后,海受阳翻阅了有关文档。这样,他对自己回乡守制期间中方跟英国、法国的过往状况有了一个大致了解。

海受阳还仔细查看了这一段皇上的朱批。皇上下旨革了叶名琛的职,任命广东巡抚柏贵署理两广总督,并给他训示,说英国人、法国人恨的是叶名琛,现在叶名琛已被革职,与英人"尚无宿怨"的柏贵应以情理"开导之";如果英国退出广州,请求通商,"可相机筹办,以示羁縻";若英国仍肆猖獗,"唯有调集兵勇与之战斗"。

实际上,被英法联军羁留的柏贵,已在挟制之下回到广东巡抚衙署"复职",与"英法总局"对广州共同治理。皇上的圣命,已经不可能送达他的手上了。

从邻近之湖南巡抚的奏折中,咸丰皇帝知道了柏贵已被挟制的事,于是谕令湖南巡抚派专差去广东,将一封密诏送交广东在籍侍郎罗惇衍等人,命令他们"传谕各绅民,纠集团练数万人",将英军逐出广州,"然后由地方官员出面调停,庶可就我范围"。当时,皇上以为,英军只有数千人,团练能集数万人,以十当一,必可获胜。

咸丰八年正月,英、法、美三国驻上海领事向中方递交照会,重申其修约要求,并要清政府派钦差大臣前往上海谈判。二月,英、法、美、俄四国使节到达上海。朝廷拒绝在上海谈判,命四国专使返回广东。四国决计北上,直接与清廷交涉。三月初,四国使节先后到达天津海河口外,要求清廷六日内派大员前往大沽谈判,否则要武力解决问题。

此时咸丰皇帝是极不愿开战的,说"现在中原未靖,又行海运,一经骚动,诸多掣肘,不得不思柔远之方,为羁縻之计"。为"柔远之方"施"羁縻之计"的任务落在直隶总督谭廷襄的肩上。

谭廷襄奉旨行事,无一事顺。英、法两国专使先以款式不合为由,拒绝接受照会;后又因谭廷襄未有"钦差全权"之衔,拒绝会晤。谭廷襄只好与以"调停"面目出现的美、俄公使打交道。只是不知何故,英法所限定的期限到时,英法联军并没有进攻。

这样,咸丰皇帝以为英法在虚张声势,在此后的交涉中,下旨对四国的要求一律拒绝,但又不准谭廷襄与英法决裂。谭廷襄只好求俄、美从中说和,而俄、美又提出了一些分外要求。谭廷襄看出,俄、美与英、法实际沆瀣一气,难以依靠。在此情势之下,谭廷襄向咸丰皇帝提出自己的"制敌之策":上海、宁波、福州、厦门等通商口岸,定期闭关,停止贸易;责令新的两广总督"速图克复"广州,使英、法等国有所顾忌;在此基础之上,由他本人出面"开导",使各国"渐就范围"。咸丰皇帝驳回谭廷襄的建议,认为"此时海运在途,激之生变",新任两广总督黄宗汉尚未到任,柏贵已被挟制,克复广州实为虚张,而一旦被英法窥破,只能愈增桀骜。此时的谭廷襄,自认为大沽军备完整,提议"不惜一战"。这也被咸丰皇帝驳回:"切不可因兵勇足恃,先启兵端。"既群臣无计,那就只好看英法如何动作了。四月初,英、法方面有了新的动向,两国专使要求内驶海河,限清军两小时之内交出大沽。

清廷拒绝了英法的要求。这样,英法联军遂以炮艇十二艘、登陆部队约一千二百人进攻大沽南北炮台。大沽设有炮台四座,附近共有清军约万名,其中驻守炮台三千余名,其余驻扎炮台后路各村镇。经一个时辰的激战,守军不支而溃,炮台落入联军之手。随后,英法联军未遇抵抗进据天津。十八日,四国使节要求清政府派出"全权便宜行事"大臣,前往天津谈判,否则将进军北京。

战前对防卫颇为自信的谭廷襄此时言论为之一变,上奏道:"统观事务,细察夷情,有不能战、不易守,而不得不抚者。"要求咸丰皇帝与联军议和。

在此情势之下,咸丰皇帝遂派出大学士桂良、吏部尚书花沙纳为"便宜行事"大臣,前往天津与英法进行谈判。

这就是调海受阳入京前的形势。

海受阳到京的次日上午,桂良、花沙纳等人集于军机处,与恭亲王商讨对策。海受阳给恭亲王请了安,恭亲王只说了声"辛苦",便与大家一起议论。正在议论当中,有圣旨到来,送旨太监当场宣读了圣命。这让众人大吃一惊:任命已被降为五品员外郎的耆英以侍郎衔,与桂良、花沙纳一同赶往天津参与谈判。参与谈判人等到津后,即可让耆英"往见英、佛、米三国,将所求之事,妥为酌定。如桂良、花沙纳所许,该夷犹未满意,著耆英酌量,再行允准几条。或者该夷因耆英于夷务情形熟悉,可消弭进京之请,则更稳妥。接到此旨,不可先行泄漏。此时桂良等作为第一次准驳,留耆英在后,以为完全此事之人"。

众人听了,面面相觑。

到天津后,海受阳做翻译,陪同桂良、花沙纳分别会晤了四国使节。英、法、美态度强硬,俄使却声称若同意应允俄国的条件,可代向英、法说和。

耆英被重新启用后喜出望外,决心大显身手。第一个回合刚过,他就要求上阵,还点名要海受阳当翻译。桂良、花沙纳也表示同意。在这之前,对于大名鼎鼎的耆英,海受阳是只闻其声,未见其形。这次让他大饱了眼福,就是一个矮小的猥琐老人。海受阳真想不明白,这样一个人,竟然能够有惊天动地之举,敢于在《南京条约》上,在《中英虎门条约》《中美望厦条约》《中法黄埔条约》上签下自己的名字!

在海受阳的陪同下,耆英前往英、法专使驻地,要求与英法专使会晤。耆英递进去的箴片写得很是含糊:参与大清国钦差大臣谈判事务之臣。片刻,里面走出两人,讲的是汉语,告诉耆英,英法专使拒见,有事可跟他们面谈。这样的结果海受阳是事先想到了的。可两名译员的傲慢却激怒了海受阳。当他正想向那两人讲什么,却被耆英拦住了。看来,耆英是要独立自主地处理眼前的危机。耆英和颜悦色地向那两名外国人说,他是英国人和法国人的老朋友……这话用不着海受阳做翻译,因为那两名外国人懂得汉语。耆英的话还没有讲完,那两名外国人便窃窃私语,并且时时发出冷笑。

海受阳一看事态不对,便止住耆英道:"大人,既英法专使拒绝会晤,大人即可离开这里,别作良图……"

耆英被拒见事件不久,英方发出照会,称若中方继续迟疑不定,即进军北京。十五日,英方提交和约草案五十六款,并说"非特无可商量,即一字亦不容更易"。咸丰帝闻报,再次准备开战。桂良不等皇上下旨,即于五月十六日与英方签订《中英天津条约》,又于次日与法方签订《中法天津条约》。条约签订后,桂良上奏皇上,力言不可战。

实际上,在京城时海受阳就已拟定腹稿,此时,他主动请缨起草奏稿。桂良和花沙纳略作修改,誊清后就发了出去:

奴才桂良、花沙纳跪奏,为详酌夷情,主战不如主抚,谨将现办情形,恭折缕晰密陈,仰祈圣鉴事。

窃唯智者见祸于未萌,明者消患于不觉。方今夷焰鸱张,人谓议抚而夷更骄,不知议战而祸愈烈也。盖夷人之结怨于中国者,因自道光二十八年以后,事事推托,置之不理,彼以为有冤莫诉,是以无论如何开导,总须进京。现在天津夷务,一误于广东,再误于上海,三误于海口,故至此也。此时夷人窥破中国虚实,凡我国家艰难困苦情状了如指掌,故敢大肆猖獗、毫无顾忌。

此时欲主战者,大抵皆谓养痈遗患,不如决胜疆场,夷人藐视中国,非战不足以慑其气;虽船坚炮利,未必长于陆战,或乘其在内河而击之,可以制胜,其说似也。不知津口已为该夷所踞,小火轮船去城里许,夷人多半登岸占住民房,一旦决裂,天津不战自失。说者曰,愿捐津郡城池,不可令其进京,且可免允内江多款。岂知夷人得天津后,得有巢穴,仍须带兵北窜,官军战胜,必将添调兵船,力图报复,其向各口骚扰,姑且勿论,万一关阻不住,竟近都门,战则不敢侥幸，抚则愈难为力，无论该夷彼时就抚，所愿愈奢，即照现在之款目抚之，事已迟矣。况该夷枪炮迅利，前见夷兵在津爬城，其疾如梭，若抵都门，祸恐难测，此战之不可者一也。

天津民情汹汹，急欲夷人退船，再有数日不和，必将内变。附近天、河两府土匪，以及各属盐枭，久欲观衅而动，一闻有警，盗贼四起，官军应接不暇。设或畿辅重地，抢夺频仍，迁徙流离，载途盈道，月来天津民人，搬赴都中，近闻都中之人，往外迁徙，讹言四起，民不聊生，此战之不可者二也。

直隶库款支绌，运道各库，币项皆空，兵勇见贼，多易奔溃，火药有限，炮械无存。天津以北，道途平坦，无险可扼，此战之不可者三也。

国家内匪未净，外患再起，征调既难，军饷不易，此战之不可者四也。

各夷及早就抚，迅议通商，则关税日充，兵饷有出。不抚而战，虽未闭关，而税课有限，南军待哺嗷嗷，无从筹划，此战之不可者五也。

奴才等非不知后患可虞，必应求万全无弊之策。然进既未可战，退又不可守，若不及早议抚，夷人固不容我耽延，津民亦时来请命，进退维谷，只得于两弊相形之中，聊为避重就轻之法。

夷人之欲驻京，其意有二：一欲夸耀外国，好虚体面；一欲就近奏事，不受欺蒙。并非有深谋诡计于其间也。若有深谋诡计，何不多带兵船，直行北窜，观其不敢害叶名琛，知有畏忌天朝之意。观其仍肯交还广东，即时退出海口，知无占据地方之心。若即时进京，虽人少亦甚不可，盖兵船未退，都中必致惊惶。今议一年始行复来，并不带兵，即数十人，亦不过如高丽使臣，国家待之以礼，彼伪钦差，即与一品官平行，必无他意。且彼必欲挈眷，是犹古人之为质者，防范倘严，拘束甚易。夷性本属多疑，我愈不允，彼求愈坚，示以大方，或可不来。

奴才等伏思该夷之与中国龃龉，均由疑虑所致。今番感激圣恩，从此待以宽大，示以诚信，果然永敦和好，可省国家兵力，亦是羁縻一法。若可到之处，万不允许，该夷必将强去，转添许多枝节。所以内地游行，并非处处有多人前往，既有执照，即好查验，非系海疆省份，未必各处皆到，设或该夷心怀叵测，则分布各处，剿灭转易。夷人最恐中国看伊不起，如果伊国自有匪类，且以为耻。昨因夜间有夷人在街市抢劫，登时被民人用砖石击退，次日经奴才等知照各夷，查出系英国兵丁，彼即自行严惩。将来许入内地或能自爱，亦未可知。此游历州县之尚可从权允准也。

至于兵费一节,减至四百万两,仍归广东查办。税课一层,有必欲求减之处,有必欲议改之处,未免中国吃亏,而将来贸易宽广,或可以盈补绌。其余条款,多系好争体面,及整顿商船各事,于国体尚属无碍。英夷从前所求,既多且难,说至二十余日,剩至此数条,不容再为商量,今因内线可用,始得稍减两层。据云再提改字,决不与言,唯有带兵进京。奴才等愿以身死,不愿目睹凶焰扰及都城。若论其狂悖情节,万不甘与之讲和,思及天下大计,则不敢以激烈偾事。再四思维,天时如此,人事如此,全局如此,只好姑为应允,催其速退兵船,以安人心,以全大局。

皇上智周天下,明烛几先,孰重孰轻,早在圣明洞鉴。奴才等非敢希图了事,自为脱身之谋,目睹夷情,深知抚尚可以有为,战则祸且无涯,唯不揣冒昧,轻诺贻患,罪不容诛,唯有仰求高厚鸿慈,重治奴才等办理不善之罪,以谢天下。幸甚。幸甚。

皇上会接受桂良的解释吗？

桂良在奏折里只讲到了京畿的局势。咸丰帝思考问题,还要想到江南与太平军作战的形势。那么,局势又是怎样的呢？

在相当长的一段时间内,太平天国处于"朝中无将,国中无人"的艰难局面。为了扭转颓势,洪秀全起用了一批新人。咸丰八年夏,洪秀全任命陈玉成为前军主将,任命李秀成为后军主将,任命李世贤为左军主将,任命韦俊为右军主将,任命蒙得恩为中军主将兼正掌率,掌理朝政。

陈玉成当时只有二十二岁,金田起事时他跟随叔父陈承熔加入拜天地会,因作战勇敢屡屡擢拔,不到二十岁就已是独当一面之大将。李秀成当年也只有二十五岁,他于太平军进军永安时入伍,以自己的才能和忠贞,逐步锻炼成长为太平军杰出的统帅。李世贤是李秀成的堂弟,亦因"少勇刚强"而被选用。

太平天国领导层的这批新人,使衰败的肌体得以复生。他们掌管军政大权之后,太平军的被动局面迅速得以扭转。他们积极联络江北的捻军,发展壮大了自己。

捻军又称捻子,其起源很早,长期活跃于以皖北为中心的黄淮平原一带。它没有固定的人群和固定的组织,也没有固定的领袖,所谓"聚则为捻,散则为民"。但它行侠仗义、劫富济贫,常与清廷作对。太平天国定都南京后,各路捻子曾起而响应。后来捻子由分散而趋联合,公推张乐行为盟主;因屡遭清军的镇压,损失很大。天京事变后,它同样元气大伤。在陈玉成等人的建议下,洪秀全封张乐行为征北主将。此后,捻军各首领也陆续接受太平天国的封号,并留起长发,成了太平天国北部的有力屏障。除此外,太平军还直接吸收了大批饥民入伍,从而迅速壮大。

就在咸丰帝思考要不要批准《天津条约》的前夕,李秀成邀集太平军各地守将大会于安徽之枞阳,共同制订解除天京之围的作战方案。会议决定集中兵力对付江北大营之敌,乃"各誓一心,订约会战"。不久,陈玉成部攻克庐州,随后挥师东进,与李秀成部在滁州之乌衣镇会师,大败清将德兴阿所率之江北大营军及胜保之骑兵,又在江浦境内击溃江南大营的援军。接着,陈玉成、李秀成两军直下浦口,攻破江北大营,歼敌万余,打通天京北岸交通;又乘胜连克江浦、六合、天长、扬州等地。江北大营经此打击,一蹶不振,被迫撤销。

太平军复苏的势头之猛烈,强烈拨动着咸丰帝那脆弱的神经。江南局势难料,对于英法军队,按桂良所讲有"五不可与战"。看来,这边还是以"抚"为上。

英法长了见识,条约签订后,要求由中国皇帝朱批后方肯退兵。正像桂良他们事前所预料的那样,咸丰帝批准了《天津条约》。这样,英法联军撤离天津,退出大沽口。

英法联军退出津沽地区后,咸丰帝遂召桂良等人回京,面授上海谈判机宜:到上海见英法使节时,可首先宣布大皇帝之"新恩"——全免关税、鸦片开禁,让"各夷感服";然后谈取消公使驻京、长江通商、内地游历等项。咸丰帝说,外国人重利,有此获利无穷的恩惠,一切中外之争端自可无形消弭;外国人也用不着一次次北上"诉冤",公使也不必驻在北京,"此为一劳永逸之计也"。

聆听皇上面谕的桂良和花沙纳当场就乱了方寸。他们回来后说明状况,听者个个都瞠目结舌。且不说给外国人的"新恩"将给国家带来多大的损害,就谈取消公使驻京、长江通商、内地游历各项,那就意味着毁约!

桂良说此事他将向恭亲王通报,看恭亲王有什么法子。

可众人心里都明白,恭亲王本事再大,也难以扭转乾坤了。

事情果然如此。恭亲王告大家,他将伺机行事,让大家去上海后照圣意办理。

海受阳随赴上海谈判的大队人马从大运河南进。时间紧急,他们没有在清江浦停留。吴棠等聚在码头上迎送。海受阳和他打了个照面，说他这次赴上海，极有可能是一次"地狱之行"。

两江总督何桂清是参与谈判的钦差大臣之一。圣意传到后，他觉得事体重大，便不顾抗旨罪名立即上奏，说轻改前约，必起波澜，关税不可轻免。遵照恭亲王的旨意，桂良等人到上海后再与何桂清等人商议，后又联名上奏，指明免税仅是商人得利，以此而罢《天津条约》势必难行。

咸丰帝收到两份奏折后，依然坚持己见，责命桂良、花沙纳、何桂清仍按原旨办理。桂良等再力陈理由，最后，咸丰帝同意关于免减关税的请求，但发严旨一道，命桂良"激发天良，力图补救"，将《天津条约》内公使驻京、长江通商、内地游历、赔款付清后归还广州四项规定一概取消，否则，桂良等人"自问得当何罪"。

关税谈判进展颇为顺利，桂良分别与英、美、法三国签订了《通商善后章程：海关税则》。

关于公使驻京事项，桂良也想出了通融之策。《天津条约》中，唯中英条约写明公使常驻北京，觐见皇帝用西方礼节，中美、中法条约仅规定公使有事可以进京暂住。因此桂良分析，消弭公使驻京一项，关键在英国。他一再照会额尔金，要求重议公使驻京规定，并提出了新的方案：公使不必常驻北京，清朝办理对外事务之钦差大臣，由广州改驻上海，此后中外交涉在上海办理。英国专使额尔金觉得英国侵华的主要目的已经实现，而公使驻在充满敌意的北京，不仅没有实际意义，反而会有危险，遂同意公使另驻他地、有事进京。

咸丰帝并不满意桂良的这一变通方案，训斥桂良等办理失宜，坚令桂良等全部挽回四项权宜，声称英国等国若再至天津，必将开战；但最后，他还是同意了桂良的请求，以两江总督替代两广总督兼任钦差大臣、办理各国事务，并命桂良等人开导英、法等国在上海换约。

咸丰九年五月初，英、法新任公使由香港到达上海。他们不同意中方提出的条件，且拒绝与桂良会晤、坚持北上。五月中旬，先行开航的英海军司令何伯率领舰队到达大沽口外，要求守军三日内撤除大沽拦河防卫的各类设施。

在京城，恭亲王势单力薄，而主战派却被充分调动起来。开战的呼声震耳欲聋，大街小巷磨刀霍霍。咸丰帝对京畿的兵力进行了临战部署，科尔沁亲王僧格林沁率领的万名军士驻扎在大沽周围，其中四千人驻守于大沽南北炮台。

五月二十日、二十一日，英、法、美三国公使到达大沽口外。直隶总督恒福立即两次照会各国使节,告知他们需在北塘登岸。而英海军司令何伯却于二十四日发出最后通牒,要求通过大沽。战争一触即发。

二十五日,英法联军闯入海河,拆除了清军所设的障碍。双方一开始就是激战。在僧格林沁的督率下,清军斗志高昂,第一次齐射便击中英军旗舰,英军司令何伯被击伤。英法联军登陆,向清军阵地发起攻击。清军勇猛回击,联军无法接近清军阵地。美国军舰见英法现出败势,也加入战斗,但并没有扭转联军劣势。两军杀到天黑,联军败退。

此战清军共击沉英法炮艇三艘、重创三艘,打死打伤联军四百八十四人。战后,新任美国公使同意清政府之要求,由北塘上岸进京换约。英法公使却不理会清政府多次请他们继续由北塘进京换约的照会,率舰队南下,准备调兵再战。

大沽大胜,英法公使南下,咸丰帝尽悔中英、中法《天津条约》。七月初,谕令钦差大臣、两江总督何桂清,"所有上年在津条约,作为罢论",英法若"自悔求和",须赔偿清政府军费,并仿照《中美天津条约》另订新约,在上海互换。

英法两国出兵报复之风声日紧。咸丰帝再次备战,先后调兵一万三千人与原防兵一起,使天津、大沽、山海关一带清军兵勇达到两万人,其中大沽驻军一万人。

英法的专使和领军司令都有了变动。英国方面,额尔金爵士接替普鲁斯为专使,领军司令是格兰特。法国方面,葛罗接替布尔布隆为专使,领军司令为蒙托邦。

英法联军大沽惨败的消息传到英国和法国时,均引起强烈反响。从咸丰十年三月起,英法联军陆续开抵中国沿海,其中英军集中了军舰七十九艘,陆军约两万余人,雇运输船一百二十六艘。法军有军舰四十艘,陆军七千六百余人。五月,英法联军已集结完毕。英军军舰七十艘开入渤海,大连驻扎陆军一万一千人。法国军舰已大部进入渤海,在芝罘驻扎陆军六千七百余名。五月八日,英、法两国政府通告欧美各邦,对中国宣战。

言不怕鬼,鬼到亦惧。

见英法联军势众,咸丰帝的态度顿时软了下来,他命令直隶总督向英法当局传话,说"大皇帝宽其既往",英法代表可"由北塘进京换约",不再讲什么废除条约了。但如今英国人和法国人所要的已经不再是换约,而是一场战争。

咸丰十年六月十五日,也就是公元1860年8月1日,英法联军以军舰二百艘、陆军一万七千人,分别由大连、芝罘开拔,避开防守严密的大沽,在清军未设防的北塘登陆。咸丰帝曾幻想避免事态扩大,给大沽一带守将僧格林沁下令"不得首先开战"，故而僧格林沁对登陆之敌，并未能乘其立足未稳予以打击。如此这般，英法联军未遇任何抵抗。登陆行动整整进行了十天。二十六日，英法联军攻占了大沽西北之新河。二十八日，再克大沽西侧之塘沽。至此，防守严密之大沽炮台正面，已经失去其防守意义。

僧格林沁见军情不利，准备在大沽拼死一战。咸丰帝闻报大惊。僧格林沁是朝廷猛将，所领之军系朝廷北方之精锐，若有闪失，清廷将既无统兵之将，又无可战之兵。于是，急忙书谕僧格林沁，"天下根本，不在海口，实在京师"，让他速率部回守天津。

七月初五日，英法联军进攻位于大沽北岸主炮台西侧的石缝炮台。守军奋力支持两小时，大部战死，指挥作战的直隶提督乐善阵亡。僧格林沁急忙统兵撤离大沽，绕天津撤往通州。如此，经营三个春秋，耗白银数十万两，安炮数百之大沽炮台落入敌手。英法联军占领大沽后，于初七日进入无兵防守的天津城。

二十三日，英法联军向北京挺进。

咸丰帝急忙派出"全权代表"，即"便宜行事"的钦差大臣、怡亲王载垣赶到通州，再与英法联军谈判。

开谈两天后，突然传出僧格林沁与英法联军再战于张家湾的消息。结果僧格林沁大败，退往通州以南的八里桥。八月初七日，又传来僧格林沁在八里桥大败的消息。此后，清军无力再战。

第十六章 咸丰北狩,奕訢留京办抚局

懿贵妃与宫女春草、夏荷坐在一辆马车里。供懿贵妃支配的共有三辆马车,她乘坐的马车走在三辆马车的最前面,跟在她后面的马车上坐着另外两名宫女秋菊和冬梅,最后的一辆马车上载着懿贵妃和春草等所用的衣物。懿贵妃的前面是皇后的马车,懿贵妃的儿子载淳与皇后在一起。皇后也是三辆马车。皇后的前面是皇上。皇上走在最前面,也坐着马车。皇上的马车、皇后的马车,已经不是原先外出时的銮舆,往常的卤簿也没有了。

懿贵妃马车的后面是其他几名妃嫔的马车,跟在妃嫔们后面的是王大臣们的家眷。王大臣们骑马跟在后面,整个队伍绵延一里多长。

护驾的是荣禄统领的马队。马队分成了两个部分,一部分行进在车队的最前面,另外一部分行走在车队的最后,荣禄本人便一直在这后一部分。

整个队伍原本要经昌平、延庆再折向东,尽量靠西而行,以免碰上夷军。但走到昌平的山地时发现,皇上和妃嫔们的马车很难通过。不得已,整个队伍折回,从昌平城南向东奔了密云。生怕这一闹碰上夷军,整个队伍都处于极度紧张的气氛之中。荣禄不断派出骑兵四处打探,打探的骑兵来来往往,越发增加了紧张气氛。

懿贵妃马车的前车盘上,左边是驾车人的位置,右边坐着的是侍奉懿贵妃的太监安奉如。

当天是八月初八日,天气干燥,大队人马踏起的灰尘弥漫、令人窒息。虽然已经立了秋,但天气依然炎热异常。太阳很毒,马车里像大蒸笼。春草和夏荷不顾自己满身的汗水,一个劲地给懿贵妃扇扇子。这时,有几只蚊子飞进了车子。常言道,七月半儿,八月半儿,蚊子嘴,赛钢钻儿。那几个饥饿的小东西好不容易逮着几个

细皮嫩肉的人，便开始大吃大吮。因无法忍耐，春草和夏荷便发动了一场灭蚊战，安奉如也到马车里帮助她们，懿贵妃也加入了战斗。一阵紧张，总算把入侵者消灭掉了。为了免除后患，她们不得不把帘子拉紧。这样一来，车里越发地闷热难耐了。然而，即使他们努力堵塞了所有的漏洞，蚊子还是有可能钻进来继续侵扰。

不过，懿贵妃很快就忘了这一切，因为这是在逃难！

唉！竟到了这样的地步！懿贵妃感慨万千。

就在这时，车外有了情况。一匹马从队伍的后面赶来，流星一般掠窗而过。懿贵妃知道，这是六百里加急送紧急军情来了。

整个队伍顿时紧张了起来。不一会儿，又有一匹快马从前面往后去了。懿贵妃知道这是皇上要传人了。她从车子那小小的玻璃窗向外看着，想看看皇上到底传的是哪个。

一会儿，那匹刚刚过去的马便返回了，后面跟着的是怡亲王载垣、郑亲王端华和户部尚书肃顺。

队伍依然在行进。足足有一顿饭的工夫，也不见载垣等人归队。

终于有了动静，那匹来送信的马以来时同样的速度向后驰去。随后，懿贵妃看见了载垣、端华和肃顺。他们勒马站在那里，面色凝重，心事重重。他们站下，是为了等妃嫔们的马车过后，自己好入列。

队伍渐渐又恢复了平静。懿贵妃不再管外面的事，开始了她的回忆。

从那次见识了换约问题的处理后近两年之中，懿贵妃陆续听到英国人、法国人，还有美国人要求修约的零星消息。但皇上并不把那事放在心上，宫中的关注点，依然是太平军的问题。

但是，到了咸丰六年的秋天，广州那边又闹了起来。英国人、法国人提出了进入广州城、与中国方面进行修约谈判等要求。修约，懿贵妃已经明白是怎么回事。英国人、法国人提进入广州城的问题，她很快也闹清楚了。原来，道光年间中国和英国之间签订的《南京条约》，规定广州是五口通商口岸之一。但当时的两广总督徐广缙和广东巡抚叶名琛联合民团严加戒备，不让英国人进城。英国人没有办法，只好作罢。结果，叶名琛等人受到了皇上的嘉奖。此后，叶名琛步步高升，咸丰二年升任两广总督兼任通商大臣。

后来的事态发展使懿贵妃认识到叶名琛等人做法的危害：这不只是丢中国人的脸，还落下一个不讲信用的坏名声。其危害还在于，它埋下了危险的种子，至少给外国人打中国提供了口实。

咸丰六年十一月,也就是"亚罗"号事件发生两个月后,叶名琛第一次向咸丰帝奏报情况。当时,正赶上咸丰帝身体不适,又让懿贵妃给他读奏折。

那一次,懿贵妃本来想向皇上讲讲自己的看法,但考虑到皇上身体有恙、情绪不好,她没有吭声。

懿贵妃记得很清楚,过了一年多,也就是咸丰七年十一月,叶名琛上了一道七千言的奏折。咸丰帝一见长折就头痛,因此后来就形成了一个习惯,大凡这样的奏折,他就让懿贵妃代读。

那时,懿嫔已经为咸丰帝生下了一个儿子,晋升为贵妃。懿贵妃读了那份奏折,她记得很清楚,那一天是咸丰七年十二月初三日。叶名琛在奏折中说,"英夷现已求和,计日准可通商",还特别表示,"乘此罪恶贯盈之际,适遇计穷力竭之余",将英方的历次要求"一律斩断葛藤,以为一劳永逸之计"。

当时读完之后,懿贵妃说道:"臣妾多句嘴,叶名琛这人靠不住……"

咸丰帝正在思考,因此他止住了她。但懿贵妃已拿定主意要把自己的话说出来,她又要开口。咸丰帝再次止住了她,立即口授一份上谕,让懿贵妃记下:"叶名琛既窥破底蕴,该夷伎俩已穷,俟续有照会,大局即可粗定。""务将进城、赔货及更换条约各节,斩断葛藤,以为一劳永逸之举。"

随后便发生了英法联军侵占广州、叶名琛被执之事。当时懿贵妃算了一下,英法向广州发起总攻的那天,就是叶名琛送出那七千字的奏折的次日,即咸丰七年十一月十三日。

英法联军十一月二十一日攻陷广州,广州将军穆克德纳于二十三日急奏,但路上传递需要时间。二十天后,咸丰帝才看到那份奏折。咸丰帝不敢相信自己的眼睛,在奏折上批了"览奏实深诧异"六字。随后,广州失守的凶信雪片般飞来。穆克德纳陆续又有两份加急奏折,邻省和附近地区的湖南巡抚骆秉章、闽浙总督王懿德、江南道监察御史何璟、两江总督何桂清都奏报了他们听到的传闻……

当时皇上肯定忘不了也放不下他的那个"斩断葛藤"。可事实如何?这弄得皇上心慌意乱。他气!他恼!他不敢相信那一切都是事实!最后确信无疑了,他多日的闷气也终于爆发了。

懿贵妃还从来没有看见皇上如此生气过。

那是十二月十八日,皇上接到两江总督何桂清的奏折之后。何桂清奏折中不明说广州已经失陷,却一味闪烁其词。这点燃了皇上的胸中怒火:"混蛋!都什么时候了还跟朕玩这个!"

当时还是在圆明园的九州清晏。凑巧,皇上正在发怒之际,太监报告说肃顺要求见驾。

皇上骂"混蛋",这词来自肃顺那句"满人混蛋多"的名言。现在肃顺到了,这越发激起皇上的盛怒。于是,皇上大喊道:"让他滚进来!"

懿贵妃一看那架势,自己急忙进入内厅。

肃顺进来请了安,看来皇上没有想到,或者根本就不想让肃顺站起身来。

"混蛋!统统是混蛋!叶名琛!何桂清!李星沅、周天爵!常大淳!徐光缙!陆建瀛!蒋文庆!吴文镕!杨霈!说满人混蛋多,这可都是汉人!汉人的混蛋也不少!误朕哪!误朕哪!"

听那动静,皇上是倒在了一个榻上,在仰面长叹。肃顺肯定是在一个劲地捣蒜:"奴才们万死!奴才们万死!"

这种状态足足持续了半袋烟的工夫,皇上才安静下来。

"你又有什么屁放?"皇上在问肃顺。

肃顺支吾起来,显然他要讲的,同样是让皇上不开心的事。

"怎么啦今天?有屎就拉,有屁就放!气刚刚过去一点,你打算重新把我的怒火点起来,是不是?"懿贵妃注意到,皇上连称"朕"也顾不上了。

肃顺又在捣蒜,连连道:"奴才罪该万死!罪该万死!奴才已经奏报,俄夷正在向我黑龙江地区移民。如今这事越演越烈,移民数量已经达到六千多人。特别是俄夷见我在南方吃紧,又要趁机要挟。奴才得报,俄夷已经决定召回正在休假的穆拉维约夫与我国进行谈判。这次,我们应该有一个方案才是。"

这肃顺当时已经升了官,长了见识。上次懿贵妃听他谈夷务,他还连门都找不着,真所谓士别三日当刮目相看。那之后不久,他在这方面有了长进,皇上把理藩院交给了他。南边与英国、法国、美国打交道的是身处广州的通商大臣叶名琛,这北边有关俄国的事务,便统由肃顺的理藩院来管。

从肃顺被任命为理藩院尚书那一天起,懿贵妃便开始注意这个人。南边的那个叶名琛,懿贵妃早已经看出"靠不住",那北边这个怎么样?懿贵妃一直在观察。

这会儿肃顺报告的确实不是一个好消息,但皇上并没有再生气。他有很长一段时间的沉默,显然皇上在思考,肃顺也不打算打扰。

懿贵妃也在思考，因为北边的事，她已经略知一二。

懿贵妃心里很清楚，后宫不干政是第一要义，她之所以能够知道那些夷情，完全是一个特例。她不但认识满文，而且认识汉字。当然更重要的是，她得到了皇上的宠幸。但除去给皇上读奏折之外，她再也没有了解这方面情况的手段。

这种状况持续了一段时间之后，她找到了一个能够了解到情况的人，这个人就是她的妹妹。

妹妹和她走的是同一条路——选秀女入宫。不同的是，她被选成皇上的妃嫔，而妹妹被选为皇上的弟弟奕譞的福晋。

奕譞与恭亲王关系好。恭亲王、桂良是有名的夷务通，他们与另外一个夷务通文祥关系也好。这样，通过自己的这位妹妹，懿贵妃就可以从他们那里了解到所需要的情况了。

那之后，奕譞作为钦差大臣去了黑龙江，肃顺果然派了理藩院的人跟着。奕山那边全力配合，事情干得很出色。三个月后奕譞回来，一篇报告情况的奏折写出来，历史沿革、俄国人近年侵扰的情况、现状、发展趋势，都讲得清清楚楚。奕譞因此受到了皇上的褒奖。

之后，妹妹给懿贵妃带来了书面的东西，即奕譞奏折的抄件。

懿贵妃原来不清楚大清与俄国的纠葛是怎么闹起来的，而奕譞那上面写得很清楚。俄国人世世代代在欧罗巴洲，二百年前，它的势力逐渐东来，最后开始入侵黑龙江流域。康熙二十八年，大清和俄国签订了《尼布楚条约》。有了这个条约的限制，俄国向中国东北地区的扩张被遏制。这样，条约签订后的一百五十余年，边境地区总体上说是平静的。但二十多年前，也就是中国与英国人在南方因鸦片问题打仗的时候，俄国人开始了对中国的侵扰。

道光二十五年，俄国人潜入黑龙江江口以北地区。次年，他们在黑龙江江口搞什么勘察。又过了一年，即道光二十七年，穆拉维约夫成为东西伯利亚地区的总督。此人一上任，就组建外贝加尔哥萨克军，储备军粮，筹措军费。两年后，俄国人又在大清库页岛进行勘察。道光三十年，他们在黑龙江江口以北的大清境内建立第一个军事据点——彼得冬营。次年，也就是咸丰元年，他们入侵黑龙江江口以南地区和库页岛。咸丰三年，俄国人宣称外兴安岭以南、黑龙江以北，及鞑靼海峡沿岸地区属于俄国。但按照《尼布楚条约》规定，这些地区属于大清。

咸丰三年，俄国为争夺黑海的出海口，与土耳其、英国、法国开战，克里米亚战争爆发。穆拉维约夫以防范英国为名,武装航行黑龙江。

当初,黑龙江、吉林均有旗兵一万人,咸丰五年年底,各抽调七千人入关去对付太平军。此地仅有三千人马,散布在方圆几千里的地面上,是很难对俄国的行动进行节制的。

真是内外夹击、南北呼应。

而就在这时,安奉如突然撩开帘子,探头进来,急促地叫道:"主子,出事了!"

懿贵妃听了,马上从左边的小窗子向外望去,只见外面出现了马队。再看右边,同样是马队。机警的春草已经在那小小的车厢里半站了起来,看那架势,一旦懿贵妃发生什么危险,她将毫不犹豫地拿自己的生命保卫她。夏荷则把半个身子探出窗帘,观察着外面的动静。秋菊、冬梅也已经下了车,一左一右护着马车。

车队已经停了下来,细看,站在车子两边的马队都是自己人。

"安子,到皇上那里去!夏荷到皇后那里去!"懿贵妃从容吩咐道。

安奉如、夏荷奉命向前面去了。

谁也不知道发生了什么事。站立在队伍两旁的马队骑兵,个个神情严肃,他们都在尽力控制胯下那激动得不停嘶鸣、跳跃着的战马。

懿贵妃发现春草那半蹲半站的姿势,遂对她道:"坐下吧。"

春草这才坐了下来。

懿贵妃从窗户向外看着,有几匹快马跑前跑后。过了大概一袋烟的工夫,一匹枣红马掠过,看上去像是荣禄。

那匹马过去不一会儿,站在队伍两边的马队撤向后方。安奉如也回来了,和他一起的是皇上身边的太监格以多。

格以多走近马车,隔着帘子道:"皇上让奴才禀报皇后、懿贵妃,方才是陕西的乌兰泰将军奉旨勤王,率三千人马赶到。护驾的荣禄都统以为敌军追来,便派一部护驾,自率一部去准备战斗。原来是一场虚惊。请皇后、懿贵妃放心。"

懿贵妃听了吩咐道:"去回皇上,说谢皇上想着,务请皇上保重。"

格以多应声转身向前方赶去。

夏荷也回来了,回话道:"皇后让奴婢传话,她那边没事,小阿哥也没事,要懿贵妃自己保重。"

懿贵妃听后对安奉如道:"你去皇后那边,谢皇后想着,并问皇后,是不是以皇后的名义到卞妃、拾嫔她们那边去说一声方才发生的事情……"

安奉如应声去了,夏荷、秋菊、冬梅已回了自己的马车。不一会儿,安奉如回来禀道:"跟皇后说了,皇后说主子想得周全,让奴才去办。"

懿贵妃听了便随口道:"那就去吧。"

安奉如去了一会儿就回来了,禀道:"主子们都谢皇后的关心,还特别谢了主子。"

懿贵妃道:"去皇后那边复命吧。"

这时,卞妃、拾嫔等几位妃嫔派太监过来,谢了懿贵妃,又赶过去谢皇后。

这一折腾,太阳已经快要落山了。天气凉快下来,又增加了护驾的兵马,大家心里踏实了许多。

大队继续前进,懿贵妃接着想往事。

奕譞从黑龙江回来之后,南方和北方的局势都发生了巨大变化。在南方,英国人和法国人攻陷了广州,叶名琛被执;英法联军北上,钦差大臣桂良等赶到天津与英法谈判。在北方,穆拉维约夫率军赶到瑷珲,要吉林将军奕山与他进行会谈。这期间,太平天国闹内讧,朝廷原想一鼓作气将太平军扫平。但南、北两方面牵制了朝廷的力量,一举扫平太平军的愿望未能实现。到咸丰八年夏,太平军缓过劲来,官军在战场上重新陷入被动。也就是在这时,英法联军攻下大沽,负责议和的钦差大臣桂良不经请示皇上就与英法签订《中英天津条约》《中法天津条约》。事后,他给皇上上疏,言对英法"五不可与战",皇上只好承认这些条约。在北方,俄国的穆拉维约夫逼迫吉林将军奕山与他签订《瑷珲条约》。这一条约只有三款,但把原来两国边界以外兴安岭划分改为以黑龙江划分,使中国失去比三个直隶还大的土地。条约还规定,乌苏里江以东相当于两个直隶的大片土地为"两国共管"。

在咸丰帝离开京城的当天,奉旨留下来"办理抚局"的恭亲王奕訢就在万寿寺住了下来。

万寿寺位于京城的西北方,南北坐落,院子狭长,纵深将近一里。中间有几个大殿,东西两边各有一排长长的禅房。寺院山门冲着一条河,河不是太宽、水不是太深。清澈的河水无声地向东流淌着,寺院的西面是一片很大的银杏树林。

咸丰十年八月初九日,当东方的太阳把光芒射向大地的时候,万寿寺院子里那棵高大的银杏树迎来了第一缕阳光。就在这时,住在西厢禅房的恭亲王醒来了。

按照皇上的旨意，恭亲王应该到长辛店去。那里离京城远，相对安全。在做这样的布置时，咸丰帝的不安心情溢于言表。当时，咸丰帝还加了一句，到底住在哪里为好，由恭亲王自己决定，甚至可以一天住一个地方，让敌人难以掌握行踪。

恭亲王没有到长辛店去，他选了万寿寺这个地方。

恭亲王就是这样一个人，他要办的事，就一定要办到。他的职责很明确，就是与英国人和法国人讲和，即咸丰帝所说的"办理抚局"。这件事做起来可以十分简单，讲和嘛，就像道光年间奕山那样大笔一挥，在外国人拟好的条约上签字即可。可恭亲王不能够那么办。讲和，讲和，和需要讲，不能够糊里糊涂，签字完事。那么要讲什么？这些天来，恭亲王一直思考的就是这个问题。这里面有三个方面的关系需要处理：第一，要处理好与英国人和法国人的关系；第二，要处理好与皇上的关系；第三，要处理好与怡亲王载垣、郑亲王端华、肃顺以及僧格林沁这些"主战派"的关系。而这三个方面是相互联系、相互制约的。否则，情况就会变得一团糟。

……

同时传唤皇后和懿贵妃到皇上那去是少有的，当时，懿贵妃正在皇后那里。皇上近日身子明显消瘦，精神也不济，两个人正为此发愁。

听皇上那边传唤，皇后和懿贵妃心里俱是一沉，该不会是皇上有什么不适吧。

两个人到后，发现皇上倒在了榻上，两人均大为慌张。走近细看，却见皇上睡着了。

天很热，皇上的身上满是汗水，一个太监正在榻前为皇上轻轻扇扇子。那太监见皇后、懿贵妃到了，赶紧请安后退到一旁。

皇后轻轻地坐在榻边，给皇上扇扇子；懿贵妃则站在一旁，观察着皇上的脸，还是一副受了惊吓的面容。细看，皇上眼边的不是汗水，而是泪水，又发生了什么大事？

皇上睡得很实。是啊，皇上这两天过于劳累了。

案上摆着几沓奏折。此时，懿贵妃心里有种强烈的冲动，很想走到案边看个究竟。可皇后在此，她不能造次。

外边有不懂事的人在大声说话，虽然有人及时制止，但皇上还是被吵醒了。

皇上那双疲惫的眼睛睁开了，见皇后、懿贵妃在自己的眼前，眼里再次涌出了泪水。皇上像是连讲话的力量都没有了，以手指那龙案。随后，他全身抖动，并剧烈地咳了起来。

皇后和懿贵妃赶紧上来,擦脸的擦脸,捶背的捶背。皇上依然指着那案上,终于讲出了三个字:"圆明园……"

懿贵妃走向龙案,第一沓奏折映入懿贵妃的眼帘。这是恭亲王发来的《奕訢等又奏初五日英兵焚毁圆明园片》:

恭亲王等奏:

再,臣等于初四日亥刻,接到英夷照会,声称:被获夷兵,凌虐过严,欲拆毁圆明园等处宫殿。当即连夜札调恒祺来寓,令其前往阻止。乃初五日辰刻,该卿来后,正在谆嘱商办间,即见西北一带,烟焰忽炽。旋接探报:夷人带有马步数千名,前赴海淀一带,将圆明园三山等处宫殿焚烧。臣等登高瞭望,见火光至今未息,痛心惨目,所不忍言!该夷到后,以大队分扎各要隘,探报无从前趋,其焚毁确有几处,容俟查明,再行详细具奏。据恒祺面禀:该夷云,借此泄愤,如派兵拦阻,必将城内宫殿拆毁,以逞其毒等语。臣等办理议抚,致命夷情如此猖獗,祗因夷兵已阑入城,不得已顾全大局,未敢轻于进剿,目睹情形,痛哭无以自容。

懿贵妃看到,皇上在奏折上刚刚批了几个字:

览奏曷胜愤怒!

懿贵妃正欲继续看,皇上又吩咐道:"讲与皇后……"

懿贵妃便将恭亲王奏折的内容讲给了皇后。皇后听罢,也浑身哆嗦起来。随后,皇上与皇后相拥大哭。

懿贵妃也垂下泪来,然后走到皇上与皇后身前道:"皇上、皇后保重身子要紧。英法联手要挟,此刻拿出个主意才是当务之急……"

皇上打断了懿贵妃,指着龙案道:"你去看看那些奏折,如今还能拿什么主意!"

懿贵妃闻言,又回到龙案边,抄起手下的一沓奏折。这是僧格林沁等写来的:

奴才僧格林沁自海口转战至今,叠经挫折,误国殃民,死有余辜,倘若夷人有变,奴才等何敢不实力兜击。无如现在军心涣散,炮火全无,奴才僧格林沁所统步队,屡经失挫,溃散十之八九,马队除阵亡受伤及溃散者,现在各处分扎,不满三千;奴才瑞麟所统之兵,除调赴守城及撤归原营并马队溃败者,现在仅存千余名;其绵勋、伊勒东阿所统之兵,已经全数调入守城;胜保前统之兵,现在所存无几,至新到山东、陕、甘之兵,或扎西便门一带,或扎卢沟桥以西,察其情形,即使勉强商调,亦恐不足御敌。此时之势,夷人已经把守城门,战守之方,无从设措。唯有仰托皇上洪福,抚局早成,方为妥善。

奏折上有御览后的朱批:

抚局能成与否? 实难预料。

接下来的是恭亲王、大学士桂良、户部侍郎文祥的奏折:

窃臣等于八月二十九日,将夷人择定安定门把守,并称午刻进城各情形业经由六百里缕晰驰奏在案。查夷人前来照会,欲于二十九日带兵进城,把守安定门。臣等照覆该酋,令其将把守之法,明定章程,再行办理。并饬恒祺前赴夷营,剀切阻止。旋据城中王大臣来文声称,二十九日,已将安定门暂开,夷兵数百名均已入城,尚无滋扰。连日遣人探询,该夷间有三五成群,游行街市,亦不滋事。唯将安定门派夷兵把守,并屯扎夷兵于城上,东西各里许。所有原派城守安定、德胜两门之官员兵丁,均自行撤退。臣等伏思京城立四方之极,周围四十余里,既高且固,该夷以数千远来之众,岂能遽行围城。城中王大臣各有专责,自应预为布置,严密防守,不料怵于夷人恫疑虚喝,声言攻城,即开门纳敌。在逆夷未折一矢,已安然入城,其将来骄态要挟,何所底止?

臣等于昨日接据城中王大臣等叠次来文信函,仍请臣奕訢即日进城,俾得及早换约。夫臣等忍气吞声委曲以议抚者,原为保全京城,以顾大局耳。设夷人尚未入城,臣等办理议抚,尚不至动辄为人所制。现在夷兵业已进城,则办理益无把握,况额酋尚在城外,即使臣等入城,亦无从与之会晤。在城内诸臣,不过以危词相迫,冀臣等入城后,即可诿过卸责,置身事外。殊不知臣等因抚事之焦急,更甚于城内诸臣。此时藩篱已破,设有决裂,既无以为御敌之方,若再有意外要挟，臣等更何以自处？臣奕訢义则君臣，情则骨肉，苟能一死而安大局，亦复何所顾惜……

读到这里，懿贵妃鼻子一酸，差一点落下泪来，她深吸了一口气，继续往下读：

唯议抚尚未就绪，而腥膻已满京城。睹园庭之被毁，修葺为难，念行在之苦寒，迎銮莫遂，此所以彷徨中夜，泣下沾襟……

现仍饬恒祺等将条约退兵各层，设兵挽回，但使别无枝节，即行盖印画押换约，以期保全大局而慰宸怀。

本日城内王大臣来见，询以如何换约退夷之策，亦皆全无把握。臣等再四思维，是抚局已成不可必之数，而议抚仍有不容已之情，只好竭尽心力，以图补救于万一。

奏折上没有皇上的朱批，懿贵妃再往下看，是奉命守京城的户部右侍郎宝鋆在恭亲王奏报圆明园被焚的当日发出的奏折，奏报了他派人前往圆明园查看被焚之后的情景。懿贵妃在此奏折上看到了朱批：

宝鋆只知顾一己之命，前于御园被毁，既不前往；今于专管之三山亦被抢掠，又不前往，不知具何肺肠？实我满洲中之弃物也。姑念其城内尚有照料宫廷事件，著暂免正法，撤去巡防，降为五品顶戴，一切差事暂停开缺，以观后效。

最后，皇上说道："那就下旨恭亲王，想办法与洋人议和吧！"

第十七章 力图振兴,恭亲王筹办新局

塞北的天气变化很快,前几天还艳阳高照、夏意不绝,而一阵北风过后,滚滚的乌云从西北的天际席卷而至,一夜之间,万木光秃,大地萧索,令人心中平添了几分悲绪。

此刻,懿贵妃心中所想的,就是皇上应该赶紧回北京去。

皇上的身子明显不如以往,因为他批阅奏章,再也离不开懿贵妃。一方面,懿贵妃为自己由此而获得更多"参政"机会而高兴,另一方面则为皇上每况愈下的身体而担忧。

就在她思考皇上应该尽早回京的问题时,恭亲王来了《钦差大臣奕訢等奏英法兵将次撤尽请预定回京日期折》,同样是请求皇上回到京城去——

臣奕訢、臣桂良、臣文祥、臣胜保跪奏,为夷兵将次撤尽,请旨预定回銮,以安人心而维大局,恭折仰祈圣鉴事。

窃臣奕訢等前奉密寄谕旨:此时天气尚未严寒,该夷如能早退,朕即可回銮,以定人心等因。钦此。仰见我皇上深维至计,钦佩曷胜。嗣经臣等将奉到通行谕旨,宣布该夷,佛夷存兵不过三四百名,英夷定期二十六日回津各情形,历次缕晰具奏在案。

伏思皇上驻跸木兰,原为召集援师之举,暂时权宜而非为久安计也。臣等远隔天颜,迄今五旬,五中依恋,梦寐难忘。且查京城自八月以后,富室大僚下逮商贾,率多迁避,近闻和议已成,迎銮有日,俱已纷纷搬还。臣等再四思维,京师为各省拱极之区,皇上为天下臣民之所仰望,热河远在关外,峻岭崇山,在深秋已近苦寒；况时届冬令，风雪交侵，皇上以亿兆仰赖之身，岂宜久驻关塞。而臣等筹思大局，尤冀及早迎銮，若乘舆早日还京，不但京内人心一定，即天下人心亦为之一定。唯自承德以至古北口内，跸路所经一切事宜，应请饬行在王大臣及直隶总督，预为经理，一面由臣奕訢等知照在京各衙门，一体妥速预备，俟择有回銮日期，臣胜保即当先期督兵于京城东北以至密云一带，相地分布屯扎，以清跸路而昭慎重。臣奕訢等候启銮后，即当克日迎驾，恭叩圣安，跪聆圣训，借慰思恋之忱。

所有请旨预定回銮缘由，合词恭折具奏，不胜翘企待命之至。伏乞皇上圣鉴。谨奏。

懿贵妃给皇上读了奏折之后就安静地坐在那里，她要看看皇上有什么想法。结果，皇上在奏折上批了这样的话：

览奏具见悃忱，唯此时尚早，况胜保系带兵大员，抚局亦不应干涉。

看来皇上没有好气，对胜保的训斥也没有道理——他与恭亲王一起，吁请皇上回京，据此说他干涉抚局，岂不勉强？

没几天，恭亲王又有《钦差大臣奕訢等奏英法兵陆续撤退月杪可全数撤回片》送达，是讲英法联军撤军情况的——

再，查英、佛夷兵，自十七日后陆续撤退，每日或二三千名至千名不等，其余定于二十六日分日起程，约计月杪可以全数撤回。该两夷留京人数，并未言明，而夷性桀强，设或与之酌定，必故意多留，转致于事无益。察其动静，似有畏寒之意，或全行撤回尚未可定，即有留京之人，亦不至过多。现在该夷游行街市，彼此贸易，尚无滋扰，人心渐觉安堵。一俟夷兵撤后，仍应多设侦探，随时驰奏，以期防范慎密。谨奏。

皇上上次还有"此时尚早"的话，大概考虑到夷兵尚在京城，回銮不宜。如今夷兵月底可全部撤离，皇上应该是时候回銮了。不过，懿贵妃依然没有讲什么，给皇上读罢奏折，便等朱批。只见皇上走过来，在奏折之上只写了三个字："知道了。"

懿贵妃吃不透皇上的心思,她想找机会问一问。

一次,皇上宿懿贵妃之室,表现了前所未有的快感,说次日依然要来。说后,皇上便倒头睡去。懿贵妃看着睡熟了的皇上,看着看着,泪水流了下来。

懿贵妃打算来日皇上来时,定然劝皇上尽早回到京城去。

只是,次日夜里皇上没有来,而是去了卞妃那里。而皇上从卞妃那里出来后,便觉腰痛腿酸,浑身乏力,回到九州清晏便倒在榻上,终日未能视事。

次日,皇上身子有所恢复,恰好又有恭亲王的奏折来。懿贵妃被召去给皇上读折,恭亲王的《奕訢会同留京王大臣等奏合词吁请回銮折》还是吁请皇上回銮:

恭亲王奕訢会同留京王大臣等奏:

窃唯皇上举行秋狝,驻跸滦阳,原为集师之举,以期绥靖京师。查夷兵现俱撤尽,市肆渐安,腥膻已远,中外人心,切望及早回銮,以期镇定。窃思皇上巡幸之初,尚在秋间,今已时届冬令,塞外寒冷较甚,迥非京城气候可比,久居似非所宜。况臣等远隔天颜,五旬于此,依恋之忱,萦诸寤寐。伏思皇上为天下臣民之主,而京师乃四方拱极之区,恳请銮舆早日还宫,以定人心,非独臣等之欣幸,凡在率土臣民,无不为之欢忭也。

还没有听完,皇上就过去在奏折上挥笔写道:

本年暂不回銮。

随后,不容懿贵妃讲什么,又在另纸上写道:

谕内阁:本年天气渐届严寒,朕拟暂缓回銮,俟明岁再降谕旨。

停了一下,皇上大概心中瘀积未消,又在另一张纸上写道:

谕军机大臣等:恭亲王奕訢等合词吁请回銮一折,览奏具见悃忱,业经明降谕旨宣示矣。唯此次夷人称兵犯顺,恭亲王等与之议抚,虽已换约,此系万不得已,允其所请。然退兵后,而各国夷酋尚有驻京者,亲递国书一节,既未与该夷言明，难保不因朕回銮，再来饶舌。诸事既未妥协，设使朕率意回銮，夷人又来挟制，朕必将去而复返。频数往来，于事体诸多不协，且恐京师人心震动，更有甚于八月初八日之举。

该王大臣等奏请回銮，固系为镇定人心起见，然反复筹思，只顾目前之虚名，而贻无穷之后患。且木兰巡幸，系循祖宗旧典，其地距京师尚不甚远，与在京无异，足资控制。朕意本暂缓回銮，俟夷务大定，再将回銮一切事宜办理。所有各衙门引见人员及一切应办事件，均查照木兰旧例遵行办理。至前派应行前赴行在者，着即饬前来。其各衙门办事之堂司各官，均着赶紧清理积压诸事，勿稍稽延。再，本年回銮之举，该王大臣等不准再行渎请。

咸丰帝杜绝回銮之路，自然是他的心理、观念在作祟，但也是肃顺等人对他施加影响的结果。

经恭亲王办理，抚局已定。无异，恭亲王赢了一局。而摆在肃顺等人面前的问题是，如何扭转颓局？

显然不能够让皇上就这样回到京城去。如此回去，皇上就会事事听信于恭亲王，而自己就得处处受气。他们抓住了皇上惧怕的心理，抓住了皇上极不情愿让外国使节以洋礼晋见的心理，向皇上进言，从而加重了皇上这两方面的心理负担。咸丰帝给军机大臣的上谕中那些理由，都是肃顺讲的，有的甚至就是肃顺的原话。

肃顺看到皇上"本年回銮之举，该王大臣等不准再行渎请"的话后，大舒了一口气。

且说上谕发出的当天，肃顺突然想到这个问题：在这几场较量中，懿贵妃究竟扮演了怎样的角色？往日，对于懿贵妃，肃顺注意的只是她的美色，充其量听说她非常聪明，既懂满语，又懂汉语，这在女流之中是出类拔萃的。懿贵妃得到了皇上的宠信，也正由于她有这些优势。懿贵妃给皇上读奏折，这是公开的秘密。对此，肃顺的理解是皇上身体不好，又有当天事当天毕的习惯，精力不支，便利用了懿贵妃识字的长处。皇上在大臣面前从来不提这方面的事，更没有迹象表明，皇上因懿贵妃读奏折而受到了什么影响。后宫不议政，皇上是一再强调的。

可这一日肃顺突然想到皇上坚持后宫不议政，那是皇上的事，懿贵妃本人会怎样呢？她是如何看待皇上让她读奏折这件事的？她是不是执意借此机会想法影响皇上？如今，与恭亲王的争斗日渐加深，懿贵妃的态度如何，对双方的较量极有可能产生关键性的作用，故而，对她的举动不能不闻不问。

肃顺立即有了一个主意，听说皇后今日身体不适，懿贵妃的住处与皇后的住处相邻，可派自己的老婆借给皇后请安的机会，顺便到懿贵妃那里一探虚实。

说办就办，肃顺立即如此这般向自己的老婆布置了一番。老婆依计而行，先探视了皇后，随后便到了懿贵妃那里。

懿贵妃正在跟春草、夏荷等闲聊，忽得报说肃顺福晋到，一个"请"字话音未落，肃顺福晋已经到了门口。春草过去掀了帘子，懿贵妃冲迈进门的肃顺福晋道："这可是贵客……"

肃顺福晋走进来给懿贵妃请了安，道："皇后身子不爽，臣妾过去请安，心里想着主子，便过来给主子请安了。"

"多谢你想着……只是，咱们是什么人，还主子、臣妾的？"懿贵妃说着，夏荷上了茶，懿贵妃让肃顺福晋坐。肃顺福晋谢了座，懿贵妃自己也坐了。

说了些琐事，便谈到天气，只听肃顺福晋道："天渐渐凉了起来，臣妾听说京中王大臣屡屡上奏折让皇上回銮。不用讲皇上，就是我们这些也为皇上作难：不回吧，催得你坐卧不宁；回吧……"

懿贵妃打断道："这回用不着作难了。恭亲王他们近来吁请回銮的奏折是皇上命我给读的，皇上朱批本年回銮之事，让该王大臣等不准再行渎请，绝了他们的路了。"

肃顺福晋听后假装惊讶道："皇上圣明。大冷的天儿，光路上一趟也把人给折腾坏了。"

懿贵妃又道："回銮不回銮，原本是皇上定的事，我们后宫这些人不应该掺和。只是这有碍皇上的龙体。皇上身体如何，我们这些人知道。皇上为天下臣民之主，京师是四方拱极之区，可催命鬼一样催皇上回去，'以定人心'，就不想想皇上的身体怎么样……自然，就是有这么多的看法、想法，也只能够憋在肚子里，在皇上面前是不能够露半句的——干着急！这下好了……皇上一下子堵上了他们的嘴。"

"皇上圣明，娘娘英明。"肃顺福晋高兴起来，又说了些不要紧的话，便跪安了。

肃顺福晋走后，懿贵妃吩咐夏荷立即去醇郡王福晋那里，如此这般嘱咐了一番。

这件事让懿贵妃动了脑筋，眼下的形势使她焦虑万分。皇上的身体每况愈下，万一出现天大的事,下一步将会如何?有一点定而不疑,儿子载淳将继帝位。这是福还是祸?常言道:"子贵母荣。"这是常理。那还有没有非常之理。这时,懿贵妃的脑子里一下子蹦出一个名字:钩弋夫人!一想到这个名字,懿贵妃嚯的一声坐了起来。她觉得天在旋地在转,冷汗也一下子流了出来。

机警的夏荷听到了动静,她一边用一只胳膊搀着摇摇晃晃的懿贵妃,一边拿手帕给她擦汗。

"主子,天下没有什么事能够难住主子,没有什么人能够降住主子,怕什么呢?主子是一个连噩梦都不做的人呀!"夏荷是个细致的姑娘,又是一个善解人意的姑娘。她见懿贵妃眼下的情景,便这样安慰懿贵妃。

懿贵妃轻轻地拍了拍她的手,表示肯定和谢意。

次日,肃顺福晋去了醇郡王福晋那里。在这之前,按照懿贵妃的吩咐,夏荷已经把懿贵妃的话传了过来,故而,醇郡王福晋明白肃顺福晋的来意。闲谈之后,肃顺福晋果然谈起了皇上的身体,谈起了京城大臣要求回銮之事,而且从侧面问起了懿贵妃对此事的态度。

醇郡王福晋回道:"别看我们是姐妹,懿贵妃在我面前很少谈论朝廷的事。有时候我听到一些事,感到气不平,跟她提起,她总是制止,说朝廷的事我们不要掺和,只能是皇上做主。听了这话我就说,你是姐姐才跟你说。她说,姐姐就可以不按照祖宗留下的规矩办事了?一句话噎得你没话讲。这次皇上回銮的事,我倒觉得京城的大臣们提得有理。外国人走了,京中人心不定,皇上应该回去。可没等我把话说完,她就制止说,这事皇上自会料理。又说大臣们眼里只看到国家,皇上的身体如何,他们一概不问——说他们只看到国家兴许是抬举他们,哪个敢说他们不是为了让皇上回去收拾乱摊子。他们一好推诿,不承担责任;二好落个清闲。她责怪我说,皇上的身体状况你也略知一二,可你也跟着瞎吵吵,真是想不到……这事皇上已经做了决定,你再也不许提起……"

讲到这里,肃顺福晋连忙问道:"可说了皇上做了什么决定?"

醇郡王福晋回道:"她不透风,我也不好再问——听上面那话里的意思,定然是不回去……"

"是,是,是,定然是不回去。"肃顺福晋笑了笑又道,"瞧,咱们也是瞎操心,不留神就谈起了朝中的事。要让懿贵妃知道了,又是不是……"

醇郡王福晋道:"依我看,我这个姐姐也过于刻板了——要好的在一起议论议论朝政就犯了规矩？天下不太平，朝里多事，我们这些人免得了说几句？说几句就是后宫干政了？"

肃顺福晋见醇郡王福晋来了气，故意说道："这也怨不了懿贵妃的，她的身份与我等不同，不得不处处小心。"

看来，醇郡王福晋的气还未消，摆手道："得得得，这事咱们不再谈它……"两个人改变话题，又说了些别的。肃顺福晋退了出来，心满意足。

肃顺福晋从懿贵妃那边回来向肃顺讲述了打探的情况。郑亲王端华找到肃顺，提出是不是想什么法子打探一下实情，预做防备。听了郑亲王的话后，肃顺狠狠地嘲笑了他一番，说他想起这事"晚了三春"，最后打包票说："一只漂亮的小母鸡儿——尽管放心。"端华要表示不同意见，肃顺让他在此问题上"免开尊口"。

肃顺一向跋扈，对郑亲王就越发没有客套，原因是他们是亲弟兄。郑亲王兄弟属于爱新觉罗·舒尔哈齐分支。舒尔哈齐与努尔哈赤一起起家，后兄弟俩闹别扭，受到努尔哈赤的惩罚。舒尔哈齐的儿子中有两个人有出息，一个是老二阿敏，皇太极时成为执政的四大贝勒之一。另一个是老六济尔哈朗，皇太极称帝，他被封为郑亲王。这济尔哈朗顺治时是国家的重臣，传到端华兄弟时，他们依然人丁兴旺。端华兄弟多人，老大、老二早死，老三端华袭亲王爵，老四早死，老五恩华道光年间为辅国将军，老六就是肃顺，肃顺下面还有一个弟弟。他们与咸丰帝是同辈。

郑亲王端华是一个没有什么主见的人，听肃顺这样一讲，完全相信。不久，郑亲王见到怡亲王载垣，把肃顺的话传了过去。怡亲王同样是一个没有主意的人，他对肃顺的话同样深信不疑。

懿贵妃那边则是另外一种情景。肃顺福晋的不期造访，使她百倍警觉起来。那之后，懿贵妃有了一个重大决定：收敛。自己的行动已经引起对方的注意，而这正是危险之处。

随后，朝中发生了一件大事。

一日，皇上传懿贵妃。她不晓得又发生了什么事，心中惴惴不安。到皇上那后，发现有一道奏折摆在案上。皇上一见面就问道："这之前恭亲王是否有关于'总理衙门'的事奏？"

"总理衙门？"这可是一件新鲜事儿，懿贵妃还从来没有听说过。

可问题是眼下应该如何回答皇上？

懿贵妃的大脑开足了马力运转。皇上召她来这样问，说明皇上已经不相信自己的记忆。皇上的问题,一定与案上那份奏折有关。于是她回道:"皇上这一问,倒把臣妾给问住了,还真的想不起这事有人奏过没有……"

咸丰皇帝听罢笑道:"你也有记不准的时候。"

懿贵妃道:"这些日子,皇上的身子不爽,臣妾像是七魂出窍、六神无主……"

咸丰皇帝遂道:"朕自诩别的稀松,记性还马马虎虎,想不到,此时连这一条也不好说了……"

懿贵妃道:"以臣妾之见,这倒是皇上的福气,皇后、臣妾等人的造化——我等每见皇上日理万机,心中就暗暗向菩萨祷告,让皇上放下一件两件,好喘上一口舒坦气。要是皇上果真是过目不忘,一天到晚十二个时辰,就会有操不完的心、办不完的事。那还有皇上喘气的时候吗?"

咸丰皇帝听罢,笑了笑道:"照你说的,朕要是一个白痴,你们就洪福齐天了……"说罢,两人都笑了起来。

过后,咸丰皇帝手指龙案,意思是让懿贵妃看一眼那奏折。懿贵妃走过去,拿起《钦差大臣奕訢等奏英使来京意在撤兵并向其微露设立总理衙门片》,见上面写道:

再,正在具折间,武备院卿恒祺,伴同英国公使威妥玛,带从人二名,来京谒见,言词礼貌极为恭顺。询以来京何事,则以查看明年住京房屋为词。察其用意,则以该国天津之兵需费浩繁,拟悉行裁撤,又疑撤兵之后,中国别有准备,不敢遽撤,来京探询。臣等于接见之间,该公使未肯明言,等于旁敲侧击,窥知其来京实为撤兵起见。臣等迎机开导,以释其疑,微露有设立总理之外国事务衙门,专办各外国事务。该公使闻之,甚为欣悦,以为向来广东不办,推之上海,上海不办,不得已而来京。如能设立专办外国事务之处,则数十年求之不得,天朝既不漠视,外国断不敢另有枝节等语。唯事宜慎重,未敢掉以轻心,容俟该公使回津后,有无别情,再行具奏。

看完奏折,懿贵妃站在那里,没有说话。咸丰帝问道:"从奏折开头看来,似有前奏,故朕把你召来。既没有前奏,没头没脑,真不晓得老六这次是怎么啦。"

其实,懿贵妃已经看到了奏折开头的那个"再"字。她听皇上这样一说,便又抄起奏折观看,尔后道:"皇上看得仔细,开头有一'再'字,确应有前奏。可前奏在哪里呢？"

正在这时,太监格以多托着几沓奏折进殿奏道:"钦差大臣袁三甲奏折,钦差大臣奕䜣奏折,江苏巡抚薛焕奏折,江西巡抚毓科奏折。"

"快看看恭亲王的奏折……"咸丰帝对懿贵妃道。

懿贵妃拿起恭亲王的奏折,读道:

> 钦差大臣奕䜣等奏请留恒祺在京总理公所办事并拟天津通商大臣人选片。
>
> 再,臣等请设总理公所,并天津通商大臣,原期与上海南北分理其事,而汇总于京师,以收身使臂、臂使指之效。如天津办理得宜,则虽有夷酋住京,无事可办,久必废然思返,是天津通商大臣最关紧要……

"停了吧!依然是没头没脑!"咸丰帝不满意地说道。

懿贵妃停下,呆呆地站在那里。

"格以多!"咸丰皇帝喊了一声,格以多进来垂手听旨,"去肃顺他们那里查查,有没有恭亲王上的有关设立总理衙门的奏折……"

格以多去了。

懿贵妃见状心里道:皇上,这回你是个明白的。

不一会儿,格以多到了,手里托着一沓奏折回道:"奴才取来了恭亲王的奏折。肃顺大人让奴才转奏,此奏折长且重要,他们传看未完,故而迟呈……"

"读。"咸丰皇帝听后没好气地"哼"了一声,吩咐懿贵妃。

懿贵妃打开《钦差大臣奕䜣等奏通筹洋务全局酌拟章程六条折》读道:

> 臣奕䜣、臣桂良、臣文祥跪奏,为通筹夷务全局,酌拟章程六条请旨遵行,恭折具奏,仰祈圣鉴事。
>
> 窃唯夷情之强悍萌于嘉庆年间,迨江宁换约,鸱张弥甚,至本年直入京城,要挟狂悖,夷祸之烈极矣。论者引历代夷患为前车之鉴,专意用剿,自古御夷之策,固未有外于此者。然臣等揆时度势,各夷以英国为强悍,俄国为叵测,而法、米从而阴附之。窃谓大沽未败以前,其时可剿而亦可抚,大沽既败以后,其时能抚而不能剿。至夷兵入城,战守一无足恃,则剿亦害抚亦害。就两者轻

重论之,不得不权宜办理,以救目前之急。自换约以后,该夷退回天津,纷纷南驶,而所请尚执条约为据,是该夷并不利我土地人民,犹可以信义笼络驯服其性,自图振兴,似与前代之事稍异。臣等综计天下大局,是今日之御夷,譬如蜀之待吴。蜀与吴仇敌也,而诸葛亮秉政,仍遣使通好,约共讨魏,彼其心岂一日而忘吞吴哉?诚以势有顺逆,事有缓急,不忍其忿忿之心而轻于一试,必其祸有甚于此。今该夷虽非吴蜀与国之比,而为我仇敌,则事势相同。此次夷情猖獗,凡有血气者,无不同声忿恨,臣等粗知义理,岂忘国家之大计。唯捻炽于北,发炽于南,饷竭兵疲,夷人乘我虚弱,而为其所制,如不胜其忿而与之为仇,则有旦夕之变;若忘其为害而全不设备,则贻子孙之忧。古人有言,以和好为权宜,战守为实事,洵不易之论也。臣等就今日之势论之,发捻交乘,心腹之害也;俄国壤地相接,有蚕食上国之志,肘腋之忧也;英国志在通商,暴虐无人理,不为限制则无以自立,肢体之患也。故灭发捻为先,治俄次之,治英又次之。唯有隐消其鸷戾之气,尚未可遽张以挞伐之威,倘天心悔祸,贼匪渐平,则以皇上之圣明,臣等竭其颛蒙之力,必能有所补救。

若就目前之计,按照条约不使稍有侵越,外敦信睦而隐示羁縻,数年间则偶有要求,尚不遽为大害。谨悉心参度,统计全局,酌拟章程六条,恭呈御览,恳请饬下行营王大臣公同商议,如蒙俞允,臣等即遵照办理。其余琐屑事务并间有损益之处,随时再行奏闻。

所有通筹全局缘由,恭折驰奏,是否有当,伏祈皇上圣鉴,训示遵行。谨奏。

谨酌拟善后章程六条,恭呈御览。

京师请设立总理各国事务衙门,以专责成也。查各国事件,向由外省督抚奏报,汇总于军机处。近年各路军报络绎,外国事务,头绪纷繁,驻京之后,若不悉心经理,专一其事,必致办理延缓,未能悉协机宜。请设总理各国事务衙门,以王大臣领之,军机大臣承书谕旨,非兼领其事,恐有歧误,请一并兼管。并请另给公所,以便办公,兼备与各国接见。其应设司员,拟于内阁部院军机处各司员章京内,满汉各挑取八员,轮班入值,一切均仿照军机处办理,以专责成……

咸丰皇帝在殿中踱着步,边听边思考。他时不时地让懿贵妃停下,或让懿贵妃重复某一句子。从咸丰皇帝的注意点看，他已经抓住了奏折的要点，看到了奏折的精彩之处。

读完奏折，咸丰皇帝思考了相当长的时间。最后，他走到案前拿起笔来，很快写了一段话：

惠亲王、总理行营王大臣、御前大臣、军机大臣，妥速议奏。单并发。

惠亲王即嘉庆帝第五子爱新觉罗·绵愉，是皇上叔辈中仅有的一位亲王。大概咸丰帝看到设立总理衙门的事非同寻常，属于祖制中不曾有过的事，认为让老一辈的人参与其中妥当些。总理行营王大臣，指的是不属下面所讲的御前大臣、军机大臣的王爷们，具体便是郑亲王端华、怡亲王载垣、惇亲王奕誴、醇郡王奕譞、锺郡王奕詥、孚郡王奕譓等。当时的御前大臣有怡亲王载垣、郑亲王端华、以及景寿、肃顺等，他们均在热河。军机大臣有穆荫、匡源、文祥、杜翰、焦佑瀛，其中文祥在京，其余都在热河。

懿贵妃看这阵势，心中惴惴不安。她以为肃顺一定会千方百计阻挠总理衙门的设立，而皇上身边的这些王大臣、御前大臣和军机大臣定会以肃顺之马首是瞻。

但懿贵妃错了。这次咸丰皇帝动了心，一心要把总理衙门办起来。肃顺等尽管动了许多的心计，但他们总不能够不看咸丰皇帝的眼色行事。最后，咸丰皇帝全盘批准了恭亲王设立总理衙门的奏报。

第十八章 辛酉之变,两宫垂帘听大政

进入咸丰十一年,咸丰帝有了思归之念,曾决定二月十三日回銮,后又延期至二月二十三日。但接近回銮日期时,咸丰帝觉得体力不支而作罢,下旨道:"旬日以来,气体虽稍可支持,仍须精心调摄,是以勉从王大臣所请,暂缓回銮,俟秋间再降谕旨。"

许多知情者都知道,这次咸丰皇帝是想回也回不去了。

实际上,咸丰皇帝的身体比某些知情者所了解的严重得多,整个避暑山庄只有少数的几个人晓得。咸丰皇帝在春节的当天吐了第一口血痰后,吐血一直没能够止住,御医已经回天无术。

春天到来,气候转暖,大家本盼着咸丰皇帝的病情能够有所好转,但实际状况令人失望。

进入三月,咸丰帝的病一日重似一日。三月十三日,接到京城恭亲王和军机大臣文祥于三月初七日发出的奏折,恭亲王请赴行在,祗问起居。咸丰皇帝看了恭亲王的奏折后,悲从胸起,用颤抖的手写了以下一行字:

朕与恭亲王奕訢,自去秋别后,俟经半载有余,时思握手而谈,稍慰廑念。唯朕近日身体违和,咳嗽未止,红痰尚有时而见,总宜静摄,庶期火不上炎。朕与汝棣萼情联,见面时回思往事,岂能无感于怀?实于病体未宜。况诸事妥协,尚无面谕之处,统俟今岁回銮后,再行详细面陈。着不必赴行在,文祥亦不必前来。

恭亲王等人的奏折是由懿贵妃读的,她亲眼看了皇上写那一行字的情景。懿贵妃强忍着,但最终还是滴下了泪来。皇上讲得不错,作为同胞兄弟,分别了半年——且这是怎样的半年啊?见面回想往事,怎能无感于怀?而这对皇上的身体是极为不利的。可她知道,这次不让恭亲王过来,那或许就不再有见面的机会,这又如何让人无感于怀?

还有一层,恭亲王来,不仅仅是探视而已。未来如何安排?尽管大家都不愿意去想,却是不容回避的。作为手足兄弟,此事悬着,恭亲王如何寝寐得安?此时不让恭亲王来,这预示着什么呢?

熬过春天,迎来夏季,天渐渐热了起来。六月初九日是咸丰皇帝的三旬万寿节,按照当时的情况,过生日是不宜铺排了。可咸丰皇帝不依,于是遣官祭了太庙,祭了东西陵。咸丰帝亲到澹泊敬诚殿,接受皇子及王以下贝勒、贝子、公、文武大臣行庆贺礼,接着到了福寿园赏赐皇子及王大臣贝勒、贝子、公等人。这样,足足折腾了一整天。

而这一闹,咸丰帝的病情明显加重。到七月十五日,他不再能够视事,遂把皇子载淳召到身边,朝夕侍侧。

十六日子刻,帝疾大渐,皇后和懿贵妃已经在侧。宗人府宗令、右宗正、御前大臣、军机大臣等被召至御前。咸丰帝半天没有睁眼,大家静静地候着。不一会儿,咸丰皇帝先是睁开双目,尔后微微抬头,看大家都到了,便从枕下拿出御印两方,一方交皇后,一方交载淳,并示意让载淳交懿贵妃。这之后,便示意让宗人府宗令拟旨。咸丰帝口授两道特谕:一,皇长子载淳着立为皇太子。特谕。二,皇长子载淳现立为皇太子,着派载垣、端华、景寿、肃顺、穆荫、匡源、杜翰、焦佑瀛,尽心辅弼,赞襄一切政务。特谕。

这之后,咸丰帝抬起手来对八大臣,又指皇后、懿贵妃手中御印,说了句"此后圣谕加此二印发出",便合上了眼睛。

咸丰帝驾崩于避暑山庄之"烟波致爽"殿寝宫,终年三十一岁。号啕之声立即传上九天。

八大臣连夜拟定《遗诏》,颁布天下。

十七日辰刻,咸丰帝遗体小殓毕,灵柩置于烟波致爽殿东间。皇子、亲王、文武百官俱素服守丧。即日起,皇后称皇太后,皇太子称皇上。

睿亲王仁寿、豫亲王义道、恭亲王奕䜣、醇郡王奕譞、大学士周祖培、协办大学士、户部尚书肃顺、吏部尚书全庆、陈孚恩、工部尚书绵森、右侍郎杜翰料理丧仪。义道、奕䜣、周祖培、全庆仍留京办事,命署直隶总督文煜代表行宫以外的官员前来热河叩谒梓宫。

这一切,实际上均由八大臣商定。当日,赞襄政务王大臣肃顺等行文通知吏部、兵部:"本王大臣拟旨缮递后,请皇太后、皇上钤用御印发下,上系'御赏'二字,下系'同道堂'三字,以为符信,并希转传京外文武各该衙门一体钦遵。"

十八日巳刻,咸丰帝遗体大殓,棺梓停于澹泊敬诚正殿。八大臣又发出谕命,除热河都统、直隶总督外,其余直隶各大员,各路统兵大臣,各省文武官员,西北两路将军、大臣,都不必赴热河行宫叩谒梓宫。

当日,八大臣以内阁名义道:"奉上谕:皇太后钮祜禄氏尊为母后皇太后,懿贵妃叶赫那拉氏尊为圣母皇太后。"

二十六日,八大臣依然以内阁名义道:"奉上谕:皇上年号用'祺祥'。"

一切都在平静之中进行着,而风暴也在平静之中孕育。

一天,醇郡王福晋与圣母皇太后闲谈,道:"肃顺福晋的侍女木香曾问臣妾的侍女藕白什么叫'病鸡死晨',藕白自然不晓得,便回来问臣妾。臣妾也不明白。过了一会儿,臣妾想木香是不是把音弄错了,原是'牝鸡司晨'四字?便让藕白回去问木香。木香回答说或许就是这四个字,当时她听焦佑瀛讲的,焦大人是南方人,有口音。"

这话对圣母皇太后来说可不是故事。她问细节,可醇郡王福晋并不清楚。圣母皇太后遂嘱咐妹妹回去仔细问一问。

次日,醇郡王福晋又来了,说细节问清楚了。木香告诉藕白,说前两日她在肃顺福晋房间侍奉,旁边就是肃顺的客厅。当时,八名赞襄大臣中的几个在一起议论什么,声音很大,谈话的声音不时传了过来。当时,就听到焦佑瀛讲了一句"病鸡死晨"。她当时以为那些人在谈论什么"病鸡",于是就认真听起来。随后那些人谈起说有人要皇太后"垂帘听政",接着就听肃顺说道:"要母鸡打鸣?汉人的母鸡打过鸣,我们满人打鸣的母鸡还没有生出来……"说罢,便是众人的一阵狂笑。

听了这话,圣母皇太后的内心受到了极大冲击。她忘记了妹妹在侧,一个人呆呆地想了半天。之后,圣母皇太后便有了一个主意,对妹妹道:"这样重大的事情,咱们不能不禀报母后皇太后。"

此时此刻的圣母皇太后为什么想到要把这件事向母后皇太后禀报呢？原来，母后皇太后的祖上与端华、肃顺兄弟祖上有一段过节。母后皇太后是钮祜禄氏，乃满族重要姓氏。母后皇太后之先祖都亦额与努尔哈赤一起起兵，成为爱新觉罗第一功臣。其后，睿亲王多尔衮娶了都亦额的侄女，成为亲王福晋。

太宗皇帝皇太极殁后，多尔衮辅佐圣祖皇帝入主中原，立下汗马功劳。可他却遭到暗算，最后不但被夺爵，而且被挖坟扬骨，时为郑亲王的济尔哈朗难脱干系。济尔哈朗乃先祖努尔哈赤之弟舒尔哈齐的儿子，在征战沙场时，舒尔哈齐就多有不驯服之举，屡屡要独立出去。济尔哈朗表面驯服，内心多奸。多尔衮被陷害后，济尔哈朗代替多尔衮成为摄政王。可怜多尔衮一家满门抄斩，多尔衮福晋自然难免厄运。这样，堂堂钮祜禄氏不但人被杀，还蒙了无限的羞辱。直到乾隆年间多尔衮才得昭雪，其冤竟蒙百年之久。这端华、肃顺不是别人，正是济尔哈朗的第八世孙。赞襄八大臣确立后，母后皇太后在圣母皇太后面前明显地表示了不满！八名赞襄大臣中济尔哈朗家就占了两名，而且还是举足轻重的两名。明眼人一看便知，虽有八大臣，实际上还是肃顺一人说了算。

圣母皇太后也意识到这种状况对自己十分不利，必须改变。可如何改变？

一是要把母后皇太后紧紧地拉到身边，二是要把不满肃顺一伙的亲王、郡王鼓动起来。联络尽量多的文武大臣，特别是那些掌兵的大臣。

圣母皇太后相信，既然母后皇太后已经对肃顺一伙表示不满，那告诉她肃顺关于母鸡打鸣的话后，定然会把她的怒火煽得旺旺的。

果不其然，当醇郡王福晋讲了肃顺那些话后，母后皇太后的肺都气炸了。

"岂容尔等作威作福！我偏让这狂人瞧瞧，满人的母鸡会不会打鸣！圣母皇太后，"这回母后皇太后点了名，"你点子多，想办法把这些狂徒一个个给我拉下来！"

圣母皇太后重重地点头，表示了同意。

母后皇太后怒气不消，又对醇郡王福晋道："你那个郡王爷知不知道这件事？"

醇郡王福晋心直，不晓得拐弯，见问便道："臣妾已经告诉了他……"

母后皇太后一听又来了气："木头人一个——如此重要的事情，他怎么不来奏报？传！"一名太监立即上前，"去找醇郡王，要他立即过来！"

圣母皇太后和醇郡王福晋见状，面面相觑。

"给母后皇太后请安……"不一会儿，醇郡王到了。

"你好逍遥啊！"母后皇太后也不让跪着的醇郡王平身。

"奴才听母后皇太后教训……"

"终日东跑西颠,跑不到点儿上……我问你,肃顺讲了那样恶毒的话,你知道了为什么不来奏报?"

醇郡王见眼前的架势,认定母后皇太后问的是那母鸡打鸣的事,遂询问道:"可是藕白从木香那里听说的那事?"

"那事听说后不值得立即来奏报吗?"

"奴才岂敢不报?只是想了解实了后再报……"

"哼!等你了解实了,黄花菜都凉了……"

正说着,外面通报惇亲王进殿请安。

醇郡王还跪着,一听心里暗自乐了:"又来一个往枪口上撞的。"

惇亲王进殿后,先给母后皇太后请安,又给圣母皇太后请安。惇亲王奕誴年长,跪着的醇郡王给惇亲王作揖,醇郡王福晋起身给惇亲王见礼。

醇郡王跪着,惇亲王跪着也不敢起来。

"惇亲王,你近来听到了什么鸟儿叫了?"母后皇太后冷面问道。

惇亲王摸不到头脑,忙道:"奴才听母后皇太后教训……"

"你没听到有人议论母鸡打鸣的事?"

惇亲王越发摸不到头脑,依然道:"奴才听母后皇太后教训……"

"你这是以不变应万变啊!"母后皇太后道,"你们都起来吧。"

惇亲王和醇郡王这才谢过。

母后皇太后怒气稍消,随后把听到的肃顺、焦佑瀛的议论讲了一遍。

惇亲王听后大惊道:"这真是狗胆包天!"

母后皇太后又道:"你们这些亲王、郡王,一个个都是干什么吃的?人家把大清的江山一锅儿端了,你们却无动于衷。等你们一个个人头落地了,还不晓得自己是怎么死的!"

听了这话,惇亲王急忙再次跪下,道:"奴才们确实让母后皇太后失望了。"

醇郡王一见惇亲王跪下,自己也再次跪下。

惇亲王又道:"奴才倒也看出些端倪,只是没有两位皇太后的懿旨,岂敢蠢动?"

母后皇太后问:"你看到了些什么?"

惇亲王道:"从大行皇帝宾天到如今已有数旨发出。先皇遗谕后事时,奴才在场。当时,皇上并没有讲旨由他们拟,尔后只加盖两方御印而已。依奴才的理解,凡有奏报,八大臣需先呈两位皇太后,再由他们按懿旨拟旨。否则,一切都由他们办理,只在他们拟就的纸上盖两方御印,那还要皇上干什么呢?"

母后皇太后听了喝道:"讲得好!现如今皇上成了他们的小傀儡,他们想干什么就干什么,这不是大权旁落是什么?"

"奴才之忧,正在于此。"惇亲王接着又说道,"如此担忧的不光奴才一人,睿亲王仁寿、锺郡王奕詥、孚郡王奕譓皆愤愤而不平……"

"这就对了,不愧为太宗皇帝的子孙!"母后皇太后道,"只是,你们群龙无首,哪个是敢出头的?"

惇亲王与醇郡王面面相觑,齐道:"奴才倒不是惧他们,只是自量才疏识浅,难当大任……"

"瞧了没有?"母后皇太后愤愤道,"一说到真格的,就是听到雷声的乌龟——缩了头……"

就在这时,一个太监进来报告道:"恭亲王到了……"

顿时,整个大殿里立刻变得喜气洋洋。母后皇太后道:"天不亡我大清,挂帅的人物到了。"

当日是八月初一日,恭亲王奕訢一行抵热河。咸丰帝病逝之后,奕訢即奏请赴热河叩谒梓宫,迟迟未得允许。七月二十五日夜得旨,二十六日上路,路上赶了五天。奕訢到后于梓宫前伏地大恸,声彻殿陛,旁人无不下泪。

祭毕,两宫太后即行召见,顾命大臣没有道理阻拦,奕訢遂独见两宫。

一年多不见了。而这是怎样的一年啊!奕訢拜下去,泪水便潸潸而下。两宫太后也哭了起来,母后皇太后竟然放了声。两宫皇太后让恭亲王平身,赐了座,恭亲王开始奏报京城之事。在谈起御园遭焚、百姓蒙难,与英法签约屈从受辱时,恭亲王又垂下泪来,两宫皇太后亦再次垂泪。恭亲王奏报,英法军队按议退出京城,只有少数使节及其随从留驻。京城秩序已经恢复,广州也早已按议交还。

两宫皇太后则向恭亲王讲述了热河这边发生的事,尤其讲了先皇患病、宾天以及之后的事。当母后皇太后向恭亲王讲述关于肃顺等人议论的"牝鸡司晨"的那些话时,她再次激动万分。随后,母后皇太后谈了就此召见惇亲王、醇郡王的情况。圣母皇太后特别插话道:"大家摩拳擦掌,苦于群龙无首,六叔赶到,正当其时。"

恭亲王听后忙道:"奴才唯二太后懿旨是从……"在谈到要紧之处时,母后皇太后已经把宫女们支走,宫中只剩下两宫皇太后和恭亲王三人。最后,恭亲王才道:"臣在京城静观行营事态变化,早就要晋见两宫太后,以便早定大计。怎奈肃顺等人百般阻挠,到如今方才成行,让两宫太后悬念至今,此乃奴才之罪。依奴才之见,除奸一要求名求言,二要选时择机。所谓名不正则言不顺,英国人、法国人之所以变本加厉,叠码要挟,皆因肃顺等人蛊惑先皇,不讲谋略,与不敌之敌硬拼;且违背礼仪,羁押彼之谈判人员,其罪一也。条约既定,京城已安,百姓盼先皇如久旱禾苗之望云霓,而肃顺等百般阻挠先帝回銮,其罪二也。先皇体衰,不宜在塞外久驻,而肃顺等人以一己之利而百计挽留,致圣体违和而宾,其罪三也。先皇宾天,越赞襄之权,无请而拟旨,欺君罔上,其罪四也。私下妄议,大伤国母之仪,其罪五也。有此大罪五端,天下得而诛之可也。为事得成,不可不选时择机。依奴才之见,先皇梓宫在外,此天赐良机。奴才回京即可部署,待先皇梓宫运京之时,奴才在内,两宫太后及诸亲王、郡王在外,内外联手,即可一举诛灭之。"

恭亲王的一席话,说得母后皇太后乐得直拍掌。圣母皇太后也暗暗佩服,认为这位叔叔的胆识、见解,确是诸亲王、郡王难比。

恭亲王在两宫皇太后那里待了将近一个时辰,这期间,肃顺一直派人在四周监视。此后,恭亲王的一举一动,都在肃顺的监视之中。恭亲王离开后,便去了惠亲王那里。此后,醇郡王、锺郡王、孚郡王相继来恭亲王住处拜见。尔后,恭亲王又去惇亲王的住处拜见。与郑亲王端华、怡亲王载垣和肃顺等人碰面,恭亲王一脸的怒气。

在行宫待了七天,恭亲王回京去了。

明明知道恭亲王来是"搞名堂"的,但由于其活动密不透风,肃顺等人摸不到"名堂",便又只好搞他们的"夫人战术"。而从醇郡王福晋那里得到的话异常简单:恭亲王一直对被排斥于赞襄大臣之外愤愤不平、耿耿于怀,母后皇太后和圣母皇太后都劝了恭亲王;最后,恭亲王似乎听从了,但实际上依然怒气未消。肃顺福晋只好让自己的侍女木香从醇郡王侍女藕白那里再探口气,藕白所讲也是这样的意思。

其他人没有门路,于是问肃顺打探的结果。肃顺回应道:"请放宽心,不会穿进一条裤子里去……"

别人对此表示怀疑的时候,肃顺又反问道:"你又有何证据表明他们穿一条裤子?想想看,他们孤儿寡母,与老六扯到一块有什么好处?"

恭亲王走后没几日,一道奏折和八大臣拟的"圣谕"摆在母后皇太后的案上。这是执事太监送进来的,意思是像往常一样,要母后皇太后和圣母皇太后分别在草拟的"圣谕"上加盖"御赏"印和"同道堂"印,以便发出。

圣母皇太后被唤到了烟波致爽暖阁,母后皇太后等在那里。母后皇太后不识字,不晓得将要发出的"圣谕"上写了什么。

圣母皇太后过来一看,浑身的神经立即紧张起来。母后皇太后看出了异常,问道:"怎么回事?"

"难以再太平了!"随后,圣母皇太后向母后皇太后解释道,"奏折是山东道监察御史董元醇上的,他奏请皇太后垂帘听政……"

母后皇太后一听,也紧张了起来。原先,听肃顺等人讲有人要太后垂帘听政,她还以为是肃顺等人的臆想。想不到,现在真的有人提这样的主张,且有这样的胆子公开上疏言事。

"他写了些什么呢?"母后皇太后急切地问道。

"董元醇御史以'事贵从权,理宜守经'立论。"随后,圣母皇太后念道——

何为从权?现值天下多事之秋,皇帝陛下以冲龄践阼,所赖一切政务皇太后宵旰思虑,斟酌尽善,此诚国家之福也。臣以为即宜明降谕旨,宣示中外,使海内咸知皇上圣躬虽幼,皇太后暂时权理朝政,左右并不能干预,庶人心益加敬畏,而文武臣工俱不敢稍肆其蒙蔽之术。俟数年后,皇上能亲裁庶务,再躬理万机,以天下养,不亦善乎。何为守经?自古帝王莫不以亲亲尊贤为急务,此千古不易之经也。现时赞襄政务,虽有王大臣、军机大臣诸人,臣以为当更于亲王中简派一二人,令同心辅弼一切事务,俾各尽心筹划,再求皇太后、皇上裁断施行,庶亲贤并用,既无专擅之患,亦无偏任之嫌。

母后皇太后虽不识字,但出身世家,又在宫中多年,耳濡目染,像董元醇奏折所表达的基本意义,她是完全能够明白的。她想了想说道:"你还别说,这个御史讲的并不是没有道理。"

圣母皇太后见母后皇太后有这样的见解,心中十分高兴。但现如今并不是董元醇讲的有没有道理的问题,而是如何对付肃顺等人拟的那份"圣谕"。

恭亲王在这里的时候曾引用郑庄公"多行不义必自毙"的话,说不要怕肃顺等人闹,他们越闹越暴露自己,也就越有诛杀他们的理由。对此,圣母皇太后颇受启发。一段时间以来,她韬光养晦,尽量不去碰这些人,以便等待时机。如今大计已定,前一段的做法应该有所变化。故而,圣母皇太后决定借这件事大闹一场,以便使肃顺等人的野心、跋扈暴露无遗。因此,她对母后皇太后道:"姐姐说这奏折讲得不无道理,可让我们看看肃顺一伙人怎么讲吧!"

随后,她打开肃顺等人草拟的"圣谕",读道:

> 我朝圣圣相承,向无皇太后垂帘听政之理。朕以冲龄仰受皇考大行皇帝付托之重,御极之初,何敢更易祖宗旧制?该御史奏请皇太后暂时权理朝政,甚属非是。又遽请于亲王中简派一二人,令其辅弼一切事务,伏念皇考于七月十六日子刻,特召载垣等八人,令其尽心辅弼。朕仰体圣心,自有深意,又何敢显违遗训,轻议增添?该王大臣等受皇考顾命,辅弼朕躬,如有蒙蔽专擅之弊,在廷诸臣无难指实参奏,朕亦必重治其罪。该御史必于亲王中另行简派,是诚何心!所奏尤不可行。以上两端,关系甚重,非臣下所得妄议。

圣母皇太后读完,母后皇太后已经气晕了。

"传!"母后皇太后大喊了一声,执事太监过来了,"立即让赞襄八大臣晋见!"

以怡亲王载垣为首,八大臣鱼贯而入,趋前跪下请安。

"肃顺!"母后皇太后点名道。

"奴才在。"

"这份圣谕是你带头拟的?"

"奴才参与,八大臣怡亲王领班……"

"载垣!"母后皇太后又点怡亲王的名。

"奴才在。"

"眼前有董元醇的奏折,有你们拟的圣谕,各说各的理,也各有各的理。你让我赞成哪家呢?"

如此开头,圣母皇太后没有想到,她还以为八大臣到后,母后皇太后会劈头盖脸一顿训呢。

载垣一时无话。肃顺急忙道:"太后自然以臣等所拟圣谕为是。"

"我又没问你!"母后皇太后训斥了肃顺,又逼问载垣道,"你说话呀,怡亲王!"

"太后当以臣等所拟圣谕为是。"

"这就叫作鹦鹉学舌！可我来问你，为什么让我以你们拟的为是呢？"

载垣回道："它是圣谕呀！"

"哼！你们胡乱划拉了一张纸，就称作圣谕了？"

肃顺一看载垣出言有误，立即回道："母后皇太后和圣母皇太后加印后便成了圣谕。"

"可我们还没有加印哩！"

"两位皇太后当加御印……"

"怎么就'当加'？"

"七月十六日子时，大行皇上宾天前有诏：赞襄大臣拟旨，即加'御赏''同道堂'二印。"

"你们牢牢记住这个七月十六日子时……"母后皇太后嘲笑道，"不错，有拟旨后加'御赏''同道堂'二印这样的话。可如何拟旨，大行皇上并没有讲——也无须讲。你们拟旨之前，应该向皇上奏事，得准后再拟旨。不然的话，像如今这样自作主张，写一张纸便过来让我们加印，不管我们愿不愿意都得照加不误，这岂不就是你们想干什么就干什么了？"

这话一时说得八大臣无言以对。等了片刻，肃顺才说道："臣等既受托付赞襄大政，必以先皇之志为据，岂可胡为？既为赞襄之臣，便行赞襄之事。倘处处事事请示，岂不成太后听政？岂不是有违圣训？"

"照你这样说，不管我们愿意不愿意，只要你们写了一篇东西送过来，我们就得加章盖印？"

"除去刻薄的意思，也就是这个话了！"

"要是你们写的东西是错的呢？"

"请太后指明，臣等自行赞襄之权所拟圣谕有何不妥？"

这一问，母后皇太后一时不知所措。圣母皇太后见状，立即道："你们也别太自以为是了。别的不说，大行皇上宾天后那份《遗诏》是你们拟的吧？"

肃顺回道："不错，是臣所拟。"

"那份《遗诏》就有大毛病，你们可知吗？"

肃顺叩头道："愿听太后教训。"

"大行皇上宾天什么原因？"

肃顺回道:"皇上赶上多事之秋,日夜操劳,久劳成疾,不治而终。"

"亏你还是个明白的,可你所说的'多事之秋'是何所指?"

肃顺又回道:"一是长毛作乱,国成危局;二是列强复来,世成变局。"

"这也说得明白。想必你们不会忘记,正是你所说的列强复来,世成变局,才有了秋狝木兰之举。而也正是因此,皇上才宾天他乡。《遗诏》中你们只讲'东南诸省军务未平','世成变局'这样紧要之事,你们却只字不提。今后的大清国,一要应对危局,二要应对变局,这是一定要跟举国臣工和百姓讲明白的。你们把如此重大的事放过去,还敢讲自己所拟圣谕没有毛病吗?"

肃顺听后,不得不承认这是一大疏忽。

圣母皇太后又道:"又如你们拟的这份圣谕,要依我之见,开始当有这样的几句话:我朝太后人品端庄,母仪天下,满朝文武,有口皆碑云云。再加一个转折语,然后接你们那个'我朝圣圣相承'。你们不这样,像是我们有了什么天大的不是。就如此发出去,满朝文武与举国百姓都必然认为,圣谕的矛头首先是对着我们——这也能够说没有毛病?"

说到这里,母后皇太后立即道:"在这些人的眼睛里,我们哪里配称什么人品端庄、母仪天下?汉人的母鸡兴许还能够打打鸣儿,而我们这些满人母鸡是决然不会报晓的。"

听到这里,肃顺等人都是心里一震。肃顺出头道:"这里实不涉太后人品如何的问题,故而臣等拟旨并未提及。只是强调臣等受命,系赞襄皇上,不能听太后之命。"

转了一圈儿,又回到了原地。圣母皇太后遂质问道:"就是说,你们拟旨有错,我们的印也得照盖不误?"

"臣等受命于大行皇上,当尽赞襄之责。"

这时,端华见双方如此对立,想缓和一下,便道:"臣等尊重太后之心,还请太后明鉴。随所拟之旨,呈过董元醇所上之折便是明证。"

圣母皇太后听出话中有话,便道:"就是说,你们原先连董元醇的奏折都不想让我们一看的?"

端华缩了回去。肃顺则道:"不错,臣等以为,请太后看折亦为多余之事。"

母后皇太后听后大怒,道:"没有天日了!"

此时,八大臣的情绪也变得亢奋起来。

原来,小皇上载淳是坐在两太后中间的。此时,载淳见肃顺凶相,大有惧怕之状。母后皇太后见载淳害怕,便把他抱在了自己的怀里。

就在此时,一直没有讲话的杜翰、焦佑瀛憋不住了,齐声道:"反正臣等受命于大行皇上,难奉太后之命!"

争论激烈异常,两人声震殿陛,小皇上被吓得哭了起来,忍不住尿了一裤子。

母后皇太后气恼交加,手颤不已,大声喝道:"反了!"

之后,"八大臣大闹烟波殿,逼疯了太后,吓哭了皇上"的传言像风儿一样传遍行宫。两宫太后决计不在肃顺等人草拟的圣谕上加印,让圣谕发不出。肃顺等人则决意暂停视事以抗。于是,"八大臣停摆"的传言,又像风儿一样传开。

最后,两宫太后把八大臣找来,表示同意在肃顺等所拟圣谕上加印。肃顺表现了大度,说愿意在前头添上圣母皇太后曾讲的那几句话。母后皇太后则道:"大可不必,你们不是发誓'不听太后之命'吗?"

圣谕发了下去。

"两宫终于屈服"的传言也像风儿一样传开。

肃顺等人得意扬扬,他们八个人没有一个看透这几天所发生的事情的实质。但有一点肃顺明白了,两宫太后并不像先前认为的那样好对付。他也改变了认为两宫太后与恭亲王不会穿一条裤子的论断。于是,八大臣有了共识,要防止两太后与京城的恭亲王进行联络,相应的措施已经制订并付诸实施。

圣母皇太后不是不清楚,与肃顺等人这一闹,他们便会增强戒备,但衡量再三,她还是认定闹一闹大有好处:一是坚定母后皇太后的除暴决心,二是让大家看清楚肃顺等人的狰狞面目,以便举事师出有名。圣母皇太后相信,无论肃顺等人如何加强戒备,她总有办法对付。

恭亲王走时,大家商定起事要等懿旨。现在这一闹,起事条件越发成熟,关键是要把懿旨妥当地送到恭亲王手里。

当日晚,母后皇太后和圣母皇太后召惇亲王奕誴和醇郡王奕譞商讨派人送懿旨之事。大家想了一些主意,但都被否决,认为不能够做到万无一失。正在大家没有主意的时候,在一旁侍奉的夏荷道:"奴婢倒有一个主意……"

母后皇太后一向知道夏荷聪明,便让她说说看。夏荷把自己的想法讲明,大家竟以为十分妥当,做起来也并不复杂。

众人就夏荷的办法又议了一阵,想到了一些细节,便决定实施。

随后,圣母皇太后道:"常言道,智者千虑必有一失。此计虽妙,也不能说就万无一失,故而当再想一个主意,双管齐下,这个出事,还有那个……"

于是,众人再次想招儿。母后皇太后冲夏荷道:"你这个智多星可另有妙计?"

"刚才是派一名男角儿出去,这回要调一名女角儿上台——只是牵涉人多些,未必妥当。"夏荷遂把自己的想法如此这般讲了一遍。

母后皇太后听后道:"果然涉及不少的人,只是我觉得这不失为一条妙策。"

大家也认定既妥当又可行,同样议了一些易被忽视的细节,最后定计,并将此事让夏荷运筹。

太监安奉如独自一个人站在九州清晏的殿角,躲在背光的地方在等待什么。不一会儿,两个乡下人拉着一辆小车靠近了他。这是给御膳房送豆腐的车子,他们每天一趟,起五更把豆腐送进来,然后拉三五桶泔水回去。他们像是爷儿俩,年龄大一点的在后面推车,年少的在前面拉车。

车子走到安奉如跟前时,安奉如小声把他们叫住了。他们不知道出了什么事,大惊失色。

"你们不要害怕——拉车过来,有事要你们办。"

两个乡下人,进入禁地本是小心谨慎的。现在见一当官模样的人叫他们,他们不敢违抗,便乖乖地听安奉如吩咐。

安奉如领二人到一小院前,让他们把车放到门外,然后带他们进了院。院门在他们进院后随即关闭,从院中的房子里又出来一个人,站在那里。安奉如从出来的人手里接过一包银子递给老的乡下人,乡下人哪里敢要?随后,安奉如问老人,少年是不是他的儿子?老人说是。安奉如遂讲明了要他们办的事:儿子留下来,父亲把车推出去,安奉如则顶替儿子与父亲一起出行去十天,八天后赶回来,然后放儿子出去。少年要老老实实待在这里,到时有吃有喝,不会亏待。可倘若不守本分,那就不用想回去了。出去之后,一切如旧,要找另外一个人照常前来送豆腐。此事不得对任何人讲。最后安奉如再次对那老人讲道:"此事办成,只有你们的好处。可倘若从你们嘴里把事情泄露出去,坏了爷的好事,那我就让你全家不得消停!"

父子俩听了这些话战战兢兢,他们满口"是是是",不敢有半个"不"字。

随后,安奉如换上了少年的衣帽,然后悄悄开门向外看了看,便将手中的两件东西放入一个泔水桶中,连给父子俩的几十两碎银子一起丢进泔水里。那老人在后推着车,安奉如在前拉着,向行营大门那边走去。

两人进门时各领了一块牌牌儿,上面有编号。老人那牌牌儿还在身上,少年那牌牌儿已然到了安奉如的手中。门口有十几名兵丁在岗,安奉如怕被门房认出,自己留下来守着车子,把牌子递给那老人,让他过去交牌,并小声嘱咐道:"莫怕!"门房核对后放行,几个兵丁上来对他们进行搜查,他们被从头到脚摸了个遍。车上的泔水的臭气传了过来,兵丁们早就感到恶心,没有人过来对几个泔水桶做检查。两人一个拉一个推,车子就要出门了。

就在这时,一队外出巡逻的人马刚好进门。安奉如抬头一看,见一人走在队伍的前头,立即面如土色。原来带队的不是别人,正是行营禁卫军统领荣禄。

荣禄也看到了安奉如,他先是一惊,然后甩动马鞭策马进入行宫。

安奉如一身冷汗淌了下来。

安奉如跟那父子到了庄子上,从泔水里捞出两个蜡丸,一红一白。红的里面便是懿旨,白的里面则是五百两银子的银票。几十两碎银子也被捞了出来,送父子俩的银子留下,剩余的就在村子里买了一匹马。做完这一切,安奉如便上马直奔京城的大道而去。

肃顺福晋差不多成了醇郡王家的常客,由此,醇郡王福晋的侍女藕白和肃顺福晋的侍女木香也渐渐熟悉起来。藕白原来就是惇亲王福晋宫女柳青的好朋友,木香与藕白交友,便又通过藕白认识了柳青,她们也成了好朋友。只是,藕白与柳青都清楚肃顺福晋与醇郡王福晋、惇亲王福晋关系的实情,故而,对木香是一防再防。而木香却不明白主子与醇郡王福晋、惇亲王福晋交往的真实动机,故而一片真心对待藕白和柳青这两位朋友。

这日,肃顺福晋又到了醇郡王福晋那里。两位福晋闲聊,藕白、木香便到外面去等候。过了差不多半个时辰,两位福晋就见藕白双眼含泪走进屋后,径直进了内室。木香随后跟了进来。醇郡王福晋感到诧异,便喊藕白要问个明白。这一喊,就听藕白在室内哭出了声。醇郡王福晋遂问木香究竟发生了什么事?木香见问,不敢立马回答,看着肃顺福晋。肃顺福晋便道:"福晋问你,你就讲嘛。"

木香便把事情的经过陈述了一遍。原来,次日是柳青的生日,藕白精心绣了一个荷包送柳青,柳青甚是喜欢。不巧,春草正好有事经过,看到荷包也觉得好,说她也喜欢,问藕白能不能送给她。藕白说这是送柳青的生日礼物,要喜欢赶明可再绣一个送她。春草听了一脸的不高兴,说我就看这个好,你就不会再绣一个给柳青？藕白听后也不高兴起来,说了一些话。这可惹恼了春草姑娘,她随手把荷包摔在地上,道:"谁真的喜欢这行子,只是逗你玩玩罢了……"随后又向地上的荷包吐了一口唾沫,完了扬长而去。

这话激怒了醇郡王福晋,她愤然道:"小蹄子狗仗人势,圣母皇太后是最忌讳下人仗势欺人的。"说着,对还在啼哭的藕白道,"走,咱们这就去见圣母皇太后,看看春草那小贱人会有什么下场！"

藕白不肯去,醇郡王福晋便要自己去,并要肃顺福晋和木香同她一起去做个见证。肃顺福晋推辞,醇郡王福晋不由分说,拉上她们便去了。

春草、夏荷正跟圣母皇太后闲聊,春草见醇郡王福晋气呼呼进来,先是躲进了内室,而等醇郡王福晋、肃顺福晋给圣母皇太后请安,木香也请了安,春草又从内室出来,草草向两位福晋请安,并瞪了木香一眼,就出门去了。

圣母皇太后也看出醇郡王福晋情绪不对劲,便问道:"出了什么事,一脸的不高兴？"

醇郡王福晋则哼哼道:"来告春草丫头的状来了。"

圣母皇太后听后一愣,道:"啊？她干了什么让你生气的事？"

醇郡王福晋依然气恼难消,指着木香道:"太后问她……"

圣母皇太后摸不着头脑道:"怎么又牵涉木香？"

肃顺福晋赶快回禀道:"木香倒没有掺和,只是她在场……"

"那究竟出了什么事？"

木香这才跪下,将她方才对醇郡王福晋讲的话又向圣母皇太后回禀了一遍。

"我说刚才她劲儿呀劲儿的！"圣母皇太后生了气,吩咐夏荷道,"叫她进来回话！"

夏荷应声出门,但等了半天不见动静,圣母皇太后见状越发生气了,怒道:"怎么,喊人的也不见了影儿？"

正说着,夏荷回来禀报道:"春草不知去了哪里,一时找不到……"

"疯了！"圣母皇太后大怒,"差人去找！去把藕白、柳青也叫到这里来！"

肃顺福晋劝圣母皇太后息怒,醇郡王福晋也劝解道:"为一个奴才,也犯不上生这么大的气,教训教训罢了——再不行,赶出去,也用不着真的动气。"

"还有规矩没有？仗势欺人已经不能容了,现又使性子,我岂能容她！"

不一会儿，藕白先到。她给圣母皇太后请了安，然后战战兢兢站在一旁。随后，惇亲王福晋带着柳青也来了。惇亲王在奕字辈的亲王、郡王中年龄最大，故其福晋身份也最高。圣母皇太后对她甚为客气，请她坐了。惇亲王福晋不知道柳青为了什么事被召，只是道："应圣母皇太后召，把柳青带到……"

圣母皇太后道："柳青无端受了气，今天要有个了断。"

三位福晋听后，面面相觑。

又等了片刻，春草被找回。她依然气呼呼地，进门跪下，低头不语。

圣母皇太后喝道："掌嘴！"

春草自己出自己的气，狠命地用双手抽打自己的脸。

"停了吧！"圣母皇太后道。

圣母皇太后叫停后，春草依然又狠劲儿地左右开弓，各抽了两下。

"吃了你的气的两位姑娘都请到了，现在当着几位主子的面，给藕白姑娘、柳青姑娘赔不是！"

藕白、柳青听后连忙跪下道："奴婢岂敢……"

藕白接着道："奴婢们不懂规矩，惹圣母皇太后生了气，已是罪该万死。奴婢与春草姐姐向来和气，也是奴婢一时糊涂，顶撞了姐姐。这是奴婢的不是，哪能委屈姐姐……"

圣母皇太后挥手止住藕白，对春草道："快给两位姑娘赔不是……"

春草听罢，转向藕白和柳青，也不说话，跪得挺挺的，再次左右开弓，自己抽自己的脸。藕白和柳青哪里吃得住，掩面大哭起来。

圣母皇太后见状，大怒道："简直疯了！赶出去！赶出去！现在就赶出去！"

就在这时，母后皇太后听到动静赶了过来。圣母皇太后站起来迎接，三位福晋也起身请了安。趁此机会，夏荷等已经把春草拉了出去。藕白、柳青也跟了出去。

醇郡王福晋向母后皇太后奏报了事情的经过，母后皇太后道："平时我就说春草不是省油的灯，果然在她们行里称王称霸。我也说这丫头刚烈，今日果然如此。这样吧，先关她两天，完了让她到我那边，我来教训她一段时间，以观后效。"

醇郡王福晋赶快接话道："母后皇太后想得周全……"

惇亲王福晋与肃顺福晋也附和道："对对对！"

圣母皇太后则道："要那样，则请姐姐先治妹妹一个失教之罪。"

母后皇太后笑道："你处处要强，这次却难得说嘴。就这样了，先关她两天。"

"不！"圣母皇太后道，"管教和辞用一个下人，妹妹还是有这个权力的。轰出去！一天也不留！"

母后皇太后听后愣住了，随后笑道："倒是，管教和辞用一个下人，妹妹有这个权力——我是狗拿耗子了。得，既不领这个人情，我何必还待在这里？"说着起身。

三位福晋见状，目瞪口呆。

"你们也跪安吧。"圣母皇太后下了逐客令。

三人走到院中，就听圣母皇太后对夏荷等人道："明儿一清早就把那小贱人送走！告诉你们，谁也不许送她，也不许送她东西！记下了？"

"记下了。"

三位福晋听罢，个个摇头。惹母后皇太后生了气，三位福晋又到她那里赔罪。母后皇太后已经消了气，斥责醇郡王福晋道："你也是，小题大做，几个奴婢，年纪又小，调教调教就完了，却又去告诉她……"

醇郡王福晋叹道："太后训斥的是，想不到竟会是这样。"

母后皇太后道："想不到！想不到！我看那荷包摔在地上，怕是摔到了你的脸上。光顾自己的脸面了，却忘记了她那死要面子的脾气。"

次日清早，冬梅已经等在行宫的大门口。她带着夏荷、秋菊和她自己送给春草的东西。圣母皇太后有令，夏荷她们不许送，也不许送东西。姐妹一场，她们如何就不想办法送送春草，不多少送些东西？三个人都来是不能的，夏荷是圣母皇太后离不了的人，不好抽身，冬梅便代表姐仨前来送行。

这里已经有两个婆子等着，她们是宗人府的，奉命对春草严查。冬梅让她们查了她们送春草的东西。婆子很会说话，说三位姑娘是有名的本分人，本是可以不查的。无奈上面有令，不敢不遵，走走过场而已。其实，她们查得很细。

一会儿，春草到了，她乘着一辆蓝篷小车。冬梅迎了上去，春草下车，两人抱在了一起，哭成了两个泪人儿。执事士兵仔细地搜查了车夫和马具，两个婆子则细细地查了车上的东西。春草带有一百两银子，这是她多年攒下的。一个婆子异常机灵，怕冬梅趁她们不注意把什么东西塞入已经检查过的包里，先把那三个包儿送上了车。随后，一个婆子看着车，一个婆子带春草到一个屋子里搜了身。

检查完毕，马车启行，冬梅和春草挽手徐行，边说边哭。

就在这时，听后面有人喊叫。回头望去，原来是藕白和柳青赶了过来。

春草她们停下，藕白和柳青一边赶一边哭，赶到后，两人跪在春草面前大哭道:"姐姐,姐姐……"再也说不出别的话。

春草也跪下大哭起来。奉命前来检查的兵丁,数十人围拢过来看热闹,那两个婆子也跟了过来。

三人哭了一阵,藕白拿出那个曾被春草摔在地上的荷包哭道:"都是这个荷包惹出的事。我与柳青姐商量,把这个荷包送给姐姐,也是表示我等一生悔恨的意思。不晓得姐姐收不收它,领我们的一番情意……"

春草接过荷包,道:"我收下,也领情……"说着,三人抱在一起又哭了一阵。

最后,春草在中,三人携手前行来到车前。

春草要上车了,一个婆子突然叫道:"停住!"

她走过来,要求检查那个荷包。春草一愣,还是把荷包交给了那婆子。

婆子里看、外看,一个空荷包并没有发现什么,最后交还了春草。

春草上了车,冬梅等垂着泪,看着马车远去。

万寿寺被偷鸡的那户人家面对天降的财富,新生畏惧,便生出了逃走的主意。父亲叫经大禄,儿子叫经长福,他们辗转来到密云王安镇,在一家客栈里找到了喂马的活计,安顿了下来。

一天晚间,经大禄在路上遛马,远远的大路上传来马匹奔驰的声音。经大禄举目望去,看到一匹马奔了过来,但马背上有鞍无人。经大禄感到奇怪,便截住了那匹马。

那匹马浑身是汗,鞍上有一个行囊。经大禄伸手一摸,赶快把手缩了回来,行囊中是银子,他的心猛烈地跳了起来。可他到底是一个善心人,根据他一年多与马打交道的经验,马独自奔过来,是过来报信的。

他把自己那匹马拴好,翻身上了奔过来的那匹马。看来那匹马真的如经大禄所判断的那样,是奔过来报信的。经大禄上马后,那马自动调头向来的路上飞奔。

跑了一里多路,月光之下,经大禄发现一个人躺在路边。他急忙下马,看那人一只裤腿上满是血,伸手摸了摸,见那人尚有一息,便赶紧把那人举上马背,然后翻身上马奔回住处。父子俩在寺里多年,从和尚那里学到了一些医治创伤的本领。他们先给伤者止住了血,然后经大禄让儿子去找郎中。

就在这时,那伤者苏醒了,并睁开了眼睛。

伤者神志清醒,四处张望,大概是在判断自己所处的环境。同时,把手伸到怀里,看样子是在查看揣在怀里的东西是不是还在。

"你们是谁?"伤者问,"这是哪里?"

经大禄报了自己的名字,并将把伤者弄到这里来的经过说了一遍。

伤者听后思索了一阵,道:"我的行囊何在?"

行囊已经被取来,放在了炕上。

伤者伸手进袋摸了一阵,有些惊讶,他又发现自己动不了了,思索了一会儿便对经大禄道:"老人家,我有事要托付你们父子,你们可答应吗?"

经大禄道:"客官有话尽管讲,只要我们办得到的,我们就会帮你。"

"这可是天大的事。"伤者说着,从怀里取出一个红色的蜡丸道,"你们不论谁,赶到京城去,把这送到恭亲王府上。我再说一遍,这可是天一样大的事。"随后,又掏出一张纸道,"这是三百两银子的银票,你们带上。路上要换马,要盘缠,这三百两足够了。有一样我要说明白,倘若你们不照我讲的办,而是携款而去,那你们就死到临头了。还有,这蜡丸绝不许打开,要把它完整地亲手交到恭亲王的手上——你路上把它打开,也就死到临头了。路上不要耽误,直奔京城恭王府。记下了?"

"记下了。"经大禄回道。

"镇上能买到好马吗?"

"能。"

"把袋子里的银子拿去买一匹好马连夜启程,直奔京城。还有,要好好对待刚才那匹马。它不但救了我的一条命,还将为大清国立下汗马功劳。"

经大禄决定到京城走一趟,但他心中无底,问如何能够见到恭亲王本人?

伤者交代道:"记好了,到府门后这样讲:'我替安奉如有大事见王爷。'"

原来进入古北口后,由于夜行赶路,安奉如从马上跌下,摔断了腿。他不顾疼痛,自己爬到了马背上,赶到前方的庄子上。他手里有钱,请了当地最好的郎中。接骨后,郎中嘱咐半个月不能够走动。他急如星火,哪里能够等十天半月?三天后,他换了一匹马,硬是上路。他赶了一天的路,天黑后再次从马上摔了下来。就在他从马上跌下的那一瞬间,他觉得自己再也无法完成使命了。可庆幸的是,他遇到的是经大禄父子俩。

恭亲王先后看到了由春草和经大禄送达的懿旨。按原来的设计,安奉如到达京城见到恭亲王后,立即返回复命,如今不能了。如何把信息送达两宫太后那里?这给恭亲王出了一个小小的难题。

恭亲王正在思虑如何是好时，兵部侍郎胜保得到圣谕，允许他到承德行营叩谒梓宫。这样，难题迎刃而解。

胜保曾经作为僧格林沁的副帅参加了张家湾战斗，他被洋枪打下马来，得到咸丰帝的允许，撤至京城养伤。随后，他率领手下几千名兵丁接受了保卫京城的任务。原来，胜保主张与英法开战。肃顺等人认为可以把胜保拉到自己一边，便有意争取他。别人申请去承德叩谒梓宫不被批准，胜保所请却很快获准。只是，肃顺等人想不到，此时的胜保已经站在了恭亲王一边。

胜保按照恭亲王的布置，路过王安镇时对安奉如做了安排，并按照安奉如的讲述，派一年轻机灵的兵丁找到了给行营送豆腐的那家，尔后假扮老人的儿子混进了行宫。再出行宫时，拉车的已经换成老人的儿子，父子俩再次得到五十两银子。胜保则利用给两位皇太后请安的机会，捎来了恭亲王的口信。

九月初六日，肃顺收到京城大学士桂良、官文、周祖培等人九月初一日发出的一份奏折，说钦遵谕旨，敬考彝章，恭上母后皇太后徽号曰慈安皇太后，圣母皇太后曰慈禧皇太后。

肃顺认定这是桂良等人的拍马屁之举，把奏折托到手里冷笑不止。他把自己的大名也加上去，让他们拍马不得……

两位皇太后加章后，奏折以谕内阁的形式发出。

不久，各方议定：九月二十三日辰时，恭奉皇考大行皇帝梓宫回京。

九月二十二日辰时，举行了行启奠礼。二十三日，咸丰帝梓宫由肃顺护送自热河避暑山庄启行。两宫皇太后及幼帝送咸丰帝梓宫启行后，于二十四日与赞襄政务王大臣端华、载垣等七人间道疾驰回京。

二十五日，两位皇太后及幼帝一行驻跸两间房，此时已经超过了咸丰帝梓宫一行。二十七日，两位皇太后及幼帝一行驻跸密云县。二十八日，两位皇太后及幼帝驻跸京郊南石槽，恭亲王等人出城迎接。

当日，兵部侍郎胜保上《奏请皇太后亲理大政并简近支亲王辅政折》，内称"朝廷政柄操之自上，非臣下所得而专"。接着指责载垣、端华、肃顺等"以臣仆而代纶音，挟至尊以令天下，实无以副寄托之重，而餍四海之心"。奏折支持董元醇所陈四事，说"为今之计，非皇太后亲理万机，召对群臣，无以通下情而正国体；非另简近支亲王佐理庶务，尽心匡弼，不足以振纲纪而顺人心"。

如果董元醇的奏折是向垂帘听政进军的号角的话,那胜保的这份奏折则成为冲锋的战鼓。

二十九日,两宫皇太后携幼帝一行入城,部院大臣迎至日坛。

三十日,大学士、管理兵部事务贾桢,大学士、管理户部事务周祖培,户部尚书沈兆霖,刑部尚书赵光等联名上奏,请皇太后亲操政权以振纲纪。

周祖培等人上疏后,两宫皇太后随即召见奕訢、文祥、桂良、贾桢、周祖培等人,哭诉载垣、端华、肃顺等人欺藐之状。

众人听后群情激昂,周祖培等道:"请皇太后降旨,先令解任,再予拿问。"

这份上谕在热河时早已拟定,一直带在慈安皇太后的身上。随后以内阁名义颁布将载垣、端华、肃顺着即解任,景寿、穆荫、匡源、杜翰、焦佑瀛着退出军机处。派恭亲王会同大学士、六部九卿、翰詹科道将伊等应得之咎,分别轻重,按律秉公具奏。至于皇太后应如何垂帘之仪,着一并会议具奏。

旨下,恭亲王奕訢遂率桂良、周祖培、文祥等入朝待命。载垣、端华等先到,见恭亲王等鱼贯而入,知道大事不好。他们要阻止恭亲王等入朝,大喝道:"外廷臣子何得擅入!"

奕訢不理,周祖培答道:"有诏。"

载垣等人以不应召见拒之,恭亲王逊谢,立于宫门外。不一会儿,诏至,恭亲王捧诏宣示。

载垣、端华二人厉声说道:"我等未入,诏从何来?"

恭亲王不再听他们唠叨,说了声"拿下",侍卫数人应声上前,将端华等推出隆宗门。

与此同时,睿亲王仁寿、醇郡王奕譞奉命率人赶往密云。他们到达时夜已深,肃顺尚在梦中。找到肃顺住处,睿亲王、醇郡王命人毁门而入,肃顺就擒,被解往北京,羁押到宗人府狱中。

十月初一日发布上谕,授恭亲王奕訢为议政王,在军机处行走,又补授宗人府宗令。原军机处人员,只有户部左侍郎文祥,着仍在军机大臣上行走。

同日,充实了总理各国事务衙门。除奕訢、桂良、文祥仍为总理各国事务衙门大臣,崇伦、恒祺为帮办大臣外,又令宝鋆等进入总理衙门。

初六日,恭亲王奕訢、睿亲王仁寿等上《遵旨会议载垣等八大臣罪名情形折》,建议将载垣、端华、肃顺三人凌迟处死。景寿、穆荫、匡源、杜翰、焦佑瀛即行革职,俱发往边疆效力赎罪。

折上，遂颁上谕《谕内阁将载垣等赞襄政务王大臣即行治罪》，内称——

载垣、端华、肃顺，朋比为奸，专权跋扈，种种情形，均经明降谕旨，宣示中外，至载垣、端华、肃顺，于七月十七日，皇考升遐，即以赞襄王大臣自居，实则我皇考弥留之际，但面谕载垣等，立朕为皇太子，并无令其赞襄政事之谕，载垣乃造作赞襄名目，诸事并不请旨，擅自主持两宫皇太后面谕之事，亦敢阻违不行。御史董元醇奏皇太后垂帘事宜，载垣等非但擅改谕旨，并于召对时，有伊等系赞襄朕躬，不能听命于皇太后，伊等请皇太后看折，亦属多余之语当面咆哮，目无君上，情形不一而足，且属言亲王等不可召见。意在离间，此载垣、端华、肃顺之罪状也。肃顺擅坐御位，于进内廷当差时，出入自由，目无法纪，擅用宫内御用品，于传取应用物件，抗违不遵旨，并自请分见两宫皇太后，于召对时，辞气之间，互相抑扬，意在挑衅，此又肃顺之罪状也。一切罪状，均经母后皇太后，圣母皇太后，面谕议政王军机大臣逐条开列，传知会议王大臣等知悉。兹据该王大臣等，按律拟罪，将载垣等凌迟处死，当即召见议政王奕䜣，军机大臣户部左侍郎文祥，右侍郎宝均，鸿胪寺少卿曹毓英，惇亲王奕誴，锺郡王奕詥，孚郡王奕譓，睿亲王仁寿，大学士贾桢、周祖培，刑部尚书绵森，面谕以载垣等罪，不无一线可原。兹据该王大臣等佥称载垣、端华、肃顺跋扈不臣，均属罪大恶极，国法无可宽宥，并无异辞。朕念载垣等均属宗支，以身罹重罪，应悉弃市，能无泪下，唯载垣等前后一切专权跋扈情形，谋危社稷，是皆列祖列宗之罪人，非独欺朕躬为有罪也。在载垣未尝不自恃为顾命大臣纵使作恶多端，定邀宽典，岂知赞襄政务，皇考实无此谕。若不重治其罪，何以仰副皇考付托之重，亦何以饬法纪而示万世？即照该王大臣等所拟，均即凌迟处死。实属情罪相当唯国家本有议亲议贵之条，尚可量从末减，姑于万无可宽贷之中，免其肆市。载垣、端华均加恩赐令自尽，即派肃亲王华丰，刑部尚书绵森，迅即往宗人府空室，传旨令其自尽，为国体起见，并非朕之私于载垣、端华也，至肃顺之悖逆狂谬，较载垣等尤甚，亟应凌迟处死，以伸国去，而快人心，唯朕心究有所不忍，着加恩改为斩立决，即派睿亲王仁寿，刑部右侍郎载龄，前往监视行刑以为大逆不道者戒，至景寿身为国戚，缄默不言，穆荫、匡源、杜翰、焦佑瀛于载垣藉压政柄，不能力争，均属辜恩溺职，穆荫在军机大臣上行走已久,班次在前,情节尤重。该王大臣等拟请景寿、穆荫、匡源、杜翰、焦佑瀛等革职,发往新疆效力,均属罪有应得。唯以载垣等凶焰方张,受彼箝制,实有难与争衡之势,其不能振作,尚有可原。御前大臣景寿着即革职,仍留公爵并额驸品级,免其严遣。兵部尚书穆荫着即革职,发往军台效力赎罪。吏部左侍郎匡源,署礼部右侍郎杜翰,太仆寺少卿焦佑瀛,均着革职,加恩免其发遣。钦此。

初七日,又有上谕通知内阁:

嗣后,各直省及各路军营折报应降旨各件,于呈递两宫皇太后慈览,发交议政王、军机大臣后,该王大臣等悉心详议,于当日召见时恭请谕旨,再行缮拟,于次日恭呈母后皇太后、圣母皇太后阅定颁发;应行批答各件,该王大臣查照旧章敬谨拟呈递后,一并于次日发下;其紧要军务事件,仍于递到时立即办理,以昭慎重。

初九日,载淳于太和殿即皇帝位。王、贝勒、贝子、公及文武百官行朝贺礼。
先前,八大臣曾议定新皇上的年号为"祺祥",而两宫认为"祺祥"二字意义微嫌相复,声音亦未协和,请饬下军机处另行酌拟。议政王、军机大臣遂奉命拟"同治"二字。

同治帝登基礼成,遂颁诏天下,以明年为同治元年,颁同治元年时宪书,同时谕内阁:

奉母后皇太后、圣母皇太后懿旨,现一切政务均蒙两宫皇太后躬亲裁决,谕令议政王、军机大臣遵行,唯缮拟谕旨仍应作为朕意,宣示中外,自宜钦遵懿训。嗣后议政王、军机大臣缮拟谕旨,着仍书朕字,将此通谕中外知之。

同治皇帝载淳当时才七岁。每天,他不得不早早地被叫醒来乾清门听政。自然,实际听政的是议政王。两宫垂帘听政之后,载淳的这项功课依然在进行。
二十六日,礼亲王世铎遵旨草拟《垂帘章程》完成。
十一月初一日,两宫皇太后至养心殿垂帘听政。王以下大学士、六部九卿于养心殿外行礼。

第十九章 收拾残局，西太后清除异己

次日早朝后，议政王来养心殿向两位皇太后奏报，说前一天军机处各大臣议定办事先后顺序。慈禧皇太后听了，则表示正想跟军机处大臣们议一议此事。议政王遂让军机处诸大臣来见两宫太后。

当时军机大臣共有五位：恭亲王奕訢、太子太保桂良、工部尚书文祥、户部尚书宝鋆、大理寺卿曹毓瑛、左都御史李棠阶。

诸位大臣请安后，两位皇太后让大家坐了，慈禧皇太后讲了要求。

文祥是老资格，众人公推他第一个讲话。文祥的谦让慈安皇太后看不惯了，道："别这样推推让让的，工夫全耽搁在这上面，还干不干事？"

文祥这才道："奴才冒昧直言，听两位皇太后教训……"

慈安皇太后闻言笑了起来，道："工夫原在推让上耽误，现又转到客套上，真是叫人着急。"

文祥赶快道："奴才罪该万死，让太后难容。依奴才之见，现在我朝应办之事多似九牛之毛，纷如久缠之絮，然有两纲，纲举则目张。一纲曰安内，一纲曰攘外。安内者，集举国之力，汇当世之智，歼灭发逆，恢复和平；攘外者，十年生聚，十年教训，应对世局之变，还我华夏之盛，复我炎黄之尊。"

慈安皇太后听了问道："那这两纲之下，以何为先？"

文祥又道："安内灭发，以任将为先；攘外自强，以选人为先。"

"其次？"慈安皇太后又问道。

"任将以信任为先，选人以破格为先。"

"还有呢？"

"任将之后,将必以智勇为先;选人之后,必以创办为先。"

"何为智勇?"

"智者,运筹帷幄之谓也。譬如对弈,需统筹全局;勇者,不惧强敌之谓也,敢于战斗,敢于胜利。有此二者,方为智勇。"

"何谓创办?"

"创者,开也,拓也,做前人未敢之事,开前人未开之局;办者,做也,认准方位,直奔过去,百折不回。"

此时,慈安皇太后又点名曹毓瑛道:"曹大人,人家说你是'媚外派',对洋人的事,你有什么见解?"

曹毓瑛道:"臣办外事,并不管别人讲臣是什么派。只是,臣今日倒对安内的事有言所陈。"

"那就洗耳恭听了……"慈安皇太后道。

"臣岂敢……于内事,臣以为以三策为先:一曰求言求贤,二曰严肃纲纪,三曰整饬吏治。近年来,肃顺等奸邪当道,乘间肆其蒙蔽,以致盈廷缄默,建议寥寥,言路久为闭塞,公论弗伸;皇上必下诏求言,昌广进直言,言者无罪。言之出,贤者必显,可择机提携之;长毛作乱,举国汹汹,臣工乘国之乱,目无纲纪。不加整治,国将不国。国难之际,贪污盘剥者大行其道,临阵脱逃者屡见不鲜,精忠为国者备受排挤,智弱无能者盘踞高位,年轻有为者徘徊于途。对此,需严加整饬,使优者胜,劣者汰。"

慈安皇太后听了赞道:"治国之精论也!"

临散时,慈禧皇太后对大家说道:"为了解实情,依议政王之奏,将召两位小字辈的人进宫,一名奏报南方战局,一名奏报洋人近况。诸位都一起来听一听。"众人听了自然高兴。慈禧皇太后又要大家回去看一看若干年前曾国藩所抄海受阳写给司马三畏信的摘要,以及恭亲王当年上呈的《三人谈夷务要录》。

之后,慈禧皇太后责成军机处起草上谕,倡言进言。从第二天起,连发了三道圣谕。第一道圣谕的题目是《谕内阁著中外臣工于用人行政一切事宜密折直陈》,有"近年以来,事势艰危,一二奸邪乘间肆其蒙蔽,以致盈廷缄默,建议寥寥,言路久为闭塞,公论弗伸,事机愈益舛戾"等语,要求"中外臣工、九卿、科、道有奏事之责者,于用人行政一切事宜,皆得据实直陈,封章密奏。务期各抒所见,毋以签言塞责,以副朕侧席求言之至意"。

第二道上谕题目是《谕内阁王公大臣务以载垣等为戒力除积习》,说"从前载垣等罪状未著之先,在廷臣工非不深知,乃竟畏其凶焰,缄默不言,甚至有依附逢迎、冀图富贵者,以致势成滔天,致朕今日不得不执法以示惩",要求今后"倘有如载垣等专擅不臣者,尔王大臣等以及科、道即行据实参奏,朕必立予治罪,并奖励敢言,以彰直谏"。

第三道上谕题为《谕内阁各宗室当以载垣等为戒恪遵家法同襄郅治》,对宗室人等提出了要求。

司马三畏来到京城已经三天,两位皇太后召军机大臣议事的次日,他被召入宫。

事先,司马三畏已经得到明确的通知,向两宫太后奏报湘军与太平军作战的近况。

司马三畏由执事太监引领准时到达养心殿东暖阁。到时,两宫皇太后已经在黄幔之后就座。黄幔之前有一把大椅子,空着,这显然是载淳的御座。军机处诸大臣也已经到齐,他们八字形排列于皇上御座的两侧,也都已经落座。先前可不是这种安排——军机大臣统统都是站着的。这是老规矩,大臣见君,不是站着就是跪着。两宫垂帘后,慈安皇太后说大臣回事时间长,总站着,她见了难受,可以给他们一个座位。慈禧皇太后听后并没有说什么,于是就改了规矩。司马三畏第一次见这样的场面,心中未免有些慌张。他被太监引入后,朝两位皇太后跪下请安,不敢抬头。之后,就听黄幔之后有人道:"平身吧。"

司马三畏起身后,还是黄幔之后那个声音:"赏他一个座位,不然,长篇大论,老站着就没有力气了。"

执事太监搬来一把椅子,放在左排军机大臣座位的末端,与最后一位大臣的座位有一椅之隔。

司马三畏哪里敢坐,道:"微臣岂敢……"

接着,还是黄幔后方才发话人的声音:"叫你坐就坐。"

司马三畏这才直挺挺地坐下。

"想必恭亲王已经告诉你,要你进宫奏报南方的战局,你现就可以讲来。"还是方才那个声音。

这时,黄幔后另一个声音吩咐道:"先前的简些……"

司马三畏道："微臣遵旨。微臣在曾大人麾下当差,所见为全局之一部,不敢妄谈南方之战局,就所知谨奏。依臣之见,江南战局已有数次转折。贼入湖南,虎兕出柙,此一转也。此后横扫鄂皖,入江淮,北攻豫晋,西击荆楚,势不可挡。咸丰六年,贼穴内讧,几成败势,此又一转也。两年后,贼起用新人之策收效,机体复苏,此再一转也。臣之奏,当从'再一转'起。长毛复起于咸丰八年陈玉成与李秀成滁州之会。当年七月,陈玉成率军攻克我安徽省垣庐州,尔后挥师东进,在滁州与李秀成军会师。两军会师后急促东进,攻破我江北大营和江南大营,解贼'天京'之围。此后,又制所谓'西征'之计。针对敌之变,曾国藩大人制定'以上控下'方略,即占据大江上游,控制下流之敌。为此,湘军与贼军对金陵之上三点即武昌、九江、安庆进行了激烈争夺。武昌曾三失三得,九江亦多次落入敌军之手。其中,安庆之战统制全局。咸丰十年,曾大人部署兵力实施安庆之战。当时,湘军水陆各营总兵力六万人。将领中,除胡林翼大人外,还有左宗棠、李鸿章、李续宜、多隆阿、曾国荃、杨载福、彭玉麟、鲍超等人。曾大人调曾国荃部陆路围困安庆,由杨载福、彭玉麟率水军封锁水道。作战方略,先为'围城打援'。这期间,敌军为解安庆之围,纷纷来援。我军选有利地形,击杀敌军,方略施行十分有效。敌军见如此难解安庆之围,也曾用'围魏救赵'之策,派两路大军杀向武昌。敌之两路人马,一路在江南,由李秀成率领;一路在江北,由陈玉成率领。如敌军之计得以实施,那或许可解安庆之围,令湘军处于极端被动之中。然最终长毛之计落败,一是李秀成迟迟不行,到达江西境内停了下来,他在那里筹饷、募兵,贻误了战机。二是陈玉成率领的人马杀到距武昌只有一步之遥的黄州时,湖广总督官文大人手下只有三千人马,无法与敌军对抗。危急之际,英人出现。当时,《北京条约》已签,汉口为通商口岸。为保障条约执行,英国海军将领何伯沿江视察开放商埠的状况。他急派参赞巴夏礼赶到黄州见陈玉成,说为维护英国通商之利,长毛不可攻取武昌。陈玉成答应了英方的要求,在黄州停了下,等待李秀成到来,别作良图。此时,李秀成还在江西境内徘徊。随后,陈玉成、李秀成两军进入皖南,湖北局势转危为安。而陈玉成、李秀成进入安徽后,其大军压境,湘军这边又陷危局。一段时间之内,湘军处于极端困难的状态之下,曾大人本人则数次历险。咸丰十年十月,曾大人兵困祁门,一时文报不通、饷道中断、内外隔绝,陷于绝境。然最终湘军取得了主动,两路西征的长毛,最后退出安徽战场。此后,湘军集中兵力攻击被围于安庆之长毛。安庆从咸丰十年四月开始被我军围困,到咸丰十一年八月已内无粮草、外无救兵,城内之长毛个个骨瘦如柴,难以支撑。八月初一日,曾国荃大人率部攻城之时,长毛全然失去抵抗之能,拿下安庆已不费吹灰之力。"

"曾大人部署得当。"黄幔中最早发话的那位太后道,"下一步该怎么办呢?"

"下一步方略已经制定,大体与安庆之战同,即合围金陵,调动四面之敌救援,趁各地空虚而占领之,孤立金陵,最后攻击之,捣其巢穴,进而全歼贼军。"

"有气魄!"依然是那位太后的声音。

就在这时,黄幔之中传出另一位太后的声音:"记得攻克安庆不久,胡林翼大人病故,你可知当时是怎样的情景?"

司马三畏回道:"胡大人是八月二十六日病故的。胡大人患肺病已经多年,当时胡大人回援武昌,一日,胡大人在江上眺望,恰见一艘英国军舰汽笛长鸣,风驰电掣由下游开来。当时,我水师一条战船在前,躲避不及被撞翻,船上的军士落水,英国人不但不施救,反而大笑而过。胡大人看到这一切,勃然大怒,一口鲜血遂从口中喷出,随即倒在地上,不省人事,此后医治无效而逝。"

"如此看来,洋人又欠了我一笔血债……"这是最早问话的太后的声音。

此后,大殿里沉寂了片刻。最后,还是问胡林翼之事的太后打破了沉默:"湘军战金陵,部署的详情可知吗?"

司马三畏回道:"来前,曾大人等几次会商军情,微臣在场,现尽臣之所知奏报如下。现在贼军伸出了两条胳膊,一条打向西,一条打向东,这就分散了兵力。西向的是陈玉成,妄图夺回安徽、江西、湖北;东向的是李秀成,他率军进入苏东、浙东,妄图夺取上海和杭州。针对敌之作战意图,湘军的方略是主力东进,围困金陵。同时派两支大军,一支援上海,一支援杭州。金陵被围,敌东西两军必回救,我军则趁机截杀之,使敌两相难顾。敌疲,我可渐取金陵周边之地,孤立金陵,最后捣毁之。现敌军东西两路,东路最盛,号称雄兵六十万人。故而,我当尽量阻其回援,尤其不可造成敌东西两路同时回援金陵之局,免得我军腹背受敌。无论如何,未来数月,将是敌我决战之期,双方必有恶战。现总的态势为,数量上敌占优,方略上我占优。故而,未来数月我当既敢打,又敢胜;既稳打,又稳胜,不得有少许的差池。"

司马三畏讲完,大殿里再次出现长时间的沉寂,大概大家都在思考,想象着未来的战况。最后,依然是刚刚发问的太后打破沉寂道:"听说曾大人很会用人,在他周围有几百位能干的人帮他筹划诸事,司马大人可说说这方面的事。"

尽管司马三畏很规矩,但黄幔之后两位皇太后的影像他还是隐隐看到了。在右边坐着的是最先发话的,从其座位看,当是慈安皇太后。左边的,也就是刚刚讲话的,当是慈禧皇太后。

见问,司马三畏回道:"湘军乃一架机器,其设计、组装、运转、修理,自然由曾大人一人统筹。然此架机器从小到大,最后发展成一支几十万人马的大军,让这一庞然大物运转起来,曾大人纵有天大的本领也是办不到的。帮曾大人做这些事的,便是他组建之幕府。幕府古已有之,而它到曾大人手上却变得古之难比。曾大人之幕府,与湘军一样,历经了从无到有、从小到大、从单一到多元、从幼弱到完臻之历程。曾大人初任团练大臣之职到长沙时,身边只有郭嵩焘、刘蓉、罗泽南、李续宾、李续宜兄弟等几个人。手下的兵,也只有罗泽南带过去的一千多人。随着湘军之扩大,曾大人之幕府亦逐渐壮大起来,如今人数已达数百。幕僚数百自然不能与战国四公子食客数千相比,然其组织之严,效用之强,四公子中任何一个都是无法与之相比的。特别是,曾大人之幕府,兼有庠校之责,此历来幕府所难备。将幕府建成庠校,则有二意:其一,曾大人看到官吏糜烂,立志改变现状,达大清'中兴'之目标。为此,则需以组建幕府为契机,造就一大批新型官员,输送给朝廷。其二,面对英法等入侵而形成的几千年未有之变局,求得国家自强,有应变之力,使大清不至于长期受制于洋人,同样需以组建幕府为契机,造就新的人才。曾大人之幕府以打败长毛、复兴大清国为己任,此许多读书人引领而盼者;而曾大人之个人魅力同样强烈地吸引着他们。曾大人之个人魅力,充分表现于他爱才、求才、育才、用才之道。"随后,司马三畏就曾国藩爱才、求才、育才、用才等方面做了介绍,最后道,"曾大人之幕府机构众多,自始至终一直存在的大体有:小幕府、筹饷局、供应局、审案局、营务处、采访忠义局、编书局、采编局、善后局、安庆内军械所,等等。这些机构,大多为我朝体制中所没有。"

可以看得出,两宫皇太后对司马三畏的奏报是异常满意的。奏报于午后进行,一直持续到晚饭前。

散后,醇郡王单独赐宴。饭桌之上又谈了一些闲话,并没有讲明赐宴的缘由。但司马三畏心里明白,这是慈禧皇太后报答十年前清江浦赠银一事。

当晚即有圣旨一道拟出,曾国藩加太子少保衔,命他统辖江苏、安徽、江西、浙江四省军务,巡抚、提镇以下悉归节制。

海受阳在军机处任章京已经两年,官阶升到了四品。他日子过得很紧张,但很惬意,觉得劲有处使,力不枉费。司马三畏被召到京城之后,就住在海受阳处。两个人已经多年未见,虽有书信往来,但千封书,万封信,哪里顶得上一见?司马三畏到达的当夜,尽管路途舟车劳顿,两个朋友还是聊了一个通宵。国事、家事、朋友事,翻来谈,复来议,总是难以尽兴。

司马三畏这些年过得也很是惬意。和他一起的辛心庠不幸于上一年遇难,当时,他奉曾国藩之命送一封重要信件给徽州的李元度,赶上徽州之战,在战斗中死难。司马三畏觉得能够在曾国藩这样的人身边本身就是一种福气,更何况还有其他令他感到难得的种种因素呢,譬如长见识,见世面,等等。官职的升迁也是司马三畏所向往的,他三十五岁,已经是四品衔了。

他们自然也谈到了吴棠,谈到了上官介。吴棠越发把学问看得重,但也已经升为道员,四品衔了。上官介依然没有任何新消息,谈起来,更多的是伤感和叹息。

司马三畏到前,海受阳也已经被告知将于近期向两位皇太后与军机处诸大臣奏报夷情夷事,司马三畏进京则是向皇太后和军机处奏报江南战况。两个人觉得这不是轻松的差事,已经做了准备,并且彼此演练了几遍。

司马三畏进宫回来之后,向海受阳讲述了现场情况,对现场的言谈举动都有一番议论,特别是对慈禧皇太后议论最多。

海受阳到的依然是养心殿暖阁,当场的阵势也与司马三畏奏报时一样,海受阳也是坐在司马三畏坐的位子上。才进殿时,海受阳给两位皇太后请安,就已经注意到了幔帐中的慈禧皇太后。六年前,也就是咸丰四年,在圆明园看戏,他曾经见到慈禧皇太后一面,那时她刚刚册封为懿嫔。虽说时光催人老,但六年过去,太后风韵依旧。

慈禧皇太后有话,听海受阳奏报前让大家读读曾国藩上呈的《海书摘抄》和恭亲王上呈的《三人谈夷务要录》。这样一开始,便从海受阳当年讲的英国议会涉华辩论谈起。第一个发问的还是慈安皇太后,她问道:"你讲的英国人报纸上登的——叫什么来着?"

恭亲王悄悄道:"议会……"

"对,他们吵吵闹闹,就是为了要一个新条约,并不是想占了大清,可是这样?"

海受阳回道:"正是这样。"

慈安皇太后感叹道:"想想当年……他们打进来,我们这些人哪里晓得!吓死人了!那个叶名琛真是罪该万死……"

此时，慈禧皇太后插话问道："记得当时有个郭嵩焘，他有一句话，说'战无了局'，听了很是开窍。这个人后来去了哪里？"

恭亲王回道："上一年辞官得准，现在湖南老家赋闲。"

慈安皇太后道："定然有什么不顺心的事——告诉他，现皇上求言用贤，别在家里待着了，快出来干事，为国效力。"

"奴才记下了。"恭亲王遂又道，"提起郭嵩焘，奴才又想到一件事，咸丰九年，他有一道奏折，倡言了解夷情，招人习学洋人语言文字……"

海受阳一直佩服郭嵩焘的学识和气节，尤其敬佩郭嵩焘在洋务方面有精到见解。现如今好了，两位皇太后有了这样的话，不愁郭嵩焘不出山了。

在两宫接见海受阳的次日，恭亲王、军机大臣、内阁大学士、六部尚书、理藩院院务大臣、都察院左都御史、通政使司通政使、大理寺卿、翰林院掌院学士、詹事府詹事、太常寺管理寺事大臣、光禄寺管理寺事大臣、鸿胪寺管理寺事大臣都被召至养心殿。

京城高官全都到齐，这样的阵势是少有的。这年轮到三年一次的"京察"和"大计"，两宫皇太后要布置的肯定是这件事。

在"大计"中，一批三年来与太平军作战而阵亡的将士受到了表彰，其中便有辛心庠的名字。此外还有江苏巡抚吉尔杭阿、江宁将军祥厚、西安将军札拉芬、江南提督张国栋、浙江布政使李续宾、湖北巡抚胡林翼等四十余人。对这些人，两宫皇太后均加恩予谥，赐祭一坛。

另外，还有一份要求抓捕、惩治何桂清的奏折也摆上了案头。

次日早朝，有三道圣谕发出：第一道，命令两江总督曾国藩责成江苏巡抚立即拘捕何桂清，将他押解进京。第二道圣谕，是派刑部郎中余光绰为钦差前往两江，搜集何桂清犯罪的证据。第三道圣谕，是向京中王大臣、各部、科以及地方督抚通报抓捕何桂清之事。

宣示抓捕何桂清的上谕发出后，京官们立即激动起来。绝大多数人表示拥护，称颂两宫皇太后整饬吏治的决心。但也有相当数量的官员认定，整饬吏治值得称颂，但拿何桂清这样的一品大员开刀实为不妥。而且这部分人中有几个决定付诸行动，上疏为何桂清说情。

首先上疏为何桂清说情的是大学士祁寯藻，随后是工部尚书万青藜，而且很快有十七人，其中包括通政司王拯、顺天府尹石赞清、府丞林寿图、彭祖贤、唐壬森、许其光、陈廷经等人。

另一部分大臣见此光景坐不住了，也行动起来，上疏对说情者进行反击。第一个站出来的是太常寺少卿李棠阶，随后是御史卞宝第……

何桂清尚未押解到京，可围绕罚与不罚、轻罚还是重罚问题的斗争已经展开。

慈禧皇太后对何案会引起反应是想到了的，但反应如此之大，她始料未及。

她首先要弄清楚的是，为何桂清讲情的人究竟会拿出什么样的理由。翻遍讲情者的所有奏折，开脱的理由有三条：其一，何桂清是主动撤出常州的。是出于军事目的，并非临阵脱逃。其二，何桂清撤出时受到了刁民的阻拦。他为了顺利撤出，武力驱散了那些刁民。其三，何桂清是当朝一品大员，曾有功于国，即使有过，罚当从轻。

慈禧皇太后又翻阅了反驳说情者要求对何桂清严惩的奏折。从案子引起的反应看，这次办案不能够单纯地审理完事，而应该做做文章，譬如说组织一次廷辩，达到明辨是非、考察官员的目的。可这样做遇到了一个难题，祁寯藻一马当先，杀了出来。他是皇上的师傅，又是有功于国的老臣。如果就案子公开进行辩论，祁寯藻便不可避免地走上前台成为靶子。而从李棠阶、卞宝第等人的奏折看，他们个个火气很大，用语刻薄，辩论起来，祁寯藻一定处于尴尬的境地。如此这般，祁寯藻的脸面往哪里放？

而余光绰领命后，很快查阅了有关档案。他从江南返回后，慈禧皇太后便召他进宫，了解去江南的情况。

听闻余光绰已经从江南返回，某些人随即行动起来，上疏为何桂清讲情。早朝后，恭亲王、醇郡王、刑部满尚书绵森、刑部汉尚书赵光进宫，向两宫皇太后奏报何桂清案件的审理情况。

养心殿中很少有如此多的人。军机大臣、各位大学士、刑部尚书、吏部尚书、大理寺卿，以及被召的有关官员，黑压压站满了大殿。同治皇帝端坐在御座之上，慈安皇太后、慈禧皇太后则在御座的帘后就座。

刑部是主张严惩何桂清的，余光绰讲了案情，列举何桂清的罪责，随后讲明审理的决定：论罪当斩。

慈安皇太后随即发出懿旨，让大家对刑部的审理决定发表自己的见解。

第一个站出来的依然是祁寯藻，他不赞成刑部的判决，认为何桂清不可杀。随后,工部尚书万青藜附议。

实际上,祁寯藻和万青藜并没有新意,只是在重复奏折的内容。

万青藜附议后,绵森表示有话要讲。得到允许后,他冲着万青藜道:"万大人既然赞成祁大人的见解,那请问祁大人讲的万大人是不是完全听明白了?"

万青藜鄙视地瞅了绵森一眼,道:"绵森大人想要说什么?"

绵森冲万青藜笑了一笑,转向两宫皇太后那边道:"太后,既然万大人说将祁大人的话完全听明白了,那臣可不可以问万大人,所谓一不可杀,说撤出常州是出于军事目的,并非临阵脱逃,证据是不是就是'听从了下属的建议'?"

慈安皇太后对万青藜有气,绵森讲后,便对万青藜道:"万爱卿回话⋯⋯"

万青藜说了声"遵旨",道:"是这样。"

绵森听后又道:"这是大人的推测吗?"

万青藜钻入了绵森的圈套,回道:"那是自然。"

绵森遂道:"在收到下属的建议函前,那何桂清是没有撤离的打算了?"

万青藜嚅嗫道:"应该是⋯⋯"

绵森听后笑起来,随后,他请求两宫皇太后让余光绰讲话,慈安皇太后表示准许。

余光绰说他到江南调查,事实上何桂清在接到下属让他撤离的建议函之前,就已经将他的亲眷转移出去了。

余光绰讲后,绵森躬身向帘后道:"请太后让万大人答话。"

此刻,万青藜汗颜无语。

绵森暗喜,穷追猛打道:"所谓二不可杀,理由是阻拦何桂清撤退的是'刁民'。臣请求询问万大人,他的根据是什么?"

还是慈安皇太后发话:"万爱卿回话⋯⋯"

万青藜已经难以支撑,勉强回道:"不顾大局,影响军务,临危骚动,当是刁民。"

绵森再次请求让余光绰讲话。得到准许后,余光绰又讲了他去江南调查的情况。随后,余光绰取出数张当事人画押的诉讼状,俱都告何桂清为一己之利,不顾百姓死活,天良丧尽。

那一沓诉讼状被呈到了两位太后的案上,大殿之内一片沉寂。

万青藜则垂着头,默默地站在那里。

慈安皇太后打破沉寂道："三条不杀的理由，两条站不住了，最后一条，祁大人、万大人，你们依然坚持吗？"

见问，祁寯藻回道："臣以为，何桂清可援引翁同书之例……"

闻言，慈安皇太后勃然大怒道："只可惜何桂清没有翁心存那样一个爹！跪安！"

若干日后，何桂清被处决。

两宫皇太后曾以同治皇上的名义发过一道圣旨，晋升曾国藩为太子少保衔，命他统辖江苏、安徽、江西、浙江四省军务，巡抚、提镇以下悉归节制。曾国藩接旨后曾力辞，表示"威权太重，恐开斯世争权竞势之风，兼防他日外重内轻之渐"。随后，两宫皇太后再发一道圣谕给曾国藩，道："我两宫皇太后孜孜求治，南望增忧，若非曾国藩之悃忱真挚，岂能轻假事权？"

曾国藩见后深受感动。想到当年咸丰皇帝在世时，他组织湘军，皇上不予理解，多方限制，治军处处被动；现如今，两宫皇太后表现了截然不同的气度，对自己如此信任，岂能不鞠躬尽瘁，死而后已？接旨后，他遂向朝廷建议做人事调整：左宗棠由太常寺卿晋升为浙江巡抚，改安徽巡抚彭玉麟为水师提督，调湖北巡抚李续宜为安徽巡抚，河南巡抚严树森为湖北巡抚，以河南布政使郑元善为河南巡抚，司马三畏则由道员衔晋升为按察使衔，等等。两宫皇太后很快批准了曾国藩的建议。

谁知，曾国藩的建议惹恼了一个人，这人就是胜保。

在与肃顺等人的斗争中，胜保因支持慈禧皇太后和恭亲王有功，被授予镶黄旗满洲都统兼正蓝旗统领，给予主持鲁、豫地区剿灭捻军的重任。他对朝廷重用曾国藩、胡林翼等汉员一直耿耿于怀。他的防地紧挨安徽，军事上与安徽联系甚多。原安徽巡抚彭玉麟是汉人，尤其是湘系人物，他原本就不买账，几次上疏推荐自己信任的人。最后，朝廷接受曾国藩的建议，任命李续宜为安徽巡抚，他再也按捺不住怨气，遂上疏一道，公开对朝廷重用汉人的做法表达不满："我朝自列圣以来，从不以重柄尽付汉臣，具有深意，不可不深思而远虑也！"

慈禧皇太后嗅出了味道，遂将胜保的奏折交军机处议处。

恭亲王看了奏折之后，明白慈禧皇太后的心思，与军机大臣商议后拟将胜保从鲁、豫任上调往陕西，算是对他的警告。

两宫皇太后接受军机处的建议，下达了调令。

接到调任的圣旨后,胜保暴跳如雷,立即上了一个新的奏折。

看了胜保的奏折后,慈禧皇太后怒不可遏。原来,胜保在奏折中提出三项要求:李续宜不得改动招抚苗沛霖之局;朝廷另简大员抚苗剿捻,李续宜不得过问;改苗练为钦差苗练。如李续宜不依三项,朝廷就应将李续宜就地罢免。

慈禧皇太后正要让人拟旨严斥,胜保的又一奏折到了案头。新奏折要求让多隆阿前往陕西,他自己仍留皖剿捻。

慈禧皇太后看出事情不简单,遂改变主意,对胜保的骄横不加训斥,下一语气平和圣旨,仍调胜保赴陕。

胜保无奈,只好接受调遣,但又提出带苗沛霖、宋景诗率部随任的要求。

慈禧皇太后同意了他的要求。

胜保以为朝廷对他有所忌惮,到任后不知收敛,经常肆意胡行,并指鸡骂狗,发泄对朝廷的不满。

胜保的所作所为很快便传到了京城大员的耳朵里,光禄寺卿潘祖荫、顺天府丞卞宝第等人遂群起参劾。地方大员也加入了参劾的行列,河南巡抚严树森有疏曰:"回捻癣疥之患,粤寇亦不过肢体之患,唯胜保为腹心大患,观其平日奏章,不臣之心,已有概见。"

慈禧皇太后见参劾的奏折后,遂下旨命僧格林沁、山西巡抚英桂、西安副都统德兴阿查实复奏。

胜保人缘极差,深为众人所恶。僧格林沁等人很快开列出胜保十大罪状复奏,所列罪状计有"任性骄纵,滥耗军饷""携妓随营""抽厘肥己""讳败为胜,捏报大捷多次"及"优伶冒充亲军"等。

慈禧皇太后将僧格林沁的复奏念给慈安皇太后听。

"杀!"听完之后,慈安皇太后斩钉截铁地说道。

两宫皇太后遂命荆州将军多隆阿为钦差大臣,督办陕西军务。多隆阿趋胜保行辕,昂然直入。这时,胜保茫然不知所措,跪听宣旨。宣旨后,多隆阿命人摘去胜保翎顶,胜保骄容尽敛,凄然失色。

后来胜保被押解进京。慈禧皇太后并没有照慈安皇太后的意思将胜保斩首,而是念他于国有功,令他自尽,留了一个全尸。

司马三畏回到安庆的第二天,从上海来了几名客人。曾国藩考虑他一路鞍马劳顿,便把接待的事交给了其他人来办。司马三畏甚是敏感,一听是上海来的人便上了心,很快弄清楚了几位客人的来意。原来,当时太平军在忠王李秀成的率领下,正在上海外围集中,上海处于危机之中。由于那里是"天下膏腴之地",朝廷的许多机构,如苏松太道、江海关监督、盐运使、苏松粮道都设在那里。

为保卫上海,当地的一批官员,如苏松太道兼江海关监督、署江苏布政使吴煦,盐运使衔苏松粮道杨坊等,在乡绅的支持下,先后采取了许许多多的措施,最有名的就是洋枪队的出现。洋枪队是由吴煦、杨坊出面,官方出资雇佣外国人组成的,美国人华尔任领队,法尔思德、白齐文为副领队,他们使用洋枪、洋炮与太平军作战。最初,上海周围尚无太平军主力,洋枪队甚是威风了一阵子。不久前,太平军主力集中上海周围,上海当局自知不是太平军的对手,便派员来安庆乞兵,几名客人所负就是这项使命。

司马三畏不想置身事外,晚间,他在客人下榻的驿馆见了来人之首钱鼎铭。司马三畏赴京一趟大有收获,其中一项就是升了官,由原从四品骤升为二品,现已为布政使衔。

钱鼎铭等人来之前已经对曾国藩的幕僚进行过一番分析,以便打通关节。认为司马三畏是对曾国藩决策最具影响力的幕僚,而且有韬略,明大局,当是最容易打通关节之人。

钱鼎铭听了司马三畏介绍后喜出望外,立即叫道:"此天助上海也。"接着,把来意讲了一遍。

司马三畏听完后道:"先生来皖,大功必成。"

钱鼎铭听后心中一震,忙道:"愿听大人指教。"

司马三畏解释道:"先生等来皖南乞军,是为上海,然实助湘军。"

钱鼎铭忙问其故。

司马三畏道:"大军将围金陵,自安庆出,顺流而下,而敌军主力在东,必回军救援。此为迎头相撞之势。如一军再自上海出,逆流而上,对敌便成夹击之势。迎头相撞利敌,夹击利我。故曾大帅必谋夹击之势。先生乞兵,与曾大帅不谋而合,故事必成。"

钱鼎铭听罢大喜,道:"我等原准备打通关节,不想遇大人指点迷津。另准备作包胥秦廷之请,现方知那些眼泪终是无用之物了……"

闻言,司马三畏也笑起来。

次日，曾国藩接见钱鼎铭等人。钱鼎铭携有由冯桂芬起草、以苏松太道兼江海关监督、署江苏布政使吴煦等名义发出的乞师书。曾国藩看了乞师书，书中讲述了出兵苏南的必要性，并讲明一旦湘军出师苏南，上海保证每月供应厘捐六十万两。

司马三畏分析得不错，出兵苏南的事曾国藩当场答应。钱鼎铭等人自然高兴，说这下上海有了救星。

钱鼎铭等人出色地完成了任务，在安庆待了三天，便回沪复命不提。

司马三畏所关心的是，曾大人将派什么人、率领什么样的人马前往？

将领们都晓得曾国藩的习惯，大凡重大问题，他都独自默默思考，思考成熟拿出主意，再交由大家商讨。出兵苏南选帅之事关系重大，这次也不例外，将领们、幕僚们都耐着性子等待曾国藩的决策。

最后，曾国藩作出决定，东进的人马由他的弟弟曾国荃率领。多数人没有异议，但司马三畏不赞成这项任命，理由是曾国荃有打安庆的经验，最适合打金陵。当时，曾国荃在湖南招募新军，曾国藩遂给曾国荃写信，征求他的意见。曾国荃回信表示他愿意留下来打金陵，这使司马三畏感到高兴。

曾国荃不成，曾国藩便拿出了考虑好的备案，东进大军由李鸿章率领。

将领们也没有异议。而司马三畏尤其感到高兴，他认为让李鸿章带队东进是选对了人。

李鸿章是咸丰六年加入曾国藩幕府的，深受曾国藩器重，得以参与军机。由于工作的关系，司马三畏与李鸿章接触甚多，两人私交甚密。咸丰十年十月，因曾国藩驻扎祁门和弹劾李元度之事，李鸿章与曾国藩产生意见分歧，曾一度离开曾国藩幕府。可不久后，李鸿章便返回了，曾国藩对李鸿章重用如初。李鸿章智力过人，有胆略，实为将相之才。这次，李鸿章率军东进上海，必然打出一片天地。

李鸿章很快意识到了这项任命的重要性，决定全力以赴投入准备工作。

司马三畏也成了营中最忙碌的人，他想尽一切办法，挤出一切时间帮助李鸿章。

对曾国藩来讲，首先要思考的问题是给李鸿章一个怎样的名分。当时，江苏巡抚是薛焕。这薛焕并不是一位称职的巡抚，他不但贪腐、胆怯，而且过分依赖洋人。薛焕因牵扯何桂清的案子，前不久朝中还派人进行了调查。

司马三畏记得很清楚，当时，曾大人对薛焕所作所为颇有微词，不想继续让这样一个人在自己手下担当如此重要的职务。此次李鸿章带兵东进具有全局性质，或许，曾大人会考虑让李鸿章取代薛焕。

司马三畏的想法没有错。让李鸿章带兵东进决定做出的次日，曾国藩就让司马三畏起草奏章，向朝廷推荐李鸿章署理江苏巡抚。司马三畏以最快的速度完成了起草，曾国藩对奏稿十分满意，略作修改便发了出去。

最核心的问题是李鸿章带一支什么样的队伍到上海去，最简单的办法是将湘军之一部拨给李鸿章，让他率领，由曾国藩直接指挥、调遣。司马三畏觉得这个办法过于保守，李鸿章到那里去，开拓应是主调。就是说在上海那边，其谋略是站稳脚跟，不断壮大，逐渐与西边的湘军形成两个拳头，对金陵形成夹击之势，最后捣毁太平军的老巢。如果只是让李鸿章带一支湘军过去执行作战任务，它一需要一切都听命于湘军总部，二不能自行扩军，三不能干涉地方事务，那样的话，便不可能形成两个拳头。现在太平军的主力在上海、杭州一带。这决定在未来相当长的一段时间之内，那边将成为主战场。成为主战场，没有扩军之权，没有地方行政之权，便难以承担重任。还有一点，司马三畏一直压在心底，那便是与他的老师左宗棠有关。

咸丰九年前，左宗棠一直在湖南以四品卿衔在巡抚幕府。咸丰九年秋，左宗棠的命运发生重大转折，系由"樊燮事件"引起。樊燮是永州总兵，此人贪婪成性，名声极坏。永州地区防兵共两千人，其中三百人常驻永州城，而平日在总兵官署当差的就有一百六十人，他们都成了樊燮的家奴，充任樊家的厨夫、水夫、花匠等，薪水则从军饷中支取。不仅如此，樊家的吃用也都挪用军饷。在他家当差的，偶触其家法，便军棍从事。一次，樊家唱戏，某千总迟到，便挨了数十军棍。管理厨房的某千总由于用煤过多，棍责四十，尽管煤费不用樊家分文。管理轿务的兵丁，因轿房灯具失修，被棍责四十。一次他到下面巡视，某地负责招待的一把总，因故"接驾来迟"，即在船边被扒去裤子打屁股。这些情况传到长沙，左宗棠闻之大怒。恰巧事隔不久，樊燮来长沙向巡抚骆秉章汇报军务，左宗棠在场，樊燮不把左宗棠放在眼里，汇报完毕，临走时竟不向左宗棠道别。左宗棠哪里容得？赶上去就是一记耳光。

樊总兵哪能咽得下这口恶气，于是便将此事告知了湖广总督官文。官文久闻左宗棠跋扈，遂参了左宗棠一本。咸丰帝阅本后亦大怒不止，立即朱批，命官文查处，事若属实，即将左宗棠就地正法。

当时胡林翼是湖北巡抚，他从官文处看到上谕，惊得魂不附体，急忙写信给在上书房当差的郭嵩焘，让他设法营救。郭嵩焘靠与户部尚书肃顺的关系打通关节，使事情有了转机。时任军机大臣的潘祖荫上疏说:"国家不可一日无湖南,湖南不可一日无左宗棠。"这两句话打动了咸丰帝,咸丰帝收回成命,左宗棠这才免于一死。但他在湖南是不能再待下去了,便找到了曾国藩。在曾国藩身边待了几个月之后,左宗棠开始谋划出路,打算自己带一支队伍,曾国藩应允。左宗棠回湖南募六千人,虽声明受曾国藩调遣,但其军名曰"楚军",这是史无前例的。往日,湘军中有"赵字营""钱字营""孙字营""李字营"等,但并没有独立称什么"军"。左宗棠在湘军之中另立"楚军",引起了湘军将领的普遍不满。司马三畏对老师的这一举动并不认同,只是不好宣示于人而已。曾国藩把这一切都看在眼里,但没有任何话讲。不久,左宗棠率领的"楚军"打开了局面,由江西南部打到浙江,经曾国藩的推荐,左宗棠还署理了浙江巡抚。

鉴于这方面的原因,司马三畏越发觉得让李鸿章独立的重要性。于是,他找到了曾国藩,把心中的想法毫无保留地讲了出来。

而曾国藩对此已考虑成熟,想法甚是明确,让李鸿章带到上海的是一支相对独立的队伍,连这支队伍的名字曾国藩都想好了——淮军。曾国藩告诉司马三畏,从战略全局上讲,淮军最终要配合金陵的攻坚战。而在实施对金陵的攻取之前相当长的一段时间之内,李鸿章需率领淮军在上海周围进行开拓,并说他推荐李鸿章署理江苏巡抚的奏请必获朝廷批准。讲到这里,曾国藩对司马三畏说道:"如此,少荃到上海即有兵权,又可行政,那是不怕他英雄无用武之地的——这回你是不是大可放宽心了?"

说完,两人一起大笑了起来。

淮军以湘军的"淮勇"为基础组建。"淮勇"共三营,一是震字营,统领为马复震;二是春字营,统领张遇春;三是济字营,统领李济元。在此基础之上,淮军沿用湘军组建的原则和方法,新组建了以潘鼎新为统领的鼎字营、以张树声为统领的树字营、以刘铭传为统领的铭字营、以张桂芳为统领的桂字营、以吴毓芬为统领的毓字营、以张志邦为统领的志字营、以李胜为统领的胜字营。为加强淮军的实力,曾国藩将自己亲领的两营亲兵交李鸿章作为其亲兵。此外,还从曾国荃部拨出两营给淮军。这样,淮军的总人马达到六千五百多人。

司马三畏看得明白,如此大的动静,说明曾大人对淮军的重视,对李鸿章的器重和信任。

二月初四日,曾国藩在李鸿章的陪同下检阅了韩正国、程学启、李济元等部,这成为淮军正式成军的标志。

下一步是淮军如何前往上海?湘军的大本营现在安庆。到上海去,绕不开金陵和苏州。而金陵是太平军的老巢,苏州已经被太平军占领。淮军数千人通过,岂是易事?对此,司马三畏想出了一个主意,由上海方面雇用洋船将淮军运过去。因为是外轮,长毛方面定然不敢招惹,即使知道上面运载着官兵,他们也无可奈何。

这个想法司马三畏事先没有跟曾国藩讲,也没有跟李鸿章讲,因为可行与否,他没有把握。他事先给钱鼎铭写信作了试探,上海方面盼援军心切,回信说"此为目下唯一可行之策"。这之后,司马三畏便向曾国藩和李鸿章报告了这个想法。曾国藩和李鸿章认为此计可行,便交由司马三畏办理。

二月二十八日,第一艘外轮载着钱鼎铭驶抵安庆。钱鼎铭向曾国藩报告,上海方面急盼淮军前往。为此,上海各界筹金十八万两,租得外轮七艘,淮军可乘船分批前往。

七艘外轮陆续到达。三月初七日,第一批淮军在李鸿章率领下登船离开安庆,曾国藩率领全体将领到码头壮行。李鸿章登船前特意找到司马三畏,和他告别。

两日后,淮军所乘轮船经过南京江面。李鸿章站在船头,用望远镜查看着两岸的情景。工事林立,旌旗如云。他看得很清楚,太平军的将士们都站在工事前,望着众船远去。

至五月十七日,淮军最后一批人员到达上海。

李鸿章抵上海后,随即会见了英驻华海军司令何伯、驻华陆军司令士迪佛立,达成协议:淮军三千人进驻南桥,与驻南桥联军会防,彼此军队调动需互相通告。当时,李秀成亲率太平军主力进攻上海,战事日紧。五月十四日,太平军进攻青浦。守卫青浦的是洋枪队扩编后的常胜军,他们难以抵御太平军的凌厉攻势,城池被攻破,守城之军一千五百名仅二百七十人逃出,副领队法尔思德则被活捉。此后,李秀成督促谭绍光、陈炳文、郜永宽等部六万人对上海发动总攻,驻在新桥的淮军程学启部首当其冲。太平军从法华寺、徐家汇、九里桥几面包抄。新桥阵前,淮军筑有工事,尤其有数道深壕,使太平军难越雷池一步。但太平军势众,新桥守军岌岌可危。

李鸿章看到打好这一仗的重要意义。上海方面亟须增援,但增援队伍战斗力究竟如何?上海人普遍表示没有信心。淮军初创,后勤供应困难,衣衫褴褛,被上海人看不上,暗地里称他们为"乞丐兵"。而洋人对淮军的战斗力尤其表示怀疑。故此,李鸿章下定决心打好这一仗,杀杀洋人的威风,也在上海百姓中树立淮军军威。

在新桥守军难以支撑之际,李鸿章出现在阵前。程学启见到淮军旗帜,知援军到达,遂大呼出营,士卒们跟随冲杀。程学启见来援的是李鸿章,大吃一惊道:"大帅身为重臣宜当持重,不可亲冒锋镝。"

李鸿章回道:"倘不亲自督阵,士卒岂能效命?"

跟随李鸿章来援的有三路人马,除李鸿章亲领一路外,尚有张遇春、郭松林两路。从五月二十二日起,淮军与太平军在徐家汇、九里桥、虹桥一带展开激战。五月二十三日,李秀成撤军回苏州,将嘉定、青浦、太仓防务交付谭绍光。

李秀成回到苏州不久,即接到天京发来的一份令人震惊的通报:英王陈玉成被清军杀害。原来,湘军攻陷安庆之后,陈玉成坐镇庐州,派扶王陈得才、遵王赖文光、启王梁成富、祜王蓝成春远征豫、陕,进军西北,广招兵马,以期收复皖省。此时,湘军北来,出现在庐州城下,荆州将军多隆阿率部也逼近庐州。陈玉成飞书护王陈坤求援,然援军受阻不能到达。万分紧急之时,据守寿州的苗沛霖致函英王,说寿州地势险要,可战可守,建议他从庐州突围去寿州。这苗沛霖原是捻军首领,后率部归入太平军。此前,他已经与清军秘密取得联系,答应诱杀陈玉成。陈玉成不知是计,决定采纳苗沛霖的建议,由庐州突围去寿州。众将力劝,陈玉成不听,道:"本自用兵以来,战必胜,攻必取,虽虚心听受善言,此次尔等所言,大拂吾意。"陈玉成率导王陈仕荣等精锐将士四千人从庐州突围,四月十七日抵寿州东津渡。苗沛霖之侄苗景开等开城相迎,陈玉成率亲随百余人入城,被苗景开伏兵擒获,押送至颍上清军大营,陈玉成遂被杀害。

李秀成听到陈玉成的死讯之后,大有失魂落魄之感。

在京师围绕"京察""大计"大刀阔斧进行整顿的时候,在江南战场,曾国藩则在为最后歼灭太平军排兵布阵。

二月二十四日,曾国荃率湘军水陆人马三万人离开安庆,向东进发。曾国荃亲率陆师一支沿长江北岸而行,曾国荃之弟曾贞幹循南岸行进,彭玉麟率领的水师则中流直下。湘军一路势如破竹,连下巢县、含山、和州、西梁山、金柱关、东梁山、芜湖。水师由金柱关、攻头关、江心洲、蒲包洲,最先抵达南京城下,泊于护城河口。陆师则于五月初二日夺得大胜关、三汊河,抵达雨花台。

太平军在雨花台建有石城,城外有深壕相护,防御工事完备而坚固。湘军便围雨花台石城扎下营盘。

曾国荃和李鸿章率军东下后,安庆显得冷清了许多,但设于西门外的"内军械所"却热闹非常。不久前,在这里,中国人炼出有史以来第一炉钢水。此后,一个巨大的铸铁件摆在了宽大的厂房中央。在李善兰、徐寿、华蘅芳的指导下,工匠们围在这庞然大物已经操作了数月。同治元年七月初四,对中国人来说是一个值得纪念的日子。这一天,中国历史上自制的第一台蒸汽机宣告诞生,这是一个奇迹。当时,中国人手上没有现成的图纸,图纸是李善兰、徐寿、华蘅芳按照从外国人那里得到的蒸汽机成品结构,照葫芦画瓢绘制出来的。中国人也还没有车床,所有的部件都是工匠们用手工完成的。这台蒸汽机将装在一艘战船上,如果试制成功,这将是中国自制的第一艘以蒸汽机为动力的战船。

"内军械所"是曾国藩到安庆不久创建的,其任务是自制子弹、火药、炮弹、火炮和火轮船。子弹、火药、炮弹和火炮早已经批量生产,眼下大家要做的就是试制火轮船。蒸汽机是火轮船的心脏,是火轮船成功的关键。

这项任务受到了曾国藩的格外关注。无论多忙,他都要让人汇报进展情况,隔三岔五,他则要到制造现场看一看。

司马三畏对火轮船的试制比谁都热心。在衡州时,他关注造船的事。湘军水师所用之船,从无到有,从少到多,他是见证者。如今,湘军的战船要升级,由人工划动改为机械推动。故而,他对这项工作所表现出来的热情,远远超过了在衡州时期。

军械所的建制当时是这样的,一名官员被委任为"委员",是军械所的行政长官,若干技术人员被委任为机械师,机械师们率领工人进行操作。当时,全所工匠达百人以上。

司马三畏与机械师们已经很熟,李善兰、徐寿和华蘅芳都是他的老相识。咸丰六年时,司马三畏曾随郭嵩焘去上海。当时,他在洋人办的"墨海书院"与郭嵩焘一起结识了三人。三人来到安庆,则是郭嵩焘与司马三畏共同推荐的。

曾国藩事先告诉司马三畏,他将亲历大清第一台蒸汽机出世。司马三畏进行了安排,他向在安庆的营以上将领以及幕府中主要幕僚进行了通报。将领们和幕僚们争先恐后,都表示愿意前往,有谁不了解那一时刻的价值呢?

曾国藩提前到了现场,将领们和幕僚们陆续到达。

那一时刻终于到来了。九时三刻,全场鸦雀无声,所有人的目光都投向徐寿,他身边是李善兰和华蘅芳。两名身强力壮的工匠随着徐寿的一个手势,拉动了一根长长的皮带。接着,一声巨响惊天动地,继而是节奏均匀的轰鸣声,这声响宣告蒸汽机试制成功!

掌声、欢呼声伴随着机器的轰鸣声冲向云霄。

第二十章 鏖战南京,刀映雨花血浮台

李秀成退守苏州后不久,即接到天王圣谕,告知湘军主力出现在天京城下,城中人心不稳,让他速率军回援。

李秀成分析,湘军在雨花台下扎营,首先得拿下雨花台,方可对天京造成实际威胁。天京城池工事坚固,易守难攻,现时城中军民人心不稳之源不在军事,而在于供应。安庆城中无粮,遭遇久困,最后城陷,教训深刻。此次湘军到天京城下,必取安庆久困之策。故而当务之急并不是大军回援,而是应该用相当一段时间在京外筹粮,把粮食源源不断运进去,以破湘军久困之计。昔日,江南大营和江北大营在天京扎营数年,并没有动得城内军民一根毫毛,直到他们最后被铲除。湘军来势凶猛,并不足惧。他们的供应靠江西、安徽,只要断其粮道,湘军难以久支,届时自退。另外,淮军突然出现于上海,意在对太平军造成夹击之势。从战略方面讲,现移师天京,必然造成东线的空虚,而给淮军可乘之机。这样一来,必然两头难顾,处于被动挨打的境地。但不遵照圣谕是对天王的冒犯,事关重大,李秀成决定听听诸王的见解。这样,听王陈炳文、慕王谭绍光、纳王郜永宽、孝王胡鼎文、相王陈潘武等人被紧急召到苏州。最后,诸王一致赞成李秀成的见解,认为当务之急是将财物米粮、弹药解往天京,做长期支持。同时,派一支劲旅潜往天京之西,断湘军粮道,待其生变,届时击之。

李秀成据此写了奏折,派人星夜送往天京。然而,诸王刚刚散去,李秀成便接到天王的第二道催促援军的圣谕,好像天京那边一刻也支撑不住了。

李秀成打算再写一奏折,进一步阐明暂不发兵的理由。腹稿在酝酿之中时,天王的第三道圣谕又到。这次天王大动肝火,指责道:"三诏追救京城,何不启队发

行？尔意欲何为？尔身受重任,而知朕法否？若不遵诏,国法难容！"

李秀成无奈,只好再次召集诸王做援京部署。诸王决定出动三十万人,号称六十万共援天京。会议决定以"如欲奋一战而胜万战,先须联万心而作一心"为口号,进行动员。回援队伍共分三路,北路由李秀成、李世贤率领,直援天京;中路由护王陈坤书率领,直插芜湖,截湘军粮道;南路由杨辅清、黄文金、胡鼎文率领,攻宁国,牵制清军增援。之后,李秀成于八月二十一日率十五万大军西上,取道无锡、宜兴、溧阳,于闰八月十九日抵达雨花台。其营垒自天京城下向南伸展,绵延百里。

李秀成进城见了天王洪秀全,奏报大军部署情况。洪秀全甚为高兴,没有再提三诏追救不至之事。李秀成随即出城,部署却敌之事。

李秀成的大军在雨花台下扎营的消息报到安庆大营后,曾国藩惊得魂不附体。李秀成大军号称六十万人,实际人数至少二十万人。而湘军只有三万人,且由于入秋后饮食不洁等原因,队中传染病肆虐,病倒者日以百计。如此这般,曾国荃的湘军岂是太平军的对手？

而李秀成在亲率大军对抗雨花台城下湘军的同时,还派出两支队伍,一支开往芜湖,截断曾国荃军粮道;一支开往宁国,牵制湘军的增援,这越发增加了曾国藩的忧虑。计划中,驻于宁国的鲍超部在南策应,曾国荃部有急时赶来增援,最终投入攻打天京的战斗。如鲍超部受阻,曾国荃部将成为孤军。曾国荃部粮草全靠长江水运,如芜湖有失,湘军粮草断绝,后果不堪设想。因此对宁国、芜湖两处,曾国藩做了相应的部署。

驻扎在雨花台的湘军是留是撤,成为曾国藩思考的中心问题。他优先考虑的是撤,避李秀成之锐气,把队伍拉到江边与水师靠拢。但此事事关重大,他需要与身在前方的曾国荃商定。于是,曾国藩修书一封,差司马三畏携书去与曾国荃商量,让曾国荃最后定夺。

是留是撤的问题,司马三畏自己也拿不准。他到达曾国荃大营之后,把信交给曾国荃。曾国荃看书后问道:"你的见解是留是撤？"

司马三畏讲了自己的真实想法。曾国荃见他如此,高兴地说道:"这好,要是来一个应声筒,事情就有了麻烦。"从曾国荃这几句话的意味看,司马三畏判定曾国荃是坚持留下来的。难怪他进营时看到一队队士兵手持铁锹、抬着箩筐,向东而去。无疑,这是到大营的东部去修筑工事的。

司马三畏问曾国荃的打算,曾国荃没有回答,遂领司马三畏出帐。曾国荃与司马三畏乘马奔出辕门,向东而去。走出一箭之地,司马三畏看到了新筑的第一道工事。他先看到的是一道高坡,登上高坡后,他看到的是一面墙,墙下则是一道深一丈多、宽两丈多的沟。他们所到之处,正好有一吊桥。再向两边看去,隔半里各有一个同样的吊桥。司马三畏问道:"每隔半里,都有这样的吊桥吗?"曾国荃点了点头。随后,曾国荃命令军士将吊桥放下,和司马三畏乘马走过吊桥,又向外走去。走了约莫半里地,又是一道高坡。登上高坡,与第一道相同的工事出现在眼前。曾国荃陪司马三畏又看了第三道工事,这是最外的一道工事了。与里面不同的是,沟更宽、更深,墙也更高,吊桥的数量也少了许多。

站在高墙的顶上向东望去,几里开外依稀可见太平军的营寨。他们的右侧几里处,则是雨花台石城。在高墙之上站了片刻,曾国荃问司马三畏道:"你认为能防守吗?"

司马三畏心里在思考着另外的一个问题,见曾国荃问,不答反问道:"要是长毛断了粮道呢?"

曾国荃听了这话,沉默了半天才道:"粮道能不能畅通,不是我这里能决定的。"

曾国荃的话有道理,湘军的粮食供应主要来自江西,由长江运过来,安庆以上是畅通的。安庆以下,池州、铜陵、芜湖虽在湘军手里,但这些地方刚刚收复,其中尤以芜湖为关键。芜湖以南的兴国,也在湘军手里,但芜湖东边的广大地域,太平军势力很盛,南面的浙江,太平军有十余万大军。如果他们集中兵力对芜湖发动攻击,芜湖就极有可能再次落入太平军之手。而那样的话,曾国荃部的粮道被断,后果将不堪设想。

曾国荃见司马三畏沉默不语,便问道:"大营对此如何部署?"

司马三畏见曾国荃问,便道:"大帅已有部署,这当不成问题。即使按大帅的设想把队伍拉到江边与扬大人的水师靠拢,如果粮道被切断,后果同样不堪设想的。"

"这倒是。"沉默了一会儿,曾国荃又道,"军士闹病的事也不小,多谢大营想着,让你带来了郎中和药。"

讲到这里,司马三畏大声道:"大人坚守决心已定,愿闻议决之因以报大帅,解其忧虑。"

曾国荃回道:"败敌理由有二:一、集大军对抗,乃敌之故技。然贼虽众,皆乌合之众,外强而中干。此可败之道一。二、李秀成部未经大挫,但习于骄慢,骄必败。此可败之道二。坚守理由亦有二:一、吾正苦敌散漫难遍击,今既拥来,聚而击之,必狂走,尔后将一蹶不振。此守道一。二、气可鼓不可泄。倘弃营而走,必长敌之威风,灭己之锐气。江南、江北大营之覆辙不可蹈也。而坚守,敌必丧其胆,江宁指日可破也。"

之后,曾国荃催司马三畏赶快回去。而司马三畏却把他所见以及与曾国荃谈话的内容写成一信,派人报与曾国藩。曾国荃看得出,司马三畏是有意留下来。但司马三畏是大哥幕府里的人,万一有个好歹,不好交代。司马三畏看出曾国荃的心思,便对曾国荃说,他自己意会,大帅有让他在此留一段时间的意思。这话说了以后,曾国荃不好再讲什么。

在司马三畏到达的次日夜里,太平军便分三路向湘军营垒发起冲击。

当晚三更时分,第一道工事柳字营防区派人前来急报,说他们那里有异常。曾国荃不敢怠慢,遂赶到现场。司马三畏还没有睡,也随曾国荃赶过去。路上,曾国荃询问了柳字营的详情。报告人说巡防人员听到沟外有什么动静,便举起火把想看个究竟。就在这时,沟外传来枪声,巡防人员应声倒地。营官得报后,立即登上高墙查看,也遭到枪击。天很黑,看不见沟外究竟发生了什么事。听着这些话,曾国荃和司马三畏等已经赶到柳字营出事现场。曾国荃等人在工事前下马,柳字营营官柳长青过来迎接,陪曾国荃等登上高墙,伏在一堆沙袋之后。他们没有用火把,周围一片漆黑。

沟外的远处,传来连续不断的嚓嚓声,那是搬动柴草的一种声响。很快,那声音接近了深沟。

"这是他们要用柴草填沟……"柳长青悄悄对曾国荃说道。

曾国荃没有讲话,柳长青随后又问:"怎么办?"

曾国荃道:"依计而行。"

柳长青传令道:"零散射击。"

命令下达后,高墙之上响起了零星的枪声。

司马三畏有些不解,也有些紧张。敌军往沟中填柴草自然是企图跨越障碍,既然如此,就应该全力阻止之。现在曾国荃说依计而行,而柳长青的命令竟是零散射击!如此贼计不就得逞了吗?而一旦沟被填平,敌军冲杀过来,如何抵挡?

清军在高墙上射击后,太平军也开始向高墙这边还击。但听得出,太平军填沟的行动照旧进行。

东方现出鱼肚白色，沟外的情景朦胧可见。在沟外，出现了不计其数的沙堡。沙堡一旁，一副副云梯放在地上格外显眼。填到深沟里的柴草已经接近地面，枪声停止了。

这之前，曾国荃已经得到陈字营、谢字营的报告，两营防地也出现了同样的情况。由此曾国荃判定，此次太平军是三路进攻。曾国荃派的传令兵乘马奔走在三营之间。

枪声停歇了一袋烟的工夫，沟前突然响起惊天动地的喊杀声。与此同时，成千上万的太平军军士跃出沙堡，架着云梯，潮水般冲了过来。柳字营军士则扣动了扳机，湘军的大炮也开始打响，枪声、炮声、喊杀声响成了一片。

炮弹在太平军阵中开花，许多人纷纷倒下，整齐的队伍被打得混乱了。但他们甚是顽强，也称得上训练有素，队形很快恢复。总体看，队伍在飞速向前推进。司马三畏心想，这样的队伍是不能被称为乌合之众的！

很快，太平军第一批军士奔到沟边，并毫不犹豫地跃上柴堆。

树枝是松散的，第一批军士陷了下去。令司马三畏感到吃惊的是，太平军后面的军士并没有因此而有丝毫的犹豫和踌躇，依然是猛跑猛冲。树枝和躯体混合而成的堆积物最后终于与平地相平，太平军军士们就这样冲了过来，把第一架云梯搭在了高墙之上——随后是第二架、第三架……

就在这时，令司马三畏再次吃惊的事情发生了。从高墙之上飞下一连串的火球，纷纷落在树枝和太平军军士的身上，树枝很快被点燃。当日有风，沟中的风更大。火借风势，火焰噼啪作响。

这便苦了那些踏上堆积物的太平军军士，他们身陷火海，进无路，退无法，遭到灭顶之灾。

树枝被焚成灰，沉了下去。后续的队伍无法前进了，被挡在了沟前，人数越积越多。湘军的大炮显了威风，太平军阵中一片混乱。那些冲过来登上了云梯的，由于云梯失去了基底，连梯带人一起跌入火海。

当日，太平军的进攻以惨败而告终。

司马三畏很是兴奋，但他想到了一个问题，太平军是以树枝作填充物的，他们为什么不用土作填充物呢？

回去之后，司马三畏向曾国荃提出了这一问题。

曾国荃回道："他们认为这样容易些,说不定明日你就可看到他们改成用土来填了!"

实际上,太平军下一轮的攻击比曾国荃预计得迟了些。隔了一日,太平军发起了第二次冲击。

冲击依然是夜间进行的,没出曾国荃的预料,这次太平军是以土填沟。还有一个不同,就是这次太平军不是三路,而是集中于一路。

这次湘军采取了与上次不同的却敌之策,从一开始,大炮就参与了战斗。湘军的大炮猛烈异常,爆炸的火光一次次将前沿阵地照亮。可以看到,太平军的队伍被炸得七零八落。而每当爆炸照亮太平军冲锋的队伍时,湘军的枪手便瞄准目标进行射击。只有极少数太平军军士能够接近深沟,将肩上的沙袋抛入沟中。太平军发动进攻后将近半个时辰,抛入沟内的沙袋寥寥无几。

随后,太平军的攻势也在加强,阵地前,高声呐喊着的军士像潮水一般涌来。太平军的大炮也加入了战斗——一个目标是湘军的炮位,目的在于压制湘军的炮击。另一个目标是他们正面进攻方向的高墙,看来是想打开一个缺口,以便沟被填平后冲进来。

工事两侧硝烟弥漫,尘土飞扬,令人窒息。枪声、炮声、喊杀声响成一片。

战斗在持续。天亮了,前沿阵地上一片惨象,血泊中倒着太平军军士的尸体,到处是散乱的沙袋,一架架云梯躺在地上。太平军军士对这种惨象视而不见,继续呐喊着向前冲锋,抛入沟内的沙袋渐渐增高。

突然,太平军的一发炮弹落在沟内沙堆的正前方。高墙一处被炸坍,形成了一处斜坡。太平军定然是发现了这一点,因此冲击变得疯狂起来。

曾国荃一见情况不妙,立即调动力量进行阻击。

最后,太平军军士不再是只用沙袋填沟,而是赶到沟边直接跃入了沟内。这种令人发指的场面持续了将近半个时辰,最后沟被填平,太平军的军士踏着同伴的尸体靠近高墙,从被炮弹炸开的那一斜坡上拥上高墙。

这样的队伍是不可阻挡的。按照曾国荃的命令,湘军退入第二道防线。

天渐渐黑下来,惨烈的战斗已经进行了一天一夜。

双方的炮击还在继续,太平军大队人马躲在占领的深沟里。一部分军士在架起的人肉之桥的两侧,将深沟外侧的沟壁挖开,做成斜坡。沟的内侧相对的高墙部分也被削去,同样做成一个斜坡,这便是后续部队将来发起进攻时的通道。而这一切都是在黑暗中进行的。

湘军退至第二道防线后,曾国荃也进行了部署。

退下来的军士被撤向第三道防线进行休整,新上来的军士各就各位。

司马三畏已经两天两夜没有合眼,但毫无困意,他从来也没有经历过如此惨烈的战斗。他明白,第一道防线丢掉,防守将变得越发艰难,因为敌人有了那一条沟、一道墙,进攻会变得更容易些。另外就是他们占领了湘军的工事,士气会越发高涨,进攻会越发疯狂得不可思议。他看到,大凡经历了一日一夜阻击战的军士和将领,都被曾国荃一个不剩地撤走。那些被撤走的军士和将领体力上不能够再继续坚持了,而更重要的是,他们目睹了太平军不可思议的疯狂,许多人产生了惧怕情绪,曾国荃不能用丧胆之人守卫阵地。

曾国荃曾招呼司马三畏,让他立即回大营去,司马三畏简单地说了一个字:"不!"

一个白天双方进行了一些零星的炮击。

因为第一道防线,沟比后面的宽,比后面的深,墙也比后面的高。这样,守卫在第二道高墙上的湘军军士视线被第一道高墙所阻,看不见墙外太平军的活动。这是曾国荃的一个疏忽,事先没有考虑到这一情况。为了对太平军的活动进行观察,第二道高墙之上,用木桩临时搭起数个瞭望塔,而这成了太平军炮击的目标。搭起的瞭望塔,全被太平军的炮火摧毁。

夜幕降临,太平军向第二道防线发起冲击。他们从高墙的多处冲出,一开始是全无声息的。靠近湘军的防线后,一直在竖起耳朵听动静的湘军将士才知道太平军军士冲了过来。一阵排枪打破了沉寂,随后,喊杀声、炮声、枪声直冲云霄。

太平军使用的是同样的战法,不顾一切地冲过来,将背负着的沙袋投入深沟之中。

天亮之前,沟中沙堆已有三尺多高。此后,战斗渐渐变得惨烈起来。大量的尸体留在了从第一道高墙到第二道深沟之间的宽广地面上。一直冲击着的太平军军士,有时不得不绕过这些尸体冲向前方。没有被打死的太平军军士,把背负的沙袋抛入沟内之后,需要给后续者让路,自己折向两边,以便退回去。这给伏在高墙之上射击的湘军军士提供了绝好的瞄准机会。沟里沟外,一片殷红。

无论湘军的炮火多么猛烈,都不能够阻挡太平军的冲击。沟中的沙堆越积越高,沟被填平只是时间问题。

又一天将要过去。黄昏时，司马三畏感到一阵恶心。如此惨烈的厮杀，他从未见识过，看着那一具具倒在阵前血泊中的尸体，他的头开始晕眩。曾国荃派四名军士守着他，四名军士把他安置在高墙斜坡的一个坚固的沙堡之中。偶尔，在枪炮声不密集的时刻，四个军士才允许他走出沙堡到墙头看一看。当他在四名军士的保护之下再一次走出沙堡爬上高墙时，突然觉得天旋地转，随后倒了下去。

当他醒来的时候，发现自己在大营里。

"那边的情形如何？"他急忙问守在身边的一名军士。

那军士告诉他，湘军已经从第二道防线撤到第三道防线。

他又问道："撤离第二道防线前，是不是有厮杀？"

那军士回道："小的并没有在现场，不清楚那边的详情。"

他问那军士他昏睡了多长的时间？那军士回答说现在天快亮了。司马三畏怀疑自己怎么会昏迷如此长的时间。那军士又道："大人中间似乎曾经醒来，随后可能是睡着了……"

司马三畏回想起来，自己似乎确是曾经醒来过——那大概是一眨眼的工夫。当时他似乎看到了许许多多倒在血泊中的尸体。肯定是他太疲乏了，醒来后接着又睡去。他爬起来，决定回工事那边去。

曾国荃看到司马三畏返回，一脸的怒气，但并没有讲什么。

司马三畏依然是由四名军士守卫着，他不想询问丢弃第二道防线的情景。但对第二道工事被攻破后，没有组织抵抗就撤到第三道防线的做法他有想法。看来，曾国荃是想把这一厮杀放在第三道防线万一被攻破之后进行，有让湘军置之死地而后生的打算。但那太冒险了，第三道防线被攻破之后，湘军再无坚可依。敌军势大，他们波涛汹涌般杀来，区区三万湘军，在无坚可依的情况下，万一出现恐惧，那后果是不堪设想的。

曾国荃还在墙头上，司马三畏心想他休息过了吗？于是他走出沙堡，到了曾国荃身边直接问道："你歇过没有？"

曾国荃看了司马三畏一眼，没有回答。

"你不抓紧时间睡一会儿，等要紧的时候如何支撑？"

这时，曾国荃回了一句："我睡得困的时候。"意思是尽管三天三夜了，他还不曾困。

司马三畏再也没有话讲，无声地在曾国荃身边站着。

"敌人攻破这道防线之后,你有把握我们的人不会恐惧?"站了半天,司马三畏口里嘣出了这一句。

曾国荃大概明白司马三畏心里想的是什么,听后回道:"谈不上把握,可我的人从不晓得恐惧为何物,难道你没有打听打听?"

不错,曾国荃善于打硬仗、打恶仗,他所训练的队伍都有不怕死的精神。对于这一点,司马三畏似乎不应当有什么怀疑。但眼下的局面非同一般,往日的任何战斗都无法与这次相比。因此,司马三畏依然心存疑虑。

他离开曾国荃,退到沙堡中。

这次太平军的进攻没有等到夜间。刚一过午,对第三道防线的进攻便开始了,战斗由炮击打响,密集的炮火落在高墙的墙头。

看来曾国荃已经做好了第三道工事被攻破的准备,因为湘军大队人马开始在墙内的远处集结。

长时间的猛烈轰击,使高墙变成残垣断壁。司马三畏跃出沙堡,到了曾国荃身边。硝烟弥漫,尘土飞扬。太平军见墙体多处残破,便加强了冲击。很快,那令人瞠目结舌的场景再次出现——太平军军士不顾一切地冲入深沟,深沟很快被填平。潮水般的太平军军士登上了高墙。

司马三畏依然在曾国荃身边。一声巨响之后,司马三畏随即被气浪抛向空中。随后,他不省人事。只是他很快就醒来了,发现在他的左侧一个巨大的身躯倒在了地上。他看到的躯体当是曾国荃,那躯体的腰部被土埋着,脑袋浸在血泊中,一阵巨大的恐惧顿时无情地击中他的心。

就在这时,那身躯滚动了一下,抖去了压在身上的尘土。接着,那身躯成坐姿,随后便站了起来——最后是一声大吼,惊天动地。曾国荃头部受了伤,大腿上被打了一个洞。头上、腿上血在流淌着。

周围的几名军士死去,活下来的都看到了这一幕。军士们受到了鼓舞,大声呐喊着投入战斗。而集结在墙内的湘军大队也冲了过来,混战开始。

厮杀持续了两天两夜。

置之死地而后生,湘军守住了阵地,太平军最后被逼从所占领的湘军所有工事上撤出。湘军没有追杀,因为他们已经失去了追杀的能力。

这之后,雨花台一带出现了令人吃惊的平静。只是三天后,曾国荃得报,说江心洲发现敌军。原来,江心洲乃湘军粮道必经之路,太平军出现在那里,说明他们妄图断湘军粮道。对此,曾国荃早有准备。

从江心洲回来之后,曾国荃又得陈字营报告,说他们那里发现了太平军挖到沟内的洞穴。

曾国荃得报后,随即赶到陈字营防地。那确是太平军挖到深沟的洞穴,陈字营营官陈楚三讲了发现洞穴的经过。

回来之后,曾国荃下达命令,让军士下到第一道沟内挖土寻洞。结果,查到洞穴十余条。

实际上,挖洞向敌人发动进攻是湘军的专长。攻打武昌,攻打安庆,洞穴战发挥了极大的作用。

曾国荃又发布命令,湘军将士改变作息,白日睡觉,夜晚巡逻。因为他知道,太平军利用洞穴发动进攻,定然是在夜里。

果不其然,在第三天夜里,太平军就发起了洞穴战。

此时,曾国荃下达了一道命令。令司马三畏大吃一惊的,正是这道命令。

随着曾国荃的命令,深沟连接长江的闸门被缓缓打开,长江水凶猛地灌入深沟。

太平军所挖的洞穴,口子都开在沟壁上。这样,整个洞穴便完全被淹没。如此这般,进入洞穴的成千上万的太平军军士的命运如何,便可想而知了。

此后种种征兆表明,太平军已经失去了进攻的能力。

一天,司马三畏又问曾国荃:"太平军的粮站在哪里?"

曾国荃听后笑了笑,道:"你也想到了……"

湘军偷袭了设在句容的太平军粮站。偷袭的湘军轻易地接近了粮站,当初他们还以为这是李秀成故意设的一个圈套,一直到他们把粮站烧了个精光。

烧粮站的当天黎明,曾国荃下达了全线出击的命令,湘军兵分三路杀向太平军营寨。

粮草没有了,李秀成随即下达撤退的命令。他用一部兵力抵御湘军的进攻,大队人马撤往常州方向。

从李秀成率领太平军主力在雨花台前扎营到他下达撤退令,一共四十六个日夜。

司马三畏于十一月回到安庆,他向曾国藩详细报告了雨花台鏖战的情景。从安庆到芜湖的广大地面已经被湘军收复,曾国藩有意进行一次实地考察,看看江宁那边的情景究竟怎样。司马三畏一次东行感受良多,很赞成曾国藩走一趟。

同治二年正月,曾国藩的东行终于成行,司马三畏作陪。二十八日他们自安庆登舟,次日泊池州。二月初三日他们到达芜湖,彭玉麟在芜湖迎接,并陪同巡视了芜湖城城防工事。彭玉麟向曾国藩报告了雨花台激战时,芜湖守军抗阻太平军断湘军粮道行动的详情。初四日,曾国藩等人到达金柱关,杨岳斌来迎。初五日泊大胜关,杨岳斌随从。初六日登陆,来到雨花台大营。曾国藩见其弟曾国荃消瘦异常,询问是否有疾?得知曾国荃并非有病,消瘦乃劳累所致,稍放宽心。在曾国荃陪同下,曾国藩等巡行各垒,传见将弁,以示慰劳。十一日,还舟次。随后,乘舢板观察了九洑洲上太平军营垒,又巡查了几处湘军营垒,然后返回,于二月二十八日抵安庆。

三月初,两宫皇太后收到了曾国藩六百里加急送来的奏折,说:"揽南北之形胜,察天人之征应,窃以为可惧者数端,可喜者亦数端。江岸难民,避居江心洲渚之上,死亡枕藉;苏浙之田,多未耕种,贼无所掠食,一意图窜江西,窥皖浙已复之土,恐其变为流贼,更难收拾,此皆可惧之端也。金陵之贼,粮源已竭,贼居不耕之地,其势必穷,无能久之理;东南要隘多为我有,水陆军将颇能和衷,百姓仰戴皇仁,沦肌浃髓,久困水火之中,不闻怨责之语。此皆可喜之端也。"

曾国藩报告东巡的奏折,依然是由慈禧皇太后读给慈安皇太后听。听罢,慈安皇太后说道:"就是说,离拿下金陵的日子不远了……"

四月下旬,两宫皇太后又得了曾国藩关于淮军已于十五日收复昆山的奏报。

月底金陵那边又传捷报,湘军攻占了雨花台。

两宫皇太后越发高兴了。

随后,两宫皇太后又收到时任四川总督骆秉章及巡抚刘蓉的奏报,说伪翼王石达开被除,还详细奏报了捕捉石达开的经过。

石达开与洪秀全决裂后,带其队伍先进入闽浙,后西进,于上年进入四川,队伍曾到十万人。此后转战贵州、云南,但难以站住脚跟,便再谋入川。

同治二年春,石达开亲率大军四万人欲强渡"西南巨堑"大渡河,取川西,谋攻成都。

三月二十七日黎明,石达开率领的太平军进抵大渡河南岸之紫打地。此处重峦叠嶂,乃四面天险之绝地。时遇雨天,河水陡涨,石达开得一子,全军驻险地二日以为贺。四月初四日,太平军开始渡河。石达开派精壮数千,分乘船筏数十只,舍命抢渡,未果,遂西进,直趋泸定。强渡仍未果。此时,清军分两路夹击,太平军大败。石达开率残部八千人奔老鸦漩,辎重尽失,进退无路。石达开遂致函四川总督骆秉章,告以"舍命以全三军",且不待回复即于二十七日率领部分将领及年仅五岁的幼子石定忠步入洗马姑清营。于是,石达开被杀。

这天,司马三畏受命接待一名身份特殊的客人,他是曾国藩请到安庆的。

司马三畏一下子就喜欢上了这位客人。他发现在这位客人身上,有着爽朗诚实、毫不掩饰的气质,而这是他接触过的大清官员身上从来没有见到过的。

客人是由李善兰推荐给曾国藩的,司马三畏从李善兰那里知道了客人的一些情况。

客人叫容闳,他生在广东的澳门,自幼在教会学校上学,学业未竟,随教他的美国教会教师去了美国。到美国后,他有机会进了耶鲁大学。毕业后回国,他先去香港,后到上海,在一家英国公司当书记员。公司派他调查全国茶叶产地的情况,这个过程中,他接触到了太平军的将领秦日昌。通过秦日昌,又认识了干王洪仁玕。容闳曾向太平天国力陈"治国七策",最后断定太平天国难成气候,便离开洪仁玕继续做公司的事。李善兰向曾国藩推荐了此人,引起了他的极大兴趣。这样,曾国藩便派人到上海找到容闳,请他为大清效力。

容闳到来的当天晚上,曾国藩照例请客人吃了饭,司马三畏作陪。饭桌上,容闳谈到了他见太平军首领的事,说自己原先很想为太平天国的成功出力。但最后发现,太平天国难成大事。但对清政府他已经失去信心,也不想为清政府做事。

曾国藩认真地听完了容闳的陈述,饭桌上并没有多讲什么。

饭后,司马三畏来看容闳,两人聊得很是投机。司马三畏问容闳来前可曾对曾国藩有所了解?容闳回答说有些了解,要不就不来了。容闳特别赞赏曾国藩创建湘军、组建幕府所表现的精神。另外他也了解到,曾国藩对西方的文化表现的包容和学习态度,还让司马三畏向他介绍一下这方面的情况。司马三畏乐得如此,向容闳详细地做了介绍。

当晚,还有一件事拉近了两人之间的距离。容闳说他回国后,曾在各地游历。咸丰四年时,他在连镇一家旅店里病倒,几乎丢掉性命,是住在那里的两名客人救了他。

一听这话，司马三畏兴奋起来，问道："那两名客人是不是留下了三百两银子？"

容闳闻言感到吃惊，问："你怎么晓得？"

司马三畏笑道："那留下银子的不是别人，正是我的两位挚友。"

容闳一听也兴奋起来，道："原来是这样！那他们姓甚名谁？现在在哪里？"

司马三畏道："其中一人叫吴棠，现署漕运总督，另一名叫海受阳，现在京城，为军机处三品章京。"

容闳道："他们是鄙人的恩公了。只是直到如今我还不明白，当时他们怎么会出手那样大方，竟然一拿就是三百两！"

听到这里，司马三畏笑了笑，道："先生哪里晓得其中的奥妙……"接着，司马三畏便把当时吴棠和海受阳如何进京，如何得到那三百两银子的事讲了一遍。

容闳听后笑道："就是说，当时吴棠先生并不晓得朝廷送他银子的用意，加上心中不悦，便把那三百两银子随便打发了。想不到，那银子竟让鄙人受用了……这也使我容闳与大清结了特殊的缘分。"

第二天，容闳与曾国藩正式谈了一次。

曾国藩开放的态度令容闳感到吃惊，他理解不了，这位闻名的理学名臣为什么能听进他宣扬的西方学说。此后，容闳又多次与曾国藩晤谈，司马三畏都在场。他们全面商讨了如何向西方学习的问题，谈到建立兵工厂、造船厂的事。最后，引出了借用容闳在美国的关系，让他到美国去购置机器设备建立机械厂的决策。

事关重大，曾国藩决定让司马三畏陪容闳去上海听听李鸿章的意见。事情办得很顺利，李鸿章全力支持。当时，郭嵩焘重被启用，任苏松粮道兼两淮盐运使。他对曾国藩的决策同样全力支持，短期内就给容闳筹集白银六万八千两。

曾国藩的这一决定，引起了许多人的非议。这些言论渐渐传到了曾国藩的耳朵了，但他不为所动。但为了慎重起见，曾国藩与李鸿章联名给朝廷写了奏折。

一日，海受阳被召至养心殿东暖阁，两宫皇太后问的就是容闳的事。

对让容闳携款赴美一事，司马三畏给海受阳写了一信，故而，海受阳早有准备。海受阳知道有人不赞成办这件事，尤其不赞成如此办这件事。因此他向两宫皇太后奏报了容闳的情况后，着重讲明了容闳赴美的必要性。

像往常一样，首先开口的是慈安皇太后，她道："办这件事不能动摇。你不久前讲夷务，讲到英国人用机器纺纱、织布，当时我就想，咱们为什么不学学？如今，曾国藩、李鸿章他们就是要学起来,怎能没有花费?至于相信不相信这个容闳,那我们听曾国藩和李鸿章的。常言道:'用人不疑,疑人不用。'既然他俩信任这个容闳,那就放手让他去。"讲到这里,她转身问慈禧皇太后,"你说呢?"

慈禧皇太后回道:"听姐姐的。"

当日,两宫皇太后下旨,批准曾国藩、李鸿章所请,让容闳携款赴美。

曾国藩与李鸿章有了尚方宝剑,遂大胆行动,容闳携六万八千两巨款去了美国。

曾经有相当长的时间,容闳音信全无。这究竟发生了什么事?

容闳到达美国后,正赶上美国的南北战争。容闳利用自己先前在美国的关系,在极度艰难的情况下,花了两年的时间,终于在同治三年春携带其所购机械设备回国。当机器运至上海时,正逢曾国藩"剿捻"无功,遵旨退驻徐州,准备与李鸿章交割。容闳赶赴徐州复命,曾国藩见到容闳,无异于在诸多失利中看到了一次胜利的火焰,兴奋异常。

这样,在容闳的努力下,江南制造总局建成并投入生产。

曾国藩用容闳,还有一项功绩在此应该一提,这就是组织中国幼童赴美留学。主意是容闳提出来的,曾国藩深感人才的不足,很爽快地同意了容闳的建议,并与李鸿章等人联名上奏,建议朝廷"不分满汉子弟,择其质地端谨,文理优长者,一律送往"。朝廷同样很快批准了曾国藩、李鸿章的建议,第一批幼童于同治十一年即1872年夏赴美。这之后,每年三十名,连续四年,共有一百二十名幼童踏上美国的国土。按计划,每批幼童在美国学习十五年,学成回国,为国效力。光绪七年即1881年,四批学生除在美国去世者外,一共九十四名因故被全部调回。即使如此,这批学生回国后,在中国近代化建设事业中,所起的骨干作用是显而易见的。九十四人,其中有三十人从事工矿、铁路、电报业,其中任工程师的六人,任铁路局长的三人。五人从事教育事业,其中任大学校长的两人。二十四人从事外交、行政工作,其中领事、代办以上外交官十二人,外交次长、公使两人,外交总长一人,内阁总理一人。七人从事商业。二十人进入海军,其中海军将领十四人。

曾国藩本人并没能等到这些幼童赴美之日,在詹天佑等第一批幼童启程时,曾国藩已经不在人间——他于这之前三个月去世。

第二十一章 江宁战息，秦淮书场故事多

太平军和湘军都在紧张的心情中迎来新的一年。对湘军来说，紧张更多的意义是激烈与紧迫。而对太平军来说，紧张更多的意义则是神经的紧绷，急切不安。

最令太平军不安的是苏州的丢失，上年的十月，淮军利用守卫苏州太平军将领之间的不和，用计策反守将纳王郜永宽、康王汪安钧等人刺杀慕王谭绍光，兵不血刃得到苏州城。

对清军来说，占领苏州，便打开了淮军西进的缺口，具有极大的战略意义。占领苏州后，淮军很快拿下无锡，直逼常州。对局势的发展，李秀成看得很清楚。他从天京撤出后，兵屯丹阳。无锡失守后，他于十一月初十日轻骑回天京，劝天王放弃天京，寻求出路。

令李秀成想不到的是，他的建议提出之后，洪秀全勃然大怒，劈头盖脸将他训斥了一顿："朕奉上帝圣旨、大兄耶稣圣旨下凡，做天下万国独一真主，何惧之有！不用尔奏，政事不用尔理，尔欲出外去，欲在京，任由于尔。朕铁桶江山，尔不扶，有人扶。尔说无兵，朕之天兵，多过于水，何惧曾妖者乎！"李秀成说城中无粮，难以久守。对此，天王则说，可"合朝俱食甘露"，并"将百草之类，制成一团，送出宫去，要合朝依行毋违"。

李秀成听后啼笑皆非，他似乎已经看到了太平天国的末日，大敌当前，军事上不加运筹，难道天王真的以那多过于水的所谓天兵来抵挡湘军的进攻吗？那想象中的甘露，真的可以填满全城文武和几十万百姓的肚子吗？李秀成无奈，其他将领自然同样无奈。

进入新的一年，清军发起了新的攻势。正月二十一日，曾国荃部攻陷天保城，

随后实现了对天京的合围。

天保城是太平军设在城东钟山第三峰天宝山的防御工事,居高临下,易守难攻。太平军丢掉天保城,城外再无险可据。占领天保城之后,曾国荃分兵扼扎太平门、神策门,整个天京便被装在了曾国荃的口袋里。

在天京外围,其东,左宗棠部于正月二十四日收复杭州。

四月初六日,淮军攻占常州。

就在常州失守后三周,即四月二十七日,洪秀全去世了。

曾经叱咤风云的洪秀全,死后给太平天国留下了什么样的遗产呢?

洪秀全本就疑心过重,天京内讧后,他猜疑日甚,虽然提拔了像陈玉成、李秀成这样能干的年轻将领,但对他们难以放心,故朝中政事并未实托一人,以期使下属相互制约,便于掌控。他认为同姓亲属可以信任,便任人唯亲,致使无能者充斥朝廷。最有特点的是,他滥封诸王,以分兵权,最后,被封之王达三千余众。

洪秀全既死,入土不用汉制,遍身皆以绣龙黄缎包裹,不用棺木,葬于宫中。

五月初二日,幼主洪天贵福受群臣拥戴登极,称幼天王,年十六岁。洪天贵福先拜上帝,再受众人朝贺。

幼天王改变了洪秀全不把朝政专集于一人的做法,决定一切军政事宜全由李秀成主持。时内无粮草,外无救兵,湘军攻城日甚,合城文武个个面露难色。

洪秀全的死讯传到雨花台湘军大营,并没有引起曾国荃过多的兴奋。他原就不指望活捉洪秀全,现在洪秀全死了,仅仅是减少了攻陷城池的难度而已。

消息传到安庆,曾国藩知道后同样没有过多兴奋,他判定曾国荃很快就要对江宁发动总攻了。对曾国荃攻下江宁,他是有把握的,令他放心不下的,是攻城中湘军的军纪问题。

经过前不久的苦战,曾国荃杀红了眼,上万名兄弟倒在阵前,军士们报复的心理极盛。江宁城内的太平军虽内无粮草,外无救兵,但常言道,困兽犹斗,加之他们受到蛊惑,必做顽强抵抗。

为了避免出现这样的事情,或者减轻诛杀无辜的程度,曾国藩给曾国荃写了一封信,派司马三畏携信赶往江宁。行前,他反复向司马三畏嘱咐,如此这般对曾国荃加以劝解。

司马三畏知道使命的艰巨。此时是在打仗,对反叛分子必须心狠手辣,毫不留情诛杀之。在议论这一话题时,胡林翼曾有话,说这是霹雳手段、菩萨心肠。曾国藩很赞赏这句话,说这话"道出了本心"。司马三畏也异常赞赏这种说法。

所以这种悲剧能够避免吗?司马三畏亲身参加了雨花台激战,深深觉察到湘军军士对太平军的仇恨,也体察到了湘军军士急于报复的心理。同样,他也亲眼看到了太平军那令人无法理解的牺牲精神和极其可怕的疯狂杀戮。江宁是太平军的最后一个据点,太平军那种不可思议的牺牲精神,那种令人生畏的疯狂杀戮,会在那里最后用光、用尽。而且太平军在江宁建都已经数年,百姓长期受太平天国的蛊惑,极有可能站在太平军一边,这无形之中令杀红了眼的湘军军士屠杀无辜有了凭借。

司马三畏乘船赶到江宁镇时,已经是五月十七日的黄昏。向东北方向远远望去,火光染红了半个天际。江宁镇离江宁城数十里,那冲天的大火说明,湘军对江宁城的进攻已经开始。司马三畏暗暗祷告,但愿那大火并非湘军点燃。

司马三畏连夜赶路,三更时分便赶到了江宁城下。

湘军已经攻进了城内,那喊杀声、哭叫声响成了一片。他先到了临时驻扎在城脚下的行军大营,大营之中几乎空无一人,司马三畏无法找到一个主事之人。无奈之时,一些人簇拥着什么人从远方而来。那些人走近时,原来是护着一副担架,担架上躺着一个人。等那些人走近后,司马三畏看清楚了,担架之上躺着的,原来是萧字营的营官萧孚泗。原来,萧孚泗一只脚被炸去四个指头,血流不止,已经不能行动,因此被抬回大营。萧孚泗认识司马三畏,司马三畏便讲明来意。萧孚泗不敢怠慢,便吩咐身边的四个军士护送司马三畏进城去找曾国荃。

司马三畏在四名军士的护送下进城。

火光,刀光,厮杀,杀戮,血泊,尸体,场景惨不忍睹。十几年前,司马三畏在江宁读书几年,对这里是极为熟悉的,而眼下,他却什么也认不出来了。

一名包着红头巾的年轻妇女被几名湘军军士追杀,手中的一把切菜刀掉在了地上。一名湘军军士的长枪刺来,那妇人随即倒下,正好倒在了一名儿童的尸体旁。司马三畏感到一阵眩晕,差一点倒下去。

最后,四名军士按照萧孚泗的指点赶到曾国荃所在的地点时,可曾国荃并没有在那里。当五个人好不容易赶到曾国荃新的所在地时,曾国荃又挪了地方。

当他们最终找到了曾国荃,司马三畏都有些不认识他了:人瘦得几乎小了一圈,满腮的胡子,眼白里充满血丝。当时,曾国荃正在训斥一位营官。司马三畏递上曾国藩的信,曾国荃接了,但对司马三畏连个招呼都不打,也并不看那信,依旧大声训斥那营官。

那营官走后,曾国荃依然不看信,而是将另一个营官叫到自己面前吩咐了几句。那人离开后,曾国荃这才转过身来看了司马三畏一眼,打开那信。

实际上曾国荃并没有读那信,而是粗粗地游览了一遍。

司马三畏看得出,曾国荃一脸的不高兴。

四周没有一处不在燃烧。不远处,湘军的数十名军士正和一大群太平军军士厮杀。

南京的腥风血雨停息后,北京另一场厮杀大戏的大幕徐徐拉开。这是一场不用刀枪剑戟的厮杀,可其意义和影响,远比南京的那场厮杀深刻而长远。

同治元年,按照恭亲王的建议,设立了京师同文馆,挑选八旗子弟中年龄十三岁以下天资聪慧者进入学习,学习的科目是英文和汉文,英文教师是由英国驻华公使威妥玛举荐的英籍传教士包尔腾。同文馆办学活动,以恭亲王拟定的《同文馆章程》为依据,海受阳参与了章程的起草工作。

同文馆原计划招收学员三十名,可开学时只招到学员十名。次年,同文馆又添设了法文科,并将原来官办的俄罗斯文馆也并入了同文馆。

同文馆是在一片反对声中创建着的,如果只学习西洋的语言文字,有些人虽不高兴,但还能够容忍,那要是再向前跨越一步,超出语言文字的范围的话,那这些人就不能坐视了。

恭亲王的一篇奏折便触动了这些人敏感的神经。恭亲王是建议在同文馆内添设一馆,专门学习天文、算学。招生对象较前也大有不同——不再是招收幼童,而是满人和汉人的举人,教师依然是聘请洋人。

对恭亲王的奏折,两宫皇太后以同治帝的名义发出圣谕:依奏。

随后,任命原太仆寺卿徐继畬为总管同文馆事务大臣,天文、算学馆开始筹备。

开始时,参与谋划此事的海受阳就有准备应对一场争论。而事态的发展证明,争论程度之激烈,参与争论范围之广,他始料未及。

第一个站出来反对的是监察御史张盛藻。圣谕发下第八日,张盛藻上了一道奏折,反对招收正途科甲人员学习天文算学,说自强之道不在制造轮船、洋枪,而在气节。有了气节,"以之御灾而灾可平,以之御寇而寇可灭"。读书人要"读孔、孟之书,学尧、舜之道",而不可"习为机巧"。

张盛藻上奏的当日,就有圣谕下发,对张盛藻的奏折进行了批驳:"朝廷设立同文馆,取用正途学习,原以天文算学为儒者所当知,不得目为机巧。"圣谕还说此举"不过借西法以印证中法,并非舍圣道而入歧途,何至有碍于人心士习耶?该御史请饬廷臣妥议之处,着毋庸议"。

海受阳看得很清楚,朝廷之所以如此迅速果断地出手,意在反对之声刚出现时表明态度,压制反对势力的进一步蔓延。

但是树欲静而风不止。批驳的圣谕发下的次日,一个重要人物的奏折摆上了慈禧皇太后的御案,这人便是同治皇帝的老师、大学士倭仁。倭仁在奏折中表示支持张盛藻的见解,反对设立天文算学馆,说:"立国之道尚礼义不尚权谋,根本之图在人心不在技艺。"还说,"天下之大,不患无才。如以天文、算学必须讲习,博采旁求,必有为其术者,何必夷人,何必师事夷人?"倭仁还指责开设天文、算学馆为"窒碍",要求朝廷"宸衷独断,立罢前议"。

倭仁是名声赫赫的理学大师,又是皇上的师傅,位高权重,难与张盛藻等同。两宫皇太后将如何对待,海受阳心中没底。他听说在接到奏折的当日,两宫皇太后就把倭仁召进宫中。同时被召入宫中的,还有翁同龢等人。翁同龢离宫之后,拜见了恭亲王,向恭亲王通报了进宫的情况。

海受阳和徐继畬随后被召至恭亲王府,商讨对策。次日清晨,恭亲王的奏折递了上去。奏折着重讲了开设天文、算学的理由,说洋人制胜之道,专以轮船、火器为先,而制造巧法,必由算学入手。最后还说:"该大学士既以此举为窒碍,自必别有良图。如果实有妙策可以制外国而不为外国所制,臣等自当追随该大学士之后,竭其祷昧,悉心商办,用示和衷共济,上慰宸廑。如别无良策,仅以忠信为甲胄,礼义为干橹,谓可折冲樽俎,足以制敌之命,臣等实未敢信。"

随后,慈禧皇太后口传谕旨:"总理衙门折一件、片二件,并摘抄曾国藩等折件信函,着倭仁阅看。"

可倭仁决心坚持到底。当他看完恭亲王的折子、曾国藩的信函后,又有密折一道。

此时,京师又谣言四起。慈禧皇太后遂召见军机大臣,将倭仁的密折交给他们,让他们讨论后上奏。原来,倭仁的密折并无新意,仍说开设天文、算学馆是"上亏国体,下失人心"。密折中又一次指责请外国人做教师是"多此一举",坚持原意,重提"天下之大,不患无才",即使学习天文、算学,"何必夷人,何必师事夷人"?

这次海受阳想出了一个主意,说倭仁既然提出精于天文、算学的"何必夷人"?那他心中必有能教授天文、算学的中国人。既然如此,就请他把这样的人才推举出来。恭亲王听罢笑了笑,同意了。

折子上呈后,慈禧皇太后即给内阁明发上谕一道,说:"总理各国事务衙门奏,遵议大学士倭仁奏同文馆招考天文算学馆请罢前议一折。同文馆招考天文算学,既经左宗棠历次陈奏,该管王大臣悉心计议,意见相同,不可不再涉游移。即着就现在投考人员,认真考试,送馆攻习。至倭仁原奏内称:'天下之大不患无才,如以天文算学必须讲习,博采旁求,必有精其术者。'该大学士自必确有所知,着即酌保数员,另行择地设馆,由倭仁督饬讲求,与同文馆招考各员互相砥砺,共收实效。该管王大臣并该大学士,均当实心经理,志在必成,不可视为具文。钦此!"上谕还有一意,即"命大学士倭仁在总理各国事务衙门行走"。

这一招果然见效,倭仁看罢给军机处的上谕,遂上一折,老实承认:"今同文馆既经特设不能中止,则臣前奏已无足论,应请不必另行设馆,由臣督饬办理;况臣意中并无精于天文算学之人,不敢妄保。"同时表示不做总理衙门大臣。

即日,慈禧皇太后针对倭仁的奏折发一上谕,让倭仁"仍着随时留心,一俟咨访有人,即行保奏"。对倭仁请辞总理事务衙门大臣的要求则不予批准。

又过了一日,倭仁请求召见,当面承认没有合适人选,并请求批准他的辞呈。当时,慈禧皇太后板起面孔,仍不批准。

又过了三日,倭仁因心情郁闷,精神恍惚,上朝时忽然晕了过去。他在家养病,再次请求免职,慈禧皇太后依然不予批准。

慈禧皇太后之所以如此,并不是针对倭仁一人。这期间,许多人在与倭仁遥相呼应,其中最卖劲的是通政使于凌、左都御史崇实和直隶州知州杨廷熙等人。杨廷熙还上了一道万言折,开篇便说"请旨撤销同文馆,以弭天变而顺人心,杜乱萌而端风教"。接着说"历代之言天文者中国最精,言数学者中国为最,言方技艺术者中国为备",何必"舍中国而师夷狄"?又说"西人或怀私夹诈施以蛊毒,饮以迷药,遂终身依附于彼昏迷不醒"。学习西方语言文字、算法、画法,"疆臣行之则可,皇上行之则不可"。最后请求两宫皇太后收回成命,以杜乱萌。

看了杨廷熙的奏折,军机处起草上谕对杨廷熙的奏折予以批驳。上谕表明了朝廷支持恭亲王关于在同文馆开设天文、算学馆的态度,并点名批评了倭仁,"推原其故,总由倭仁自派总理各国事务衙门行走后,种种推托所致",要求倭仁与国家休戚相关,不应再固执己见,而要同总理各国事务衙门及王大臣等和衷商酌,共济时艰,毋再蹈处士虚声,以负朝廷恩遇。

这样,一场大争辩得以收场,天文、算学馆也得以开设,正途与监生等共有九十八人报名,经过考试,录取了三十人。同文馆聘用了美国人丁韪良为总教习,负责全面教学工作。在此后的几年中,同文馆继续聘用外籍教习,开设了化学、数学、天文、物理、国际法、外国史地、医学、生理学和政治经济学等新学科。在它的带动下,继之而兴的有上海的广方言馆、广州同文馆、福建船政学堂、天津水师学堂、天津武备学堂、广东水师学堂、湖北武备学堂、上海南洋公学等一批新式学堂,成为我国近代教育的滥觞。

一个得了重病的人,一旦病除,恢复起来速度是惊人的。江宁城,先是受到太平军的折磨,随后又经过了一场前所未有的战争浩劫,已经是气息奄奄。一旦这一切成为过去,它便以惊人的速度恢复肌体,很快便显得生机勃勃。

曾国藩是一位理学家,懂得战乱后的山河需要什么。南京的百姓所需要的,曾国藩都给了他们。城中剩余不多的百姓被安顿下来,逃出的回了家,外地的百姓也奔了过来。

秦淮河没有干枯,但早已没有了波浪,成了一潭死水。如今,这一状况有了变化。某日,终于从这里传出了一声丝竹响。这是久病痊愈之后,那病人脸上的第一丝笑容。

司马三畏已经被曾国藩举荐为湖南巡抚,等候朝廷批准。他并没有因此而闲下来,百废待兴,要做的事情太多了。

秦淮河那边恢复娱乐,这是一大新闻,连曾国藩都非常重视。司马三畏很想去那里实地探究一番,但一直抽不出时间来。

如此过了数日,一则消息传到他的耳里,使他再也坐不住,非要去那里一趟不可。原来有人告诉他,夫子庙的书场有人在说《奇婚记》,讲的是一位大清知县被裹入太平军,与太平天国东王杨秀清的妹妹婚配的故事。司马三畏听后一愣,向人打听《奇婚记》中那位大清知县的名字。结果让司马三畏热血沸腾,那知县名叫上官介!

啊,苍天!沉寂了若干年的名字竟然出现在了夫子庙的书场!司马三畏再也没有心思做事,他恨不能立即去书场看个究竟。但书场是夜场,晚饭后才开始。没有一天像当日那样过得慢,晚饭司马三畏都没有胃口了,好歹吃了一口,就独自去了夫子庙。

书场是露天的,一张桌子前摆着几十条条凳,看样子可以坐百十号人。时间尚早,但已经有几位老人坐在了凳子上。司马三畏在一条凳子上坐了下来,人们陆续就座。

司马三畏穿了一身便服,但其气质难入众流。再加他个子高,身子长,坐在那里显得十分突出。只是,眼下的他已经顾不上这些,他希望快快开场。

司马三畏听周围的人议论,说说书人姓柳,名后亭,乃明末著名说书人柳敬亭的后裔。他对说书人的身世并不感兴趣,他急切要了解的,是说书人究竟能够讲些什么。

说书人上了场,是一位老者——七十岁上下,个子不是太高,穿一件旧的绸衫,手上一把扇子。

一段时间司马三畏走了神儿,他想起了上官介的一些事,并没有注意到说书人的开场白。等他收拢思绪听讲时,讲书已经开始了。

司马三畏的思绪立即集中起来,不错,果然讲的是上官介的故事!

故事讲到了上官介在太平军的船上,正从湖北随军东下,他的身边是东王的妹妹杨秀水。当时,上官介刚刚苏醒,还不晓得杨秀水是什么人。一直守在上官介身边的是一名女人,名叫兰妈。她的身份是益阳县衙门中的女佣,但其实她是被逼造反的"天合会"安插在县衙的,实名禹嫂。这一节说的是上官介明了杨秀水真实身份的故事,这之后,太平军攻克南京,上官介随杨秀水进入东王府。

司马三畏激动不已,他虽然难以判断故事的真实性,但毕竟直接听到了有关上官介的明确信息。

散场时,他又走了神儿,听书的差不多都走光了。等他醒过神来时,说书人正站在他的面前,恭恭敬敬地叫了他一声"客官"。

他站起身来,从怀里取出一块碎银子,交给了说书人。

说书人接过银子,道了声谢,并客气地让他走好。

司马三畏一整夜都没有合眼,一连几日晚场,司马三畏都到。这晚讲的是东王杨秀清逼天王封万岁后上官介的作为。说书人说,当时杨秀水已经被上官介争取过来,他们夫妇共谋,派人暗去江西,向曾国藩进行了通报。据此,湘军预做准备,借太平军内讧,沉重打击了太平军。

这一节,司马三畏看出了说书人的"非真"。其实,像他自己亲身经历的上官介"葫芦传信"的故事,是比派人去找曾国藩更生动、更感人的。只可惜,由于事情过于机密,说书人难以知晓罢了。

第四天的故事让司马三畏一直处于激动之中。这一节讲血洗东王府,上官介逃出虎口的经过。令司马三畏激动不已的,除情节的曲折生动外,那一天,当他在江边芦苇荡所见一伙人出现在一处可怖的坟地时,那些人当中竟然有上官介!而且,上官介和其他人奔到芦苇荡后,他与上官介竟近在咫尺!

又是一个不眠之夜。无论如何,上官介的结局究竟怎样,不能不让他魂牵梦绕。起床之后,一个白天他也做不成任何事,晚间他第一个出现在书场。

结局是令司马三畏极为兴奋的。说书人说有三只小舟离开了芦苇荡,最前面的是唐正才一家,跟在后面的是禹嫂一家,而最后的小舟上坐着上官介夫妇。行至江心,三条船凑在了一起,大家曾相互拥抱。尔后,唐正才的那条船直向江北而去,禹嫂那条船转向上游,而上官介夫妇那条船则顺流东下。说书人自问:"他们各自去了哪里?"

之后说书人讲,半年之前,有人在苏北的白马湖边看到一家渔户,那男人很像是唐正才。也有人在芜湖以东的石臼湖畔看到一家渔户,那女人很像是禹嫂。而一名渔人出海遇到了风浪,船翻后卷入大海的波涛之中。后他被冲上岸——那里是一个海岛。当他醒来时,发现自己是在一个破烂的庙中,有一名僧人和一名尼姑守在他的身边。在那里,他与那僧人和尼姑生活了好几天。巧的是,渔人原来所乘的船随风浪漂了过来,这样,那人才得以乘坐那条船回到大陆。那渔人讲,在岛上时,曾听那尼姑叫僧人为"慧戒",而那僧人则叫那尼姑为"修水"。说书人道,在益阳时,上官介曾入小菩提寺,有一个法名叫"慧戒"。而"修水"乃"秀水"的谐音。故此推断,那岛上的僧人当是上官介,而那尼姑当是杨秀水。

细节自然打动了司马三畏的心,而真正打动他的是上官介还活着,而且跟他心爱的人在一起!

他们在哪里呢?

整个的故事讲完了,听众们对说书人很是满意,最后报以热烈的掌声,铜钱也大把大把掷向桌前的笸箩。

这次司马三畏早早地站了起来，但并没有离开。柳后亭送走众听书人后，便来到了司马三畏的身边。

"客官请了。"柳后亭恭敬地给司马三畏作了一个揖。

司马三畏作揖回敬。

柳后亭又问道："客官有话要问吗？"

司马三畏回道："正想讨教……"

柳后亭道："那阅江楼上清静，客官先行一步，小可收拾收拾就到。"

阅江楼就在乌衣巷口上，司马三畏便去那里等柳后亭。

司马三畏选了靠窗的一张桌子，要了一壶清茶。不一会儿，柳后亭到了，说了句"让客官久等"，然后被让就座。

柳后亭道："客官来书场的第一日，小可就注意到了。尔后，客官的神情一直吸引着小可。客官有时竟然会落下泪来，且并不像平常人所说的'入戏'——莫非客官与书中人有干系吗？"

"书中所讲上官介，乃晚生一位挚友。"

柳后亭听后惊道："如此说，小可所讲可有得罪吗？"

司马三畏一听立即道："哪里哪里……晚生与上官贤弟咸丰元年分别后，就一直没能见面。大家远隔千里，咸丰三年之前还偶有消息，后来就音信全无了。先生这书场，给了晚生如此多的信息，晚生谢还谢不过来呢，哪里谈得上得罪？"

"敢问客官可是司马大人吗？"柳后亭听了疑惑地问道。

"晚生正是。"司马三畏道。

柳后亭一听，站起身来作揖道："小可失敬。"

司马三畏请柳后亭坐下，问道："先生如何判断晚生就是司马三畏？"

柳后亭道："成书之前，小可曾经看到一个底本儿。那上面讲，上官大人曾对杨秀水和禹嫂说，他有三位好友。其中一位就叫司马三畏，并讲了大人的外貌。现在听大人说是上官大人的挚友，又有这样的外貌，小可就断定是了。"

"先生说有一个底本？"司马三畏听了很是高兴。

"不错。底本由书中禹嫂口授，别人记了下来。小可在一个偶然的机会看到了那本子，才有了《奇婚记》这部书。"

"那个本子还可以寻得见吗？"司马三畏听了激动起来。

柳后亭想了片刻，道："或许有缘分了——三天前，提供本子的那位朋友正好从西边来,求他便知可否了。"

当晚散去后,柳后亭答应次日回话。

次日司马三畏早早地到了阅江楼,不想柳后亭已在那里。司马三畏见面第一句话就问:"如何?"

柳后亭没有讲什么,而是从怀里掏出一个包儿。他把包儿放在桌上慢慢打开,最后,一个黄皮本子现出。

司马三畏如获珍宝,小心翼翼地打开,翻了几页,上官介的名字充满其间。

"可借回一阅吗?"司马三畏又问。

"那朋友讲,他在江宁还将逗留一日,今晚将与友人一起离开,谨请司马大人见谅。"

"一夜足够了!"司马三畏道。

两人说定,司马三畏次日清早就来阅江楼交回本子。

司马三畏把本子包好,两人站起来离去。

就在司马三畏站起来转身的那一刻,一名在远处桌子边坐着的妇女引起了他的注意。那妇人五十岁不到,穿了一身半新不旧的衣裳,干干净净,身边有一名二十多岁的青年陪着。见到妇女容颜的刹那间,司马三畏还以为看到了慈禧皇太后。

司马三畏很快从幻觉中醒悟,认定自己无非看到了一名模样极像慈禧皇太后的人,遂转身向楼梯那边走去。只是此时此刻,他的脑子里浮现了十几年前在清江浦码头与吴棠、上官介所经历的一幕。

回到住处,司马三畏把头埋在了那本子里。

上官介,苦了你呀!司马三畏几乎是淌着眼泪读完这些内容的。

司马三畏最大的发现,也是最令他悲痛的发现,是本子所记故事的结局,与说书人所讲结局完全不同。本子里说,血溅东王府之后,上官介确是逃了出来,而且像说书人说的那样,是与唐正才一家、禹嫂一家一起逃出来的。但是,他是只身逃出的。杨秀水在东王府已经被杀,她所怀的孩子自然也死于母腹。而且上官介逃出后,随唐正才、禹嫂等乘船夜渡时,他失踪了。

"啊,他失踪了!"司马三畏知道本子记述的意思,不由得泪如雨下。。

司马三畏准时到了阅江楼。他刚刚坐下,一位上了年纪的人就走到他的面前,自称是茶楼掌柜,说受柳记书场先生柳后亭之托,把一封信交给他。说着,把那封信双手递了过来。司马三畏十分诧异,怎么柳后亭会托人递信,他自己不来吗?

疑惑之中，司马三畏打开那信，是一首短诗：

　　秦淮虚幻地，书场假语村。
　　生平皆是梦，何须问实真？

　　司马三畏看罢，看着窗外的河水发呆。丝竹之声传来，他也充耳不闻。那掌柜的还在他的面前站着，他也视而不见。那掌柜的见司马三畏如此，道了声："客官需要什么，请尽管吩咐。"

　　司马三畏被声音拉回了现实，他向掌柜的道了谢，问："柳先生是什么时候交给掌柜的这封信的？"

　　掌柜的道："昨天他在这里送走客官后。"

　　听到这里，司马三畏恍然大悟，心想："我怎么没有想到呢？像禹嫂这样的人，虽与上官介友好，但毕竟是从太平军中走出来的，她如何不怕官府追查？柳后亭——倘若真的是柳后亭的话——与禹嫂等人有着千丝万缕的联系，自然也怕官府追查。这样，他们隐去是顺理成章的事，而他们能够引出那个本子，并且愿意交给我，就算是一份特殊的情分了……"想到这里，司马三畏请掌柜的自便。

　　那本子就摆在桌上。在那阅江楼上，司马三畏独自一个人呆呆地坐在那张桌前，不知过了几个时辰，任茶客们进退，任丝竹声悠扬……